民国武侠小说典藏文库

张个侬卷

石破天惊录

第三部

张个侬

著

中国文史出版社

目　录

1

第一回

闹书房顽童退学
夺耕牛流氓启衅

话说客氏进宫未久，内庭总管太监王安即因得罪郑贵妃，被郑贵妃在万历帝驾前得间进言谗谮，果然宠妃的枕头状非常厉害，竟将王安的总管职务，告准了状，免去本兼各职，奉旨退休，调派在东宫内服侍太子，专司东宫内大小一切杂务，调护太子、太孙父子等的饮食起居，理由是托词王安年纪已衰迈，精神难济，照例应退闲休养。递遗的掌理东厂、内庭总管、司礼监各缺着令太监孙暹继承任务。

话虽如此，究竟王安是多年的老内侍了，向来持身正直、忠诚任事、从无过失，况且任总管太监职务，办理钦命各差，极其勤劳，天子本所深知。此时虽被郑贵妃一枕头状告准了，将王安职务免去，究竟天子龙心明白，故于王安免职后，便又追下了一道纶音，着孙暹办理内庭各事，仍须不时向王安请安，请教秉承办理。并令王安以闲员地位，暗中监察各宫监等行动，准许随时具奏，如非紧要事务，并许王安便宜处置，因此王安虽已免职，实际仍握有处理内庭各事的全权，此乃天子调剂宠妃和有功勋劳绩内侍的苦心。但是王安一经免职，各宫监们便尔肆无忌惮起来，狡猾的知道大权已移到孙暹手上，便向孙暹讨好巴结，恶毒的却乘机会对付王安，冷嘲热讽，使出打落水狗的伎俩来，老诚的因怕难为情，对王安仍如旧贯，丝毫不分彼此。迨至天子追下圣旨，着令王安监察各宫院内侍的行动，上谕传布到各宫院时，那班狡猾恶毒的宫监们得悉大惊，赶忙又掉转面孔，呵奉王安。

王安经此一番挫折，深觉人情冷暖、世态炎凉，不由灰心了许多，对于宫内各事便亦含糊过去，不加深究，免得结怨于人。各宫监见王安比前和易许多，凡事均不像从前认真，知道他已灰心，便将忌惮他的心思逐渐抛撇去了，加之魏朝和客氏遂敢大胆无忌请孙暹帮忙，公然要求对食，先打通了孙暹、李进忠、张诚、王体乾等几个得宠的内监，又求得太子、太子正妃暨太子的宠姬李选侍恩准后，方才将其事告知王安。王安因太监与宫人对食一事，本系本朝的习见之事，况且客氏系皇太子的乳母，上自皇上、皇后、郑贵妃，下至东宫、太子、太子妃嫔及各宫院的大小妃嫔等众都很可怜她、宠信她，现在米已煮成饭，木已造成船，凭着本人的权力，纵能请得收回成命，定必结怨甚深，反而将来遭受魏朝、客氏的报复，何如做成顺水人情、允诺她们成就好事呢？遂答应客、魏请求，不在主子面前掣他们的肘。两人欢欣道谢，于是客、魏便在宫中正式对食了。

经时未久，两人仍嫌在宫内同食同眠，虽得公然无忌，究竟魏朝乃是个太监，两人在枕席间狎昵情态，皇宫内苑，非比寻常百姓人家，哪能为所欲为地不稍避别人耳目呢？况且王安尚在宫内，倘将实际内容被王安知道，魏朝立刻就得遭受谴责，反致乐极生悲，因此两人在行动上，仍觉不能自由痛快。遂进步要求，在宫外另营私宅，凭着客氏在各大小妃嫔面前的蛊惑请求，仰仗各妃嫔在主子面前说项，果然竟得被她如愿以偿。魏朝遂得在宫禁外面另营私宅，每日与客氏相偕进宫，轮值伺应，迨到公毕退值，便又相偕着同回私宅内去。初时还怕王安说话，在私邸内布置铺陈，一切都因陋就简，不敢十分考究，及后时日既久，见王安并不说什么，便胆子大了，逐渐将私宅内陈设由简约变为华丽，前后房屋的进数、左右屋宇的间数，亦逐渐扩充，大兴土木，鸠工建筑，不多时，即已工事落成，焕然一新，美轮美奂，肯构肯堂起来。房屋既已建造得画栋雕梁，铺陈亦设备得富丽堂皇，当然要婢仆如云，堂上一呼，堂下百诺了。

这时朝廷上文武诸臣知道客、魏对食，并特许在宫外另营住宅，可谓沐受皇恩浩荡已极了。于此推想，便已知客、魏在宫内的宠幸信任，差不多的事尽有左右朝廷的权力了。因这一想，便有好些想擢升自己官阶地位和代外省疆吏疏通事务的一干臣工，遂都不约而同地奔走于魏朝私宅之门，请托魏朝转求客氏，从中帮忙。由此，遂造成了魏朝勾结外臣的地位机会，居然能成为做臣门如市起来。

客氏、魏朝对食后，大红特红之际，那个步魏朝后尘、号称小魏的魏忠贤便由此遭逢时会，应运而生了。

讲到魏忠贤的来历，他本不姓魏，原系河间府肃宁县人氏，本姓刘，名唤进忠，自幼便生成一副阴险狡猾的性情，和蛮如牛马的勇力，少小时便喜爱驰马射箭，专爱和市井无赖为伍，拈枪使棒，好勇斗狠。他父母虽系个佃农乡民，但尚知道为人须读诗书学习礼仪，虽不想在书本上使儿子求取出身，但是那"欲高门第须为善，要好儿孙必读书"的两句格言，却非常记得清晰，认为不刊之论，故此吃辛吃苦地拿出血汗钱来，送儿子进书房识字读书。哪知刘进忠性如野马，喜爱在外面嬉戏游逛、生事惹非，倘叫他举石锁、舞单刀，他极端地欢喜应诺，如果要他坐定在板凳上习读书字，竟如凳上插有钢针铁钉戳他的屁股一般，再也休想他坐得定身。那塾师教着这位门生，初时一两天，以为小儿上学，一时上不能习为惯常，并不以为异，迨后见他来时少、去时多，自由出入，从来不曾坐下身体，好好儿地读认那用红纸写成的聪明智慧四字，甚至与同学争吵厮打，侵害别个亦不能安心读书，认为这个学生非严加教训管束不可，于是便守他照例各同画卯般到书房内来时，遂将他唤住，令他将已教的四个方字取到面前来认。刘进忠口中应着，从自己位上

3

书桌抽屉内取出那四个方字，走到先生面前。

先生接过一看，只见四个方字红纸都已卷了角，颜色已变作了灰黑，字迹已看不清楚了，禁不住冷笑道："好个用功识字的学生，你看已经把字块儿下过一回染缸了，好！你先认过了这几个字再说。"

刘进忠被先生一顿言语，并不害怕，只呆立在先生书案面前，瞪目望着先生，半句话也不回。

先生指着桌边上的四个方字道："你望着我是没用的，快望着字块儿，认给我听。"

刘进忠依言望着方字，半个也认识不得，便很爽快地回道："俺已忘记了呢，请先生重写几个，再教俺几遍吧！"

先生大怒道："回得好痛快，你既不认得，为何不早些来请教呢？"边说边从桌上取过戒尺，一手扯了他的小手，说："我如不打你一顿，你也永远不会认得字，幸亏这是写的字块儿，日后如谈起书来，也本本照现在的样儿，书角卷起，染污得像从煤炭堆里翻出来的一般，那还了得吗？别说你老子娘没有这许多钱去买书，便是有这许多钱，你坏了我的馆规律性，须是容你不得的。"边说边擎起戒尺，做出姿势来喝道："你将手伸直了，别动，别倔强，只打你几下。倘如动一动，便得加倍打。"说罢，握紧了刘进忠的手，啪地便是一下。

刘进忠从未尝过这个辣味，故此毫不畏缩，及被啪地打了一戒尺，才知这个夏楚打在手心上麻辣辣地火炙般生疼，不是玩儿，忍不住哇的一声哭将起来，却趁此竭力往后缩退。先生一大意，被他挣脱了手，他竟掉转身来，一溜烟地朝书房外面飞跑。

等到先生从位上立起，离书案往前追时，刘进忠早已飞步逃跑，落荒走了。先生边亲自往外追边喝令几名学生："赶速追去，将他抓回来。"

各学生都恨刘进忠恃蛮不讲理，巴不得先生这一声，他们好公报私仇，借此把苦给刘进忠吃。因此即有好几名学生应声离位，抢先飞步跑出书房，紧紧追上刘进忠。

先生追出房门外，只见几名学生紧紧追及刘进忠，将刘进忠抓住，便回进书房，预拿戒尺在手等候。哪知刘进忠并不曾抓回，反是那去赶的几名学生哭了回来。先生忙问何故，各学生带哭带诉，齐说："刘进忠恃强，蛮力大，被俺们抓住，他竟因发急，使出水牯牛般的蛮力来，挣脱了俺们抓他的手，和俺们厮打。俺们被他推搡着跌了。"这个说俺跌痛了手臂，那个说俺被抓碎了面皮，有的说被他撕破了衣服，有的说被他推跌破了头角，有的说被他踢痛了腰眼，有的说被他咬破了手指，纷纷乱嚷。

先生止住了他们，吩咐往刘进忠家内去，请他父母将他抓住了，送进书房里来受责。学生们应命而往，刘进忠正说着瞒天大谎，回禀他爹娘呢，一见众同学追来，谎扯不成了，一时情争，掉转身破口恶骂，揪住一个当先进门的同学就打。他父母见他忽然骂人打人，忙高声喝住，拉开了那个同学。同学们便一齐拿手指各在自己的面上或鼻上刮着道："刘进忠，喏喏喏，把住门框子发狠，坐在家内欺负人，不怕害羞吗？好不要脸啊！"刘进忠恼羞成怒，便又恃蛮混骂乱打。

他父母一面将他扯住不许他打骂人，一面问众同学到来有何事故，大家便纷纷发言，各将本人被抓破扯碎跌痛踢坏的地方给刘进忠的父母看，诉说："进忠识字不出，反将方字卷了角，弄得污秽不堪，被先生责打手心。他才被打得一下，便挣脱了手，飞步朝书房门外逃跑。先生大怒，命俺们追他，反被他野蛮打坏了俺们，踢伤了俺们，俺们只得放手，回书房禀告先生。先生命俺们追到此地来，叫把进忠拖回书房去。倘如托他不动，请您们二位把他抓了，送进书房里去，受先生的教训。"

他父母闻言，直气得面容失色，恨怒已极，抓住刘进忠便拖倒在凳上，擂打了一顿屁股。打过了一顿，才由他父亲将他挟在腋下，同各学生一起往书房内去。进得书房门，走到先生面前，口中请着先生的安，才把刘进忠放下，还未和先生说话，刘进忠已偷冷乘空儿拔步往外飞跑。他老子大怒，从后追上，一把将他后衣领掀住，啪啪便先打了他两个巴掌，喝声："再跑，便打断了你的腿！"

刘进忠这才流泪站住了脚，不敢逃走。

众同学各回原位坐着，朝他做鬼脸儿、刮嘴巴鼻梁羞辱他。刘进忠气愤极了，便又破口大骂。他老子忙又喝住了他。同时先生亦将各学生喝住，起身和刘进忠之父相见，一面让座，一面令学生献茶。

坐定茶罢，先生遂将方字拿给刘进忠父亲看了道："令郎到此开学，挂名已有了几天，无日不是很迟地来，老早地去，到书房屁股尚未坐定，便一会儿出外撒溺，一会儿又出外屙屎，简直无片刻闲暇好好儿地坐在位上。俺正待唤他到面前来盘问他的方字、教他的生字时，他已很自由地跑回家去了。有时他竟乘着俺教别人的书字时，和同桌的或隔桌的学生，或斗口，或交谈，甚至乱嚷乱骂，俺都看在他是初入学、不懂得规矩分上，饶恕了他，因怕马上就紧，唬得他不敢进书房上学。哪知他竟肆无忌惮、毫不畏惧起来。照他这样行为，定必破坏俺的馆规、带坏了别个学生，俺因此今天特地于他一到书房，便先抽暇问他的方字，想就便教训他几句，使他以后改过，不敢顽皮、嬉戏、胡闹，哪知他将方字弄得这般形状事小，兼且一字不识，很轻松甘脆地叫俺重给他写几个，重教会了他，俺因此教训他道：'幸亏这是方字，如将来念书本本都弄得污秽了，书角都卷起来破碎了，你父母哪来这许多钱买书？便有钱买，俺亦不能容你，使别人看样，坏了馆规。现在如不教训你，你定必难记着，日后胆子大了，便打骂亦不成功了。'俺说罢，遂取戒尺，拉过他的手来打手心。才打得一下，即被他挣脱了手，拔脚逃跑了。俺命学生们追赶，抓他回来时，他居然拳打足踢、推搡恶骂，把各学生打跌了，他一溜烟逃回家去。各学生被他打骂了回来，流眼泪鼻涕地回禀了俺，俺才令他们往府上去转请你，将令郎抓送了来。现在他当着你的面居然还敢骂人、偷冷逃走，背了你的面时，举动顽皮、行为野蛮，可想而知了。

"俺在肃宁地方处馆启蒙，教育已非一年了，像令郎这样的顽皮学生，却是破题儿第一遭初次教着的呢。照这样的学生，俺情愿领骂，绝对不敢应诺教授，一则怕因俺自己的教育方法不良，管不严，误了人家子弟；二则怕被顽皮学生破坏了俺的馆规，书房名声难听，故俺今日请你大驾到此，表明缘由，请尊驾即将令郎带了回去，从此退学，不必再来。"

他老子听罢先生言辞，忙向先生欠身拱手，要求老夫子息怒，仍请先生管束教授小儿，并请先生当面责罚，说罢，立起身，朝先生一躬到地。先生忙欠身回揖答礼，只得应允了请求，立刻取过戒尺，喝令几名学生，移过两张凳子，将刘进忠按倒，马爬在凳上，掀开衣裳，褪下裤子，便打他的屁股。

刘进忠已先在家吃过一顿屁股了，此刻比在家不曾褪去裤子的打法又凶了倍数，打在臀上，正是雪上加霜，好不厉害。先生才打得一下，即已熬受不住，竟杀猪价高声嚷叫，狂呼起痛来。先生见他屁股上皮肉颜色红通通的，本已留了神，及见打得一下，已狂呼疼痛，便知在家已被打过，遂顺手又打了三下，即住手不打，喝问他下次不敢顽皮不了。一件件问过，待他招认过不敢之后，这才吩咐各学生将他放手，罚他朝圣人牌位跪下，并又重写了聪明智慧四个新方字，移张凳子，放在他面前，将四字重新又教过了他，这才和他父亲谈心。说："学生上学读书，究竟但靠在书房内受先生的教导，每天能有多少时间？全靠父母兄姐等尊长在家中管教，方才可以成器，所以说家庭教育比书房教育格外加倍紧要。像令郎这样的泼皮顽强，放学回家，最好不放他出门，务必使用种种教育方法，将他劝诱上轨，庶几上学读书，可能事半功倍。"

他老子称说承教，便谢别先生，回转家去。

当日刘进忠总算跪在孔夫子位前，好容易强记着，背诵了聪明智慧四字，才得起来上位。

待到次日上学，先生盘问他四字时，他便不看着字块儿，随口认识，背书般背出四字来，不论是智慧两字先认，他亦认作聪明，不问是否聪字，只要第一个取出问他，他便认为聪字，先生问了半天，见他仍不识，便又重教了他几遍，逐字令他看清。哪知他竟如蠢牛般毫不理会。先生教上火来，便取过戒尺打他的手心，哪知他竟破口骂先生，挣脱了先生抓他的手，和先生对打起来。先生大怒，喝骂："反了！"抓戒尺向他浑身乱打，打得他不敢回骂回手，才执住他的手腕、两手，各打了五下手心，打得如同发锈的出笼馒首般红肿起来，仍罚他跪在圣人面前，吩咐："四个字如再认识不清，今日便关在书房里，不许回去。"说罢，即令一名大学生去逐字教他。那大学生领命教他多时，他仍不能识认清楚，教上火来，不愿再教，回禀先生。先生无奈，只得令大学生回自己位上去念书，将他喝令起来，唤到自己面前，好好儿地温言和色逐字又教了他几遍，令他上位去好生温读。他走回自己位上，心中恼恨这四个方字害自己挨打受骂罚跪，竟索兴拿来撕碎了，抛在地上，口中混骂着，脚下却朝书房门外飞跑。

先生看见，吆喝不住，只得叹口气，令学生带路，亲自到刘家去，将情形告知刘进忠的父母，坚决革退了刘进忠，不收这个顽皮蠢愚、一窍不通的这生。他父母无奈，只得送别先生，将儿子抓过来，狠狠地一顿打骂，改送往别处书房内去上学。

入学的第一日，便和同桌的学生相骂打架，被先生责打了两下手心，因此刘进忠认定教书的塾师都是和自己不对的，发誓不愿再上书房。当即一口气溜回家去，哭诉父母，不肯上学念书。他父母恨儿子不前进，心中一气，便索兴将他送往富户人家去做牧童，放牛牧羊，使他自己去挣衣食，以为给他苦过了一年半载，天质开通，或肯攻书上学了。哪知他做人家的牧童，却很情愿，并不误事，亦不认为苦。

待到过了一年，他父母又送他上学时，他竟爷天妈地地号哭起来，不肯去受先生的乌气。他父母无奈，认定此子定无出息了，遂不再使他念书，仍令他往富户人家去充当牧童。他却欢欣应诺，每日去做牧童，混得三餐饱、一觉睡，便算完事。他每日在牧牛看羊之时，无一日不同别人家牧童在荒野地方角力斗拳，练习跳跃本领，牧罢回来，又和同样年岁的邻家童子、或近处的少年在一起练习枪棒，比赛弓马，居然被他练成左右两手都能开弓射箭，和又能反了背射的绝技，拳棒功夫虽不甚深，但是依恃他的蛮力，寻常三五十名少年休想近得他的身，拼命厮杀，竟能独敌五七十名汉子不致吃亏，因此刘进忠的武勇名望便布满了家乡地方。

彼时他在牧罢闲暇之际，除去和几个同好的少年比斗拳棒、练习弓马之外，即往附近地方设有赌场的处所去押宝赌钱，他的赌本来头即是从几个同练拳棒的少年身上取得，取得之法，乃系激诱他们和自己打赌角力，输了的每次输钱若干。那班少年谁也不是他的对手，故此被他每次独赢。大家输了不服，加倍下注，和他打赌，思量翻本，结果都是徒劳。他赢得银钱，便去买肉沽酒吃喝，多下的便往赌场内去押宝推牌九。初时他去赌钱，无不得心应手，每次大胜而归，因之他的胆子愈赌愈大，心思也愈赌愈狠，押的注子亦逐次加增数目。

开赌场的人本系当地青皮光棍流氓土豪，原靠敲诈厮打和诱人聚赌抽头，并贩卖私盐人口等事为生的，开赌以来，从未被赌客每天大赢、庄家亏蚀的。自从刘进忠混进赌场来下注之后，每晚必被他将银钱赢去，装满了衣袋、肚兜和招文袋、两袖管等处回去，从未输过一次。大家都说刘进忠的偏财运好，所以押无不赔，绝无被吃输空了袋底回去之事，因此即有许多赌客跟着刘进忠下注。比如赌牌九，刘进忠押上门，大家也跟着押上门，刘进忠押下门，他们也押下门。庄家掷骰拿牌，翻开看时，总是刘进忠押的上门或下门

9

巧吃庄家，比如庄家拿着地九，刘进忠便拿着天九，庄家拿着人十八，刘进忠即拿着人十九，庄家单赔刘进忠一人还可以支持应付，无如大家都跟着他押，庄家掷骰翻牌，无回不输，赔大众赌客的注子，哪能有此长力呢？因此庄家急了，暗请人向刘进忠打招呼，情愿每晚盈利和他分润，请他以后不再下注。刘进忠不允所请，经来人说之再三，他便提出苛刻条件，要求每晚和庄家盈利对分，否则不允。

开赌场的众流氓恨得信大怒，暗中会议，以为如合力做倒了刘进忠，怕他武勇难当，未可定能得胜。且恐风声传出，吓得赌客胆寒，不敢上门来赌，大家还靠什么进款过活？如不做倒了他，每天开赌，无不蚀本，大家光棍汉，哪来这许多银钱亏蚀？议论久之，方才想出一种计较，在骰子中心，镶嵌好金属物品，使吸铁石在桌子下面做就机关，不论摇宝牌九，统可以任意自由，要骰子几点便是几点，稳可使庄家独赢，吃重赔轻。

议定之后，当晚即照计进行，果然刘进忠的钱押到哪里，庄家便吃到哪里，不论注子大小，总是只吃不赔。刘进忠输上了火，便回家去将连日赢得的款子一齐使褡裢装着，扛在肩上，跑回赌场内泼赌，以为总可翻本。哪知连押连吃，不多一会儿，已将褡裢内银钱输得空空如也了。

刘进忠输急了，在大怒之下，哪还顾得什么？死守在赌台面前，腻着不走，仍欲下注，赌了翻本。庄家哪肯承认他的空注呢？刘进忠在急切之际，急欲翻本，遂向相熟的人称贷，熟人知他家境情况，职业低微，哪肯将钱借给他呢？

这时，开赌的人因恨他已极，想把苦他吃，遂假意做好人，答应借款给他翻本，但须他以主家命他牧养的牛作抵。刘进忠以为自己偏财运好，适才乃是偶尔失风，便以牛为抵押，亦绝不致要紧的，因此便立时成交。

刘进忠借款到手，拿到赌台上去押注。庄家见他来了，便又使用机关，连接着吃了他的注子。刘进忠输得精光大吉，再向人借时，休想再借得着，还在其次，却被那开赌的人逼着他要钱。刘进忠只得溜出赌场回家。

第二天在牧场上放牛放羊，那开赌的人已带着几名光棍寻到牧场上来，逼令他还钱。刘进忠商请展缓，那开赌的焉肯答应呢？便牵了他所牧的一头水牛和一头黄牛，大踏步就走。刘进忠追上去争夺时，被众人将他拦住，揪扭成一团，直待那开赌的牵牛去得远了，大众方才一哄而散。

究竟刘进忠失去耕牛，如何回主家，请待下回续写。

评曰：

　　史家书叙魏珰，云其本名刘进忠，忠贤乃其假名，本回盖据史纪实也，至纪其好勇斗狠、能两手开弓、性好赌博，皆一本正史所载，非若其他说部，信笔写去，漫无根据可考也。

　　神、光、熹之朝，王安为内侍中之最忠正严直者，其遭众阉寺宫人之忌也亦最甚，其后终为客、魏所谋杀，明内庭自王安死，而益不可问矣。噫嘻！

第二回

逃囹圄死囚越狱
投舅妗浪子出宗

话说刘进忠因赌输了，将牛为抵，借本复赌，又输成精光，懊丧而归。次日被开赌的人领了几名流氓到牧场上将他所牧的牛牵了两头便走。刘进忠被众人拦阻着不能追赶，待到开赌的人牵牛远去，无影踪，大众方才一哄而散。

刘进忠只得先将牛羊等赶回主家，转身去寻那开赌的人说话，寻问了半日，方才寻着。那开赌的人已将两头牛卖给宰坊里宰了，得价回家，与刘进忠相遇，被刘进忠一把揪住，要他还牛。

开赌的人狞笑道："好小子，你睡扁了脑袋，也莫想还你的牛了！"边说边从身边摸出卖牛所得的银子来，一扬道："你瞧，俺已老实不客气给你把牛卖了，还俺的借本了。现在牛已被宰，正在剥皮呢。欠债还钱，事理之常，你拖住俺干什么呢？"

刘进忠大怒，冲着那人就是一拳，将他手内银钱打落了。那人被打，焉肯罢休？便和刘进忠揪打起来。先时刘进忠独敌数人，才致被他牵牛远走，此刻个敌个地厮打，那人怎能敌得住刘进忠的蛮力呢？当即被刘进忠打跌在地，一顿拳足交加，直打得那人头青眼肿、皮破血流，末后连踢了两脚，都踢在那人的腰眼里，因此踢成重伤，躺卧在地上，动弹不得。

刘进忠从地上拾起银钱，收在衣袋里，大踏步回家，他父母见他身上有血，面容有异，老早回家，便问他何故。刘进忠便撒瞒天大谎，哄骗父母，急切间扯谎不能自圆其说，反引动了他父母的疑心，遂追问得紧了，刘进忠无可遮掩，只得将经过情形据实告禀父母。他父母大惊，忙说："哎呀，这可怎么处呢？开赌的人都是些光棍流氓，你打了他，他焉肯就此甘休？势必到此报复，万一被你打伤了人命，这场官司可就冲家破产了。主家的牛被卖了，哪能不追问呢？你快去见主家，面求恕罪，将牛价银钱缴了。"

刘进忠一面安慰父母休得惊急，一面拿了银钱去见主家，说明原因，托言系被人盗卖，由自己去追着，夺回银钱的。那主家收了银钱，刘进忠告别回家。主家认定刘进忠必定另有原因，当面不说，背后着人出外打听，哨探着实情。主家得信，以为刘进忠日后因赌输了，难免由他自己盗卖牛羊，不如乘早辞了他的活儿，因即着人去对刘进忠的父母说明，辞去刘进忠的活计。他父母正因此烦恼，肃宁县的捕快公差已经持牌票到来拿人了。

原来那个开赌的人被刘进忠踢打重伤，由人看见，抬送他回家。到家未久，便已气绝身死。死者家属忙赶进城去，到县衙击鼓告状。县官接了状词，一面派捕快下乡捉人，一面令仵作人等去验尸。

刘进忠的父母见捕快到门，即已知道是人命官司了，唬得浑身抖战。恰巧刘进忠从外面闯了回来，见状，转身要走时，早被捕快捉住，连同他父母，一齐锁拿进城，径到县衙缴差。县官很为廉明，当堂便将刘进忠的父母具结释放了，只将刘进忠本人定罪收监。刘进忠坐在大禁里，知道自己生命危险，日夜思量，该当如何脱险，结果被他想出个越狱的主意。暗中联络几名死囚，定好计策，大家凑集银钱，托禁子沽酒办菜。当晚故意邀禁子来吃喝，大家轮流劝酒，将禁子灌醉了几名，余下的便使用武力，打倒压服了，捆缚在一边，大家这才各将镣铐设法敲下，从低处爬上屋檐，黉夜跳出狱外去，由僻道逃到城门口，合力打倒了看守城门的人，开城逃将出去，分散逃走。

刘进忠连夜回家，报过了信息，要父母赶速躲避，自己亦不敢逗留，只取得几件衣服，便乘黑往外方逃走。边逃边忖，前途茫茫，该逃往何处去安身立命。忽然想起，自己的嫡亲母舅魏逢春现在京城里做花匠，并无儿子，当年本有将自己立嗣承继的话头，现在俺何不赶进京城、投奔母舅呢？想定主意，便辨明路径方向，径往京城进发。一路趱程而往，沿途不敢耽延，典质衣服作为盘缠。

那日赶进京城，访问到魏逢春家中，拜见舅父舅母。魏逢春夫妇老而无子，见外甥从家乡到来，不禁大喜，先问过他父母身体安康后，才问他的来意。

刘进忠扯谎道："俺受人家雇去做牧羊放牛的活计，不料被一群流氓到来强抢俺的牛羊，俺寡不敌众，当被他们牵了两头牛去，俺只得紧紧追赶，寻找着时，牛已被他们卖去宰了，当被俺将牛价夺回，交还了主家。因此和流氓结怨，被他们来寻俺打报复，俺因被他们众人围攻，心中发急，遂和他们拼命，结果被俺失手打死了一条人命，当被他们捉住，送官究办。俺在牢里坐着，思量无计脱身，恰巧监内有几名同被判死罪的犯人，大家相约，越狱逃生，因此俺才得脱樊笼，无可投奔，才投奔到此地来的。"

魏达春听罢，打了个寒噤，心中虽然唬怕，但因刘进忠是自己的嫡亲外甥，急难来投，情难推却，只得收留在家。由此刘进忠便改姓魏，认魏逢春夫妇为义父母，每日帮着魏逢春扎花发卖，人家只知他为魏进忠，哪知他是本姓刘呢？

魏进忠在京城内帮做花匠，闲暇时候，便往街坊闲逛。时日既久，认识的人多了，便又旧态复萌，时与市井无赖为伍，成群结党，抬枪使棒。

魏逢春见他甘自堕落，沦入下流，屡次教责不听，便赌气不再劝诲，任凭他去。

魏进忠既与无赖结交，好勇斗狠之外，便又和若辈偕同赌博，有时往赌场内押注，有时便与同党在一处聚赌。彼此赌博既久，或输或赢，往往有借贷的事发生，习以为常，漫不留意。

有一次，魏进忠聚集众无赖赌推排九，大家轮流作庄。魏进忠连作过几个无赖的庄，都大获胜利，以为自己今日的财运甚佳，稳可饱赢一次痛快，哪知大家推过庄后，轮到魏进忠推庄时掷骰开牌，便尔失风不利，推到后来，魏进忠将先赢的完全输去外，兼又输了个大窟窿。大家在前原赌的筹码，每次都在结束后大家现款结账，这时魏进忠大输特输，将陆续赢得的现款完全拿出来算还人家尚欠得很多，只得约期下次赌罢再为结算清还。待到第二次，魏进忠又和众无赖聚赌，照例仍先用筹码，赌到末了，魏进忠变作了倭子涉河，越涉越深，本不曾翻成，又输成了亏空。大家逼着他索讨，只得又改约在下次总算。到得下回，魏进忠满望此番赢了，能将前欠了清，哪知偏又失利，比前两次输得更多，结果又不名一文。大家耐不住了，齐嚷："小魏，你每天都是如此，真个想白手求财吗？难道人人都是傻汉，只有你一人是精明机灵的不成？此番可不能轻易放你过去了，非拿出现钱来不行。"

魏进忠被大众包围着，无计可以脱身，只得又向众人婉言商量，往后准定现款结账，绝不拖欠分文，以前的欠款随后每次拨还。大家见他身边无钱，逼亦无益，只得约定下次结账时定须现款交易，所有以前赌账，明日至少先还一半，余一半随后分次偿还。魏进忠急于脱身，只得应诺。

次日又赌，魏进忠才来入局，大家见面就问前欠如何。魏进忠含糊着道："且待赌罢决过胜负再说。"大家因他每次总是空手入局，赢着带了走，输了便欠账，故此临时议定，改变规例，大家一律以现款入局，现吃现赔，不用筹码。

魏进忠来意，本想赢了翻本，即拿他们的钱还他们的债，不妨有此改用现款的招儿，临时发生，闻言，放眼一看，桌上赌的并非现银，便指着桌上筹码带怒责问众人："何故如此小量人，要改用现钱入局，分明是合伙儿对付俺姓魏的，实令人气愤不过。当真的俺

15

非赌博不能活命吗？未免欺人太甚。"说罢，借此即和众人板起面孔，转身就走。

大家见他借此翻脸，明料他系发极，即说："小魏慢走，你哪一回不是空手来赢人的现钱？所以俺们才要改用现款。现在你既怪俺们欺负你，这个极其容易，只要你将以前欠的应约先还一半，并将身边带来的款子拿出来亮一亮，给俺们过一过目，俺们便可以照常办事。否则，不能和你合赌。"

魏进忠怒道："你们当面欺人，还要说这种现成话，要俺亮一亮腰包，为什么你们不肯先亮腰包给俺看呢？罢了，朋友们，赌债不在赌上还，难道想俺变卖田地房屋来还赌债不成吗？再会吧！"

说毕，拔步又走。早被近身的人从后一把抓住道："小魏，年纪轻轻，放值价些，休恁般汗皮厚脸地想狡赖。俺们总算放交情给你了，接二连三地已有好几次，临到结账时，你总是不名一钱。试想拿现的博赊的，谁肯干这个买卖呢？便是你自己，也可肯这样眼睁睁地老吃亏上当吗？"

魏进忠被拖住衣服，摆脱不了，只得回身将足立定，恶声问大众意欲怎么样。

大家狞笑道："杀人的抵命，欠债者还钱，有什么怎样不怎样呢？只要你将前欠俺们的债照昨日的约先还俺们一半就是了。"

魏进忠见大众逼紧，急中生智，便佯若无事地拍着腰包肚兜道："魏大爷今儿想翻本，并非身边没带钱，实欲在赌毕以后，决定了胜负，方才肯情愿照数给还。倘要在此刻就要俺先还，俺情愿把性命作抵，要钱嘛，非待到赌毕不行。"

大众听听他拍腰时，颇有响声，看他肚兜内情形，颇为饱满，再看他说话声口态度，都不像没有银钱的模样儿，因此大家一使眼风，便都以为倘如赌毕输了，好以账作抵，并不要输一文半钞，倘若赢了呢，更属楼上楼，再好也没有了。故此大家都说："很好，小魏，你此番务必言而有信，别到末了又使赖皮，那时可休怪俺们无情了。"

魏进忠笑道:"那是自然,君子一言,快马一鞭,岂有不算数的理呢?"

大家便分派筹码,邀魏进忠入局,掷骰开牌,照例轮庄。魏进忠坐下身,开首押注,非常得利,连接着赢了十来注。魏进忠见手气很顺,心中大乐,胆子便陡然豪壮了。

未知究竟输赢结果如何,请待下回再写。

评曰:

> 今世研究社会学者,咸谓人类有三大害:曰赌博,曰烟与酒,曰娼妓。此三者胥为造成社会病态之总因,故此三害不除,人类无恢复健康之望,即社会秩序,永难得长治久安之乐。本书自上回以至下回,虽为记叙魏阉当年进官服役之由,而实则借魏事警世之好赌博者,沉湎其间,流连雉卢,卒至身败名裂,堕落而不克自拔,造成社会毛贼之一因,故大声疾呼,希冀读者举一隅以三隅反耳。

> 史家载叙恶人,往往先言其血统紊乱,绝灭宗祀,盖亦所以示深恶而痛绝之微意也,故魏忠贤之本氏刘,即其一例云。本书据史纪实,粤稽可考,非若其他说部信笔漫涂者所可比拟也。

第三回

萌故态儇儿惹祸
逼赌债无赖割肾

话说魏进忠入局以后，连押连赢，牌风极其顺遂，以为今日转了风水，心中一乐，胆量陡增，那押下去的筹码便陡然增加了倍数。哪知筹码押得多了，牌却拿得坏了，先翻开一张看时，乃是张地牌，魏进忠大喜，连那在旁跟着押注子的众赌客也以为见面就佳，底牌定然很好，不猜地杠，就猜地九、地八。哪知魏进忠做着姿势，拿起第二张牙牌，先慢慢地露出半截，却是四点红点。大家看见，都猜是张人牌，哪知掩着的半张露出，却是梅花式的五点黑点。

大家见是张红九，不由气都短了，但仍自相安慰，以为庄家牌风正不利，有点儿不为输，都希望庄家拿的是瘪十，或是长一、短一、无名　。于是纵目观看，庄家手内的牌第一张翻开放在桌上，乃是张虎头（一名五六）。满希望那张未翻开的牌是张三六，不料庄家将牌摸在手内，掩着一张，面容顿现喜色，朝天翻，便开伸手来吃各下家等所押的注子。大家看得清楚，那张后翻开的亦是五六张，正好成做一对儿，乃是庄家独大，全盘统吃的牌。

魏进忠输了这一副，以为庄家拿着对子，照讲应该封后瘪，边想边看在坐的赌客大众，思想目光如何，果见大众都各死命地押注。魏进忠以为智者所见略同，正是先得我心，便亦跟着将赢在面前所有的筹码，狠命往下押，做了个孤注。

及至大家将牌翻开，魏进忠拿着的乃是副天十六，庄家拿的是副无名七，恰好巧吃。因这一副，魏进忠已将赢得的筹码输去，只剩着本钱的筹码未动了，心中一定，唬得暂时观望，不敢连接下注，直待连望着庄家推过了两三次牌，有吃有赔，心中方才安定。拿筹码如前小押，可巧又连押连赢，不由胆子又豪壮了起来，便冒险如前再押一下大注，哪知奇巧适又被庄家吃去。魏进忠赌了半天，并无输赢，心忖自己只应小赢，不可押大注，于是便守着稳健主义，专押小注，哪知偏又不然，竟连接着被庄家吃了去。一副筹码输完，魏进忠心中发毛，只希望轮到自己庄上，能够满赢才好。

一会儿庄家已轮到魏进忠了，大家都因为和他有前账，所以胆气都豪，押下的注子无一个不是很大。魏进忠亦正欲他们押大注子，自己才好翻本，哪知牌风不利，连推了几副牌，竟输了三副筹码。照例，一副筹码共是五两纹银，魏进忠这晚共已输去四副筹码，实足共计二十两银子。还希望赌下去，得能转风翻本，不料赌到末了，又多输了两副筹码，合计一晚共输三十两银子，连以前积欠，总数统共一百来两。

结账时，众无赖围住魏进忠，要他拿出银子来偿还清楚。魏进忠腰包内实只带着一两来散碎银子，哪能还得出偌大的数目呢？因此只得向众人说好话，准定在明晚来赌时设法带来偿还。大家因他连约几次，都不应约，哪还肯信呢？一个也不答应。

魏进忠见众人都不松口，咬定在未入局前所说，赌罢照数现结的话头，人多口众，无可狡展，无奈只得嬉皮笑脸地再向众人婉商。说之再三，大家才肯答应，在明儿白天里，先还一半，至少须先还今晚所输的三十两银子，否则绝不轻易放过。大家宁可一文拿不着，情愿打场人命官司，使出流氓的手段来，合力对付魏进忠，三刀六眼，白刀子进去，红刀子出来，给大家戳几处刀伤，留剑疤做个欠赌债不还的记认，或是踢打一回痛快，庶几好警诫别个赖皮赌客、想来本就是讨便宜人。

魏进忠因受着众人包围，无法脱身，见众人松口，说出准定在明儿白天里偿还的话来，这正是给自己转圜，让自己脱身的机会来了，岂可错过呢？因即顺着众人口风，随意答应，说："明天绝不误事，列位再见吧。"说罢，起身与众作别，径自回家。

　　睡在火炕上，寻思明天众人来索讨赌债，该如何搪塞他们方可应付得了？想了半天，只有给他们个避匿不见，免得被他当面不留情认真地做出来。虽然他们说的白刀进、红刀出，和踢打一回痛快的话头，无非是空言示威，但是市井无赖，偷窃扒拿，厮打讹诈，狡赖诬罔，甚至杀人放火，哪件做不出？万一果真被他们碰着，在火愤头上，也许说到做到，亦未可知呢。

　　因这一想，便陡然觉得害怕起来，因此天才黎明，便起身洗漱，胡乱吃了点儿食物，向义母即魏逢春的老婆索得两贯钱，急匆匆地走往前面去，远远地躲在魏逢春家的亲戚家内，暂避众无赖的面。直待到初更时分，方才潜行回家。

　　他义父母见他回来，便问他因何短欠许多市井无赖青皮光蛋等的银钱，竟致寻闹上门，口中妈妈奶奶不干不净、声势汹汹，竟像要动野蛮的模样儿，怪不得你绝早起身便跑出门去了呢，这真叫作自病自得知啊。

　　魏进忠闻语惊恐，便将原因告禀两老。他义父母老两口子听罢，不由大惊道："你这孩子，真正淘气透了，在家闯下大祸，逃难到此地来，至今案尚悬而未结，幸亏父母官贤明，不曾害累你亲生的老子娘，代你这个宝货去坐监牢，吃冤枉官司，真乃祖上有德，仰赖先人在冥冥之中保护，才得平安无事。现今你改姓承继在俺们家内，未曾多时，便又小人闲居为不善，旧病复发起来。俺俩谨戒教诲你已非一次了，哪怕俺俩说得舌敝唇焦，你只是当作耳边风。现在果又惹下祸水来了，早晚被这班无赖碰着，岂肯甘休？有道是相骂无好言，相打无好拳，万一彼此较量，交起手来，任凭你力大如牛，好汉尚难敌双拳呢，那时你定必吃亏，你的这条性命岂不就很危险吗？即或他们打你不过，你在家乡也曾逞勇打杀人命，难保你在京城里就能不伤害别人，一则京城内外，在皇帝脚下，非比得别处边远小县，打死人命，立刻就得抵罪受刑；二则那班流氓都是些亡命之徒，什么事情做不出？你如打死了他们，马上就得抵罪，如打伤了他们，他们正好借此敲诈，又得官司打又得银钱花，非至冲家破产不可。假如你被他们打了，死算白送一条命，他们动手人多，凶手你想该告谁是好呢？伤了吧，他们大半都是光蛋，你到哪里去寻他们才好呢？孩子，你自己想想看，该怎样才得太平呢？一百来两银子，凭着俺们贫穷人家，哪能马上拿得出呢？即使能还得出，你生成的这副害交下流、贪懒食馋、好勇斗狠、爱赌酗酒地叫花痞、劣根性，哪能改得了呢？"老两口子越说越气，越想越怕，不禁都挂下两行眼泪来。

魏进忠被责，自问天良，实属无言可答，满面羞惭惶恐。

正在此时，猛听得外面有人敲打大门。老少三口听得，都疑是众无赖又来寻问，各唬了一跳，魏进忠吓得慌忙往义母卧房内逃躲。魏逢春忙问外面是谁，边问边从桌上掌了烛台，走往大门口去。走在天井里，已听得外面唤道："逢春兄，是咱家，请您开开门，咱家有事呢。"

魏逢春听那声音甚熟，已辨得出来人是谁了。便问道："可是王公公吗？老兄弟，您为什么夜行啊？"说着话，已走到门边。

外面应道："逢春兄，咱家正是王霸，惊扰府上，烦劳大哥了。"

魏逢春边说："自己弟兄，说什么客套呢？"边已左手接掌了烛台，右手拔去门闩，开门迎让来宾进内。

王霸走进大门，回身抢着将门代魏逢春关上拴好，边口中道着惊扰，请问晚安。

魏逢春邀王霸到里面去坐下，他老婆忙倒了杯微温的茶来敬客。

原来王霸亦是肃宁县人，和魏逢春乃是邻舍，现在皇宫内充当太监，奉王安命，派在魏朝辖下充当魏朝的副手，助理事务、听候差遣，闲来无事，或奉命出宫采办，不时常到魏逢春家中来坐地谈天。彼时宫中太监，河间府属各县地方的人民颇多，直到清朝时代，由顺治至宣统，经过二百数十年，内监仍多半系河间府属籍贯的人民，因袭相承，前后数百年不变。其故皆由同乡互相援引，时人皆不以充当内侍执奴役为耻，反因有"在京太监出京官"的谚语，认为无上尊荣，大有求为此而不得之慨，即内监自视，亦自以为是操一种职业，如常人服务社会、营生活一样，毫不为怪，恬不知耻，是以造成数百年承袭的因果。闲话休提。

当时王霸因系常到魏逢春家来者，故魏逢春的浑家并不回避，同时魏进忠躲在房内，亦已听出了王霸声音，不由惊魂大定，便亦走出房外来，和王霸相见。

王霸从魏逢春的老婆手内接过那杯微温的茶来时，无意间早已窥见她的面庞上带着忧虑容态，现有两线泪痕，兀自温着未干，因此心疑，必系她受了丈夫的气，所以流泪愁怨，遂不禁留神朝魏逢春面上一望。只见他面上亦现有两行眼泪痕迹，眉头紧皱，颇像有心思模样，忍不住问他夫妻俩因何面有戚容。

二人见问，不由长叹一声，将魏进忠所招惹的是非说给王霸听。刚说到一半，魏进忠已由房内走出来，遂打断了话头。

王霸道："大哥大嫂，你俩不必顾忌，何不说完了呢？"

二人被催促着，只得诉说完毕，并说："王公公，你看这小厮淘气不淘气？俺们如责打他吧，又怕他心中怀恨，不念恩而反记仇，便怕闲人知道他是义子的，在背后议论，说自肉自痛，不是亲骨肉，究竟两样看待的，所以俺俩又不能怎样过于管教他，真正是件难事。况且为人一生，自己要好才得成人，倘要人管，总好亦不过如此了。王公公，你看俺们这话错不错呢？"

王霸点着叹道："有理有理。"

魏逢春夫妻又道："王公公，您来得真巧，现在进忠犯着这危难，正苦无法应付，不知王公公您老可有什么妙法吗？"

王霸笑道："此事极其容易，欠债的还钱，只要你们两老拿出百十来两体己的银子来，给他还清了，便可以无事了，也犯得着忧愁吗？"

魏逢春叹道："老兄弟，俺哪能比得您呢？百十来两银子，在您们眼中固然不足为奇，可是在俺们经纪小民看来，足够一家老小使用年余月日，或许还有得剩余呢。辛辛苦苦地忙上一年，也积不上几两银子，一时间哪能拿得出这么许多呢？"

王霸听罢点头，随说："不妨，下次他们来寻进忠时，可和他们约期归还，赌账不比得别的债务，尽可以打折扣还钱，只消讲定了日期，折实了数目，你们老两口子如果拿不出全数来，咱家尽可设法代垫，了结此事。"

魏逢春夫妻大喜称谢。

王霸笑道："咱家来此有事，说了半天，反将咱家来办的事搁置住了。"

魏逢春便问："老兄弟，您来有何赐教？"

王霸道："上次咱家拿了您扎的花篮带进宫去，西宫贵妃郑娘娘见了，非常欣悦，命孙暹查问这花篮是谁从外面带进宫来的，吩咐原人照样儿再去承办，须要每天两只。如须增添，临时再当传谕，该钱多少，着令往内务府去支给。咱家因此于这时赶来，敲门打户地搅扰您家子，因为明日白天，咱家就要来拿进大内去复旨的。"

魏逢春听罢大喜，拱手谢王霸关顾将这个原利美差来照顾自己，预计进忠亏负的百十来两银子，不消多时，便可在这件内庭买卖上完全捞了回来，当即应诺连夜照办，明日绝不误事。

王霸便在身边摸出两锭五两的小银锞子来，交给魏逢春道："这十两银子算是先付的定银，只要你将样式扎得新奇，颜色配得美丽，气味务必芬芳，保可得着郑娘娘的欢喜，一宫如此，别宫立刻学样儿。老魏，您大哥随后日夜雇工帮着扎，恐怕还来不及呢。"说罢，起身作别自去。

23

魏逢春跟着去关了门回来，教训了进忠几句，一面夫妻俩忙着配备鲜花，扎成花篮。

魏进忠当夜睡在炕上，心中思想，因为曾见王霸，陡然触机，想着肃宁人在宫内充当太监的极多，只消有一技之长，得到皇上、后妃尊宠，马上就是现代第一红人了。但在俺耳目中所闻见的几位同乡内宫，谁不是贫寒出身，现今都在家乡地方买田地、造房屋、照样富埒王侯、奴隶士绅呢？想到此，便想到自己身上，在家乡犯着命案和越狱的重案，在京都又和各无赖惹下纠葛，真有居此不可、回乡不能之苦，他们如不来逼索则已，如果逼迫太甚，俺不如就借此使出泼皮凶狠的手段来，当众将下部割去，算是抵还他们的赌债。俺候伤愈之后便投身进宫做老公去，岂不强似现在闲荡着的生活吗？

主意想定，一觉睡去，直到次日晌午时分，方才起身，一问义父母，众无赖可曾来上过门。魏逢春夫妻齐说未曾来过。又说："我的儿，现在你可以不必回避他们了，有王公公答应帮忙，肯借银子给俺们了事，只消你和他们会见，约期交还，以后不再和他们来往交结，改过便是了。"

魏进忠依了他义父母的话，便不出外躲避，专在家中等候，一面暗自藏了把牛耳解腕尖刀，备而不用；意欲待至被逼到无可奈何之时，便照着预定计划行事。

当日直待到晚，并未见众无赖上门来索付，以为他们已松了劲，绝不至于过于紧逼了。哪知到得第二天早晨，魏进忠刚才用罢早膳，众无赖已经结党成群地合伙儿同来寻找了。一见了魏进忠，开口便问："小魏，银子预备舒齐了没有？俺们大家当初输给你时，都是白花花的现银，纵有拖欠，亦只不过是一点儿零头尾数，从来没有像你积欠到这么许多的。现在长话短说，你快将银子拿出来还清俺们，朋友便仍是朋友。"

魏进忠见大众言三语四，纷纷喧哎，便说："大家且慢嘈杂，你们此刻到来，是要钱还是逼命？俗语道得好：'赌账钱，欠三年，有便还，没便一笔勾完全，官司打不出理由来，讨债的还得被罚受责在衙前。'难道这几句俗语歌谣，大家都不曾听见过不成？"

大家见他信口杜造出这几句俗语来，仿佛秀才先生在宴会席上说的什么急口令一般，分明显露出赖债的口气，不由一齐大怒，暴跳起来，拖了他簇拥着往外便走。

魏进忠见大众来势凶恶，便伸手一摸怀内隔日藏在身边的那口尖刀，兀自在着，遂坦然随着众人往外就走道："不要紧，不要紧，大众只是要赌债，不是来逼人命的，有话好讲。拖拖拉拉的，给街坊邻舍看见，须不雅观呢。"边说边已走到门外，随众来至街道中间，遵着预定的意思，对众人道："不瞒各位讲，俺实情在近几月内没有银钱，叫俺拿什么给各位还你们的赌债呢？现在俺和你们商议，以后每三天抽还十两，限定在一个月内还清。照讲，赌债不比别的钱债，本应该打对折八扣还现的，俺姓魏的也不想占各位的便宜，折扣就不打吧，日期却须远上一点儿的。俺这个办法，各位依得最好，不依呢？俺也没法，情愿和各位到大兴县衙门去打场钱债官司，领骂挨罚坐监牢抵偿吧！"

大家见他又约日期，空心汤团吃过已非一次了，哪还肯信？况且说话声口完全是泼皮狡赖，并不像还钱的样儿了，大家哪里肯依呢？因此一声鼓噪，都说："俺们和你打官司，可没有这么空闲，现在你要想赖债，俺们便先当面给你一个现开销，打断了你的手腕脚胫，然后再向你要钱，不怕逃上天、钻入地去。"说罢，一齐勒袖揎拳，向魏进忠便打，四面围住攒殴。

魏进忠一看不是势头，光棍不吃眼前亏，被他们打伤了，可不是要处，因即高喝一声："各位住手，俺还你们的钱就是了。"边说边闪让招架，总算不曾被众人打着要害。

大家见他说还钱，便都住手道："小魏，谅情你也不敢赖俺们的债，不怕你不还。"

魏进忠见大家住手，便趁势偷冷，往旁边的三五个无赖急使大鹏展翅式扑打前去。那几个无赖忙向旁闪避时，早被魏进忠趁势冲出围外逃跑了。

大众齐喝："好小子，你想逃往哪里去？"边喝边一齐从后急追。

魏进忠见大众追来，便往街旁一家药材铺里逃跑进去。大家哪里肯舍？便亦吆喝着追赶进内。药铺里柜友、伙计等人见状大惊，齐喝："各位要打，请往外面去，俺们这里不是茶坊酒肆，不好作评理谈判的地方。"

众无赖被药铺内人喝住了，只得立定了脚，指着魏进忠嚷骂："没种的小子，你想逃到人家铺子里躲着，便好赖债不还吗？"

魏进忠回身朝外立定，冷笑回骂道："谁没种？你们自己才没种呢！"边说边探手入怀，嗖一声掣出那口尖刀来，执在手内，指着大众狞笑道："朋友们，俺欠你们的赌债，一时没有现钱，你们就恁般苦逼。好！开膛破肚，白刀子进，红刀子出，方才是光棍的本色，有道是好汉犯法，自绑自杀，俺小魏短欠你们赌债，统共只不过百十来两银子，算不了怎么一回事。现在俺银子虽没有，金条却有一根，随身带着，俺就拿它出来算是还给各位的赌债吧。"边说边掀起下裳，一手扯开裤子，探手进去，露出毛茸茸的那个下部来，回头望着药铺柜友、伙计道："费各位的神，给俺使一点儿好药，救俺一救，并做一个证见，免得以后这班王八羔子再围住俺讨欠，纠缠不清。"说罢，咬牙发恨，手起刀落，已将下阴割却，血流如注，裤履均红，勉强忍痛，将那物掷给众无赖，啼声："拿去，俺已还清你们了，看究竟是谁有种气。"说罢这几句话时，忍痛不住，已仰面卧倒在药铺的店堂里了，手足颤动，面色灰白，形如死去。

不知究竟魏进忠性命如何，请待下回再写。

评曰：

明武宗时，奸阉刘瑾之净身入宫也，相传亦为自宫，魏忠贤之溷迹禁苑，盖有鉴于乡人士之为寺竖者，衣锦还

26

乡，奴隶官府，鱼肉人民，颐指气使，几如帝子出巡，故私心羡慕，而自甘为此耳。唯其净身方法，竟效刘瑾所为，前后几出一辙。噫嘻！岂阉寺为奸，亦有所师传矣乎？

魏进忠少年无籍，喜与市井游民伍，既遭夺牛命案于先，又演割肾惨剧于后，其所以不死者，盖皆侥幸耳。然则世之子弟喜与游民交者，盖亦可以鉴矣。

第四回

太监娶寡妇千古奇闻
皇帝袒乳母万年秽迹

话说众无赖环立在药铺门内，仿佛筑就的一座肉屏风，并和一堵肉短垣一般，大家望见魏进忠掣出刀来，掀衣拉裤，露出下部，恶狠狠地说出那番言语，都以为他是借此示威，希望有人出来说话，给他解围，故都料定他断不会当真地做出来的。

本来青皮光棍被债逼迫，当众割肉还钱，乃是泼皮浪人等的强横无赖手段，在大众虽有未曾目见，但亦实已耳闻，故可算得都是司空见惯，并不足为奇。唯有那药铺内上下人等，自从出娘胎胞，以至长大成人，绝未闻见过这种泼辣的事实，却不料现于目前，不由一齐大惊。当初见时，合铺上下都如唾一口沫，闭目低首，回头不迭。及见魏进忠说出那几句请用好药的话来，这才同声忍不住齐嚷："您这人好没来由，怎么在俺们铺子里干这种营生呢？快请住手，果真要割，亦请移步往外面去割，免得害俺们铺子里人给你代打这场无名的人命官司。"又齐嚷道："各位都请出去，俺们这里要做买卖，招待顾客呢……"

话犹未完，魏进忠已刲然一声，将那件命根子割落下来，血淋淋地掷到众无赖面前。说罢那几句狠话，扑通一响，仰面朝天，跌躺下身体，倒卧在地上了。

众无赖出于意外，都不禁大吃一惊，立在前面的且被那鲜血淋滴的血点儿洒染了面手衣服各处，早已唬得往后倒退，且大家见已闯祸，要债逼成人命，京都地方不比得寻常区域，官厅林立，兵捕如云，遭下人命，焉能稽延时刻、观望不走？故此立在前面的人往后一退，后面立着的人便身不由己地脚下明白，紧紧地随着向后转了。大家一口气跑出铺外，慌忙往四下里纷乱逃跑，对于那赌债两字，此刻各无赖的脑海里早已一齐汨没得毫无迹象了。

药铺内上下人等初时见前追后逐的人纷乱着奔进铺门，大家不知其故，唬得慌忙退避，故此大家都躲身在柜台里面，未曾走出柜外来。待至看见魏进忠扯开裤子，露出那话，使解腕尖刀割时，大家虽同声嚷着住手且慢，呼唤众人出去，脚步却丝毫未迈出一步，仍在柜台里立定。及见魏进忠真已割去下阴，卧倒在店堂里，众无赖一溜烟也似的都逃跑了。伙友们目击此等情形，事已犯在本铺里，大家肩担着些不是，无可闪展推脱了，只得逞着勇气，凑着胆子，由几名胆壮力强的伙友急急赶出柜外，追出铺门，来到大街心里，一看街上来往行人甚众，那适才逼迫魏进忠的一班无赖已去得无影无踪了。况且在惊骇慌促之际，众无赖的形容衣服都未能留意认清，此刻追到街心，别说众无赖已分往四下里逃跑，便是大胆兀自立在左近街道上观望情形、哨探消息，当面看见，亦不能确定对方的人即是众无赖中的一份子啊。因此各伙友虽然追出铺外，却成了个徒劳奔走，只得返身回进铺内，察看那倒卧在地上的汉子。同时柜台内外及前后各处的伙友学徒等上下人等已经跑到柜外店堂中来，观看魏进忠的伤势情状。

掌柜的本在隔壁一家南纸铺内有事不在铺内，此刻早已得信，赶奔回来，一见情形，怕遭人命，急忙主张差人去唤地保，一面邀请四邻店铺住户各家民众偕同到大兴县衙门报案，请各邻做证，免本铺受累，一面急命柜友，检取本铺遵古方配制现成的刀伤末药，先给魏进忠敷好下部伤口，止血定痛，结疤长肉，一面另采定心、返魂、聚气、敛神、活血、舒筋等各种的上好现成药饵，灌救魏进忠复活回来，一则救人一命，胜造七级浮屠，乃是无量功德；二则留得活口，便是到官检验，亦可免遭无妄之灾。伙友们应命照办，七手八脚地忙乱着。

掌柜的正在埋怨柜友、伙计等众人不该让魏进忠和一班无赖在店堂里立足，以致惹下这场性命危险的血案，各邻舍店铺及住户都已应邀到来观看，商量该如何去报官。大家都说只要问明受伤的人家住何处，着人到他家中去报信，或即径送他回家去，免得惊官动府地节外生枝。

说话间，保正已被唤到，魏进忠亦痛定苏醒过来，知觉业已稍微恢复。掌柜的及伙友、邻人等众在旁见他苏醒，便不约而同地问他姓名、住址。魏进忠颤声回答，大众因他语声太低，听不清楚。

正在再问，恰值魏逢春已得信追踪而至，见此情状，不禁凄然落泪。众人见有魏进忠的自家人来了，不由心思安定了许多。地保向掌柜等启问，是否由俺独自先去报案，或者大家同去报官。掌柜的因事情犯在自己铺子里，心中正没作理会处，被保正一问，便和本铺伙友及各邻舍商议，大家都怕被官府追究，多受乌气，且花冤钱，一致主张不去报官。保正知道大家怕事，便趁机执拗着定要报官在案。大家知道他是醉翁之意不在酒，便暗暗指点明了掌柜的，拿了一两来散碎银子赏给地保，算是给他的酬劳酒资，请他随后如有事故发生，经官到府，问起经过情形来，供述时在言语中帮个忙儿。

地保见掌柜的赏给银子，不由心花大放，口中虽推却谦谢不要，那只右手早已伸出接过，揣进怀内去了。边说："爷放心，好在人并没死，且又是他自己动手割的，在场目睹的人甚众。果然万一到官，凭着俺这一张嘴、三寸舌，报告给县太爷听，不愁他老人家不肯见信。"

大众见保正得钱马上风转，腹中无不暗笑，又叹息公门中人果然看见银钱，如同苍蝇见血一般，怪不得俗语说："小小衙门朝南开，有理无钱莫进来"了。

同时魏逢春拭着眼泪，低声询问他义子的伤势如何。听大众说要去报官存案，忙向众人摇手不迭地阻止道："小儿创痕已蒙列位大爷敷上了好末药，又灌饮过好些药汤，料想总可无碍了。此事本系小儿自己不好招惹下的是非，祸闯下了，虽然闹出割肾的把戏，但并非别人动手，乃是小儿自己动的刀，与人无干，何必再报官存案呢？况且一经报案，捕快公差们必须奉令到此地来查勘哨探，又须传讯各位到县衙去详细询问，这岂非多出岔枝来了吗？列位请放心，假使小儿随后有了生命之忧，老朽亦绝不拖累到各位身上来的，冤有头、债有主，老朽自必去控告那班无赖去。"

大众听得，自然乐得就此推脱，齐说："毕竟上了年纪的人，说出话来极其有理由，使人听了，都觉得很为不错。"

地保收过银钱，已无事了，便先称谢告别而去。

魏逢春拜谢掌柜的和众柜友、伙计、学徒等人道过了劳，又向各位恳商，再讨若干敷伤的药，吞服的饮片、丸散等项。掌柜的见魏进忠未死，认为不幸之大幸，要点儿药味算不得怎么一回事，立即允诺，命伙计照适才配制的各种药味交给魏逢春拿去。魏逢春千恩万谢地收好各药包儿，出门去雇了两名苦力，抬着魏进忠，谢别了大众，径回家去。

事有凑巧，到家时，适值王霸带了一名小监到来取花篮儿，见此情状，忙问何故如此。魏逢春付给过两名苦力的力钱，安顿魏进忠躺卧下后，这才招待王霸，告知经过情形。

王霸笑道："这真意想不到，你们儿子好好儿的健全身体，忽然翻新花样，也学起俺们当老公的人来了。"

这几句笑谈，在王霸说出口来，原本无心，被魏逢春夫妻俩听得，却都陡然心中一动，触起了灵机，便趁此向王霸进言，恳求他帮忙，随后待至进忠的伤口平复，仰乞他设法引进。

王霸素喜魏进忠为人伶俐活泼，记性极好，颇能体会别人的心思，极会巴结恭维人，倘如将他引进内庭，定必能够得势，只可惜有两件。第一，魏进忠目不识丁，承办内庭差使，不识一字，岂非不便吗？第二，魏进忠除去能略知武艺，和能两手开弓射箭之外，别无其他能为，试想在内庭轮值，无一技之长，那还能行得了吗？因即沉吟了一会儿，将此情回答了魏逢春夫妇。

魏逢春接口忙又问："从前每闻您说，在内庭轮值的老公不识字的人颇多，怎么进忠就偏偏不能在内庭做事呢？"

王霸笑道："这话不可一概而论，倘若只想做一名小太监，终身供人役使奔走，那便不识字，亦无什么妨碍。假使希望由最低的小太监阶级逐渐地往上升，那就非得识几个字不可了。不过识字不识字，还在其次，最最要紧的就是非有一技之长，能够讨人欢喜赞美不可。因为不识字还可以在背后问人，请人解释明白，不至于误事，如无一技之长，就很难得有机会取巧升迁了。总而言之，两件必须有一件才行，一件都没有，便得引荐进宫，那就只能终身做小太监，被人呼来喝去，永无出人头地之望了。咱家因为希望他能够高升，所以才说这番话，你们二位可别误会，以为咱家设辞推却啊。"

魏逢春夫妻听罢，点首应是，并说："俺们哪会多疑您呢？"随又问："王公公，您说要有一技之长，是要有何种技能才行呢？"

王霸道："这并没限制，比如善能别出心裁，专会裁制新奇花样的装束衣服，或是善能培植花木，或是精于烹调饮食，或是擅长饲兽养鸟，诸如此类，不限定是哪一件，只要能精擅一项手艺就好了。为人能够式式皆精，固然世间很少，但如一件也不精，别说想进大内去担任一份职务，便在外面民间，想出人头地，亦很为难了。"

魏逢春夫妇连声应道："言之有理。"

王霸又道："倘如手艺无一件专长，那就非得识字，腹中文才好，提笔能做文章。现在进忠既无一项专门的手艺，又不识字，可不是很难吗？"

魏逢春夫妻道："此言不差，只不过进忠这孩子已经自宫了，身体已成残疾，乐得进大内去充当老公。因为不识字，将来便在民间做别项工商生意，亦一般难得出头，前后总是如此，还不如进大内去当差比较的来得适意些。拜托您老兄弟设法帮忙，携带携带他吧！"

王霸慨然应诺，便同着小监，提取了扎就的花篮儿，告别回转宫禁内去了。

王霸去后，魏逢春夫妻便进房去察看进忠的伤势，询问他现已觉得精神如何。魏进忠身体上本别无病症，只不过下部受了刀割的硬伤，适才痛倒在药铺里，乃是因为疼痛特甚，以致神经系遭受激刺，晕厥过去。及被药铺中人使良药给他外敷内服、止血定痛，抬送回家，安眠在炕铺上，早已精神恢复了许多。见问便据实回答，安慰两老。魏逢春夫妻见义子伤势无碍，深感那药铺里东伙人等给予的良药，边借此训诲进忠，以后改过自新，并说："往时戒饬你交友谨慎，不可与下流为伍，彼时你哪肯相信呢？直到现在，闹出这种把戏来，几乎将一条性命送却。就你个人自己所经过的事情而论，前后皆因误交歹人，惹下的恶祸已有两次了，嫖赌两事，既不名誉，又伤身体精神，冲家败产，皆系由这两件事情而生，何况你又误交匪人呢？现在你自宫成了残疾，将来能否医得好，尚不可知，就使能医得好，身体究已受了重创了。倘再误交下流，仍不觉悟，难保将来不发生比现在更加危险的事呢。"又说："俺俩适才已拜托过王公公，请他设法引荐，携带携带。他所回答的话，不知你可曾听得吗？"

魏进忠割肾的动机，本系因那晚会见王霸，方才生此感想，所以魏逢春夫妻和王霸在堂前谈话。魏进忠虽在伤痛之际，却很为注意，见问便点头应称，虽未能听仔细，但却已知其大略。

魏逢春夫妻俩齐说："你既曾听得，心中可作何感想呢？"

魏进忠道："王霸的话虽有一半像似推却的意思，但亦颇近实情，因此想起往年俺幼时上书房，不但没有悟性，丝毫无强记的脑筋，又极怕上学坐冷板凳，以至只上得几天学，四个字都未能识得全，便已被先生斥革退了学了。现今要用着文字了，追想起来，好不悔恨万分啊。讲到此层，目下哪怕就死命地用功读书识字，究竟不是学什么手艺工业，非可在几个月内学得完全的，马上俺就用心攻读，料想要能做文章，至少非苦读三五年不可。光阴荏苒，俺哪能熬受得如许长久的年月啊。因此俺想，只有丢下了这件从书本儿上讨生活的主张，专从学习一宗手艺，用心研究，不愁不能练成独到的精擅技艺。光阴既可不费长久，生活便得赖以维持，就丢下进宫充当太监的打干，但从只在民间社会上立身而论，只要能有一宗专门特长，便亦不愁不能挣钱、维持衣食、养家活口了。"

魏逢春夫妻见义子说出这番有立志向上的言论，尚是破题儿第一遭呢，不由大喜赞道："俺的孩子，只要你肯抱守此志，刻苦向上，便不怕没有出人头地、一鸣惊人的日期呢。俗语说得好：'只要工夫深，铁杵磨成针。'何况是学习一项专门手艺呢。但不知你在心中拟欲学习哪一宗手艺？"

魏进忠道："俺在前、昨两日早已想过，所以今日才有这种决心对付那班市井无赖的。俺想，如因伤毙命，乃是俺自己之过，与人无尤，死去亦不足惜。倘得侥天之幸，伤势得获痊愈，俺便学习一项专门手艺，能入宫去当差，那是最好，如不能进宫，凭着一手工艺，日后立身在社会，料想亦不愁无兴基创业的希望。讲到手艺两字，俺想来想去，当以制造香品和炊煮肴馔两事为最合人的心理，因为香品一类的东西，如花粉胭脂等项，胥为妇女们打扮助妆的必需品，倘能学习制造，研究成颜色鲜艳美丽、香气馥郁袭人，比现时所已有的化妆香品制造得格外精美，定必能使宫内后妃们乐于需用，此外唯有饮食烹调能炊煮味美，学习研究，比任何人的烹调方法都鲜美味甘，定必能使皇上以及后妃等人，食之赞美不已。俺以为只要此两项工艺能随便学会哪一件，研究成功独到的技艺，休说混进皇宫可以一鸣惊人，终身享受国恩，顿时富贵，便是在民间无论何处城镇市乡，只要是繁华兴盛的地方，亦即不愁终身的衣食和一家的养活之资呢。义父义母，在你们两位老人家看来，此两事却以学习哪一件为容易呢？"

魏逢春夫妻听罢，不由触动了灵机，满心欢喜，接口说道："俺的孩子，你虽不识字，却思想比任何人敏捷，真也亏你设想周到，所言极具理由。的确，读书不是短时期内可以速成得的，学习手艺，实比读书容易，只要人聪明肯学，便不怕不以具有专门精擅的特长，俗语所说的行行出状元，正是这个理由啊。讲到你所说的两件事，在俺俩看来，学习制造香品比学习烹调又得烦难许多，因为每尝闻听王霸和别个老公们谈论，大内各宫院所使用的一切香品，本设有香粉局，早已有人承办的，这个美差，非皇上、后妃们宠幸亲信的老公或是和掌理东厂的内务总管太监的私人，绝对承揽不着这个差事。谋干的话且不谈，但讲学习制造香品的一项工艺，却非常的不容易，不比得学习烹调炊煮，只要五味调和，便能百味甘美了。提到此层，又得讲教习传授的人了，目前欲访求一位善于制造香品的师父，一时却不知该往何处去拜谁为师才好，京城里虽然开张着的香粉局很多，无人引荐，该往哪家去做学徒呢？此层既为难，只有学习烹调手艺了，大约也是你的缘法。可巧烹调饮食并不须往外面去拜师，既可省得花费一笔师父钱，又可得着事半功倍之益。"

魏进忠听义父义母讲了一大篇议论，不由亦感觉到制造香品一事，颇为言易行难。听说学习烹调可以省花拜师钱，并能事半功倍，不禁大喜，忙问两老："学烹调不消往外面去拜师，难道义父从前本系厨司出身吗？"

魏逢春指着他老伴儿对进忠笑道："我的儿，你虽非俺俩的亲生子，究竟系俺的嫡亲外甥骨肉至亲，难道在肃宁家中时，竟未听你生身的老子娘提说过吗？俺从前在家乡时，本就是个园丁，培植花木，兼善扎各种奇巧样式的花圈花篮儿以及各种人物，所以才进京都来改业花匠，你义母在娘家时，便跟随父母练习成一手烹调绝技，漫说在俺们肃宁县境内堪称独一，便是在京都首善地方，亦可算作无双了。因为你义母的父亲幼时极考究食谱、珍馐美味，炊煮方法，务必精益求精，当时曾被人面责过，说你既这么考究饮食，定要每餐皆如心愿，除非你自己能动铲刀任厨司，方才可以达到目的。他老人家当时受人这么一顶撞，遂决计学习厨司，从烹调手工艺业上享名得利，兴家创业。果然事在人为，有志竟成，他老人家无论烹调什么荤素肴馔总能独出心裁，甘美适口，高出当代著名的庖厨名手以上。你义母在娘家目睹炊煮，自然方法娴熟，尽得其秘。你在初到时，不是每餐都赞叹荤素各菜的滋味鲜美非凡吗？现在日子久了，你已成了习惯，所以才不觉得，不再赞美了。"

魏进忠被这几句话一提醒，前事完全想起，大喜道："义母的烹调方法实系独一无双，俺在众亲友口内听得的赞美言语，已不知有过几十百回了。现在俺已知道，忏悔前非，只待伤势痊好，身体复原，便每日三餐，跟随义母学习烹调，闲时再跟义父学扎各种奇巧花草的人物，拜烦王霸引进引进。"

拜逢春夫妻大喜，遂又劝诲了进忠几句，才各自去处理事务。

魏进忠的伤势赖着良药救济，外敷内服，又得他义父义母的饮食调护，因此不多几时，业已创口平复，起居饮食安全照常了。

魏进忠因受过两次教训，这番果已深自忏悔，立志刻苦成人，故于身体平复后，便果然随着义母习学庖厨，研究各种菜肴的炊煮方法，务求鲜美之又鲜美，不愧其味甘旨四字。每日王霸来取花，魏进忠总得借王霸之口试验他炊煮的成绩，因他系在大内充当官宦的，对于饮食方面时常得食皇上、后妃、太子等赐给的肴馔，当然口味考究，比寻常大官富绅的考究饮食还得加增数倍，故此每借王霸的口试自己的菜，从未对王霸说明这菜是谁做的。

如此经过了两三月光景，王霸不来则已，来则必被魏家留住饮食，每食一菜，总赞不绝口，称许为极端甘美，并常说："咱家在大内，得蒙主子赐食的御膳肴馔，其味亦不过如此，尚还比此稍逊呢。倘如将来此菜供奉御膳，怕不马上就任为大内的典膳官、朝中的光禄寺吗？"

王霸说这赞美的话已不下十余次了。有次食到美处，便忍不住请问菜是谁做的，手段怎么竟能恁地好法。魏逢春总往老妻身上一推，说："是你大嫂做的，过承谬奖，反使山荆羞愧。"

王霸见说是女眷做的，妇女主中馈，当然深信不疑。后来魏逢春一家三口见王霸无一次留食，不是由举筷起，赞到食终止，从来未曾说过一句疵点，便都以为进忠的烹调方法已精，大可入内庭去承差办膳了，方才对王霸明言。要求他携带携带后辈，将来如得安享富贵，终身不忘大德。

王霸大喜道："进忠既有如此恒心，学成如此精良的烹调方法，还怕不能一鸣惊人、一飞冲天吗？老大哥放心，包在咱家身上，准可辗转设法汲引进忠进宫。"

魏逢春夫妻及进忠一齐连声称谢。

王霸当日告别回宫，思量现今宫内各同伴该走谁的门路，方才算作终南捷径呢，因魏进忠的姓偶然触机，想起了同事的太监魏朝。魏朝乃是掌理东厂、内庭总管老太监王安手下的第一个红人，倘将魏进忠荐给了他，求他以同姓的关系携带携带，他必肯向王安保举，岂非立可成功吗？想定主意，次日便到魏家说明本人所想着的主意，预嘱魏进忠："明日咱家约了魏朝同来，务必留他在此饮食，菜肴必须丰盛，味必甘美。咱家便可在酒食之间称道起贤侄来，即此和他相见，便将贤侄拜在他的名下，即席认为同宗，求他回去，向王安推荐。"嘱咐毕后，取花回宫。交过了差，便去找魏朝闲谈，以话答话，便说到本日在魏家吃的美味肴馔上去，借此打动魏朝的老饕心思。因为王霸素知魏朝嘴馋，所以才用此言打动他，并说："咱家因吃那菜肴的味儿实在甘美，所以特地请他家做菜的原人明儿另再烹调几色菜，咱家便借他家的地方宴请您老尝尝那菜肴的美味。老魏，咱家难得奉邀，并且另无旁人，菜已点好了，务望赏脸赐光，不却才好。"

魏朝听罢，笑谢老王盛意："咱家当得领情，什么时候去呢？魏家住在何处，还得明日劳您的神，来招呼咱家同去才好呢。"

王霸大喜道："承蒙您老赏光，咱家明天临时自当再来面邀，好在您明天是休息的日期，仅仅黎明时，万岁爷上朝前，伺候龙驾更衣，余外并无别事。咱家目今讨着这个每天出宫采办和提取鲜花扎成的人物等回宫的差使，闲暇的时光正多，彼此都不要紧，便在外面喝他一个尽醉方休，亦没妨碍的。"说罢，二人分手。

次日，王霸在辰牌时分便到司礼监去寻见魏朝，同带了两名小监，偕往魏逢春家去。王霸介绍宾主两魏会见后，即令两名小监将奉命出宫采办的东西和花篮儿等项拿回宫去交付孙暹，托他全权代理，有要紧事，便速到魏家来唤。

两名小监去后，王霸便请魏逢春将酒烫好，命进忠将预备的菜逐件献上来，并邀请魏逢春夫妻同来入席，作为陪客。这本是王霸隔夜预定的计策，魏逢春当然百依百顺，在席间恭维魏朝，敬酒奉菜，无所不用其极。魏朝每尝试一样菜，王霸差不多总得假意请问一回好否。魏朝尝试那菜肴的滋味确系别具风味，禁不住咂舌啧嘴地赞美。

王霸待魏朝已有几分酒意之时，便以话答话，代魏逢春和魏朝两下拉拢，认作同宗，并假意询问魏逢春，说："大嫂亦在此同坐，这菜是谁所烹调的呢？"

魏逢春即此回答，说："是您大侄儿做的菜，他虽不曾学过庖厨，但却聪明天生，极爱研究食谱，故此他的烹调方法确乎比人高明。"

王霸佯讶道："呀！大哥不说，咱家还蒙在鼓里呢，原来是大侄儿所做的菜，怪不得如此鲜美肥甘，高人一筹呢。现在菜已齐了，何不就请了他来，一同入座呢？"

魏逢春谦道："有尊长在此，哪有他的座位呢？"

王霸笑道："魏朝大哥，既已和府上认为同宗，亦不是外人了，有什么要紧呢？咱家自己唤他去。"说罢，起身往后面灶屋内跑去，将魏进忠拉到前面来，先给他引荐过魏朝，行罢相见礼后，这才移过张椅子，拉他在自己肩下坐了。

进忠自己去添了副杯箸，执壶先给魏朝斟酒。酒过三巡，王霸便开科发言，说："进忠虽非内侍，却系早年即已净过身的孩子，现在你们两家既已认为同宗，何不亲上加亲，再亲近些呢？"

魏朝问老王："叫咱们两家怎么才能再亲近些？"

王霸指着进忠道："这孩子非常聪明伶利，又善能烹调，咱家以为两家既已认为同宗，何不将他拜在您的名下，做您的干儿呢？"

魏朝笑谢道："咱家年纪比他长得有限，哪能做他的长辈呢？被人晓得，岂不讨人议论吗？"

魏朝正在谦逊，魏进忠早已立起身体，走到魏朝面前，恭恭敬敬地跪倒在地，口称："寄父在上，孩儿叩见。"径自行下礼去。

魏朝忙欲起身让谢时，早被魏逢春按住，说："小孩子家行礼，乃是应该受的，您老何须客气呢？"

魏进忠行罢大礼，立身起来。

王霸又笑道："好啊，你们两下已成做干亲家了，应该即席重行见礼才是啊！"

魏逢春夫妻便依言起立，对魏朝拱手敛衽。魏朝慌忙还礼不迭。

行礼罢，大家重新入席。魏朝从手腕上除下一只金镶的白玉玦，赐给进忠，算是给他的觌仪。进忠拜谢收受了。

王霸便给魏进忠代向魏朝关说，请他看在干亲面上，提携提携进忠。

魏朝逞着酒兴，立即应允所请。当日席散，便同着王霸带了进忠，偕行回宫，趁着王安空闲的当儿，便领了进忠去叩见王安，推说是自己的本家侄儿。王安亲自验过进忠的身体，遂即姑令留居在宫内，充当一名小监，派在魏朝手下，在尚衣监供役承差。魏朝不时令进忠办膳，孝敬王安。王安尝着美馔，询知是进忠做的菜，便调派进忠在东宫里帮办膳务，如东宫里无有宴会，便仍在尚衣监服役。

如此经过了两年，魏进忠老在尚衣监充当小太监并未升擢。后来，恰值客氏由李进忠带进大内，充任乳母，和魏朝在尚衣监静室内成就了好事。彼时皇太孙业已两周岁了，正在扶墙学步，牙牙不语之时。客氏和魏朝既在内庭正式对了食，客氏颇恨无心腹小监、宫女可差，专门带领皇太孙导引皇太孙嬉戏，好腾出她自己的空闲身体来。得知魏朝在尚衣监内畅叙，便和魏朝商议，魏朝遂将这个差使派令魏进忠担承，当因东宫内有两名太监都唤作进忠（指李进忠与魏进忠），呼唤起来，往往易生误会，遂由魏朝做主，回禀过王安，代魏进忠改去本名，更为忠贤两字，由此，刘进忠便改名为魏忠贤了。

后来，皇太孙逐年长大，照例应在御书房里上学读书了，偏生性爱顽皮嬉戏，往往赖学，被魏忠贤引导着，在宫内宴游嬉戏，这正是投其所好，当然极得皇太孙的欢心，更极得魏朝、客氏两人的宠信。由此魏忠贤便被客氏认为心腹，能代她尽保姆的职务，故此喜爱忠贤，又较深一层。

这件皇太孙逃学顽皮的大事，日久被王安晓得了，不禁勃然大怒，便令人去将魏忠贤唤来，严词厉色地斥责良久，越说越气，随令左右取过朱漆红棍来，亲执在手，喝令左右将魏忠贤按翻在地，褪去裤子，很结实地敲扑了十来棍，教训他道："皇太孙乃是储君，关系国家根命，何等重要。现当幼时，正届求学读书之际，所谓寸金难买寸光阴，充任内侍者，极应劝诱引导，使小殿下读书明白事理，庶几将来登基御极后，可以与文武臣工合谋长治久安之计。不料你这小厮，居然胆大胡行，引诱小殿下在内庭各宫院嬉戏，终日足迹不到御书房，竟致各位师保每日在御书房内空坐，难道你自己目不识丁，亦欲小殿下像你一样不识之无、不辨菽粟不成？倘然你系小人行径，只知讨好小殿下、逢迎巴结，罪尚可以稍减。如果居心阴险，希图小殿下一字不识，便当立刻传唤侍卫进宫，将你推出乾清门外，斩首示众，方才合国家制度。"训责至此，便喝令左右剥下他的内监衣服。

魏忠贤被红棍打得皮开肉绽，流血殷红，心中虽恨王安不应办事如此认真，但口内却不敢执拗、答辩半句不服，只是哀求老总管饶恕一回初犯，立誓以后不敢。

王安见他哀求可怜，便住手不打，吩咐左右取了些内府的金疮药，给他敷治棍伤，一面仍令将他的衣服剥去，驱逐出宫，不许逗留。

魏忠贤见王安铁面无私、执法如雷，在火头上，仅凭着自己哀求，断难有何效用，只得央求别个小监，潜往报知魏朝、客氏，恳求他俩到来转圜。

魏朝得信，立即赶奔将来，面见王安，代忠贤陈情说项。王安见了魏朝，便狠狠地教训了一顿，责他不该将忠贤携带进宫。魏朝碰了一鼻子灰，眼见忠贤已将衣服剥去，所幸尚未出宫，如果已被赶出宫门，再想回进来，可就非常吃力了。因此只得代担些不是，屈膝代向王安求情，恳求再三。

王安喝令魏朝起来，要了魏朝的亲笔保状，并令忠贤具了悔过的结，方才应允，吩咐左右将忠贤的衣服腰牌掷还给他。

忠贤叩头谢过，穿好衣服，挂好腰牌，一颠一拐地退出外面，径至尚衣监内卧身养息。

魏朝受了王安的教训言语，称谢退出，暗令尚衣监的别个小监好生照应忠贤，并代忠贤承值，因此忠贤心中怨恨王安，感激魏朝。

客氏得信，因恐到王安那里去受教训，故只着人在暗中窥探，知悉忠贤已回尚衣监，便亲往尚衣监探视小魏，慰问过一番，遂和魏朝同出尚衣监，回东宫去各干各事。

皇太孙因无魏忠贤引导着同往各宫院去游玩，好生烦闷。正自没趣儿，却被王安走来，先请安行过君臣礼节，便用正言劝谏，请小殿下往御书房去上学。皇太孙无言可却王安，只得进御书房攻读，表面上虽不责怪王安，可是心中怨恨却已很深了。

过得几天，魏忠贤的棍伤平复，照常服役。对于皇太孙虽不敢再引导着游玩嬉戏，怎奈被皇太孙嬲着，无法推却，只得又依旧伴同皇太孙玩耍。因恐被王安知道责罚，只得婉劝皇太孙，每日都进御书房去应应景儿，因此才得相安无事。

光阴如箭，不觉又已数年，魏忠贤早年进宫，净身时本拟亲手自割，自从入宫以后，目见魏朝客氏先在尚衣监静室内勾引成奸，后又正式对食，那种爱好的狎昵情况，每次见着，总不由有些心动，可巧下部被割后，经时既久，不由逐渐增长，虽不能如前一样，究亦与初割时形状不同了。自从每次窥见魏朝和客氏两人的状况而后，不禁腹中寻思，魏朝既可以公然与客氏同食同眠，料想别人学样儿，大约亦未为不可吧。只消身体发育健全，便亦未尝不能消受艳福呢。六宫粉黛尽是佳丽，俺小魏果能求得良方，将已割的复生出来，得能在宫禁以内广结姻缘，便是不幸遭人破获、被人问罪斩首，亦可算值得了。唉！牡丹花下死，做鬼也风流。光阴似箭催人老，日月如梭赶少年。俺小魏如不趁现在少年时代图谋一番快乐，人寿几何，难道还要等待年老白头方才发奋为雄不成？想到此，便寻思该往何处去访求良方。忽然灵机一动，道："有了，魏朝当初进宫，原亦是净过身的，他现在和客氏对食，所以能与常人无异的，定必亦系进宫后重生出来。俺何不慢慢设法，向他探问呢？"想定主意，便随时在心，等待机会。

过了几天，虽每日和魏朝见面，只苦此言难于启口。

那日，忽又想得一法，便在尚衣监内亲自整治了几色美味菜肴，单邀魏朝对酌，恭敬劝酒。待魏朝已有七分酒意时，便以话答话地

42

向他套问，微笑道："人家说夫妻不恩爱的唤作挂名夫妻，寄父现在与客氏乳母对食，俺每尝想起，这才真正一些不差呢。"

魏朝笑道："俺们俩同食同眠，何等恩爱，你怎说是挂名呢？"

魏忠贤道："您老是太监，她是寡妇，虽然同床共枕，究竟被温存的那件正经大事，只好太息一声，别人皆有我独无，这岂不是挂名吗？"

魏朝逗着酒兴，见左右又无闲人，遂忘却忌讳，昌言道："你以为太监娶老婆都是完全有名无实吗？其实也不尽然呢。"

魏忠贤道："您老此言真令俺听了不解了，难道太监亦有如寻常人一样的吗？"

魏朝笑道："怎么没有呢？不过大家互相隐蔽着不肯说出来罢了。"

魏忠贤佯作不信道："除非被俺当面见着，俺绝不信果有此事。"

又道："听您老口音，颇像亦与常人一样似的，所以才不承认是挂名夫妻，难道当年您老进宫未曾净身，并未曾受过检验吗？"

魏朝见他不信，逗兴拉开裤子给他看了道："你看，俺究竟是挂名的，还是实在的呢？"

魏忠贤佯惊道："您老既有此物，何以得能进宫，莫非后生的吗？"

魏朝笑道："可不是吗，咱家当年进宫时确系净过身的，后因在外面遇见一位名医，传给俺一个秘方，才得复生出来的啊！如不然，咱家焉能进来呢？"

魏忠贤佯作不信道："哪有这样的秘方良药，定系您老当年进宫时花费运动，含糊过去的。"

魏朝正色道："咱家怎会说假话哄骗你呢？"

魏忠贤道："您老既非哄俺，当初是服的几味什么药呢？"

魏朝因欲坚忠贤之信，便将那秘方说将出来。在魏朝本是无心，在忠贤乃系有意，当被忠贤牢牢记着。事后抽暇，溜出宫去，依方配药，如法炮制，暗中私自吞服。

魏朝在酒醒后，仿佛记得曾对忠贤说过什么机密话的，苦于想不起来，心中委决不下，便得暇盘问小魏。小魏生性极乖，绝不认曾有何言，赖得干干净净。魏朝这才放心。

那魏忠贤依方服药，不及一年，果然恢复如初，与未割前丝毫无异，不由满心大喜。在尚衣监内，每遇客氏到来取衣，背着魏朝的面，便撩撩搭搭地说些风话儿。

客氏本爱忠贤的人品俊秀，气力雄壮，性格温存，口才便捷，凡事恭维巴结，极会体贴人的心思，故此每尝见面，总以另眼看待。又因他是魏朝的心腹，所以比待别人又格外亲近些。有此两层因由凑合，两下遂渐渐地愈觉亲热起来。久而久之，客氏便与忠贤亦在尚衣监的空屋静室内成就了奸情。喜新厌旧本是常人的心理，何况是好淫的客氏呢？但讲魏朝年纪比客氏大十来岁，魏忠贤却比客氏年纪略小两岁，就这上头，已足夺客氏爱魏朝之心了，加上忠贤的人品、性格、口才都比魏朝好，事事都能迎合客氏的心意，自然客氏要爱悦忠贤，不喜魏朝了。

忠贤既勾搭上了客氏，仗着客氏的力，地位便逐渐擢升，权势亦因之渐大。

魏朝在初时还毫不觉得，总以为忠贤是由自己一手提拔、竭力保全的人，本系自己的心腹，所以并不疑忌。待到日久之后，因不时忽然常被客氏的白眼，夫妻情爱逐渐减退，陡觉今非昔比，方才稍稍疑心，遂于暗中留意客氏的行动。因见她待忠贤比待谁都好，心中遂尔起疑。但苦于未有凭据，只得将气按捺在心内，不稍见诸词色。彼时忠贤亦因自己的羽毛未丰，势力尚未大盛，故对魏朝仍极恭顺，绝不稍有芥蒂。魏朝见他毫无痕迹，反因之将疑心消除了。

如此未曾多时，忠贤的权位势力日渐扩展，羽翼渐已半盛，根基已固，已达后来居上的地步，不仅与魏朝并驾齐驱了，忠贤这才敢胆大无畏，在魏朝面前一反旧日的态度，往时背人的面，称呼寄父也逐渐改为您老，由您老改呼为老魏了。此外，处置各事竟与魏朝分庭抗礼，揽事侵权，越俎代谋起来。

其时正值万历末年，忠贤仗着客氏的内力，由小监擢升到司礼监去襄助治理事务，兼任尚衣监的总管。复因司礼监的事繁，忠贤一字不识，办事诸多不便，遂从司礼监调司值库总管，仍兼尚衣监的闲差。

其时太孙年已长成，知识已开，在东宫居住着，从小儿就吮客氏的乳，故此依恃客氏竟如孺子之依慈母。幼年每逢顽皮过甚、遭受太子及太子妃的呵责时（即熹宗被光宗帝、后训诲），均由客氏代为叩头求情免责。后来上学时，往往赖学，不到书房，太子虽不曾知道他和谁在一起玩，客氏却是很明了的，故此每当太子责太孙不该贪懒逃学，要请出家法来重责太孙的贴身内监，借以警诫太孙时，往往亦赖客氏从旁叩头解劝。客氏此举半系袒护太孙、讨好太孙，给她自己栽植将来的根株、预留日后地步，半系暗护忠贤，因此太孙极感乳母回护他的恩德。

及至忠贤被王安一顿朱棍重责，婉劝太孙爱惜光阴、讲求学问，常言忠言逆耳，太孙当时正在童年，终日嬉戏不厌的当儿，被王安正言规谏，不以为他是忠言，反而记下怨恨。一方更因之记了魏忠贤的功劳，以为忠贤受责，乃是忠心于己，完全是自己害他的，颇觉对他不起，因之深喜忠贤，由是便另眼看待，存心提拔他。恰值忠贤为人乖巧，受责之后并不因而疏远皇太孙，反而暗中引诱太孙游赏消遣，比前格外起劲。只遮瞒着王安的耳目，不使王安知道而已。

皇太孙的年岁逐年增长，知识也随时俱增，从前的小孩儿玩意儿，渐渐厌弃，改变了声色犬马之戏。忠贤运用心机，巴结太孙，穷思极想地给太孙打算消遣宴乐的种种方法，因此太孙格外喜欢忠贤，几乎一日不可须臾离之，只要一会儿不见忠贤，便得连声询问小魏往哪里去了。并因忠贤曾代自己受责，抵当过王安，特赐给忠贤一个单名，唤作魏珰，意思即将珰字拆开，隐寓当王之意，即此可知皇太孙的宠信忠贤比无论谁人都蒙恩施格外了。

忠贤既赖客氏暗助，太孙撑腰，魏朝提携，李实、张诚、王体乾、李进忠等一班太监朋比为奸，自己势力逐步进展，权位逾格高升了。

自从王安被郑贵妃在万历驾前告免了总管职，遗缺由孙暹擢升，孙暹的缺由魏朝等递补，魏朝的缺由魏忠贤升充之后，魏忠贤的权位便由此植立了基础。

经时未久，恰逢神宗升遐，光宗即位，孙暹的职务又被调任，仍令王安复职，对于客氏、魏忠贤两人却并未更动。因为客氏在东宫任乳母时，一面极力恭敬太子（即光宗）及太子正妃，一面巴结太子的宠姬李选侍，又结好皇太孙。故此光宗即位后，内庭宦官虽多任免调动，却并未碍及客氏、忠贤的地位，反因太孙被册立为太子，两人恃仗着太子撑腰（即赖熹宗援助）比前格外红了起来，除去王安而外，内庭宦官无人权位势力可及魏忠贤，内庭宫女无人职权潜势可驾侯客氏。只魏朝因与客氏对食，此时虽客氏与忠贤私通，究竟魏朝与客氏有正式夫妻名义，又在内庭司任各监局库等总管职务已前后走红多年，根基已深，所以尚还可与小魏并驾齐驱，一时尚未能推倒。

在魏朝的意中，虽已窥破客氏与忠贤的苟且鬼祟行为，究未为自己撞破，无有真实凭据，总算还颜面尚可含糊保全。只须从容设法，深结客氏欢心，勾结党援，排除了忠贤，便可无忧无虑了，故此满怀希望。光宗在位能永久信任王安，王安能长任总管，掌理东厂，兼任司礼监总管，自己在王安的卵翼之下，得以永植基础，便可借王安的权力，制服客氏、小魏，不怕他俩狼狈为奸。

哪知事与愿违，光宗即位未久，便因宠幸李贵人（即选侍李氏改封）过度，每晨天明临朝，感冒了风寒，同时又被郑太妃（即神宗西宫郑贵妃）挟持着，强事要求，矫称奉先帝遗诏，加封她为皇太后。

圣旨颁到礼部，着令礼部查例，当被礼部尚书孙如游将圣旨原封退送进宫，上章力争，说本朝无此先例，且先帝宠幸太妃数十年，何以不亲封于生前，此已可疑。况在临崩时，众顾命大臣环立龙榻之前，均未闻有此诏，现在忽然生此遗诏，必使天下訾议不服，以为有紊嫡庶之分。即使先帝真有此遗诏，臣亦不敢遵奉此有违规例之乱命，敢请陛下收回成命。

光宗帝令孙如游查例具奏，原系搪塞郑太妃的作用，故即借孙尚书的力争，拒绝了郑太妃的要求。因此郑太妃对于光宗，心中顿生怨望，同时李贵人亦希望郑太妃改封为太后，她自己即可援例要求册立为皇后了。及见郑太妃受了打击，她亦满心不乐，本来李妃得立为选侍，即出于郑太妃之力，因李妃原系郑太妃的私人，这时婆媳俩既同一失望，遂都为虚荣心所役使，合谋定计，以争达目的为止。其计即出郑太妃主谋，叫李贵人务必以肤体之亲、枕席之爱，竭力恭维光宗，撒娇撒痴，先在枕上代郑太妃争得太后的封号名位后，再援例为自己册立皇后，只要太妃的目的达到，便不愁李妃的大事不成。婆媳俩只为她们自己的虚荣权利名位着想，绝未算计到天子的圣躬康健、龙体安危，因之光宗帝便至病症加甚，遂由感冒小恙，立刻变成伤寒重症。

光宗才即位，正拟除旧布新，改革万历年间的秕政之际，不料便龙体欠安，陡染病症。适值其时满清兵马寇边，辽东一带城邑守将告急文书，如雪片般飞报进京，请求调遣劲兵赴援，出山海关御敌，军情非常紧急。光宗在宫中闻警，只得力疾视朝，与文武大臣会议御敌。因之龙心甚忧，退朝回宫，又被郑太妃、李贵人要挟絮聒，不由心中更恼。宣召太子问话时，太监奉旨去召，寻找了半天，方才寻着。

太子正和魏忠贤在东宫内踢气球呢，内侍传达上谕后，太子球兴尚未踢毕，不肯就走，打发内侍先行，本人又和魏忠贤踢了一会儿球，方才更衣前往乾清宫朝见父皇，因此延挨了许久时光。光宗在龙床上盼望太子，老不见来。内侍回奏过太子踢球的情形，光宗闻奏，不由叹了口气。待到太子来见时，光宗已气得胸膈涨瀎了，未曾说得两句话，便已气逆痰咳，遂命太子退去，由此光宗的病便又深了一层。

宰相方从哲乃是先帝的顾命大臣，见皇上圣躬违和，慌忙传唤太医院进宫，为光宗诊脉治病，连服过两剂药，无无效验，便又改召御医崔文升进宫诊脉，服药亦无功效。光宗以病体既欲应付国事，又须敷衍郑太妃、李贵人，平时为酒色所伤，龙体早已亏损，此刻因忧思过度，气愤满胸，病势已成，岂是一两剂药汤所能奏效？因循几天，病势愈益沉重。

崔文升见病难速治，思量自身脱卸责任，便与方从哲商议，改聘别医进宫诊治。遂有鸿胪寺丞李可灼，本系方士出身，遂思投机取巧，干谒方从哲，托词往年曾遇异人，赐予仙丹灵药，传授仙方，善能医治疑难杂症，马上见功。方从哲便令崔文升面试过李可灼的医学，认为合格之后，便保奏李可灼进宫，诊治皇上的疾病。光宗先命李可灼诊脉，陈奏病原，李可灼侃侃而谈，所言都合圣意，这才命他进药。李可灼遂进献红丸一粒，请皇上试服。光宗服后，顿觉精神健旺，不由大喜，御口亲呼李可灼为忠臣，留在宫内侍疾。用药当夜，又服红丸一粒，方才安息，文武臣工齐集在宫门外面叩请圣安，打听消息。

李可灼守光宗安眠后，方才奉命退出寝宫，大臣们迎着请问圣躬服药后情形。李可灼侈言自夸说："本人用的仙方极其灵效，皇上连服两丸，已经大有起色，明后日保可痊愈。"

大臣们闻言，一齐欢呼万岁，各自退回。满谓御疾已脱危险，哪知霹雳一声，内庭传出消息，光宗帝已于当夜五鼓时分追随先帝在天之灵，亦龙驭上宾了。各大臣闻得急报，火速赶奔进宫，除去方从哲、孙如游、霍维华等几位值内阁的尚书，和杨涟、左光斗等几位亲信大臣，系在先得光宗急召，进宫跪在龙榻前面受顾命者之外，余臣都不及进宫得见光宗临崩前的御容，只于光宗崩后，大家赶到哭临如礼罢了。

当时光宗既崩，文武大臣纷纷乱乱地忙着赶办后事，遵遗诏拥立太子登基，是为熹宗皇帝。当因光宗即位，未及改元而崩，遂议定改万历四十八年为光宗泰昌元年，即以明年元旦，为熹宗天启元年。

当群臣拜受光宗遗诏、拥立太子即位时，大家都寻太子不着。追问内监，才知太子被李贵人奉郑太妃之命，饬令李进忠等几名太监包围着，藏在乾清宫的寝宫之内，必要太子答应，矫称奉先帝遗诏，封郑太妃为太皇后、李贵人为皇太后，方才肯放太子出宫，会见大臣，临朝登位，受百官拜贺，故此寻太子不见。各大臣闻悉，一齐大惊，忠义之气勃然奋发，便由杨涟、左光斗、兵工科给事和两位御史面责方从哲不谏，颟顸退缩，立逼方从哲率领各大臣闯进乾清宫去搜寻太子，一面又责令东宫旧内侍，现掌东厂责任兼理司礼监的老总管太监王安，率领魏朝等几名亲信太监在前引导，并请由兵部尚书周嘉谟，下紧急军令，调派三千御林军、五百校刀手，全体武装，到宫外御道旁站立候令。

布置既定，这才由王安率内监当先开道，方从哲率文武大臣随后鱼贯而进，直进乾清宫的寝殿内去，声称奉遗诏拥立太子登位。人声嘈杂，才走进寝殿外面暖阁门，里面郑太妃、李贵人等早已听得，立传懿旨，命乾清宫的几名轮值侍卫，率禁军内监等把守暖阁门，非奉太妃懿旨，一律不许进宫，违旨者斩。

侍卫等奉旨出外把守，郑太妃、李贵人又命李进忠到外面去察看回奏。李进忠走到暖阁门口时，王安、杨涟等正和侍卫等在门口争论，李进忠便上前宣布太妃懿旨，帮助侍卫等拒却王安、方从哲等进宫。

杨涟大怒，抢步上前，抓住李进忠往旁边一摔，大喝道："鼠辈贼子，尔等把守宫门，莫非意图谋反吗？"

杨涟任职兵科给事中，虽系个专管谏议的御史官，出身却系武员，故此颇为勇猛。李进忠被他抓住往旁一摔，竟撞在墙壁上，弹射了回来，跌倒在地。杨涟吆喝王安手下的武装小监："将李进忠带住看管了，听候新天子登基朝议再行发落。"

众侍卫见各位大臣都怒形于色，李进忠且受了没趣儿，焉敢再阻挡百官，被各位内阁大臣责骂，事后且须论罪。故即一声口令，分八字式往两边排开，让出一条正中甬道来，放王安、方从哲等大众进去。

到得寝殿外面，各大臣止步立定。由王安先同方从哲、杨涟、左光斗等数人恭敬肃穆地走进去，被把守寝殿的内监阻住。

王安大喝道："好大胆的奴才，敢阻挡相国及各位大臣入宫迎立新君吗？左右快给俺抓下了！"

便有王安手下的武装小监闻命抢步上来，将那守门内监拘在一旁。王安等便整齐衣冠，一齐走进里面去，不待奏报宣召，即已直闯到寝宫之内，叩见郑太妃、李贵人及两朝先帝的几名别位宠妃，行过君臣礼，立起身来，方从哲嗫嚅着尚未开言，杨、左两位早已首先启齿，声称："臣等奉先帝遗诏，特来迎立新君御极，请太妃、贵人两位娘娘放出殿下。"

郑、李两妃见杨、左两人朝衣内暗衬软甲，佩有宝剑，颇有威仪，遂说："众卿来迎新君成礼，本为正当，但先帝方才崩殂，尚有遗命，卿等岂尚未知吗？"

杨、左闻言，目视王安示意，一面回奏道："现在大行皇帝龙驭上宾，国不可一日无主，臣等受命迎立新君，一切须待新君登位后始可从长计议。现时即太妃、贵人宣示先帝遗命，臣等亦不敢擅专做主，且事未经阁臣预闻者，如有违国朝规例，即果属遗诏，臣等亦不敢遵奉先帝临危时乱命。须待新君即位后，一切交由君臣朝议，斟酌妥善施行。"

郑、李两妃与杨、左等问答时，王安已趁机率手下太监抢步闯进寝殿后面内宫深处去，威吓着驱散了包围太子的各内监、宫女等众人，由王安拉了太子，众太监前后簇拥着，走出寝殿外来。

郑、李二妃因和大臣问答，见王安等撞进内宫去时，虽曾娇声喝止，未能吆喝得住，正拟追到里面去，却被杨、左陈奏国朝先例，说："两位娘娘的慈意，大臣们自当仰体懿旨，随后核议，凡事无不可商酌。"

婆媳俩被杨、左两臣的几句甜言缠住了身，不曾离得龙椅锦垫，太子已被王安等拥将出来了。杨、左等看见，便欢呼万岁，上前迎住，分左右挟持着，往外面就走。

郑、李两妃看见，因事急，便亦顾不得许多了，抢步上前，拖住太子，务要先解决了她俩的名位，方肯放太子去登基。却被王安假意甜言安慰道："两位娘娘的事，殿下已在里面对奴婢说过，准定照办，绝不有负两位娘娘的慈心。殿下是一国之主，既已应允照办，各大臣当然无话了，何况奴婢已在外面，亦曾听得各位大臣说过。追上两位娘娘的尊号，本系仰体两朝先帝的圣心、慰两朝先帝在天之灵的事，只要新君即位，便当奏请宣布，即此可知君臣意见已同，两位娘娘又何必不放心呢？"

郑、李两妃听罢，信以为真，便放心松手，让太子随众臣出宫，临朝受贺，礼成事定，两妃满望熹宗果能尊封她俩为太皇太后及皇太后呢，哪知上谕颁到，郑太妃被尊为太皇太妃，李贵人被尊为皇太妃，仍都未达目的。婆媳俩由此都恨王安说假话，遂种下王、魏二人被谋害性命的根源了。

当时两妃因未达到封后目的，郑太皇太妃只得由乾清宫怀怨仍退居慈宁宫去，李皇太妃却依然居住在乾清宫内，不肯回归本宫（李选侍原居哕鸾宫，光宗有疾，选侍至乾清宫侍奉光宗，遂留居乾清宫内，直至光宗崩后，熹宗御极，李妃尚居在乾清宫内，未退回哕鸾宫原居所），颇有要挟天子之意。天启帝反而居住在慈庆宫内，未能居住乾清宫，因之满朝文武大臣，如刘一璟、张维贤、左光斗、杨涟、孙慎行、周嘉谟等联名上疏，奏请李太妃移居本宫。

联名奏章上后，周嘉谟、左光斗、杨涟三人又各单独上疏力请。就中以左光斗的本章陈说得最为厉害，谓内庭之乾清宫犹之外廷之皇极殿，唯皇帝御天、皇后配天，得能居之，正名定分，李妃绝不能做一日勾留，务必令其即日移居，以定名位。同时杨涟上本后，又亲谒方从哲，责其不应尸位，激劝方从哲以相国地位发言，同进宫去奏请，叩见李妃，面陈大义。李妃无奈，只得准如所请，择日由乾清宫移往仁寿殿居住，再由仁寿殿移回哕鸾宫原居，熹宗方得由慈庆宫移至乾清宫居住。

其时，文武臣工以及各省疆吏都希望新君即位后能够乾纲独断，力革秕政，亲贤远佞，一反嘉靖、万历两朝的所为。哪知熹宗即位后，只有准了左光斗等奏折，将李可灼革去鸿胪寺丞、崔文升革去太医院之职，治以庸医杀人罪，并准给事中惠世扬之奏，革去方从哲的大学士，交朝臣议罪，同时又将太监李进忠、刘逊等人一齐问罪斩首数事，算得不错之外，余者便都表现出昏君的神态来。

就中最荒唐的，当以处置两魏争风一事，堂堂天子，居然袒护客氏，任其自由拣择丈夫，不知羞耻为何事，开宫闱史上空前的丑秽记录，最骇人听闻，增人感喟。

究竟两魏如何争风，熹宗如何袒护乳母，请待下回续写。

评曰：

　　太监居然可以娶妻，已属奇闻足骇矣，乃复有太监争风之怪事，安得不令人诧为异事耶？语云："国家将亡，必有妖孽。"如两魏先生与客氏对食，天子且帮助乳母，暗护奸夫，恬不知羞，岂非咄咄怪事哉？论者以客、魏为明之妖孽，吾谓不仅客、魏为然，即熹宗由校，亦朱氏之妖孽也。噫！

光宗八月即位，未及改元，为君不一月，便尔崩殂。观其初登大宝，所措施如停止矿税，发帑犒边，内用王安掌司礼监，外信杨涟、左光斗诸臣，力疾临朝视事等，颇能差强人意，君子谓苟使天假之年，明室之亡，或尚不至若是其速也。惜哉！

第五回

内侍拜把仁兄贤弟
皇上酬庸夫人指挥

话说熹宗即位后，全国臣民正在喁喁望治，哪知这位天子不仅不善治国，兼且不能齐家。休说天下大事处理得纷乱如丝，便是宫闱内些须小事，亦处断得笑话百出。以小喻大，无怪要被他弄成一团糟了。别事不谈，单讲他处置两魏争风的一件丑事，即可知其昏庸聩聋了。

看官，你道两魏如何争风？上文叙过，侯二的老婆客氏本是定兴县城内的一个尤物，未出阁时，便已很惹腥气。她爹娘怕她在娘家被人诱惑，毁了处女之贞，将来嫁到夫家去，深觉愧对女婿，故此赶紧催促侯家急速迎聚完姻，脱卸仔肩责任，安慰女儿的怀春思想。不料侯二是个傻汉子，容貌又丑陋，才致发生客氏与成衣甄怀淡勾引成奸的秽事，因之竟将丑而又傻的侯二白送去一条性命。

客氏被捉到官，当因腹中有孕，本系甄怀淡的种子，却偏要说是侯二的遗腹，遂得苟延性命，养下那个以甄乱怀的假遗腹子侯国兴来。待到分娩后，县官崔呈秀贪爱客氏的姿容姣好，遂在内衙夜审成奸，甄、客两人因而得断无罪，被侯家公亲不服，提起上诉，崔呈秀急中生智，便托李进忠设法，将客氏汲引入宫，充任乳母，借此堵塞了侯家上诉的公禀状词。

客氏入宫后，托词表亲，将崔呈秀招进宫去厮见。初时不敢放

54

肆，后来在大内各宫院出入已经极熟，管事的一班太监、宫人都已认得，结下交情往来，彼次感情甚为融洽了，便大胆无畏地私召崔呈秀进宫，引往幽静无人的密室内去幽会，瞒上不瞒下。太监、宫女们都因客氏为人圆活可喜，职务是乳母，比寻常宫人高一级，与各宫院的大小妃嫔都很谈得来，大家都恐怕她捣自己的鬼、坏自己的事，谁还敢搔她的头皮？更兼她是个寡妇，大家都以为说寡妇的长短故事是本人的口过，日后要入拔舌地狱的，故此虽有人知道客氏私召崔呈秀进宫来的鬼把戏，却并不敢说了出来造口孽、结怨恨，以致客氏在宫禁内的胆子愈过愈大，所为的歹事也就愈久愈积愈多。

前文说过，跛者不忘履，瞽者不忘视，各太监虽都净过身，然而仍自以为是个汉子，每在私下里看见宫女，往往爱轻薄好讨小便宜。客氏年轻貌美，在大众宫女们中，本可轮在第一，况又性爱风流，善于打扮，骚在骨子里，浪在表面上，谁人也赶不上她，遂至引得那起太监像苍蝇逐臭般叮着她，她亦借此和各太监们打趣调笑，聊解她的情饥欲渴。久而久之，遂至和司尚衣监的中官魏朝在尚衣监静室内弄假成真，怨女旷夫，各如其愿，由是二人得空便来，有隙即聚。

那时魏忠贤刚才由魏朝的提携之力被荐引进宫，派在尚衣监内充小监，兼帮东宫内的膳夫办膳，客氏每日到尚衣监与魏朝会晤，忠贤无日不和她会面。那时忠贤尚未有势力，哪敢大胆放肆，并且未曾得着复生下部的秘方，故亦只得惘然欣羡而已。因为客氏要与魏朝快活相聚，怕被太孙缠住不得脱身，喜爱忠贤，伶俐乖巧，又是魏朝的心腹，所以才偷懒将伴领太孙的差使付托忠贤，遂因而造成客氏和魏忠贤两下的好感，并种下熹宗宠信忠贤的根苗。后来，客氏、魏朝公然得到恩准，正式对食，并得于退值后回私寓住宿，客氏便得出宫居住，借此与崔呈秀畅叙情怀。崔呈秀要求客氏设法擢升官阶，客氏应允照办，先使崔呈秀和她自己的娘家认了干亲，再使魏朝和崔呈秀认为郎舅，便托魏朝转请别位大臣，奏保崔呈秀入朝为臣，由是崔呈秀的官职便飞黄腾达，从小小七品知县，升任知府，调入工部供职，再调入内阁办事授为御史。这内情被人知道，遂有人冒险侥幸，千方百计地设法，先拜在魏朝的门下，借此时常走动，得能和客氏会见，竭力诱惑，与客氏勾引成奸，即仰赖客氏内力、魏朝提拔，果然如愿以偿，立能高官得做、骏马能骑。因此当时民间议论，每谓现今做官的终南捷径，当以拜魏朝的门，结识客氏为最稳善。

客氏与魏朝对食后，一方造就了魏朝的地位，一方也多结了好些面首，私寓内上下人等差不多均皆知道，只瞒着魏朝本人和魏朝所聘请来的几位心腹亲信保镖，及戚驷所保荐到来几名头目。魏朝的势力正在日兴月盛，魏忠贤便亦随之逐步扩展，原因魏朝既与外臣勾结，又有私邸，每日所要办理接洽的事务繁多，哪能分得开身？故将宫内的事情能偷懒的便都委托忠贤代理。人家知道忠贤是魏朝的第一名心腹，有事干求请托的人便都先来走忠贤的门路，故遂造成了忠贤的势力。可巧忠贤设计，用酒灌醉魏朝，赚出他的真话来，窃得他的良方妙药。将自己的缺陷弥补成为美满了，便老实不客气，新硎初试，第一步即占了魏朝的边，和客氏亦在尚衣监内勾搭上了；第二步待将职位擢升势力遍布在内宫兼及至外廷之后，遂对魏朝改口换了称呼，一面先与客氏结为兄妹，更以与客氏为兄妹的理由，改称魏朝为大哥，并追论往日王安责罚忠贤，多赖魏朝求情的恩德，强与魏朝结拜，认为兄弟。魏朝虽恨他刁狡，居然将往日当筵拜认寄父的事完全抛弃脑后，思量当日带他进宫，如非怕人攻讦，说魏朝带领干儿子进宫承值当差，王安晓得，必然不肯收纳，且在大内，仅仅比他长得十来岁年纪，被他等呼为父，给人听得不雅，俺自己亦觉太卖老，颇难为情，所以才吩咐他休以父子相称，免遭人议论。不料他却怎般转变得快，一得到势，便马上不认前账，反而要拜把子认为手足起来了，岂不混账可恶之至吗？

魏朝心中虽这般恨，哑巴吃黄连，口中却说不出苦来。因为忠贤在内廷的势力已不在本人之下，怕被忠贤破坏，自己以后便成事不足、败事有余了，不如乐得表示自己量大，和他当众结拜把兄弟，又认为同宗，宣布自己往时为他讨情的恩德，使大家都知道自己待他的好处，庶几可使他日后在背地不好破坏自己。万一他要说自己不好，必定被人咒骂，说他忘恩负义了。

主意想定，觉得量小非君子，无毒不丈夫，故即耐气忍下，当真和忠贤认为兄弟起来。依忠贤就此口中称兄唤弟，不必铺张。魏朝却坚执非热闹热闹不可，情愿自挖腰包，在宫内及他私寓内两处大开筵席，邀人赴宴，并焚香燃烛，祝告天地，立誓永不背负。忠贤见他这般郑重，如不答应，怕他疑心客氏和本人的事，故亦点首应诺，择日治酒祭天，两人联名请客，拜认为兄弟。这一来，两魏的势力遂更毫无一点儿轩轾了。

光宗即位后，不满一月，便已谢世宾天，连接着发生了红丸、移宫两件空前巨大事情。朝中、宫中纷乱至不可名状，两魏在暗中互斗机智，亦随着时势，如火如荼般钩心斗角，因为彼时忠贤、客氏两下的奸情已豁然显露，往时背魏朝耳目的，此刻竟不甚避忌了。魏朝得到别个亲信小监、宫女等的报告，心中哪能按捺得住？思量即去回明王安，请王安代自己做主，出这口恶气，但又转念一想，自身亦系太监，对食本为一种形式上的挂名夫妻，内容实情，只能自己腹中明白，怎好回禀王安呢？倘使王安知道内情，自己先得被他责罚，立刻就须检验下部。小魏未吃苦，自己先须吃苦了，临到末了，必被一齐驱逐出宫，甚或同遭斩首，那时岂非自寻苦恼吗？因这一想，只得将一团怒火抑压了下来，一方再伺隙而动，徐图摆布小魏的良策。

过不几天，熹宗因念幼时系吮客氏的乳，多亏客氏鞠育，方得长成。幼年读书时代，曾因赖学，带累魏忠贤代受棍责。往时做皇孙及太子之际，无权可以擢升他俩的地位，封授他俩的官职，报答他俩的恩惠。现在做了皇帝，自应封赏他俩，以示同安乐之意，故特颁发诏书，封客氏为奉圣夫人，恩授其子侯国兴为锦衣指挥，并令户部择选良田二千顷赐给客氏，以为将来护故香火之用。更命工部乘其时神、光两先帝的皇陵工事落成，强将魏忠贤的功劳叙入，借此封赏忠贤的官爵金帛。这上谕先后颁发下来，虽有御史刘兰、王心一等诸位上章力奏，陈述先帝陵工未竣，梓宫尚未安葬，陛下即以私意，先规定客氏的香火，并强叙魏珰的功劳，于礼为不顺，于事为失宜，且恩礼所加，权势必将归之。忠臣爱君必防其渐，臣等敢请陛下毅然收回成命，免致日后竟成尾大不掉之势。诸如此等措辞的各谏臣奏章呈送到熹宗面前，都被熹宗传旨驳斥，轻则罚俸若干，重则免职为民，堵塞住了各大臣奏谏封赠客、魏，重用妇寺的嘴。

究竟客氏、忠贤二人如此走红，魏朝希图赦怨，得能如愿否，请待下回分解。

评曰：

魏朝残贼狠毒，自与客氏对食，以为而今而后，可以莫予毒也已，殊不知祸生肘腋，变即兴于萧墙，乃竟有魏忠贤者脱颖而出，初则拜于朝之门下，认为寄父又强认为同宗。迨至羽翼既成，遂复由长幼辈一跃而为平等，居然如兄拜弟，恬不知羞，说者谓以朝与贤忠之先后与客氏私通而论，则二人当可名之为靴兄靴弟，特朝之靴腰，为忠贤所割，是诚不免令人难堪耳。

先哲有云，唯名与器，不可以假人，帝王之所以能役使人，臣仆有众者以其有名与器也。乃熹宗少读诗书，罔识大义，初登大宝，即以私恩封授客、魏，噫嘻！有君昏聩若此，欲国不亡，安可得乎？

第六回

振乾纲正言规妻
乖妇道恶声报夫

　　话说熹宗封客氏为奉圣夫人，授侯国兴为锦衣指挥，又令工部强叙魏忠贤的功劳时，魏朝忍气吞声，在暗中静待时机，满望能使天子不宠幸客氏、忠贤，自己便可趁势下手。哪知恩命连接着颁发下来，不仅十分宠幸客、魏，并且不准大臣们谏阻宠幸客、魏，可知在急切间，希图报复忠贤，是难办到的了，因之怀恨在心，无可发泄，只得拿出丈夫的权势来管束客氏，禁止她与忠贤会晤。表面上是说："现在人言庞杂，都道你与忠贤有暗昧之事，这话俺虽知是人播弄是非，意在中伤俺知小魏的感情。但是一半也因你和小魏两下太接近，颇为亲热，才致遭人疑惑，造出这种污蔑的谣言来。前面既有这种难听的言语，你就该稍微避些嫌疑，免得此言传入万岁耳中，或是被人回禀到王老总管面前，查究起来，须于大家面上都不好看相呢。"魏朝说话时，面孔板起，气色颇形严肃，声音亦极庄重，目视客氏，颇现怒恨之意。

　　客氏自从奉命与魏朝正式对食之后，数年以来，从未看过魏朝的嘴脸，平时只有自己发怒，魏朝向有做小服低地恭顺自己，任凭自己摆嘴脸给他看，他总是嬉皮笑脸地忍而受之，绝不敢出一回大气儿。现在却陡然摆起做丈夫的架子来，冷嘲热讽地教训自己，不许与小魏接近，思量这乃是他第一次向自己摆威，切不可轻轻让过，免得做下了例子。况且和小魏来往，偷偷摸摸地亦觉得不甚痛快，他不知道也就罢了，只得遮瞒着他，现在他既已知道，乐得趁此机会，大闹一回，镇伏了他，使他往后不敢多言饶舌。他如不服，就此和他拆开，很爽快地索兴和小魏去对食，做长久夫妻去。想定主意，遂勃然变色，冷笑对魏朝道："你摆嘴脸给谁看呀，莫非你秋梦未曾做醒吗？俺老实对你说了吧，本来俺和你对食，俺乃是出于一时的权宜。现在追想起来，真好比彩凤随鸦，俺真一万分的不值得呢，你不抓破了俺的脸面，总算你还有几分明白，彼此含含糊糊地厮混过去，倘如你定要认真，想拿出丈夫的权势来管束俺时，俺便老实不客气和你先去叩见万岁，奏明内情，使你先尝试侍卫们的钢刀快钝和内务府的朱棍轻重，拿你们这班未净身而混入内庭来充发太监的王八羔子一齐执送到内务府去受官刑，办你们这班狗才的全家人口欺君罔上的十恶大罪，看是谁怕谁？哼哼！俺被封为奉圣夫人，得受天子的诰命，功劳是由自己积得的，须不是因为你魏朝的功劳方才得受封赏的啊！你手按胸膛自问自看，究竟你现在得享富贵荣华，是仰仗着谁的大力帮扶和谁的吹嘘培植方能有此地位呀，你现在居然想爬上俺的头顶管束俺的自由，那真可算作在睡里梦里呢。"

魏朝被客氏一顶撞，直气得咆哮如雷，面容失色，手足冰冷，双目射注在客氏面上，呆望着瞬也不瞬，半晌作声不得。

客氏见他如此，又冷笑道："你咆哮些什么？男儿汉要怎么办就怎么办罢了，徒然咬牙发狠，摆猴儿嘴脸，有何益处呢？俺劝你把肚量放大些，还是眼开眼闭点儿好，倘要管束俺，那可是你自寻苦吃。哼哼！可就休怪俺无情了。"

魏朝本已气得发昏，再被她一激，哪还能再耐得住？便狞恶着面容，恶声对客氏道："好张利嘴，真正口巧舌能，俺且不和你斗口，饶你一回。但有一层，俺和你对食，乃是奉旨配合的，你现在和小魏苟苟且且地做那暗昧之事，内庭上下谁人不晓呢？只瞒着俺

60

一人罢了。现在长话短说，你如再和小魏那厮来去，须是干犯法纪的事。你说俺欺君，你暗地里偷人养汉，背叛钦命匹偶的正式丈夫，难道便不是欺君吗？你现在且莫说得嘴响，待俺有一次捉着你的真赃实犯时，俺也自己预备这条性命不要，定必和小魏那厮拼上一拼，看那时究竟谁被绑缚上法场去枭首示众。"

客氏见他面皮铁青，口气狠恶，不由冷笑道："你无端地污人清白，说俺偷人养汉，破坏俺的名誉，还说什么拿着真赃实犯，再和小魏拼一拼。真正天下无难事，独有老脸皮了，捉贼拿赃，捉奸拿双，你现在胡说八道，留神你的嘴巴被人家揎肿了。"边说边抢步上前，一把揪住魏朝的衣襟道："好小子，你且交出俺的奸夫来，仅凭你信口嚼舌根，含血喷人，俺奉圣夫人可不比得寻常女子，非是什么省油灯，俺先和你见王老总管评理去。"说毕，揪着魏朝便走。

魏朝自悔失言，不该打草惊蛇，未曾捉着奸夫，先道破了她的秘密，打蛇不成，反被蛇先咬了一口，因此便赖身不走，转口道："俺是听人说的，你既没有这件事，那是再好也没有了，俺正求之不得呢。夫妻们喝气吵嘴乃是常事，何苦去惊动别人呢？算了吧！"

客氏见他软了下来，越发得了劲了，哪肯就此罢休呢？遂大哭大闹地揪住魏朝不放，定要和他先去见王安，再去拜见天子，评判这个是非。

二人正揪扭在一处，恰巧一个内监到来，传熹宗正宫张皇后的懿旨道（熹宗正宫张皇后乃河南开封府祥符县监生张国纪之女，先被选入宫封为选侍，后册为正妃，即位后，始封为皇后）："皇后有旨，着令魏朝往坤宁宫领取礼品，赍往国丈张皇亲府内去。"

二人慌忙松手。魏朝听罢懿旨，遂借此脱身，急忙整齐衣冠，随那内监同往坤宁宫去了。

客氏以为借此一闹，已压服了魏朝，往后魏朝绝不敢再来管束自己摆丈夫的嘴脸了，休讲未被他捉住赃证，便是真被他捉住凭据，料想他亦无此勇气，不敢奈何俺。因此客氏心定神安，胆子愈加大了。当日和魏忠贤会见，便将此事告诉魏忠贤，叫他早晚提防些。

魏忠贤冷笑道："这老猢狲，莫非活得不耐烦了？从前咱家在他手下，属他管辖，有道是不怕官，只怕管。彼时咱家乃出于一时权宜之计，无可如何罢了。现在他的权位表面上虽和俺相仿，暗地里势力还不及俺呢，早年不来处置俺，现在想来奈何俺，可就只好说几句空话，发一回恨罢了。要真来冒犯俺，管叫他以卵敌石，马上成为虀粉呢。"边说边扯了客氏的手，同往尚衣监内秘室中去，追欢取乐。

他俩手挽手，并肩而行，谑浪笑傲，恃仗权势，毫不避人耳目。可巧正撞在一个冤家眼内，这冤家非别，乃是张皇后面前的一个宫人，姓刘名文纾，本是值库太监刘逊的妹子，李进忠的表妹。刘、李两太监在前颇为走红，先时和魏朝、孙暹等一班有职位的内官，同具有一部分势力，刘、李两人因系郑太妃、李选侍婆媳的心腹太监，故此当时两人在内庭的权力竟比魏、孙等人还要较为雄厚。后来两人因为帮着郑、李两妃争夺封后一事，被朝臣参劾，在宫门外斩首，只留得刘文纾仍在宫内承值，未被株连。这刘文纾本系在刘逊最红的时候，由刘逊汲引进宫的，刘逊本系郑妃面前得宠的太监，故此刘文纾进宫，便在郑妃宫内办事，因她兄长系郑妃面前的红人，故此她变成为郑妃的心腹。平时郑妃专命刘文纾往各宫院去侦察一切，哨探各妃嫔们的私事，回来报告，郑妃便遵照此项报告奏知天子，谗谮各妃嫔。各妃嫔皆知刘宫人是郑妃的心腹，故此都有几分忌她，每见她到来，总得设法回避她。后来大家为避祸起见，索兴暗中贿买了她，托她在郑妃面前多说好话，少播是非，故刘宫人在大内各宫院颇有上下其手的权威。

郑妃因和李选侍最亲近，婆媳俩志同道合，气味相投，所以特将刘文纾荐给李选侍，做贴身的宫女，仍兼郑妃这边的职务。

当时郑妃所以联络李选侍的，即因李选侍最得光宗的宠，联结李妃，本为自己图谋等封太后一事伏根，不料光宗即位未满一月，便已龙驾崩殂，枉费心机，徒劳思虑。

熹宗即位后，郑妃见李选侍已失势，为救济自己的现在与将来起见，便又去笼络张皇后。当熹宗下旨斩李进忠、刘逊等各太监时，刘文纾的性命亦颇危险，幸赖郑太妃面托张皇后给她极力设法，方才得免株连。事后郑太妃为和张皇后亲善起见，特将自己最宠信的宫人刘文纾改荐给张皇后，由李选侍的哕鸾宫（李选侍由乾清宫移出后，先暂居于仁寿殿，俟哕鸾宫修葺工事落成，始复行迁入居住。所以修葺之故，并非房屋有何毁败，乃缘李选侍托词要求，而熹宗亦不忍过于强迫先帝之宠妃，蒙威逼庶母之恶名，特应允要求，修葺哕鸾宫，以敷衍李妃，故李妃仍居哕鸾宫原址）内调派往坤宁宫中去侍候国母。

照此讲来，刘文纾既在张皇后面前服务，当然仍和以前一般的有权力了，照旧凡事可以上下其手了，哪知偏又不然，因为郑、李两妃婆媳争得后位不成之后，失去势力，李进忠、刘逊都被传旨斩首，刘文纾的凭借已失，当时仅能侥幸不死，至于权势两字，已今非昔比，不可作同日语了。这时如非她在正宫皇后面前有张皇后给她作遮阴的大树，得以不受人家攻击时，早就要墙倒众人推，被人家打落水狗，在大内里立不得足了。

讲到刘宫人何以和客氏、魏忠贤结成冤家呢？皆因当初她在郑太后及李选侍面前当差时，大内里的全体宫人谁都不能及她走红，彼时侯客氏进宫，本系由刘宫人的表兄李进忠汲引的，所以客氏入宫充当乳母后，首先便和刘宫人结交，一则因自己的举荐者即系她的表兄，为表示不忘荐引人的好处，并亲善起见，推子君爱屋及乌之意，应得与刘宫人交好；二则因刘宫人系目下宫女的第一名红人，各宫院大小妃嫔以及各王府的妃嫔姬妾和大臣们的夫人谁不和她亲近？都得直接、间接地设法和她结交，买她的账。常言："未去朝天子，先来拜相公。"照此情况而论，恰成为"未去朝娘娘，先来拜宫人"了。这许多妃嫔诰命，还因怕她的权威，要纡尊降贵地和她结交，何况自己是一个乳母呢？三则刘宫人在李选侍面前承值，和客氏亦可算是同事，同事本应该联络情感的。有这三种因由，所以客氏和刘文纾非常交好。

客氏一张樱桃利口最会鼓舌如簧，恭维巴结人，乃是她天生成的唯一本领，她既知刘文纾是宫人中的头儿脑儿，为图她自己的将来势力扩张，和现在的地位稳固起见，自然对于刘文纾竭力拉拢讨好。妇女们本都天生成易动情感，所以亦最易联合。客氏年轻守寡，境遇原很可怜，所以刘文纾对于客氏亦很可怜她的红颜苦命，同时又被她竭力恭维得十分美满甜蜜，不由心中又极其欢喜她，每尝有了闲暇，总得来找她谈笑消遣。两人的感情愈过愈融洽，交谊亦越久越浓厚。客氏遂趁此向她进言，提议高攀，拟和她结拜为干姊妹。

不知刘文纾肯应允客氏认为姊妹否，请待下回分解。

评曰：

语云："青竹蛇儿口，黄蜂尾上针，两般皆不毒，最毒淫妇心。"观于客氏应付魏朝之言，其心思恶辣阴狠，写来如见肺肝。呜呼！吾读本卷，吾为魏朝之生命忧，然而吾又不仅为魏朝一人忧已也。

客氏与刘文纾，盖诚所谓无独有偶者，读本卷，乃知中涓之祸之所以造成，其间固尚有许多妇人，特正史及其他载籍往往屏而不记，致令人无从知悉耳。嗟乎！诗云："妇人长舌，为厉之阶。"长舌且不可，矧又淫乱奸狡者乎？

第七回

联情谊拜为干姊妹
系丝萝缔结恶姻缘

刘宫人彼时正和她交好到极处，见她要和自己拜认异姓姊妹，心忖自己目下虽然红极一时，究竟是一名宫人，她是皇太孙的乳母，日后太孙做了皇帝，她的权力定必凌驾一切众人之上，那时自己靠托她的帮扶，乃是意中之事，耕田的农夫尚知隔年先下种，这个极浅近的理由，岂有聪明女子如俺刘文纾的反而不明白之理呢？因即欣然应诺，遂同去请刘逊检阅宪书，选择了一个吉日，届期，刘、客两人约会了刘逊、李进忠，在哕鸾宫的别院里摆设香案，祭告天地，结为姊妹。两人恰好同岁，刘文纾生日较客氏略大数月为姊，客氏生日较晚为妹，两人行礼后，客氏并和刘、李两太监亦见过了礼。由此后，两人见面，便以姊妹相称，有时客氏会见刘逊及李进忠，亦各以兄妹相称。

客氏未和刘文纾结拜姊妹以前，虽已和各宫院大小妃嫔等众混得熟识，但尚未能全都逢迎巴结上了，待至两人既结拜之后，客氏便仗着干姊的口角春风，在郑、李两妃暨各位宠妃面前吹嘘游说，代为道地先容，竟因而得收事半功倍之效，故此客氏得能在内庭长幼辈各位大小宠妃们面前，大红特红，一半虽由于她自己的伶俐乖觉、奸狡聪明，凡事玲珑，口舌便佞，讨人欢喜；一半却是由于刘文纾的提携栽培，才能达到尽善尽美的地位目的。故此当时两人的感情极其融和蒙厚，竟比嫡亲姊妹还要亲爱。哪知花好不长，月圆难久，干姊妹俩的友爱正亲热到极点之时，忽然发生了裂痕，陡然一变，而成为冤家对头了。说来奇突可笑，真叫作无巧不成话。

原来刘文纾的容貌虽不及客氏的丰姿绰约，美婉曼妙，但却亦是个中人之姿，在众宫女内却亦可算作顶儿尖儿。她既有此姿容，加上宫装的打扮衬托，当然要比庸脂俗粉出类超群了。当初她入宫的动机，乃是与客氏的入宫先后辉映，无独有偶。她父亲乃是买卖商人，家境极其危难，迫于经济，当由她父母做主，经人作伐，许字给同邑富绅朱子贵的幼子绍武为室，借此收受朱家的茶礼聘金首饰等项，调剂家况，维持经商的资本。她父亲以为结朱陈之好，将来如遇有周转不灵时，便亦不妨以亲谊关系，直接或间接向朱子贵商量资助，谅来儿女亲家，定可不遭推却的，所以才将她高攀富室。

那朱家所以肯屈等俯就的，原因有二：一系曾由朱子贵夫妇亲目睹见她的容貌模样儿颇为不错，夫妻俩都很喜爱这女孩子；二系因幼子朱绍武在襁褓时患痧和痘，造成了两种病症，一种是口臭，说话时口才张开，便有一阵异味直冲到对面人的鼻孔内去，使人不敢和他对面谈话；一种亦和侯二同病，面皮黑糙，痘疤脱落成了个麻子。朱子贵夫妻因知绍武有这两种弊病，怕日后对亲时被岳家偷窥探访，得知面麻、口臭，不肯将女儿许字，难得讨娶好媳妇，所以才肯俯就刘家，联为秦晋。

不料时隔数年，两家儿女年纪渐长，知识稍开，朱绍武自己虽然貌丑，却心心念念地想娶得个美丽的老婆，闻得早年父母已给他定下了一头亲事，究不知那刘家姑娘生得人品如何，因此在暗中常向那伴他读书的书童水珂卿打听。那水珂卿虽系书童，年纪却比朱绍武大五六岁，先本是伴绍武的长兄绍裘读书的，绍裘出了学，他便奉上命，再伴着绍武读书，又笑他的尊范，亦和绍武相仿佛，黑而且麻之外，更多一件白癜风和斜乜眼的毛病，伴绍裘、绍武两个小主人读书甚久，可惜玩心太重，西瓜大的字竟识不满一担，正才

66

虽没有，歪才却很出色，一张利口说谎扯谈，乃是他天生的特别才能，因之人送外号，唤他作水嘴，又唤他做牧童的笛子。试想这水嘴书童所说的话哪能听信得呢？无如朱绍武这孩子亦和那侯二一般，从娘胎胞里出世时，原带有些傻气的，当时他向水嘴打听未婚妻刘氏的姿容如何，水嘴见他比自己年幼，已怀春思想媳妇，有心拿他开玩笑，信口回答，说："刘家姑娘长得如天仙化人，非常标致。她听人说你生得品貌太丑，立誓对人言，绝不肯嫁给你做老婆呢。俺真给你可惜，好好的一块肥羊肉，眼望着空欢喜，吃不到嘴。"水珂卿这几句玩笑话，说得一本正经、板起面孔、毫无笑容，不由朱绍武不信，禁不住发起猴儿急来了，不待到放学，便溜出书房，去见父母，哭丧着脸询问这件事。

朱子贵嗔怪儿子不长进，尚未出学，便已想娶妻，一怒之下，就要请家法责打绍武。亏他母亲阻住，说孩子太老实，应怪水嘴不好。遂安慰绍武道："没有这回事，你别信水嘴的话，须知道狗口里绝生不出象牙来的，这水嘴的话如果信以为真，盐钵盂内还要爬出蛆来呢。"

绍武被母亲一安慰，心神定了，回转书房，把父亲要打骂他的气一齐都发泄在水嘴身上。水嘴只得忍耐在肚内，不敢作声讨先生的戒尺吃。

过了几时，绍武忽又想起水嘴说刘家姑娘的容貌甚俊，此言究竟不知确不确，因为母亲说听了水嘴的话，盐钵盂内要爬蛆。他的话既不真，那姑娘想必不好看了。俺哥哥新娶的嫂嫂，人品生得够十二分俊俏，俺浑家丑陋，将来和嫂嫂妯娌俩立在一处被人看见，岂不给人笑话吗？因此便又向水嘴打听，究竟刘文纾长得如何。水嘴只是摇头不回答。绍武连问几遍，水嘴总不开口。末后问得急了，水嘴才说道："俺的话你既不肯信，何必再来问呢？老实对你讲吧，你那未婚妻和俺长得一般无异，不过俺是一对儿斜乜眼，她是一双白果眼，就这么一点儿不同罢了。你看，俺长得好看不好看？俺俊，你那媳妇也俊。"

绍武道:"你因何上回说她生得俊呢?"

水嘴笑道:"上加俺是说的反话啊!实情她长得极难看,比俺还要不堪呢!据闻她不仅疤而又麻,即那双金莲亦可和俺们同穿靴鞋不嫌大呢。"

绍武道:"俺不信,往日尝听父母说过,刘姑娘生得极俊,怎么你就说得这么丑陋呢?"

水嘴笑道:"岂不闻黄毛丫头十八变吗?变好变歹,那原不能说得一定的啊!你老子娘说她俊俏,乃是从前的话,现在已过了好几年,哪能还可以拿往年的人品作准呢?"

绍武听得此言,不由又发起猴急来了,此番不敢再去见父母问话,讨父亲的教训了,却坚邀水嘴,于放学后偕往刘家去闯门。水嘴上回说戏言,本是开玩笑的,不料当日先被绍武一顿辱骂,事后又被朱子贵夫妻一番排揎,这口气闷到至今未曾发泄,所以此次说戏言,却是安心唬绍武一回,使绍武上钩,料定绍武必耐不住,定要往刘家去偷看小姑娘的。刘家如看见绍武这般丑形,说不定竟上了俺的话,真正悔起婚来,故此绍武约他同往刘家去闯门。他满口应诺,但约定此去不可分主仆,事后大家不许泄露,如谁先向人告诉,便打谁二十个巴掌。

当日放学后,二人偕往刘家门首去,傍晚时分,刘文纾正和别个姑娘同立在门首向一个挑京货担子的货郎买绣花的绒线,主仆两人走到门首,水嘴本已早知刘家门首立着买绒线的姑娘就是刘文纾,却故意假作不知,扬声唤绍武的姓名道:"朱绍武,此地已到你丈人家门首了,可惜俺们来得不巧,你的未婚妻刘姑娘不曾在门外来,俺们竟想看不着,白跑一趟。现在俺们不如老老面皮,假作问询,说是错寻了人家,实行闯门两字,胡乱闯了进去,也许能在大门院首里或天井内迎面看见刘姑娘,亦未可知呢。朱绍武,你以为如何呢?"

朱绍武连被水嘴吆唤姓名，心中虽不乐，但有约在先，只得忍着，一时不曾明白水嘴的诡计，还以为叫他一同进去闯门，乃是无上妙策呢，竟没口子地应道："很好，很好，俺们就闯了进去吧！"

他俩扬声问答，刘文纡早已听见，偷眼将来者二人一看，一般都是奇丑不堪，只一个像穷小厮，一个像富家子弟罢了。已知那子弟形状的就是朱绍武了，不由又很注意地看了他一眼，见他俩并肩走到门口阶沿石上来了，慌忙放下挑选好的绒线，同着那邻家的别个姑娘转身逃跑进内去躲了。

水、朱两人正往内跑，恰巧刘逊的父亲走往门外来，两下正在院落内迎面遇着。刘父问二人姓甚，到此找谁。水嘴是存心捣乱的，故即坦然回称："姓朱，到刘家来看小姑娘访亲的，因为不曾来过，不知可走错了大门吗？"

刘父将二人一望，已分出尊卑，听说姓朱，来访亲看人的，不由又气又好笑，即恶声回道："俺便是刘某，你们俩是哪来的野种？乳臭未干，胆敢到此混充，休讨没趣儿，快给俺滚！"

水嘴本亦认得刘老头儿的，闻言，便拉了朱绍武回身就往外走道："朱绍武，俺俩快跑回去吧！这老者就是你的丈人，初见面便不客气，既不让俺们进去坐，俺们还走进去做什么？要看人，改日俺们再来吧，怪不得人说刘家嫌女婿丑要悔婚呢！果然俺们一进他家的大门，就喝令俺们快滚了，俺们就走回去吧！迟走几步别真被他的没趣儿啊！"边说边拉了朱绍武，一口气跑出大门，足不停趾地径行回家。

第二日，水嘴又对朱绍武道："恭喜恭喜，俺们好眼福，昨日看见的那两名小姑娘，立在门左首的那一个就是你的未婚妻，果然名不虚传，真正好得很。"

绍武昨晚回家，一夜烦神，未曾睡熟，此刻闻言大喜，忙问："何以知之？"

水嘴信口回答说："是俺今日一早又独往刘家左近打听过，所以才知道。"

绍武大乐道："妙啊！这才配得上俺哥哥所娶的那位嫂嫂啊！"说罢，又问水嘴："究竟刘家悔婚的话可是真的？"

水嘴道："这不过是外面人家的猜测之词，算不得数的。"

绍武点点头。

先生来了，两人念书不再交谈。

绍武当晚放学后，私下里请问母亲，刘家有无悔婚的事。

他母亲摇摇头道："没有这件事，俺早就告诉你过了，你怎么又来问呢？留心被你老子听得，怪你不专心念书，又得捶你了。"

绍武这才放心。过不多时，真正冤枉孽障，朱家隔壁邻舍半夜忽然失慎，连累了朱子贵全家，当将前后房屋一齐烧光。朱子贵本人被火烧伤甚重，余人虽本无恙，财物却完全都被焚了。最可痛心的，就是许多账簿经折田契房单都被烧光，全家人口只得租屋居住。

朱子贵火伤之后，一切无人可以料理，迨到伤势痊好，日期久了，早已被佃户房客等设法抢先走好门路，各往县里挂过失，补领了新地契房单，侵占了田亩地基房产，至于那些债户，闻知朱家簿据都未抢出，便亦起了黑心，实行赖债主义，大家都不认账，只有几家良心好的佃户、房客、债户不曾侵占狡赖，但一方却被债权人逼得要死。

不知朱子贵怎生应付，请待下回续写。

评曰：

趁火打劫，固习闻此谚矣，未见其事也。朱子贵以一邑首富，竟因一火而后，家业为之凋零，适符此谚。读书至斯，诚有不禁为世道人心忧者矣。

父母为子女择偶，苟非忘拟高攀或为虚荣及实利所役使者，因绝无甘心将其子女误耦妇婿者也。刘文纾父母以经济关系，不得已以女为买卖式之婚姻，误配陋婿，致铸大错。呜呼！择偶大事，诚非可易言也。

70

第八回

穷打算老父想极法
妙安排阿兄用狡计

话说朱子贵家宅被焚之后，被佃户、房客、债户等趁势狡赖，轻轻将偌大一份家业移夺了去。朱子贵既被狡赖，但一方轻欠人家的账款债务却趁势逼紧将来，纷纷追讨，急如星火。

朱子贵被迫无奈，只得竭力向亲友各家设法归还，将未侵吞的田地房屋作抵，短欠尚多。朱子贵无法应付，只得悄悄携带家属搬往别处去暂避。这话传到刘家，刘逊的父母双亲虽给朱家伤感，却又给女儿欢喜。因为自从那日文纾亲自在门前看见过朱绍武之后，便怨苦恨命，哭求父母向朱家提议悔婚，自己誓死不嫁朱某。她父亲亦曾亲自看见过朱绍武，实情果真难堪，岂能怪女儿怨悔？只得以好言安慰。无如此事非可片言立决，朱子贵又是位有名富绅，往年收的茶礼首饰聘金早已用光，此刻悔婚，一则怕朱家不肯，二则怕朱家纵肯悔退，自家要退还茶礼等项，亦绝难办得到，因之只得一面慰劝女儿，一面去和原媒商议，托他往朱家探听朱子贵的口音。

原媒尚未往朱家去，朱家已被祝融税驾，烧得富户变为赤贫，躲避往外路方去了。刘父得信大喜，满心以为朱子贵已破了产，料想他被逼才逃躲了的，绝不会马上回来犯此危险的。

适巧其时刘父经商的资本又亏耗了许多，暂时周转不灵，老夫妻俩一商量，到此地位，只得冒犯一回危险，将女儿另再许配别家，多收些聘金茶礼，借此渡过目前难关，随后朱家不回来最好，如朱家回来，只得将此事经过告知朱家，请他父子们原谅。夫妻俩商量决定后，便询问女儿意见如何。刘文纾见父母要把自己改嫁给别家，正合自己心意，不过此事虽很冒险，但因势已至此，无法维持，只得冒险且走这条路，立即应诺，说："二老意欲如何办法，女儿便依二老的办法做事。"她父母见她已经答应，便由刘父出去，拜托几位知己的亲友，留意给女儿作伐，托词朱家因遭火灾，无力为幼子完娶，故此自愿悔退婚约。

各亲友信以为真，便又有人代刘文纾做媒，另又许字给当地富绅邱乐富的长孙邱东篱为妻，收受了茶礼聘金首饰等项，刘家便进一步要求，早日完婚。刘父将所收的茶礼等项做了自己经商的流通资本，一面亦诚恐朱家得信后到来啰唣，夜长梦多，必至不妙，所以亦很愿邱家速来迎娶。媒人来传达邱家意见后，刘逊的父母亦一口应允。

正当此时，忽然霹雳一声，朱子贵夫妻率领长子夫妇及幼子全体家属人口又已搬回原籍来了。刘逊父母得信，不由大惊失色，仔细打听，才知朱子贵得到京城里贵戚的帮助，已将本地所欠的各项债务完全了清，并仰仗贵戚的力量，行文到本县，令本地县令查究当日冒充挂失、补领房田地契的一干人犯，此刻颇能雷厉风行。

刘逊父母探得内容后，格外心中惊悸。正急到无可如何之时，忽然刘逊奉旨出京查考近畿各地情形，并催征粮饷，却以公济私，潜行回家来省亲父母、祭扫祖坟、会晤亲友。

原来刘逊自幼天阉，他父母见他系天生成的一个太监胚子，遂辗转设法，托人引荐，保举进宫去充当内监，被他巴结上了郑、李各妃嫔，在大内颇有权势。久拟告假回乡一走，无如非经特许，不准告假，只得静待时机。直到此时，才被他谋着这个外差，奉旨出京，带领校尉及护从人等，先往近畿各属地方照例查察了一回，便趱程赶奔回家乡来。到得家中，父母兄妹等一家团叙，他父母正在

72

惶急之际，见他回来了，不禁欣喜欲狂，便将此事经过对刘逊说知，问他可有何法，解此危难。

刘逊寻思了一会儿，忽得一计，便说："一女许字两家，本系违理犯法的事。现在两家的茶礼都已接受，论情理应该还给朱家方合，论人才必须于归姓邱始好。无如两家势均力敌，都非寻常人家。为今之计，无法可以两全，只有咱们全家老幼搬往别处去居住一法，似乎尚觉可行，但亦不是善法。最好只有妹妹由俺带进宫去，并且冠冠冕冕地请县官派人护送。待俺兄妹动身之后，两位老人家便可以此为题，分请两家原媒往两家去报信，就说奉旨挑选进宫去承值当差，所有两家的财礼，只好随后徐图设法退还。朱、邱两家虽有财力，谅情绝不敢违背圣旨，可惜俺此番由京城回来，未能多带财帛，否则两家的财礼尽可以当日归还，不必再做别的算计了。"

他父母闻言，陡然触动灵机道："现在文武官员和太监来往，走太监门路的甚众，现在你既能请地方官派差保护送你同妹妹进京，何不想个法儿到县衙里去走遭，使县官孝敬你一笔款子呢？只要钱到手，便可以坦坦然地对付朱、邱两家了。"

刘逊被他父亲一句话提醒，眉头一皱，计上心来，笑嘻嘻地对他父亲道："大人言之有理，孩儿就往县衙内去拜会县官，只消如此措辞，便不怕知县不拿出雪白的纹银来。"

他父母听罢，同声欣然赞许道："果然是个妙法，你就去试试看吧。"

刘逊应诺起身，更换过衣服，吩咐手下，传齐随从出京的校尉、卫士等众，跟随着同往县衙。刘逊本人乘轿，校尉乘马，卫士等步行，吆喝簇拥着来到知县衙前，停轿驻马。刘逊命卫士拿了自己的手本，交给县署门外守位的门差。门差接手本，忙往内回。

县官听门差陈说来人如何装束形状，再看过手本，不禁唬了一跳。因在前几天已看见过京城发来的邸报，上面载着钦命内监刘逊出京查察近畿各属情形的事项，此刻见报来人正是刘逊，自己疏于迎候招待，深恐被刘逊见怪，哪得不惊呢？因之急命门差传谕开大门迎接，一面自己整齐衣冠，带着县衙属吏、员役等人，亲出大门迎接。门差一面传谕，一面开放大门，对那递手本来的卫士说了句请。卫士回到刘逊轿前，下千回禀过后，刘逊便命打起扶手出轿，刚由校尉等护卫着移步走上台阶，县官已领属吏等出衙走下石阶来，躬身拱手迎接。

两下行过相见礼，县官让请刘逊，同进大门，穿过大堂，直进后衙客厅上分宾主叙座，校尉们即由属吏等招待在别室内坐地叙谈，门子、衙役等慌忙分别献茶。县官待刘逊茶罢，便欠身先请问过当今天子的圣安，慰劳过刘逊出京跋涉，这才请问刘逊的父母两老安康，复说："卑县不知公公驾到，未曾出郭迎接，亦未知公公业已安抵尊府，遂致未往尊府请安，却反蒙公公命驾先施，实乃死罪，万乞公公当面原恕。"

刘逊逐一回答谦谢过一番。两下客套叙罢，知县便请示公公驾临的尊意。

刘逊微露笑容道："咱家奉旨出京查考近畿各地的情形，想贵县业已先见过京中邸报了。"

知县欠身点头应是。

刘逊接着道："咱家到本地来，第一件要公，便是奉西宫贵妃郑娘娘的懿旨，回家迎取舍妹进京入宫承差听唤，因郑娘娘闻得现亦同做内侍的家表兄李进忠言讲，知晓舍妹文纾颇有几分容貌，存心提拔舍妹，看顾咱家及家父母，特意在万岁驾前极力吹嘘，奏荐舍妹进宫为承御，已蒙万岁恩准，只待舍妹进宫，朝见过圣驾后，倘能合得万岁的颜意，恐怕将来的地位不仅是充当承御，或者竟蒙万岁爷的皇恩特擢，册立为妃嫔选侍婕好亦未可知呢。不过现在仰仗着郑娘娘的大力，使舍妹入宫，充当承御，却是早已内定的，故此万岁特命咱家出京回家，迎取舍妹进京面圣。因恐专为此事打发咱家出京，被朝臣们上奏谏阻，所以才给咱家出京查察近畿各属地方情形的名义，并差派校尉率御士等随咱家同行。蒙恩谕给权咱家，准许咱家在沿途经过各处地方都得能便宜行事，不论军事政事，都可另派专员，快马进京奏报，不必与原先奉派在各该地的监军太监会衔联名具奏，尽可单独处置办理。"

刘逊说这句话的意思，本系暗向县官示威，叫他见机，所谓明人无须细说。

那县官听罢，果然暗打一个寒噤，腹中思忖来人系迎接他的妹子进宫充当承御，假如果真得宠，被册立为妃，来人便是位国舅身份了。便丢下此层休讲，有权的太监本比朝中大臣还要厉害，本县要想头上这顶乌纱帽儿戴得牢固，只有现在赶紧设法，向他恭维，方才可保无事呢。边想边又听刘逊道："咱家沿途查察，因钦限期促，故各地都未能多日稽留，全已赶紧回籍。此刻特来拜会贵县的，乃因有两项事情要烦劳贵县的神，一项因接舍妹进京，咱家所带的随行员役虽多，但沿途尚另有事务差遣，既怕不敷调遣分派，又恐行程护卫人少欠周，故特商请贵县，调派几名干练的差役，随咱家同进京都，专司沿途警备，保护舍妹的任务。抵京后自当优与赏赐，便是贵县派人护送的功劳，咱家亦当面奏天子，必有封赏。一项是因舍妹已经许字人家，咱家事前在京当差丝毫未知，故未奏知万岁，事关钦命，无法可以回奏，只得迎护舍妹进宫。但恐被已许婚的乾宅恃蛮，不允接受家父母请原媒送去的通知和当日文定时的聘礼物件，双方发生争执，敢请贵县出来，给舍间证明一下，解决纠纷，不知贵县可能慨允吗？"

毕竟知县见问，如何应对，请待下回续表。

评曰：

赞成中国之婚制者曰，以父母爱子女之心为之择偶，世固绝无望其子女匹偶匪人者也，故家庭和合，各鼓瑟琴，克享天伦之乐，极具孝友渊睦之美德，深合自然之人生观。

反对中国之婚制者曰，儿女婚嫁为儿女自身事，为父母者强令其儿女服从己意，专制独裁，束缚自由，莫此为甚，且计较礼金，争论妆奁，不啻市侩之论货价，是以儿女为买卖，违反尊重个人自由原理，殊可诟病。两者各执一词，实则两说各有利弊，盖天下事之有利者必有害，故利害两字，相连而成一种名词也。平心而论，前说实较后说为良，唯不应过事专制，必须征求子女之意见，深思熟计之耳。

吾人苟翻阅各地新闻纸所记载，固无日无离婚之新闻接触于吾人之眼帘也，凡此离婚诉讼，吾人设严密为之统计者，则固以自由结婚者占其多数也，慨自欧风东渐以来，新道德未立，而旧道德已完全摧毁，此有心人所以为世道深具殷忧者也。罗兰夫人曰："自由自由，多少罪恶假汝之名以行。"诚有见而感发之名言至言也。或询何以本卷记叙刘文纾之父母，竟以彼字于两富户，视同货品然也。予笑曰："此盖作者形容世之买卖式婚姻，而讥刺之也。"故大书之曰穷打算老父想极法，盖刘父因贫，不得已而出此，于戏！世之因穷打算而想极法，至误其子女终身，比比皆是，读本回能无愧怍于心、汗流浃背矣乎？

第九回

割靴腰把兄弟反目
剪裙边干姊妹破脸

话说刘逊照着想定的计策，对知县说罢，请问肯否慨允。

知县见问，忙拱手应道："公公的委命，卑县岂敢不遵？些须小事，应得效劳。只恐或有效劳不周之处，还得请公公原宥才好呢。"说罢，又顺着刘逊的口气，说了许多恭维拍马的话，并预贺刘逊："令妹进京，得沐皇恩雨露后，定必被册为妃，公公必被封为国舅，便是公公的老封翁及老太君亦必因而得受荣封诰命，乃是意中之事。至于恐怕乾宅不许悔婚，有卑县为证，公公尽请放心，绝不怕乾宅恃蛮的。"说罢，又请问公公尊意，欲调几名差役护送令妹随同公公进京。

刘逊忙谢过县官的慨允和他的金言预贺，便说："贵县衙中亦有公务，恐亦难多调派，愚意想借贵署的干练差役六名，如六名抽派不出，即借四名亦可，请贵县斟酌办吧！"

知县应道："公公请放心，休说只四名六名，便是八名十名，公公的尊委，卑县亦当遵照办理的。尊意既需六名，便六名就是了，但不知公公何日荣行？"

刘逊道："咱家因有钦限，不敢多日稽延，准定在大后日启程回京，一切劳神，拜托贵县。咱家就此告辞，免误贵县公务。"说罢，起身作别。

知县哪里肯放？慌忙起身坚留，殷勤挽劝，将刘逊等一行人众均留在衙内，设宴款待，亲给刘逊洗尘，由属吏款待校尉，捕快招待卫士。宴罢，方送刘逊出衙回去。

第二日，知县亲自乘轿，往刘宅回拜刘逊，并面致请柬，邀刘逊父子明日到县衙晚宴，给刘逊饯行。刘逊父子便亦称谢应诺，当即留县官在家饮宴。宴毕，知县谢别回衙。

次日白天，知县亲自乘轿，赍送珍贵礼品及黄金白银，到刘家送礼，算是给刘逊兄妹壮行色的，并面邀刘逊父子，本晚准时过县衙饮酒。告别回衙后，又令差役另备一席酒席，傍晚送往刘家去，请刘文纾母女，算是给刘文纾饯行的。

当晚，刘家父子到县衙赴宴，席间，知县殷勤劝酒，面恳刘逊进京后，设法给卑县植培植培。刘逊亦允于有机会时代为设法，并面托照应父母及家属人等。当晚尽欢而散。

次日一早，县官亲率六名奉调随行的差役及其余执事人等，同到刘家，会见了刘逊，将六名差役引荐过刘逊，亲送刘逊兄妹一行人众，直至郊外，方才作别分散。

刘逊的父母待他兄妹走后，依计请媒人去通知朱、邱两家，说不信尽可以去访问县官。两家听说刘文纾已被刘逊迎接进京，哪还敢大胆，坚执不允，和皇上争要一个民女呢？况且刘家又肯将所受的聘礼照原赔还，并不仗势狡赖，只得叹口气，依了媒人的话，将其事息了纷争。

只那朱绍武闻老婆被皇上要了去，心中不服，连说："皇上姓朱，俺也姓朱，为何刘家这般混账？"

依他的傻气，定要进京去和皇上评理。

这话被水嘴晓得了，便对朱绍武笑道："刘姑娘嫁给姓朱的，并没另给外姓，总算楚弓楚得，不曾便宜外人，您何必恁地气苦呢？"

朱绍武被他几句玩笑话说着，非但不恼，反因之点头称赞道："对啊，俺真算错了账了，她仍姓朱，并不改姓，俺原用不着气

78

急啊!"

说罢,傻笑了一阵,便回见父母,照着水嘴的话,学说给父母听。朱子贵夫妻又气又好笑,怕他真发傻进京闯祸,只得信口顺着他,也说不错,一面赶紧设法,急忙给他娶媳妇完事。

事后,朱、邱两家方才知道,刘家女儿系因一女两字,无法中想出此法,将女儿送进宫去的,并非皇上要刘文纾去家承御。非但两家受欺,知县还加倍倒霉呢。

那县官虽亦有风闻,但因刘逊系有权的太监,结交他总不能算错。不过差六名公人护送进京,多跑一个来回,算是上当罢了。

刘文纾随着阿兄进京,先住在馆驿内,刘逊便重赏六名公差,并矫诏着六名差人回去,奖赏县官几句,赏赐县官几件珍玩,打发他们动身,一面由刘逊进宫,联络李进忠合力设法,将刘文纾荐到郑妃宫内,做贴身伺候的宫人。

在刘逊的初意,本亦抱有野心,希望妹妹进宫后,在郑妃面前当差,能被皇上看见,或是在李选侍面前当差,得被太子爱中,只消一度春风,将来便可享受荣华富贵,由太监变作皇亲,照样能封官晋爵、治军管民了。不料刘文纾进宫后,虽然搔首弄姿,希望能得到皇上或太子的幸御,却并未能如愿以偿。皇宫内院,非比民间,刘文纾初原抱极大希望,以为一进宫门,便可做后妃了,三宫六院,必有自己的份儿,不料此愿来遂事小,反不如在民间时候的自由,无时得能安闲快乐、自在逍遥。因此兴怨乃兄,不该想出这条短命的美门绝户计来,葬送了自己的终身。思忖假使在家,便嫁给朱绍武那个丑丈夫,定必亦能一双两好,脸儿相偎,肩儿相并,享受夫妻之乐;如嫁给邱家或是别个丈夫,定能知道情爱,了解风流,岂不快乐?怪不得每听人家谈论,说送女儿进宫,乃是送下火坑呢。每逢有选民女进宫信息传出后,便家家户户各将女儿连夜送到婿家去草草完姻。俺初时不信,现在身入禁宫,方知此中之苦,误却青春年少,永远隔绝娘家骨肉的面,亲戚闺友,欲会不能,言行绝不自由，真毫无人生之乐趣可言了。

刘文纾因怨生恨，不禁照常背人偷弹眼泪，这是她初入大内后，半年数月光景的心理思想。

迨到为时既久，大内各宫院的男女上下人等均已混得厮熟，便亦习惯成自然，不觉得再如往日之苦了，便是思乡之念亦比前渐淡了些，所好的每日尚得和刘逊胞兄及李进忠表兄见面，宫中太监、宫人等颇多乡亲，彼此会晤叙谋起来，亦很觉得亲热，且凡大内宫人，不论是谁，倘非经谕旨或钦命特许，绝对不准越雷池一步，故亦将回家省亲会故的心思死了。因之未满一年，便已毫不觉苦，只不过因时偶然想起，不由得要怨父母不该胡乱许字，贪财高攀，以一个女儿吃两家茶，惹下无法解决的穷祸，更怨恨兄长，不设别种良计使朱、邱两家中无论谁家退婚，却只想出这条葬送自由的绝计来陷害自己，如此沉吟流泪，空发一回恨，长吁短叹一会儿罢了。

及至一年以后，经刘逊、李进忠两人不时暗中解劝，她亦思忖徒然怨恨伤感，毫无益处，想起俗语："气气闷闷成了病，快快活活做了人。"便亦自解自叹，从"知足常乐、能忍便安"八字格言联语上着想，将怨恨忧苦亦完全抛撇了。彼时她在这年余的经过光阴内，初则仗刘、李两兄之力，立住了脚跟，继则仗她自己的巴结逢迎，得到了郑、李两妃婆媳的欢喜，遂有了职位权势，由此逐步进展，扩张势力，愈久势力愈雄，权威亦愈大了。便是刘、李两人，亦仗着她在各位娘娘面前说好，沾光受惠，得到助力不少。

上文说过，她在宫中颇有上下其手的权威，故其时各宫人、太监等权位稍次的，无不仰其鼻息，便是权位较尊、颇得宠幸信任、正走红运的，亦无不和她互相联络，甚至各妃嫔亦暗中买通了她，托她给自己说好话。妃嫔等尚且如此，余人更不言可知了。

客氏进宫充当乳母后，因知此项内情，故特放出手腕来，竭力和她来往交结，愈久愈密切，遂结拜为干姊妹。两人相联，势同如虎附翼，互相标榜，朋比为奸，越发无人敢侮。后来魏朝和客氏两个有了奸情，刘文纾因和客氏友谊最密，故亦最易看出，留心使诈语向客氏冒问，客氏便亦毫不避忌，不打自招，和盘托出。刘文纾闻悉果然，不由芳心大动，心忖俺只道太监都是废人，却不料也有假的混杂在内。常言："十步之内，必有芳草。"客氏既可与魏朝成奸，俺又何尝不可与别个偷情呢？只消俺随时随地留意物色了。因这一想，便暗中不时撩拨各大小太监，轻狂态度、风骚举止、浪漫言辞、佻挞行动，往往情不自禁地流露出来。

刘文纾虽不及客氏俊美，究竟比平常宫人艳丽，容貌如何且不论，但讲她在宫的权威，各太监都有几分惧怯她，恨不得和她结交才好。既见她卖弄风骚，分明表示她正在情饥，欲火炎炎，如欲择人而食，那真已净身的为情势所绌，无可如何，只得徒呼荷荷，和她会见，只能说几句风骚话，聊以解嘲而已。那未全净身，或已净过而复生的，虽有其人，但因胆小，或因位卑，不敢放肆，亦只得暗自发泄欲火，不敢当面调情，自恨英雄无用武之地而已。

刘文纾见张网捕不着鸟，芳心更自着慌，遂只得暗学娥皇、女英故事，意在和客氏干姊妹共事魏朝，换句话说，便是刘文纾明知太监内身怀利器的，正不乏人，只不过一时难能发现，愁火正炎，实恨远水难救近火，默念人寿几何，河清难俟，到此要紧关头，便亦顾不得什么交谊羞耻了。只得实行夺夫计划，割一割客氏的裙边了。她本和客氏每日见面的，客氏和魏朝既有染，两下正打得火热，真有"一刻不见，如隔三秋"之慨，所以才容易被她窥破。客氏因已对她言明，便亦不再避忌她了，所以和魏朝得空便来，亦不怎么避她的面。

那魏朝在先和刘文纾会面，原亦说笑惯了的，此刻当然仍如往时一般，不露痕迹，却被刘文纾借着他和客氏的事，背了客氏的面，便故意向他盘问，在盘问之际，又故意显露出情不自禁的神态来，诱惑魏朝，打动魏朝的淫心。那魏朝因勾搭上了客氏，吃着了甜头，正自色胆如天大，本来他对于刘氏亦正野心勃勃，久思染指，苦于未能得到溪径，不敢贸然问津桃源洞口罢了，虽此刻他已有了客氏，然而他却抱着熊鱼兼欲之心，得陇竟又望蜀，对刘氏既贪其色，又慕其势，故并未放弃初衷，是以两下一拍即合，当亦成就兽行暧昧，只不过两人严密约定，无论对谁，统不准泄露春光。在客氏面前，正须装得规规矩矩，便是当着别人，亦不可露出破绽来，故此两人的幽期密约，客氏竟无从得知，并非无人知晓，实因她俩都是得宠的红人，势均力敌，又是干姊妹，亲热密切，极其友爱，休说和她俩有普通感情的人不敢轻于启口，怕惹下树叶来打破脑袋，便是和她俩心腹的亦不敢多嘴，怕遭她俩的没趣儿。故此无人敢在她俩面前饶舌，大家都守口如瓶，自然客氏绝不能知道了。

后来，客氏和魏朝对了食，在名义上是正式夫妻了，刘文纾自恨不曾早着先鞭，被客氏抢了先着，只得和客氏酸在肚内，暗自发恨，悔怨非常，一面另自设法再向太监辈中物色补缺之人，她此番卖弄风流，却不比得往时的为难了。往时各太监须得顾忌，胆小畏惧，不敢下手，此刻大家因她有和魏朝的例在前，佳肴到口，岂有弃而不食之理呢？故此未曾怎样，便已被她勾搭上了三名小太监。她自与三人私通之后，经时未久，便惹下酸气冲天的醋海风潮来，卒至两魏吃醋火并，刘、客争风破脸，造成太监捉奸，皇帝帮乳母择爱、偏袒奸夫的奇丑怪事来。

欲知毕竟如何，请待下回续写。

评曰：

　　刘父以穷打算而想极法，致造成一女两字之祸端，不得已而遣女随兄入宫，致文纾成为怀春之怨女，遂至纵兽欲，乱禁宫，酿成与客氏交恶、两魏火并之绝大醋潮。传曰："星星之火，可以燎原。"如刘氏者，因不仅为明末宫闱之妖孽，抑亦为客、魏离合之星火也乎？

　　小人之结合以利，君子之交谊以义，故小人利尽则交疏，君子仁至而义尽，其根本观念不同，故其趣向自异。观本书所记两魏之相交交恶，刘、客之结义反目，有不禁为之废卷太息者，斯诚非三折肱于交游之危险者所能写其只字也。作者盖借古喻今，有感而发，倘仅以写形容醋字而作，值矣。

第十回

争宠夺爱如自用机谋
钩心斗角咸都张罗网

　　话说刘文纾因客氏将魏朝霸占着独享，心中怨恨非常，只得改向别人结缘。未几，便被她结识了三名小监，由此后，对于魏朝便亦渐渐不放在心上了。

　　哪知天下的事，果然只怕不做，不愁不破。那三名小监吃着了天鹅肉，便亦仗势大不安分，得寸进尺，于私通刘氏而外，又挑上了别个宫人。同时客氏虽和魏朝对食，却颇嫌他年老，遂亦在宫中仍自暗行物色。不知怎么一来，竟亦和那三名小监中的两名结了肌肤之亲、枕席之爱。那和两名小监有染的宫人们因见小监被客氏夺占了去，一口醋气无从发泄，遂想出条反间毒计来，径赴刘文纾处设词诉述，说两人私通客氏，一面又激诱客氏的心腹，使他们去回禀客氏，就说那两名小监和刘宫人有染。如此双方进言，意在使刘、客两人火并，她们好收渔利。同时她们又各亲自面诫两名小监，劝两人休与客刘私通，以防魏朝陷害，果然唬得两人不敢再和刘、客偷情，彼此暗中互相猜忌，刘疑客霸占，客疑刘独吞，却不知是中了别个宫人的诡计，两人的感情遂暗自生了意见，只在表面上仍如画一般罢了。这一来，只便宜了另一个未通客氏的小监，被刘文纾紧紧持把着不放，同时魏朝亦被客氏时刻监视着，不得再和别个宫人说笑，因此，反而大家能得相安无事起来。

84

后来魏忠贤和客氏有了奸情，客氏因爱悦他憨猛，品貌亦较俊，遂将魏朝及别个小监都渐渐不放在心上。可是小魏并不知足，却暗和刘文纾亦有了私情。忠贤之所以得能权位日隆，势力益张的，虽属客氏内力居多，刘文纾的暗中扶持却亦援助不少呢。

刘文纾既和忠贤私通之后，满心以为失之魏朝的，定能取偿忠贤了，老魏既可与客氏对食，忠贤又何尝不能和自己匹偶呢？故此对于小魏颇能表示情爱专一。在忠贤的初意，未尝不欲和她学魏朝客氏的样儿正式对食，但因自己的权位势力系大半托赖客氏暗助，目下根基虽已树立，羽翼业已遍布，究竟客氏的势力强盛，她如见自己和刘宫人对食，发生醋风潮，势必和刘宫人明争暗斗，她俩吃醋相争，俺定必被客氏攻击。彼时俺必被内外文武臣工同时奏参，因这一想，故忠贤与刘文纾正式的计划，只得暂时延搁下来。

适巧其时光宗升遐，熹宗即位，郑、李两妃婆媳同因争得后位封号失败，弄成羊肉未能吃着，反惹得一身腥臊气，同遭冷待。郑太妃赶紧结好张皇后，将刘文纾改调到坤宁宫去伺候张皇后。刘文纾的地位虽得勉强维持，未被落伍，究竟大内上下人等皆因郑、李两妃是她的靠山，现已失势，刘逊、李进忠两人又同被问罪斩首，大家都平时所受她的气恨，岂可不乘此报复、攻打她这个现成的丧家落水之犬呢？故遂有仇报仇，记恨报恨，不约而同当面都不把好嘴脸给刘文纾看，背后皆攻讦刘文纾的短处，揭她的冻疮疤。

大家都知小魏和客、刘两人都有鬼把戏，背地计议，都以为刘文纾现在虽已失势，究竟倘若仅凭着各人自己的力量，意欲推翻了她，究竟她现在巴结上了正宫娘娘，仍恐很难得着功效，只有挑拨小魏，使小魏和她割席绝爱，失去了援助她的力量，更借着她和大、小两魏有染的事，挑拨侯客氏和她吃醋，使客氏和她争风火并，目下最红又最有权势的人除去客氏之外，别无他人。往日刘文纾的势力比客氏尚高一头，现在客氏的威权却要比她强盛百倍了，休说她是一个宫人，便是先太上皇所最宠爱的郑太妃、先皇的最嬖幸的李贵人，以及现在的正宫皇后张娘娘，见了侯客氏都含有几分畏怯她的心理呢。除去张娘娘不倒反君臣礼节，转脸向客氏赔笑之外，宫中上下人等，由郑太皇太妃、李太妃婆媳两位起，谁不抛却配臣名份，反讨客氏的好呢？区区一个刘文纾，只要她和小魏不亲热，便不怕她不马上跌倒给大众看了。

大家因这么一计议，众见均皆相同，遂决定借刀杀人，大家先后在小魏面前捣刘文纾的鬼，訾议刘文纾，或说刘文纾和小魏私通，并非真爱小魏，实系借小魏的势力，作她的保障，暗地里和某某等正打得火热，情好甚浓。或说刘文纾因和客氏作对，争夺魏朝，恐怕反被客氏所陷害，所以才和小魏成奸，借小魏的力抵抗客氏，并说小魏您如不信，不妨暗派亲信侦察她的行为，便可明白了。大家在小魏面前竭力造作蜚语，糟踏刘文纾，同时又在客氏面前说刘文纾，在背后咒骂客氏，恨客氏霸占了魏朝，所以她才结交小魏，意在使小魏也同她对食，独占了小魏。或说刘文纾和大小两魏的交情比客氏和两魏的情爱还要胜过百倍，并且霸占小魏，坚要小魏和客氏断绝，和她自己对食。或说刘文纾无日不在张皇后驾前陈诉客氏的短处，称述客氏所以得皇上宠幸的，即是因客氏乳哺皇上长大，知道皇上的性情，无日不顺从皇上的所好，引诱皇上专为不善之事。诸如皇上看中了某某民女，她必定使她的儿子侯国兴领率一班无赖，强劫那姑娘到家，使皇上驾幸她家中去寻欢作乐。她又暗使侯国兴转令手下一班无赖，专在京城内外及近畿各处访查有无绝色女子，不论那女子是良户、系或乐户，已嫁或未嫁，只要打听着了，便设法黄夜抢劫到侯家，再请皇上驾幸侯家去亲自过目，哄骗那女子，说如果被皇上爱上了，马上便可富贵荣华，小则做妃子，大则封为皇后，又威吓那女子，说见了皇上龙颜，切切不可违抗，免引得皇上生气，立刻白送性命，总之小百姓谁敢和皇上对抗？假如不遵万岁爷的圣意，白送一条命事小，或者还得严厉追究，满门抄斩，甚至诛九族、掘祖坟，如此威迫利诱，唬得那女子不敢不勉力服从天子，她母子却借此讨功，所以皇上即位后，第一个女子被诰命封为夫人的，只有她奉圣夫人侯客氏，男子被圣旨封为世袭官职的，亦只有她的儿子世袭锦君校尉指挥使侯国兴，此外别无第二个男女得受世袭的荫封。刘文纾用这种片面言辞，像祷告般在张皇后面前进谗，意在使皇后娘娘深信她的言辞，必欲皇上将客氏驱逐出宫，究办引诱万岁为不善、欺君窃权种种不赦的罪名。俺们因闻得风声，侦查她确曾实作此言，诚恐您真个被她在皇后驾前告准了御状，那时为祸不小，俺们平时深受您的大恩，从未报答，既得到这种险恶的消息，哪敢不报告给您听呢，好早作应付之计呢。

如此双方并进，果然把小魏和刘宫人要好的心说得由浓变淡，从热变冷。本来小魏和她勾引成奸，并非出于真爱，实系小半贪其色，出于一时的性欲冲动，才有此兽行，大半因她当时在大内的势力强盛，和客氏比较，有过之而无不及。客氏虽亦有染，究已和老魏有了对食名义，被老魏正式占住，视同禁脔，自己不能从魏朝口中夺食，只能借客氏的暗助，不好求客氏明帮，所以才和她偷情，仗她的权力，助成他自己的根基。此刻郑、李两妃失势，刘、李两阉被诛，她已今非昔比，原无再和好对食，借重她的力量之可能了。倘再和她苟苟且且，被客氏知道，定必醋海兴波，反于己不利。况她现在地位危险，和她来往，正是借力给她，无异反被她利用了去，所以小魏一经众人谗谮之后，便陡然对刘文纾冷淡了下来，不仅将两人早已洽商过的要求恩准对食一事完全丢却不提，并且见了面时，总以冰言冷语、白眼青面对付刘文纾，对于那幽期密约、窃玉偷香的事，更是全不理会，使刘文纾感觉着非常的没趣儿，总教她乘兴而来，败兴而返。同时却因客氏现正大红特红，为利用她的权位势力起见，更不敢对她怠慢，只须一有空闲，便去寻她说笑，约会作乐，两下的欢娱热情，比前格外浓厚，淫欲放浪，比前亦更甚百倍。

那客氏亦因听得大众的说话，惹起了千寻醋火，故此一方对于小魏格外钟情，海誓山盟，坚欲他吐咒发誓，和刘文纾割断情丝，永息爱火。一方对于魏朝，密使亲信侦察监视，不许他和刘文纾来往。更因众人所说客氏母子逢迎皇上，引诱皇上到侯家所作为的诸般不道德之事，颇不虚诬，正揭着客氏的短处，不由得客氏不闻语心惊，急谋所以对付刘文纾的计划，所以她于霸占小魏、监视大魏之外，又极端表面和刘文纾亲善，好乘她不备，使毒辣手段对付她。另一方亲自不时到坤宁宫走动，向张皇后献媚讨好，使刘文纾谮她的言辞，不敢对皇后回奏，兼使皇后不信刘文纾的谗言，以为釜底抽薪之计。一方又使用重贿，收买刘文纾的心腹宫女内监，使他们都对刘文纾倒戈，遇有刘文纾差遣他们，图谋对己不利时，先来送信，同时使他们侦查刘文纾的疵病，不论大小弊端，诸如私通内监和外臣，咒诅帝后宗室，勾结内外臣工，收受外臣贿赂，联络宫院妃嫔等事，统来报告自己，即可借此使人启奏帝后，立刻将她推翻，轻则逐出宫门，重则谕令赐死。

客氏方面既这样蓄谋对付刘文纾，明枪暗箭双管齐下，使她无闪展的余地了。

那刘文纾处此危险境地，在她的方面，却筹谋如何应付、敌抗客氏呢？难道就束手待毙不成？

看官须知，刘文纾亦非寻常庸懦女子，既知道争权攘位、安富尊荣，又解得调情偷香、捻酸泼醋、结援树势，和客氏本是旗鼓相当的一员劲敌，怎肯自甘退让、伸颈就戮呢？当然亦有应敌的方法了。

欲知她的应付客氏计策如何，请待下回续详。

评曰：

圣人谓唯女子与小人为难养也，亲之则不逊，远之则怨。吾人读史阅书，历观往古来今之所谓女子与小人者，盖鲜有不应至圣之语谶者矣。如书中之两魏、刘、客暨群小辈，固不既不逊而又怨，如出一辙者，斯不啻为鲁论下一铁板注脚，读之可为懔然，此固不乏与女子小人亲近者，盍不鉴诸。

昔人云："青竹蛇儿口，黄蜂尾上针，两般皆不毒，最毒淫妇心。"证以本卷客氏与刘文纻之钩心斗角、争宠夺爱，其狠毒泼辣，得未曾有，益足征昔贤所言之非谬。嗟乎！刘客感情裂破，乃即因群小之挑拨媒蘖其间，为双方交恶之导火线，卒至魏朝、刘文纻俱不得其死，而客氏、魏珰旋亦同遭显戮，当事者固皆自谓心思狠毒、手段高强也，而不自知其乃为群小所利用，代群小作报仇雪恨之工具也。

第十一回

坤宁宫采女用计
尚衣监中官捉奸

话说奉圣夫人侯客氏听信了众太监宫娥们的谗谮，决计排除刘文纾这个情敌，使她尝试毒辣手段的味儿，只消摆布了好，宫禁之内，自己便可唯我独尊，真个应了儿歌，叫作"天不怕，地不怕，除去皇帝就是我大"了。客氏这一方面既已对刘文纾下了紧急动员令，四面八方取大包围的阵势向刘文纾进攻了，难道刘文纾就自甘退让、束手待毙吗？

上文叙过，看官谅已明白，这位刘宫人原非什么省油灯，她既敢剪客氏的裙边，先后和大小两魏私通，丝毫不惧怯客氏和她吃醋相斗，又岂肯到此势成骑虎之际，反而屈膝投降之理呢？

叙话至此，看官们必有一种疑问，以为客氏方面调兵遣将对付刘文纾的策划，难道已被刘文纾知道了吗？编书的自应交代一下，常言道得好，隔壁须有耳，窗前岂无人。客氏方面既这般紧急动员，对刘文纾取数面齐进包抄围攻的阵势，刘文纾毕竟在大内里呆了很久的年月，平日虽然恃宠仗权、发威逞势、欺凌侮辱别人，因而结下深仇宿怨的固多，但是也未尝没有扶危济困、解围排纷、救急援难、施好行善与人，因之留得大恩小惠，使人永记不忘，图谋报答的事。丢下此节不讲，但讲平时和人的感情，俗语叫作即有三人和你好，也未尝知有三人和俺好。所以刘文纾在大内多年，虽然结得

90

许多冤仇，却亦留下不少恩德，故此亦有多数的人怨恨她，同时却亦有少数的人感激她。

当客氏方面暗中布置才发动时，刘文纾便已接得报告。那送信给她的人不消说得便是往日曾受过她的好处，感激恩德，图谋报答而未能报答的人。那人一听得这个风声，便代刘文纾吃一大惊，思量刘文纾已经今非昔比，全仗两魏和她有来往，所以才无人马上下她的手，又仰赖当今正宫娘娘的卵翼，大家多少有几分顾忌。更因客氏和她往日曾结拜过姊妹，才无人敢到客氏面前诉述她的不是。现在和她作对的，就是她的干妹妹，新受诰命封为奉圣夫人的皇上乳母客氏，凭着她一个现已失势的宫人，岂能抵抗得住这个劲敌？往时俺曾受过她的大德，目今明知恩人将遭大难，岂可坐视不理呢？俺虽无力救她，既已知道信息，哪能不通个消息给她，使她预防预防早早设法脱身呢？假使俺报信给她，她不肯信俺的话，那便是她自误，俺就问心无愧，可以算对她得起了。那人想到此层，便不敢迟慢，立刻就悄悄去寻着了她，将信息据实告知。

刘文纾得报大惊，口中谢过那人，走回坤宁宫殿，静坐默思，应该如何对付。心忖客氏得宠走红，势大人众，俺和她对敌，不用请问别人，俺亦自知敌她不过了。想了一会儿，便被她想出了两条计策，一条是暂且退让容忍，竭力设法，向娘娘请假，托词回籍省亲，借此为名，便尽携所有脱身出宫远引，躲过几时，便可嫁一个丈夫，一双两好地厮守着。凭着俺自己现在所有的金银财帛，将来俺们夫妻俩很可以度过一世太平日子，享受逍遥快活的福气，安闲自在，夫妻俩即坐吃一辈子，亦吃喝使用不完。另一条是以毒攻毒，寻思目下大魏明是客氏的丈夫，小魏暗却是客氏最密切的情人，欲打倒客氏只有挑拨魏朝出手捉拿小魏、客氏的奸情，只消一经捉着客氏的奸，便不怕她不俯首就范，彼时只要一声张，或是俺自己去奏明天子，她虽系皇上的乳母，究竟她在大内里干下这种伤风败俗的事，想情皇上绝不会帮她，反治捉奸的人罪名，天下万无此理。

91

即不亲自去启奏天子，魏朝的这口怨气并未出过，只要俺使几句激怒他的话，便不愁他不去回奏皇上，轻则撵她出宫，重则立追她的性命。

刘文纾想定这两条计策后，便对于宫内凡曾和她自己结过欢喜缘的太监们，由大小两魏起，很为留意，绝不和他们谈笑，以免将短处先被客氏捉了去，弄得打蛇不成，反被蛇咬了一口去。一面亦用重贿，收买一班妇寺，凡曾受过客氏摧残的人，吩咐他们随时随地地留意客氏和一班已有奸情的太监们行动，尤其是客氏和小魏两人在背地里的作为，只消一有闻见，马上就来飞报。

刘文纾又借着公事，往寻魏朝，传达皇后的懿旨，吩咐魏朝往某处去公干时，瞥见左右无人，她便悄悄对魏朝谗谮：“客氏太无情寡义，全不念往昔和魏朝得能正式对食的前因后果，以及恁般长久年月的夫妻情分。现在大内里上下人等，谁不知她明为大魏之妻，暗系小魏之妇呢？偷别人还稍微可以气得过些，偏生偷的是小魏。当初大内里人都在王霸口中听得小魏入宫的来由，乃系全仗大魏的提携，谁不知他是大魏的寄名儿子呢？如今客氏和他私通，正是寄儿烝淫寄母，亦可算作伦常大变了。目下虽然两魏改作了结拜兄弟，竟究以往历史，大家都还记得了，寄子竟叫寄父作乌龟，岂非太使大魏难堪吗？这真叫作是可忍孰不可忍了。”

刘文纾说到此处，便又顺口谗谮小魏，说：“小魏太无天良，当初未曾得势，尊称大魏为寄父。待到有了权位，势力已成，便改口唤作把兄了。这一层已是令人听得，痛詈他为势利小人了，然尚可以借俗语所谓祖上无亲，尽可以老小三代拜弟兄，不分什么长辈平辈，勉强扯淡解嘲呢。至于和客氏通奸，太不顾大魏的面子，恩将仇报，更足令人闻悉不服。现今大内里人，背后谁不咒骂忠贤这小子，说他将来定必不得死所呢？”

刘文纾对魏朝说罢这一番，激引魏朝怒恨的言语后，便又转口道：“魏总管，俺所说的话并非俺来挑拨您，实因无日不在背地里听

92

得大家这样的公论，俺听得几乎气破了肚皮，实在太容忍不住了，所以才来告诉您知道的。不然，俺又何苦将这话说给您听，使您生气呢？"

魏朝被她这番话说得面红耳热，羞愤交并，忍不住暴跳着骂道："狗王八小子，须放着咱家不死，早晚总有一天被咱家捉住了，同去朝见天子，只要有真赃实据，便不怕万岁袒护他俩了。那时，一对儿狗男女虽得蒙天子恩典，饶恕死罪，但是至少亦得重责一顿朱棍皮鞭，驱逐出宫外去，否则亦必须验检下身，施用手术，重行割去，方才可以容留俺在宫内当差了。纵然皇上欢喜他，偏袒他些，料想祖宗订立下的规条，皇上亦不能不稍微顾及的啊。"

刘文纾见魏朝气得面容青紫、暴跳如雷地发恨毒骂，便又冷冷地阻止他高声提防泄露，并进言道："徒说空话，是无益的呢！"

魏朝笑道："当然，净说空言，是有害无益的，咱家又岂有不知之理呢？"

刘文纾道："你既知道这一层，又为何只管在背后徒发狠劲，并不真个去捉他俩的奸呢？"

魏朝道："谈何容易，万一稍有不慎，打草惊蛇，岂非弄巧成拙？"

刘文纾冷笑道："既这么胆小，何不将客氏索兴扶手让给小魏呢？像这样徒有丈夫名义，俺代你想，真也有些难受呢，难道就这样罢了不成？"

魏朝冷笑道："什么话？咱家纵然懦弱，但亦何至就没用到这般田地呢？"

刘文纾道："您真可算得个半吊子了，既舍不得割爱相让，又不敢冒险捉奸，怪不得闲人背后议论，都说你大魏的度量宽洪，实非非常人可及呢。假使……"

魏朝不待她再往下说，便已气愤得跳起身来道："罢了罢了，不用再说了，只在早晚，咱家总叫你看，究竟是否有种气。"

刘文纾冷笑道："你如果有种气，也不等他们明目张胆，公然无所忌惮地快活逍遥到现在了。"

魏朝冷笑道："哼！你知道点儿什么？岂不闻量小非君子，无毒不丈夫吗？"

刘文纾听说，遂顺着他的口气问道："俺且请问你的毒主意，打算怎样呢？"

魏朝低声凑着她的耳朵道："咱家现在正密遣心腹，随时监察她和那厮（她指客氏，那厮指忠贤，语意自明，读者幸勿误会）的勾当，只要他俩一有可乘之机，咱家便可以前去捉拿，捉拿住了，马上就去面奏万岁，此乃迅雷不及掩耳之计，你看毒不毒呢？"

刘文纾点首道："毒却很毒，只可惜你所亲信的心腹在平时都和他俩很接近，他俩现在正得势，谁不想巴结上他俩，保全自己的地位呢？只恐怕你所吩咐的话，他们不敢遵命照办，反而先自暗向他俩报了信，齐都对你倒戈。那时你可就真正羊肉吃不着反先沾惹了一身腥臊气啦！依俺看来，你此计只能说而不能行，正无异于画饼充饥。"

魏朝闻言，不由一怔道："依你看，该当如何呢？"

刘文纾见魏朝已被自己挑拨得如箭在弦上，不得不发了，遂附耳教他道："你的主见并不错，只是只能放在腹内，不可轻易吐露出口，俺现在已结合了几名和客氏作对的人，彼此约定，随时留意她和小魏的行动。只要一有机会，便来报告俺，俺再来通知你。"

魏朝道："何不就着他们径来见咱家报信呢？"

刘文纾道："火速见你报信，免得迟延误事，此意俺岂有不知的？只因那几个人和客氏结下仇怨的时候，正是你和客氏打得火热之时，所以对你亦不免稍存芥蒂。他们心中既有这一层隔膜，哪肯径来报告你呢？"

魏朝点头道："原来如此，这就难怪了。现在，咱家就将这个重任专责成在你个人身上，往后每日只盼望你的好消息了。"

94

刘文纾点头应称晓得："只要你有种气，肯下决心，俺又岂有不敢担任这份现成事情的？你就好生自己准备着，专候俺的佳音吧！"说罢，遂别了魏朝，回转坤宁宫去。

由此后，刘宫人得暇便往尚衣监前后左近去走动，名为闲逛，实系暗查客氏和小魏两人的动作。刘文纾所以不往别处宫院，单往尚衣监去的，即因她在前和客氏感情极融洽的当儿，客氏和魏朝私通，她密向客氏询问时，客氏并未瞒她。后来客氏与魏朝对食，又与小魏有染，刘文纾亦于事后向客氏盘诘，客氏亦老着面皮，汗颜回答，故此刘文纾得知两魏和客氏寻欢取乐的处所，系在尚衣监后进的静室之内，及至刘文纾与两魏先后亦有了葛藤，仔细向两人盘诘，两人在情好之时便亦都未隐瞒，各将往日和客氏成奸、初次偷情的诸般丑态，以及逐回鸾飞鱼跃的各地点都完全不打自招，和盘托出。在彼时两魏所以直言无隐的，用意本系在借此格外鼓起刘宫人的性欲冲动，好尽兴恣情地作乐，不料刘文纾仔细盘查，本系具有深心的，当时她将两魏所说的与客氏历次寻欢所在地方双方一比较，便已发觉颇有不同，更拿客氏所说的地方和两魏所言一核对，腹中遂很明了。魏朝、客氏寻欢的所在系尚衣监最后进的左边静室，魏忠贤、客氏同眠的地方系尚衣监后面暖阁下层右边的空房。魏朝和客氏因已正式对了食，所以大胆无忌地不畏惧人，故于那静室内并未秘设机关。小魏和客氏俩偷情，因恐被魏朝撞见，所以特在那暖阁下层右边空房间内颇费心思，布置得陈设齐整，眠宿之所，系安设在画屏后面复壁之内，出入都须移动画屏，轻按复壁上装设的枢纽，复壁豁然分裂，显出孔道矮门，方可进得里面去。复壁亦装设有玲珑枢纽，只要用手一按，复壁画屏立刻就可以还原，故此两人通奸后，魏朝每次发恨，意欲捉二人的奸，总是寻不见他俩的所在。

当时刘文纾无意间在小魏口中得悉这个秘密，牢记在心，诚恐他俩改在别处，所以始终绝未对人提说，直到现在。刘文纾因闻悉客氏将谋不利于己，情势已到不两立之际了，岂敢稍再怠慢呢？故此刘文纾每日得暇，便亲到尚衣监左近侦探。

那日，事有凑巧，客氏和小魏相约在尚衣监暖阁下面空房内原址幽会。当客氏走进尚衣监内去时，恰巧冤家正遇对头，老远即已被刘文纾瞥见，不由心中一动，隐蔽了身体，掩去在一堵墙脚边，遥望着尚衣监门口望了一会儿，远远又见魏忠贤从一旁匆促走来，并不往四面张望，即已走进尚衣监内去了。

刘文纾目见他俩先后走进尚衣监，满心大悦，急忙移动金莲，往寻魏朝报信。刚走得五七步，忽然心中一动，忖念客氏、小魏先后走进尚衣监，也许他俩竟是各干各事。

适有凑巧的，俺去唤了魏朝来，他俩已经走了，岂非使魏朝白跑一趟吗？在老魏空跑之后，必嗔怪俺拿着鸡毛当令箭，信口乱报军情，往后不信俺的话，更恐怕尚衣监内的小监们借此向客氏、小魏两口子讨好，信口开河，再说得如火如荼，格外热闹些，走漏了风声，俺报仇不成，反被他俩使急法来摆布了俺，那时岂非和着棋一般，错下了一子，将全盘棋局都输去了吗？这可不是玩儿的呢？因这一想，便止步缩回原处，仍旧掩身立着，目不转睛地朝尚衣监门口望着。略立得一会儿，见从尚衣监内匆匆走出两名小监来，那两名小监都是在尚衣监内当差的，刘文纾平时和他俩会见，在无人当儿，总得说几句风流俏皮的玩笑话，勾引得他俩有痒难搔，都想吃刘文纾这块天鹅肉，只自恨形体不全，不能和她魂销真个。但因此却都和刘文纾打得火热，感情颇为融洽。

刘文纾在平时所以卖弄风骚，勾引他俩入彀的，并非真肯牺牲她自己的色相，使他俩也和别个太监一般，得能皆大欢喜，实系因为知晓两魏和客氏的幽会之所都在尚衣监内，刘文纾满怀酸味，暗中和客氏吃醋正烈，欲打听客氏和两魏的暧昧情形，所以才用此诱惑他俩的手段，用意系在使他俩痴心妄想，都变作了自己的心腹，便可暗向他俩打探客、魏间的一切实情。故此这时刘文纾见他俩从尚衣监屋内正出来，便轻移莲步，迎着两人走去。彼此见了面，刘文纾双手各拉了一名，满面堆笑地问长问短，问两人行色匆匆地往哪儿去，有什么要紧事情，何故这般忙法。

两人被她玉手扯住，满面春风地嫣然媚笑着，不禁都怦然心动，齐据实回答，说："奉圣夫人和小魏俩先后来到尚衣监内，看情形颇像是预先约会好了的，因为奉圣夫人走进来，开口就问小魏来过没有。后来小魏来了，她就嗔怪小魏不该迟到，害得她在此老等。经小魏对她解释了好些话，她方才不怪小魏。俺俩在旁侍候他俩，奉令前往御膳厨房内去，取小魏先已吩咐过的酒菜，即由俺俩立刻带回尚衣监，限时来回，不许延误，所以俺俩才举步疾行的啊。此刻俺俩急于要去取酒菜，没空闲和您多谈，停会儿守他俩去了，俺俩无事了，您如高兴，再来尚衣监内，俺俩再和您多乐一会儿吧！"

说罢，举步要走。被刘文纾握住手不放，笑骂道："好两个油嘴奴才，敢说话讨娘的便宜吗？你们要怎生和娘乐法呢？停会儿俺可待不得，要乐俺们就此刻乐上一乐吧！好两个小子，这乐字该如何解释呢？倘不解说明白，要娘放你们走，可就休想了。"边说边使手劲儿捏得二人手腕生疼。

两名小监笑回道："您是行家了，怎么反问起俺俩来了呢？要怎生乐法，就怎生乐法罢了。"边说边又护痛缩让道："哎哟，哎哟！请稍松松手吧，照这样的大力，俺俩可真受不了呢。"

刘文纾且不回言，却更使手劲，格外紧握两人的手腕。两人边缩让着，边："俺俩此刻没事，停会儿准定陪您，扯扯拉拉地给闲人看见了，可不成个样儿呢！"又央告道："好姐姐，放了俺们吧，那两尊宝贝，您是晓得的，都是难缠货，再疙瘩没有的。倘耽延了时光，定必被他们吆五喝六地当面责骂呢，何苦来。俺俩的先人被他俩糟蹋，可真有些犯不着呢。"

刘文纾笑道："好两个淡脸奴才，要俺放手，你俩须得依俺一件事才行。"

两人同说："您姐姐的事，休说一件，便是百件，俺俩也都肯依得，但请吩咐就是了。"

刘文纾道："你俩拿了酒菜回来，伺候小魏和客氏俩吃喝完毕了，务必抽空出外来一下，俺准在外面候着，有要紧的事和体己的话和你俩谈呢。你俩如失了约，往后可休怪俺无情，把苦给你俩吃。"说罢，转动水剪秋波，向两人嫣然一笑。

二人闻言，都错会了意，以为刘宫人忽然果真垂青到他俩身上了，这乃是天赐良缘，怎肯失去这大好的机会呢？被她望着一笑，几乎各将魂灵飞去，便都情不自禁地连声应诺，反问刘姊："您停会儿如不来，却该当怎么样呢？"

刘文纾松放了双手道："俺如不来，往后你俩看见了俺，尽可以当面咒骂，俺绝不回嘴。"

二人说好，拔步待走，可被刘文纾唤住，吩咐他俩："不许在任何人面前泄露，倘告诉了别人，休怪俺翻脸。"

二人欢喜应诺，飞步疾行而去。

刘文纾心中大乐，立即往寻魏朝。适值是日魏朝空闲，退值时早，已出宫回私邸内去了。刘文纾先到司礼监，小监们但说魏总管不在，说他已回去，害得她像没头苍蝇般往各宫院乱钻。到处寻觅魏朝不见，只得又复回司礼监，再细问该值的小监。小监这才回答详明。

刘文纾听说魏朝已回私邸，恍如兜头浇了一勺冷水，不禁望着那小监发呆。

正在此时，忽然那小监指着外面对她道："咦！兀那不是俺们司礼监的总管老魏来了吗？他今儿是闲期，并没他的公事，这会儿忽然又进宫来，定是来找奉圣夫人一同回去睡觉的。"说到睡觉两字，忍不住扑哧一笑，声音亦不由低了。

刘文纾以为那小监是信口扯淡，故意哄骗自己，又造出几句话来，指桑骂槐的，正要嗔怪他油嘴，但又恐果真魏朝来了，错怪了他，所以亦不禁依着他的手指方向，回头一望，呀，果然魏朝带着两名小监，提着纱灯，缓步而来。刘文纾大喜，便撇下那答话的小监，对着魏朝迎去。

原来魏朝这天由司礼监回去，查核些私人事务，并和现住家下的几名教习护院和几名校尉等叙话，吩咐家丁，传命厨司，整备筵宴，亲和众人饮酒。席间魏朝被众人多劝了几杯酒，从来酒落欢肠，千杯嫌少，酒入愁肠，一杯犹多。彼时魏朝正因小魏后来居上，竟比自己的位尊权大，往日来走自己的门路者，目下都去走他的门路了。最令魏朝心中难堪的，便是内外臣工恳托客氏言事或扶植的人，往时总是央求魏朝转恳，自从小魏得势，大家都知他与客氏有了私情之后，便都一举两得，乘着面求小魏时，更请小魏在客氏面前代为善言关说，因此魏朝私邸门前，往日车如流水、马若游龙的盛况，现在陡然一变，而为门前冷落车马稀了，所有向往魏朝私邸内的宾客，此刻都不约而同地一齐投奔了小魏。

魏朝在未饮酒前，即因查核私事，偶然触景伤怀，想起先前臣门如市、高朋满座的盛况，所以才命备酒，和众教习护院等人饮啖。满拟借酒消愁，不料被众人轮流把盏，连饮了几杯之后，目睹席间宾主只共数人，心中不由更觉难堪，忖念自己现在尚未告退出宫，总算尚颇有势力，便已这般冷淡，假使退职闲居，景况真有些不堪设想了。因想到此层，遂将满腹愁怨都归罪到客氏和小魏通奸的一事上去，以为如果客氏不与小魏私通，自己绝不至地位反落在小魏之后，至少亦必和小魏一般得势走红。因怀想到此，忍不住搁杯停筷，长吁短叹。

众人见他忽然如此叹息，都料知他的心事，只得含糊不问，齐说："今宵有酒君当醉，休问来朝有共无，总管且莫愁烦，请放心宽怀饮酒用菜是正经。"边说边由众人流水价奉酒奉菜，并用些闲言闲语来乱魏朝的思想。

魏朝被众人劝着，无奈只得胡乱用酒用菜，陪众同食。

不多时，菜已上完，大家住杯传饭。饭罢，众人称谢各散。

魏朝闷恢无聊，不由又想起了心事。因见客氏尚未回来，计算时光，客氏当已无事，因此遂又想到小魏身上，猜疑客氏定被小魏绊住了腿，所以直到此刻，尚未出宫回家。

魏朝既猜想到此层，又想起那日和客氏拌嘴情形，忍不住怒火高烧，便立刻带怒进宫，径往司礼监。迎面正遇见刘文纡，便立住了脚，问她来司礼监何事。

刘文纡见他面有怒容，又带酒意，遂将他衣袖扯了，走到一旁僻处，将亲见客氏、忠贤两人先后走进尚衣监去的事告诉他知晓。

魏朝听罢，遂请刘文纡带路，自己在后跟随，悄悄同往尚衣监去。两人边走边商量停妥，由刘文纡先去哨探，如客氏、小魏果在复壁内幽会，魏朝便去传侍卫，率手下小监进去捉奸。假使二人已走，或仅在明处对酌饮食，只好罢休，再待机会。故此两人将到尚衣监，刘文纡便令魏朝掩立在她自己先面站立过的原处地方等候，她自己却走到尚衣监门首，朝里面张望。恰好那两名小监伺候客、魏已毕，抽暇溜出门外来探望，一见刘文纡到来，不禁大喜，恍如从半空中落下了无价珍宝般，抢步迎着，便来扯刘文纡的玉腕。

刘文纡趁势却将两人扯到门外，低询客、魏两人去了没有。两人笑回："走虽未走，却已和走了一样了。"

刘文纡道："你俩此言怎讲？走便走，未走即是未走，怎么未走和已走一般呢？"

两人笑问道："他俩已喝得醉醺醺的同在里面安睡了，本来人睡熟了，和死去有何分别呢？这不是未走和已走一般吗？"

刘文纡大喜道："你俩平素油嘴混说惯了，此刻可别哄骗俺啊！"

两人齐说："俺俩无端要骗您做什么呢？实情他俩已睡，您不信尽可以进去张看的。"

刘文纡笑道："好，俺去去便来，你俩立在此处等着，不许走离此地。"

两人齐问:"您既来了,何故又走?"

刘文纾道:"俺奉皇后娘娘的懿旨,往香粉局去取宫粉,尚未回去复过旨意,哪能就留在此地呢?所以俺要走,准定马上就来。"

两人听说,只得放手道:"务必快来,俺俩在此等着。"

刘文纾边应边已回身,急匆匆地跑了,一径跑过了魏朝面前,低唤:"老魏,跟俺来。"

魏朝移步跟上询问怎么样。

刘文纾回说:"他俩正在里面睡觉呢,你如将今儿这个机会错过了,往后可就难了。"

魏朝大喜道:"果真那一对儿狗男女都在里面睡着吗?"

刘文纾正色道:"俺用尽心血,方才探得实情,岂有哄骗你的道理?"

魏朝大喜,便命她仍回尚衣监,和那两名小监敷衍着,自己却飞奔到司礼监去,一面传集手下亲信太监,一面命人去传宫门外该值的侍卫进来。大家会齐了,便由魏朝当先率领着,扑奔到尚衣监来。

刘文纾正和两名小监在尚衣监门内说笑打趣儿,一见魏朝率众到来,便趁势往旁溜走,径回坤宁宫去。

魏朝闯进尚衣监内,先命手下监视好了两名小监后,才率众直扑到暖阁下面,命侍卫在后把守候唤,亲率手下众太监闯将进内,依照刘文纾所教的言辞,移动画屏机关,直抢进复壁内秘室。果见客氏和小魏两人正睡在一张金镶玉嵌的楠木床上,锦帐低垂,床前放着男女两双鞋子。

魏朝见此情形,忍不住大喝一声:"狗男女,干得好事!"便扑到床前,掀起帐门,喝令手下动手。

欲知客氏、忠贤曾被魏朝捉住否,结果如何,请待下回分解。

评曰：

明宫故事之最足资人谈助者，厥唯太监与宫女对食一事，良以其弊流丛生，笑话百出也。读者阅前文，太监娶妻已诧为奇事，而本卷写太监捉奸，则岂非奇之又奇乎？然此皆对食一例，阶之厉也。

两魏以净身后服药幸得复生，遂至演争夺客氏丑剧，然尚以纵其兽欲之故也。若本回写尚衣监之两小监，以无其利器之人，亦与刘宫人肆意偎薄、谑浪轻狂，居然亦约夜会，营营碌碌，不知所为何事，读之令人喷饭，而当局者不自知其妄，斯诚奇之尤奇者矣。呜呼！无厥势者且若此，则两魏之相争，更不足奇矣。

第十二回

争攘妖姬魏朝闹明宫
钟情逆阉客氏觑帝子

话说魏朝掀开帐门，揭起锦被，正见客氏和小魏两人鸳鸯交颈，上下都脱得没条丝，那景况颇属难堪，不禁勃然大怒，边恶声咒骂，边高喝众人动手。

即在此时，魏忠贤、客氏两人都已从梦中惊醒，张眼看见魏朝，客氏早已唬得魂飞魄散，羞得抬不起粉颈，身体战兢兢地忍不住在床上瑟瑟乱抖。

小魏听魏朝喝令动手，放目朝帐外一看，早已见灯烛光里，颇有不少太监，正奉命往床前扑来，不由心中着急，慌迫间抖战着，只得亦颤声高喝道："好大胆的奴才，谁不怕死，敢上前来动老子的手？"

众人被他这一喝，竟都唬得遍体酥麻酸软了，不敢往前拥进。

魏朝见手下不敢上前动手，不由格外大怒，手指小魏，喝骂一声："忘恩负义的狗贼，咱家认你为子，领带你进宫当差，好容易你才得有今日这个地位，现在你居然胆敢悉淫义母，灭绝人伦。如今已被咱家捉住，还有何说？"边骂边伸手过去，啪地便是一个巴掌，打得小魏脑袋向旁倾侧，火辣手疼。

当魏朝率众初进来时，两人正在要紧当儿，不由大吃惊唬，所以慌作一团，急切间竟致没作理会处，颤巍巍地遍体抖战。及至是时，惊慌惧怯的心理业已打消了不少，反因魏朝这么指着面门辱骂，恼羞成怒才瞪双目，拟回言咒骂时，已被魏朝打了一巴掌。说时慢，那时疾，小魏被打得火星直冒，齿颊麻疼，一股怒气哪还能按落得下？早已一骨碌从被窝内爬起，奋力使两手向魏朝一推，喝骂一声："狗囚攘的老王八，老子与奉圣夫人在此安息，却要你来吆五喝六地大呼小叫？别个怕你，俺魏玱却不是惧怯你的人。"边说边已赤身露体地跃下床来，揪扭住魏朝便打。

魏朝打了他一掌之后，正拟再打第二掌，已被他双手尽力向外一推。魏朝本是个胖子，身体肥硕笨重，被他这一推，竟致往后倒撞下去，连退得几步方才得能立定。满心愤怒，高嚷着："反了反了，奸夫居然敢打本夫，寄子敢和寄父回手！你们看，天下有这个理数吗？"边嚷边向床前奔去。

小魏已趁势从床上跃下来，当胸揪住，抡拳便打，口中骂道："内庭上下人等，谁不知俺和你是拜过把子认作同宗的兄弟？此刻你却敢当众讨俺的便宜，要做俺的老子。好，俺魏忠贤今日就打你这个老猪狗，问你还敢不敢再讨便宜，想做人的老子了？"边骂边挥拳如雨点儿般往魏朝身子上打去。

魏朝体胖身重，气力本来微弱，此刻又在气恨头上，直气得一颗心在胸腹间荡动。被小魏当胸一把揪住，身体竟致转动不灵。

前文说过，小魏在肃宁乡间放牛牧羊时，本曾学过几手拳棒，武艺虽不甚精，蛮力却很不错，年纪较魏朝轻，身法比魏朝捷，蛮力比魏朝大，此刻又在情急之际，所以那股蛮力竟不知不觉地又勇狠增加了数倍。当时他左手揪住魏朝的衣襟，竭力往怀中一带，又往外一搡，如此推搡拖拉，使魏朝有气无力，立足不定，无从还手，同时右手却趁势不住往下擂打。挥打了一会儿，魏朝恨极了，却死命往地下一蹲，意欲挣脱了他的手，好和他拼命。果然这一来，小魏揪在手中的衣襟哧的一声撕破扯毁了。魏朝趁此机会，伸手来摘小魏的下部，小魏既手中捉了空，又见魏朝来摘下部，急急退步后让。魏朝伸手前抓，未能摘着，刚拟立起身体，却被小魏飞起右腿，运足气力踢来。魏朝躲让不及，被腿踢着，跌倒在地，当被小魏趁势进身，一把抓住他的头发，尽力在地上拖拉，拉得魏朝无力挣扎，这才松手使足踏住他的身体，双手如擂鼓般往下打去，打得魏朝像杀猪般极叫起来。

这时跟随魏朝同来捉奸的众太监和立在前面候令的侍卫们都已走进前来，大家因跟魏朝来时，魏朝并未说明要他们帮助捉奸，只说："同咱家去干件公事，一切听咱家的指挥行事就是。"及至到得复壁之内，魏朝掀帐揭被，大家看见光身的一对儿男女，这才心中明白，原拟奉行魏朝的使命上前帮助动手的，却都被小魏一声狂喝唬得噤若寒蝉，倒退了几步，远远立定，不敢作声。皆因大家虽然都是魏朝的手下亲信，却都畏惧客氏、小魏两人的权威势力，知道两人在当今天子驾前都能说一不二，差不多凡事皇上未曾开口，他俩说过了，便可以算得数，不必再问皇上了。有时皇上已说过了的事，他俩说不对，便马上作为无效，所以现在大内里有四句口号道：

天子纶音，收回成命，客、魏所云，雷厉风行。

大家处于这种情势之下，平时只恨巴结不上客氏和忠贤两人，哪敢当面得罪他俩，讨受没趣，碰上一鼻子灰呢？所以当时众人应魏朝之命，上前动手，见是客氏、忠贤两人，便尔趑趄不前，被忠贤一声狂喝，反而退倒了下来，远远立定，坐视两魏厮打，不敢作声。

那侍卫们立在外面，老不见魏朝呼唤，只听得里面纷乱嘈杂的声音，不知里面究竟有何事故。大家商量，且同到里面去看看，故此相偕进内，先在复壁进口探头向里面张望，看见众太监都束手立在靠墙角的地方，小魏赤身裸体地揪住魏朝相打，床上帐子一边挂起，一边低垂，灯光下照看清楚，被窝内坐着一个妇人，正是那个新受诰命、被特封为奉圣夫人的客氏，亦光着上身，敞胸露怀，坐在床上，目不转睛地凝视两魏打架。大家这才明白，小魏、客氏两人在此幽会，被老魏得到信息，所以特来捉奸。因恐大家怕客、魏两人的权势，才含糊着不说明白，只说："大众随咱家去办事，依从咱家的指挥而行。"

大家既已张见，一时都被看热闹和好奇的心理所驱使，忘却了客、魏两人面上难为情，一齐都拥进复壁内来，看两魏相争，究竟谁胜谁负，结果如何。众太监、侍卫等立在一起，互相交头接耳，议论这件事弄爆炸了，皇上追究起来定必还有下文，最小的限度，亦必须将全体内监逐一检验下体，分别去留了。众人互相耳语。

魏朝已被小魏擂打得如同杀猪价极叫大呼："众人动手，捆缚好奸夫淫妇，随咱家同去叩见天子，评判这个是非去。"

大众见魏朝已被打得声嘶力竭，上气不接下气，喘吁吁地喊嚷不出句语来，不能再袖手旁观了，这才由众太监走上前去，劝两下住手，彼此有话好说。同时众侍卫亦各将腰刀亮出，喝令大家："休再厮打，半夜三更，皇宫内苑须不比得城市乡村，倘如惊动了圣驾，以及骚扰了各位娘娘，便都有九族全诛的罪名了。俺们值班守夜，负保卫皇宫治安的全责，可不能再坐视不问了。这一层，须得请两位总管及奉圣夫人当面恕俺们众人的冒犯之罪，休怪俺们众人无礼，实因责任攸关，不得不问。"

小魏初见众太监来劝，并不放在心上，仍旧如擂鼓般挥拳击打。及见侍卫们开了口，这才心中吃惊，并不疑心众侍卫是跟随魏朝同来，反以为是厮打相殴的声响达于户外，被侍卫们听见，所以才亮刀进来询问的。因这一惊，方才松放了魏朝，伸手从床上取下自己的长衣，披在身上，裹住身体。

魏朝却趁势爬起，一把揪住小魏的顶发，骂道："忘恩负义的无耻贼，就依你说，拜过把子的兄弟，拜弟好和把兄的老婆偷情，还要逞强揪打把兄。天下有这个理吗？咱家今儿拼却这条命不要，和

106

你同去见万岁，哪怕你力大如牛，是市井无赖出身，咱家就被你拳打足踢地打死了，亦定要判明了这个理。你如果有种气，便好好儿地跟了咱家，同往乾清宫去。"边骂边揪住小魏，往前便走。边说："众位侍卫，咱家拜求你们做一回见证，万岁如果查问，务请各位据实回奏。"

小魏因头发被他揪住，两手裹在长衣里面不好伸出来，怕伸手出衣挣扎，将长衣脱落，精赤条条地给众侍卫看见了难看，所以只得跟随魏朝往外行去。

众人怕客氏难堪，便亦随后走往外面去。

两魏边走边对骂着，走出尚衣监，即向乾清宫走去。小魏被魏朝揪住顶发走出尚衣监，满心以为众侍卫定必跟出来相劝，只要他们将魏朝的手扭松放了，便可以撒腿脱逃，再调派手下武士，候在宫门外面，守魏朝退出宫外，便偷冷下他的手。小魏想得非常安妥，故很托大，随魏朝同走出外。不料侍卫们虽随后跟出，却都如没事人一般，并无一个上前扯劝。小魏被魏朝死命揪住往前行走，这才心中发急，左手忙将衣服掖定，护住身体，袒露出右臂肩胸来，伸右手和魏朝搏斗，希冀魏朝护痛松手。哪知魏朝此番抱有决心，决定无论如何，必不稍松，拼死揪住，飞步向前疾行。小魏只伸出一只右手，手被衣裹，活动不能灵捷，气力亦用不出，头被按着向上，脖项直不起来，虽打得几拳，怎奈魏朝并不因护痛而松手，反发狠往前急走。小魏无从脱身，只得跟着他往前疾行。两下扭打了一会儿，再往前走几步，如此揪扭甚久，方才到得乾清宫外御道上面。

值宿守位的侍卫立在御道上月光下面，看见他俩扭打而来，便上前喝问何事，并说："万岁业已安息，惊动圣驾，须知都是死罪。"边喝问边已看出，认识来人正是两魏。因知两人的权力势派，不好过于干涉，只得劝两人放手。更因从两魏的口中都喷出一阵阵的酒气，遂疑心他俩都喝醉了酒，故劝两人各自回去安息，有话待明日酒醒后再谈。

魏朝大嚷道："这狗才与客氏偷情，被咱家亲去捉奸，当场捉获，所以扭来叩见圣驾，怎说是喝醉了酒呢？"

侍卫闻言，大吃一惊，深恐他大嚷大叫，被皇上听见追究，遂喝令低声。怎奈魏朝已到乾清宫外，心忖真正非轻容易，事已弄僵，何能再含糊容忍？明知一松手即被小魏逃走，自己定被他所算计。现已势成骑虎，只得冒死大闹一次，使皇上亲见小魏这副神情，绝不能袒护他的，哪怕就是究办自己的不敬之罪，小魏的一条狗命总定必死在自己之前的。魏朝既抱此决死的主意，岂有错过这千钧一发的时机呢？故此侍卫已令他低声，他却只作不曾听见，反故意大嚷大叫，扯住小魏，直向乾清宫内便闯。

小魏被他揪住头发，走了好些路，遍体的蛮力先因怕衣服落下地被众人看见了不好看相，所以不曾使出力来，后因已到乾清宫外面，怕声响被皇上听见，传旨查问，立刻就得送命，故此不敢用力相争。及见侍卫喝止不住，魏朝反而揪住了直向宫门内闯进去，这一惊非常小可，早已慌忙失措，不知该如何是好了。那浑身的蛮力竟不知唬得往哪里去了，手足竟都软弱无力，挣扎不得了。当被魏朝揪着闯进了乾清宫，已到了暖阁下面，再往内走，便是熹宗圣驾安眠的寝宫了。

到此地方，小魏惶急无措，便说："老魏，你真要俺的好看吗？"

魏朝喝骂道："咱家今日非把你这个忘恩负义之贼所作所为的一切勾当面奏天子，判明曲直是非不可。"

侍卫从外面跟进来，喝令两下丢开，齐退出去。同时暖阁下守位的侍卫，以及休息在一旁的侍卫及内侍等众人都已闻声赶到面前来，查问何故半夜争闹，喝令低声。魏朝却趁此机会，格外大嚷大骂，将小魏拳打足踢起来，边大声告诉众人，说："小魏和奉圣夫人偷情，胆敢在尚衣监内私建密室，用复壁掩护着，使人看不出痕迹来。"

众人听得魏朝的言语，齐劝他放手，免再惊动圣驾，遭受罪咎，并故意询问小魏究竟是怎么回事，劝二人明日白天再来叩见万岁。

大家说话的声音和魏朝的嚷叫咒骂的声音，小魏辩白回骂的声音，及两下揪扭挣扎厮打相骂的声音。皇宫内本来肃静无哗，无人敢高声说话，在白天里且静寂如夜，何况这时已在夜间，帝、后、妃、嫔等都已安息，自然格外沉寂了，怎经得这般嘈杂喧哗，破格剑例地嚷闹呢？因此遂惊动了当今天子了。

其时熹宗因白天和宠妃等饮宴游幸甚久，龙体颇觉疲倦，所以此刻业已安眠在寝宫内。刚欲蒙眬入睡，忽然听得外面有人争闹，当被惊扰得不能眠熟，遂命近侍往寝宫外面去查看何事，立待回奏。

近侍奉旨走出寝宫，传唤了一名该值守夜的侍卫进来，同跪在龙床面前，奏明天子，说："两魏争斗，揪扭着同到宫外，声言欲进来叩见圣驾，评判是非。"

熹宗即问："他俩何事相争，欲来见朕？"

侍卫不敢隐瞒，只得将魏朝捉奸情形约略奏知。熹宗闻奏，遂即披衣坐起，命将两人宣召进来问话。

侍卫领旨，出外嗔怪两魏道："俺叫你俩各自退回，休得惊动圣驾，现在万岁已被惊醒，传旨着你俩同进寝宫去问话呢。"

两人听得，小魏便拟挣脱了手，好去穿衣着裤，再进宫朝见万岁。却被魏朝死命揪住，往寝宫内便走，一边挣扎倔强，一边揪扭辱骂，两下老腻在寝宫外面。

侍卫见他俩一进一退，老不进去，便上前一手扯住一个，喝令快进宫去。

小魏被两人拖着，挣扎不得，只得跟随进内，径到龙床面前。

近侍见两魏兀自揪扭着不曾跪下，便喝令："好大胆奴才，在万岁龙床面前还敢揪扭不放吗？快叩头行礼。"

两魏被喝，这才一齐跪倒，口称："奴婢魏朝、魏忠贤见驾，愿吾皇万岁万万岁！"

熹宗命近侍掀起帐门，见魏朝仍揪住魏忠贤的头发不放，便先问他："何故兀自揪住头发，见了朕躬，还不放手？"

魏朝这才遵旨将手松了，叩头启奏道："奴婢罪该万死，恳求万岁赦罪。"

说罢，即道："魏忠贤与客氏在尚衣监内私筑复壁密室，两下通奸已久，直到今晚，奴婢方能捉住。当被忠贤一顿毒打，意在挣脱了奴婢的手，他便可逃跑。奴婢因已捉住奸情，岂可放他脱逃？故此忍受毒打，冒死揪扭到此，叩见龙颜，仰求陛下给奴婢做主，许戮奸夫淫妇，申张国法。"

熹宗闻奏，才拟开口。忽见寝宫门帘一掀，进来一个宫装不整、仅用衣服裹住身体的女子，径到龙床前，在魏忠贤的肩下跪倒在地，启樱唇吐莺声，口称："奴婢客氏见驾，愿吾主万寿无疆。"

熹宗见客氏、忠贤两人都是用衣服裹体，并未穿着整齐，果然形容秽亵狼狈，心中明知两人通奸被魏朝捉住，真赃实犯，罪案已明。照讲，两人都该斩首，抄没家产，夷灭九族，方才能算依法办理。但因两人都是自己的亲信，最为宠幸之人，果真严厉究办，两人都是死罪。因此龙心忖度，一时未能得有主意，遂先问客氏："卿来见朕，有何话说？"

客氏见问，叩头回奏。

不知客氏究竟以何言启奏，请待下回续写。

评曰：

两魏争攘客氏，已属创闻，乃奸淫裸体见驾，君不以为亵，不咎治奸淫之罪，而反袒护之，使其如愿以偿，亦不责两魏夜闹禁宫，大不敬之罪，其昏聩已概可想见。尤可异者，满朝文武绝未有一人奏议此事，岂有所畏而不敢言耶？嗟乎！君昏臣庸有如此者，欲国不亡，岂非缘木而求鱼哉？

第十三回

风流女解决风流债
可怜人化作可怜虫

话说客氏叩头奏道:"奴婢此时进来见驾,罪该万死,总求陛下恕罪,为奴婢做主,奴婢别无话说。"

熹宗见她满面惶愧,并含惊忧神态,跪在魏忠贤肩下,用意业已分明。本来她和忠贤通奸,熹宗在未即位前早已有所闻知,此刻转念一想,如果认真究办,乳母必被处死刑究,竟于心不忍,更兼忠贤往年事朕极其勤劳,此次如因与客氏偷情一事斩首示众,朕心未免太忍。想了一会儿,即传旨道:"此刻时已不早,卿等且各自退去。"又对魏朝道:"既乳母不欲与你对食,两下勉强匹配,反成怨偶。朕意卿可不必苛求,随后不妨再物色一人,偕老终身,何必黉夜哗闹,自揭其短呢?现在朕且不咎你等夜闹皇宫、惊扰朕躬之罪,各自好生退出。倘再纷争嚷闹,朕定必令送法司严究。"说罢,对客氏道:"既卿自择,愿与忠贤对食,卿即可与忠贤同去,以后不得再生事端。"

客氏和小魏两人闻得恩命,无不大喜过望,忙一齐叩头谢恩,先行起身退出。

魏朝闹了半夜,直闹到天子驾前,满谓可以公事公办,总可将小魏栽倒,自己理直气壮,由此立定脚跟了。不料事出意外,皇上果然帮助奸夫淫妇,反使他俩一双两好地如了心愿,因此心中气恼,忍不住一声长叹，跪在龙床前面，流下两行伤心热泪来，竟忘记了天子吩咐退去的旨意，兀自跪着不走。

近侍见他唉声叹气，跪在龙床前流泪，怕他被气昏了，未能理会得天子令他退去的旨意，遂悄悄走到他身旁，扯了扯他的衣服，低声唤他道："万岁爷吩咐你们都退去呢，小魏和客氏两口子已经都走了，你还独自跪在此地做什么？莫非想讨没趣儿吗？"

魏朝被近侍这一提，方才觉得，遂立起身来，退步出去，出得乾清宫。

众太监、侍卫们立在宫外御道上窃窃私语，议论这件事万岁爷处断得公平不公平。那一班在司礼监当差的太监和被魏朝唤进来同往尚衣监捉奸的侍卫们，大家都因目见客氏、小魏两人笑眯眯地同由里面出来，知道此事两人得占了上风，魏朝受了没趣儿。大家帮着他捉奸，客氏、小魏定必怀恨，这个冤家结得非常危险，事后他俩如果追究起来，大家都得吃大亏，所以大家兀自立在乾清宫外，私议该如何自处善后。见魏朝没精打采、垂头丧气地出来，便都迎上去，问他经过情形。

魏朝叹了口气，流泪道："各位休再提问，天下真正岂有此理，这昏君居然昏到极处，不秉公办理，严办奸夫淫妇的罪名，还在其次呢。竟反将客氏赐给小魏，令她俩如愿以偿地成就夫妻。各位看，这种办法成何话说呢？现今各处饥荒，土匪蜂起，满洲的旗兵又时刻寇边，咱家看来，照此情形而论，大明天下定要送在这个昏君之手呢。"

大家见他说此不祥的气愤话，深恐被人听见了去报告客、魏，奏知天子，大家都有罪名，故都乱以他语道："魏总管，您休得气闷，奉圣夫人既然不爱您了，您爱她也没有益处了，万岁爷这个办法却也不能算作处置失宜呢。随后您老另外留意物色，凭着您老的资望权力，还愁没有美貌佳人作为匹偶吗？有道是宰相肚中能撑船，您老还是器量放大些吧！"边说边劝了魏朝，同回司礼监去。

魏朝谢劳过众人，怀着一肚皮气恨，闷恹恹地出宫回转私邸。睡在床上，越思越想越难受，流泪不已，叹声不绝，直到天色微明，方才蒙眬欲睡。怎奈遍体被小魏一顿踢打，受了重伤，在宫内时因怒气未息，所以并不觉疼，迨至此刻，睡在被窝内，方觉手足酸楚，身体疼痛。初仅身体转动时觉得有些痛楚，后竟连呼吸气息时亦觉得胸肺疼痛、头昏脑涨起来。魏朝气苦了良久时间，正疲倦欲眠，却又被这番骨酸筋痛搅扰得欲睡不能。因为遍身痛楚，遂又想着致痛的原因，精神肉体两俱受伤，哪还能安睡得熟呢？可怜直睡到红日照窗，兀自叹息流泪，未能合眼。直到晌午时分，方才倦极入眠。刚睡熟有顿饭光景，便又因内伤外伤、皮肉筋骨脏腑均疼之故，醒觉了回来。

　　魏朝知道此次所受的伤势甚重，绝非可以儿戏视之的，遂立命亲信往大内去报痛请假，一面令人飞速请伤科名医到来诊治伤势，并先取家中备有的金疮伤药内服外敷。等到伤科大夫应聘而至，诊过脉息，问明病原，验过痰唾及大小两便，发现痰中带红，便中下血，认为内伤颇重，当即开方令服，言明服后有效，可再来请，无效须即另请高明，不必再来邀聘，以免误事。魏朝见大夫这般回话，心中又多了一重愁烦，那饮片煎就的药汤服下肚去，焉能立奏速效呢？只不过将疼痛稍减了些，反而遍体发肿，青紫隆凸起来。

　　魏朝忖念病况如此，绝难痊愈了，只得令人另去改请别医。医生到来诊察后，认为服药已经奏了奇效，说是内伤已被托出，乃是好现象，请魏朝安心大胆，当即照原方增减了几品药味。魏朝见医生这般言计，心中愁烦稍减，遂命仍请前医诊治。

　　原医来诊视过后，心中大喜，连声恭贺，另开了几张方子，令去赎药。一张是内服的汤药方子，一张是薰洗全身的药方，另一张是敷搭各处的药饵。魏朝因此心中稍宽，遵方医疗，果然逐渐减轻了病势。魏朝以病在床，满心以为只要自己有命，便不愁没有报仇雪恨的时日，故将一切愁烦均皆抛开，只望身体复原。

如此经过了几时，魏朝的病伤已经痊好，遂进宫去销假，照常规视事。当即去拜访老总管王安，面禀此事，求他代自己设法报仇。王安见他黄瘦了许多，便宽慰了几句，劝他将一切愁闷丢开来。又说："此事全是你自己惹火烧身，忠贤这小厮当初本是你竭力保荐，引带进宫来的。后来咱家本欲治以重罪，革除他的名字，逐他出宫去的，也都是你给他求情告免。假使当初你不代他恳情，何至有今日之事呢？现今他的势力已经养成，党羽布满内庭遍及朝中，欲想摇动他的地位，休说你只一个领袖一处的小总管动摇他不得，就是咱家总理内庭各处、掌管东厂的都总管亦摇动他不得呢。只好徐待机会再议吧！就讲到你们俩所争闹的这件事，总算已是不幸之大幸呢，因为你们都已各自把脸皮抓破，本相毕露，万岁爷并未根究其事，假使究办起来，小魏固然是凌迟处死，你魏朝又何尝没有死罪呢？不仅你们俩全死不活，就是咱家这个老朽，亦得遭受监督不严、管理不善，并须追查当年你们俩先后进宫时何以竟未能细验下身、含糊收容你们进宫养成此祸，并弄出这种酸气冲天的醋风潮来。老朽被天子责罚治罪而外，全体内监均须重新检验，少不得大家都须挨一回疼，受内府的宫刑吧！"

　　魏朝被王安一番慰劝埋怨，无言可对，只得自解自叹地亦自认为不幸之幸，起身告别，仍回司礼监去办事。

　　当魏朝拜见王安叙话时，早已有人探得信息，飞报与小魏知道。小魏心中忖度，王安是宫中的老前辈，秉性忠贞，办事正直无私，满朝文武以及封疆大吏，谁不惧怯他的廉明？便是当今天子，平时说话亦都让他三分。他如听了魏朝的告诉，必出来给魏朝打抱不平，自己虽不怕他，究竟他的根基已深，确系一个劲敌。况且魏朝所结纳的水旱两路高来高去的好汉甚多，万一王安给魏朝打不平，不能成功，魏朝便暗令水旱盗匪以及拳师镖客暗杀自己，那时可就防不胜防了。虽然魏朝手下的大众好汉都已被自己所收买，变作了自己的心腹，究竟人数众多，诚恐未必全能被自己所罗致。况且自己奸占了客氏，此事颇易动人的公愤，万一因此被魏朝激引出一个人来行刺客氏和自己俩时，却亦极其可虑了。想到此，遂悄悄去会见客氏，合谋应付之计。两人都以为打人不为先下手，决计先摆布魏朝，夺取了他的家产及他的司礼监总管职务，再摆布王安，夺取他的总理内务，掌管东厂的特权。两人商量定妥，遂在暗中布置，俟机行事。

那魏朝却仍蒙在鼓里，丝毫未做准备，正拟和亲近的文武臣工们商议联名参奏客氏、魏忠贤两人淫乱宫阙，侵占政权，欺君罔上等罪。才在议拟，尚未发动，忽然霹雳一声，小魏业已布置停妥，先发制人，假传圣旨，派遣心腹太监刘朝率领内宫净军十名，会同心腹武臣，现充总兵官的田尔耕率领四名锦衣校尉，于黎明时分，前赴魏朝私邸，宣读圣旨，喝令魏朝跪听诏书。事前小魏即已防到，诚恐魏朝倔强，指挥家奴及所聘用的一班拳师镖客暨大众打手人等反抗，故特预先派遣心腹，知照锦衣校尉，指使侯国兴，率领部下校尉，并调齐二百名校刀手、二百名马步御林军，在半夜出发，全身披挂，结束武装，远远密布在魏邸附近各处。又用调虎离山计，在事前先使种种方法，托词密遣魏朝所聘的壮士教习护院人等，往别处去办理事务。如此预先布置整齐，方才在黎明时分着令刘、田两人率众前往魏邸行事。

魏朝因在伤病之后，每日除去进宫承值，退回私邸密会百官，计议扩展势力，维持现有权位，合力对待客、魏之外，绝未防小魏用此迅雷不及掩耳手段对付自己。这时猛见家丁来报，说刘朝、田尔耕率领十名净军（按：净军即净过身之兵队，为选择内宫太监之精壮勇武者所编成，专司保护皇宫及宗室亲贵之责。明代特例，派遣亲信太监往京外各地军中为监军，往往亦率领净军若干名偕同赴任，专司保卫该监军太监任务）、四名校尉，齐奉圣旨到来，着令出外迎接，跪聆诏书。

魏朝慌忙从床上披衣起身，边穿衣戴帽，边问家丁来人的神情如何，家奴据实回答。魏朝不由陡吃大惊，觉得颇有危险，急令家丁先悄悄出去，呼唤家中所有的一班教习护院等壮士，急速整备兵器，传集所统率的全体打手埋伏在客厅前后左右，听候命令行事。

家丁正待举步，田尔耕早已亲率四名校尉，大踏步走进里面来催促魏朝出去，并喝住那家丁，不许擅自走开。

魏朝见田尔耕大模大样，一变了平时巴结恭维神态，那四名校尉亦手按刀柄，雄赳赳地旁若无人，不由格外着惊，只为借穿衣纳履整冠等事挨延时刻，希望家下聘用的护院教师以及留居在家的各校尉和全体家将、家奴、打手等众得到信息，赶到面前来打救应，却被田尔耕瞋目斥魏朝道："古语君命召，不俟驾而行，圣旨到来你居然还敢不急速往外面去跪接圣旨，可知你平时的窃权跋扈、目无君上了。俺们可由不得你延挨呢，走吧，别装腔作势地打扮了。"边说边一把扯了魏朝，往外就走，校尉簇拥着直到前面厅上来。

魏朝只得迎接钦使刘朝，摆香案跪接诏书。刘朝打开圣旨宣读，大家这才知是钦命免去魏朝现任大内的各项职务，着令魏朝立刻就道，前赴凤阳，司皇陵香火，不许逗留京师。圣旨上并说明着田尔耕带四名校尉，押解魏朝动身前往。

魏朝听罢诏旨，只得叩头谢恩，立身起来，招待刘、田两位。边招待两人，边往客厅下面及两厢前后观看，可煞作怪，并不见家奴、武士、打手等众，只见两旁阶下，八字式排列着十名净军，各执内府红漆齐眉短棍，目望堂上，等候命令。魏朝这一惊非同小可，正在疑讶，忽又见一名家奴匆匆进来报告，说又有圣旨下。

魏朝闻言，不由大惊。

未知第二道圣旨作何言语，请待下回续写。

评曰：

　　客氏奇淫，秽乱明宫，熹宗不从而严惩之，斯过矣，乃又顺其意而为之张目，脢然代为择偶，君子举一反三，观于此，足征熹宗之包庇群小、阿私所好之趋于极端，洵

116

至造成尾大不掉之势，吁！太阿倒持，盖有由来也已。

魏朝固非可怜人也，而书之曰可怜人者，盖以其者番遭际，断章取义，实大可怜耳。夫以妻既被占，家又被夺，命且为之不保，世之处境最可怜者，孰有过于此时者乎？书之曰可怜虫，盖记其实而为世之一班可怜虫悯也。

第十四回

除情敌设地网天罗
赚伧父遣净军阉将

话说魏朝正在惊讶疑虑，忽然又见一名家奴匆匆跑进客厅来回报，说又有圣旨下。魏朝慌忙出外迎接，刚走到檐口，即被净军喝阻道：“站着！”边喝边将手内朱棍一横。

魏朝自从充当内侍以来，绝未受过这种呼声吆喝，不由勃然大怒。但因事到其间，无奈只得权且忍受，立定脚步，望着外面。只见内监王体乾亦带着四名净军、两名校尉掌着内府朱纱红灯赍着诏书走将进来，校尉净军齐立在厅下。王体乾见了魏朝，只点得一点头，便已高喝道：“万岁有旨，着魏朝跪听纶音。”

魏朝看见圣旨，只得忙又至香案前跪下。王体乾打开诏书，亦如刘朝般朗声宣读，乃是催促魏朝上道限即刻动身，不必进宫见驾谢恩辞行。并令王体乾会合刘朝查抄魏朝家产，解散家奴，封锁房屋。

魏朝听罢圣旨，唬得魂灵出窍，呆跪在香案前出神，竟不知该当如何是好。

刘朝、王体乾两太监高声唤他起来道：“呔！时候不早了，你还不走吗？难道要被封锁在这所房室里不成吗？”

魏朝被两人催促着，无奈只得起来，心中已自雪亮，全系客、魏两人弄的诡计，先下手来对付自己。并料定这两道圣旨是小魏出的主意，假传圣命，万岁并不知道，所以才吩咐无须进宫见驾辞行谢恩。

那家丁护院、壮士、打手等一干人众所以都不见面的，定必系被田尔耕等派兵弁将校分别监视了，立逼着动身上路，前途定必凶多吉少。

魏朝想到此，不禁一声长叹，对刘、王两阉道："古人说得好，兔死狐悲，物伤其类，二位公公和咱家同在内庭供职共事已久，目今不过咱家才失势，所谓一朝天子一朝臣罢了，二位何必如此相逼太甚呢？"

刘、王二人尚未回言，田尔耕早已厉声道："此刻非是说闲话的时候，钦命既已限令即刻动身，何得再事延迟，遭受违抗圣旨之罪呢？校尉们，快与俺动手，押解魏朝上道。"

魏朝见田尔耕声色俱厉，只得恳求他原谅，准许自己和家下人等话别，并收拾行装。

田尔耕冷笑道："魏朝，你也是个明白人，何故这般假作糊涂呢？如果容得你与家下人等话别，此刻还不叫他们来和你见面呢，你平时所受内外臣工的贿赂极多，又何在乎一点儿行装。沿途馆驿中住宿，自然有人招待，还要带什么呢？况且有刘、王两位在此，奉旨查封你的产业，能准许你收拾行李暗藏贵重珍宝私自带了走吗？快别多说空话，延挨时光了。走吧！"

魏朝被他这一顿教训，心中又气又苦，逆料前途必无好结果，早晚是死多生少，忍不住亦冷笑道："田大人，你是现任的总兵官，本来管不着内庭的事，如非拜在客氏和小魏两人的门下，你能够在兵部衙门里办事吗？回想当初，如非咱家保荐，你哪得做官，更无从得识客、魏两人，还不是只好在城乡各处充当流氓，混迹盗贼吗？现在给你巴结上了客、魏两个狗男女，便怎般反目不认人了。哼哼！咱家此去凤阳，不死在你的手里便罢，如果死在你的手里，日后冤冤相报，必定化为厉鬼来报你害咱家之仇。"

田尔耕被骂得脸红，禁不住无明火起，怪嚷一声："反了，犯罪的太监居然敢辱骂奉旨押解的总兵官，兀自称作咱家，真是死在临头尚不知了。俺如不给你一点儿厉害看，也算不了是田将军了！"边嚷边喝令校尉动手，先将魏朝两颊各打十下巴掌。又唤净军上来，按倒魏朝在地，重责了四十大棍，打得魏朝满面肿起，口吐鲜血，臀腿都皮开肉绽，血染衣裤，哎哟连声。田尔耕指着他辱骂了一顿，喝问他还敢不敢倔强了。

魏朝忍痛熬刑，怕再皮肉受苦，只得不开口回嘴。刘、王两人觉得太监被外臣刑责，于自己面上亦太难堪，遂上前劝田尔耕息怒，并悄悄耳语道："天光已亮，再迟怕泄露风声，难免有人出来营救。万岁及王安都不知此事，倘然事泄了，恐有许多周折呢。况且押赴凤阳司皇陵香火，并非执行死罪，须防奉圣夫人事后懊悔，念起前情来，那时你我恐须有诸多不便呢。常言：'凡事留余地，日后好相见。'何苦来，你和他做什么冤家呢？"

田尔耕被这几句话提醒了，觉得果然不差，魏朝虽和小魏闹醋，究竟他是首先和客氏对食的丈夫，万一客氏睡到半夜里忽然想起前情来，这老太监固然马上可以得活，俺姓田的却得被他报复仇怨了。说到末了，究竟他们是有肉体上关系的，俺田尔耕终是外人，除非现在就做刽子手对付了他，不然实系危险了。田尔耕既想到此层，遂即喝令校尉们押解魏朝，立时上路，不许他和家中上下男女人等会晤谈心。

魏朝处此境地，无可如何，只得央求刘、王，代向田尔耕说情，容许自己带一两名家奴，随行服侍，并准许进内收拾些金银珍宝，好作为路上盘缠，并到凤阳地方去使用。刘、王因见他局促如辕下驹，形态可悯，回想他在往日未被小魏排挤时的权势威武，颇不胜今昔之感。究竟同事多年，又曾狼狈为奸，互相勾结，朋比作弊颇久，乐得做现成人情，结为好感，庶使他死在九泉，亦不怨自己，如得安全回来，自己有这么一点儿临别的好感情，或许还不致受他的恶辣报复。故此两人便代他疏通田尔耕，准许他多带行李，并携带一两名仆从随行服侍。

田尔耕见他俩奉命籍没魏朝家产的，肯答应这个犯阉多带行装，便即慨然应诺，只说准他带一两名仆役随行服侍，怕被小魏知道了嗔怪，不敢擅自答应。刘、王两人即悄悄将此意回复魏朝。

田尔耕遂令两名净军押着他同进里面去收拾行装，不许多延时刻，并隔绝他和家中男女人等谈心。

魏朝所以要求准许进内收拾行李包袱的，用意原在得能偷空与家人会晤，私谈几句体己的心腹话，着家中人分往王安及各位大臣那里去报信求救，恳求随带一两名家奴的意思，亦含有这个作用。不料被田尔耕派净军押着进内，分明是监视自己了，又不准携带仆役，只得叹了口气，忍痛和两名净军进内，收拾行李衣包。边收拾边想主意，寻思财能通神，咱家只要多带金银，不难在路上慢慢地买通了押解动身的人，那时亦未尝不可设法逃脱难星。想到此，便又想着，押送的各校尉中颇多是由自己推荐保举的人，他们都是由戚驷选派到来，此去凤阳，路上买通了他们，只要使戚驷得到信息，自己便不难遇救了。

魏朝既忖念到此，顿觉心神安定了许多，以为京城里内外臣工纵不能救援自己，戚驷必将遣派江湖上好汉，使用像什么反监劫狱劫法场等一般的手段，在前途路上拦截抢救自己的啊。故此魏朝便很坦然地匆匆将行李衣包收拾完毕，商请那两名净军代扛在肩上，分提在两手内，同往前面来。

刘、王两人见他收拾已毕，遂又和田尔耕商量，由他俩各荐一名奴仆，随同动身，沿途服侍魏朝。田尔耕见两人肯如此用情，便亦不欲坚执拒绝的意见，遂即应诺了，约定刘、王两人所荐的奴仆，各持他俩给予的凭据，趱程随后赶来，在前途馆驿或客栈内会齐。刘、王两人遂送田尔耕押解魏朝动身，请田尔耕在前途稍待，他俩随后备酒席赶来饯行。

田尔耕深恐被文臣武将各位大臣，以及内宫各总管太监等众和魏朝有私交的人，得信设法营救，反将魏朝押解动身的事打消，弄得前功尽弃，故此婉言谢绝，并说怕泄露风声，为祸非浅，请他俩不必画蛇添足，明系饯行送别，暗中救护魏朝了。

刘、王两人见田尔耕谢绝他俩此举，只得恭敬不如遵命地作罢了，借着送别大门外面的步行，悄悄和魏朝耳语，说："咱俩荐的奴仆，并非是自己家中的仆人，仍系从你寓中众奴仆内挑选的，只看他们有无义气良心、肯不肯敢赶上前途来护送主人吧。"

魏朝谢了他俩的用情和深心暗护，行到大门外面，早由侯国兴率领调来的兵弁将校等迎上来听令。田尔耕便问侯指挥，预先备就的轿车马匹等项呢。侯国兴见问，遂令手下去魏邸隔壁巷内，将轿车、牲口等赶来。田尔耕便令校尉押着魏朝上车，将衣包、行李都安放在车上，这才和校尉等各自上马，率领随从的净军及兵弁等众，别过刘朝、王体乾、侯国兴，策马赶车前行，急速出京赶路。

田尔耕在马上寻思，魏朝在大内本系走红有权势的太监，只不过在最近时期内方才被小魏排挤推翻。究竟刘、王两人的见识不差，他和客氏是有多年情爱的，此番小魏所布置的这条计划，不用假圣旨将魏朝赐死，只先矫诏革去他的职务，改派他往凤阳皇陵去司香火，不过是充当闲差，并非将他杀害。就此推想，可知小魏尚在投鼠忌器，也怕客氏记念前情，不肯用狠心辣手对付魏朝，所以才用此革职调派闲差的计策，想情谅必第一道假圣旨客氏是预闻其事的，第二道查封家产、限即上路的圣旨，客氏必不知晓。不然，又何至连下两道假旨，多一番手续呢？但看刘、王两人对魏朝恁般用情，就可知其中情弊了。想到此，便又想着，自己适才使校尉净军刑责魏朝，这回冤家已经结定了。倘也得到客氏的惦记，或王安及别人的营救复回京城，自己定被他首先报仇，与其日后吃他的大亏，何如先下手为强呢？因此田尔耕便打定了主意，如行至前途，魏忠贤不再使心腹赍第三道假旨来处杀魏朝时，自己亦绝设法杀却魏朝，以作斩草除根之计。主意既定，便在路上与魏朝同饮共餐，如常谈笑，丝毫不露痕迹。

随从的各校尉、净军、将校、兵弁等人见田尔耕忽然改变态度，前倨后恭，心中都很奇诧，不知他葫芦中究藏何药。

那魏朝在途中满心盼望刘、王两人所荐的奴仆火速随后赶来，好给自己传达消息，并希望能在路上遇见戚驷部下的好汉得能援救自己。哪知盼望了多天，刘、王所推荐的奴仆并未见追来，只同来了两名净军，持他俩所给的证书，拜见田尔耕，说是奉刘、王两人的使命赶来服侍魏朝的。田尔耕当然收纳，令其随同进发，专为服侍魏朝之用。

两人见了魏朝，悄悄回禀魏朝，说："家中的奴仆都不肯跋涉长途、赶来追随服侍，他们怕劳苦还在其次，怕被株连受害、遭逢不测，乃是真情。刘、王两位因见他们都没有肝胆，无奈才挑选俺们哥儿俩随后趱程追来服侍您老、暗中保护您老的，以为被您老怨怪，说他们两位失约。俺所以肯来当此苦差不辞辛劳的，乃因您老在大内当差多年，待俺们净军弟兄颇多好处，俺俩都曾亲自受过您老的恩德，至今未尝报答。又因俺俩乃系刘、王两位的亲信，所以两位才密令俺俩向净军提督告假，送给俺俩盘缠，一路往南追来，到此方得追上。"

说罢，两人各探怀取出一封信来，递给魏朝，一封系刘朝写的，一封系王体乾写的，信中言语，除去安慰魏朝，劝他休得懊恨郁闷伤感，请问安好之外。并说京中内外臣工现在正密议保举他回京照常供职，请求万岁收回成命，发还封没的产业，预贺他的喜信，余言和那两名净军中说者都大同小异。

魏朝看罢信，心中暗自欢喜，更感激刘、王两人作此雪中送炭的侠义行为，真正够得上朋友交情，比较小魏是由自己卵翼而成事的，忘恩负义，相去何止如有天壤之别呢。急难之中，能得有此两位侠肠古道的热心净军竟比自己豢养在家的那许多武士、壮士和保荐得任为校尉、千总、游击等武职官的众人，以及许多护院的教习镖师号众侠义可风，强胜百倍，因此不由于感激刘、王两位外，更极端感激这来随从服侍的两位净军。只有一层，搜索枯肠、倒翻脑海，竟怀想不起，曾在哪年哪月施恩给这两名净军，才得食此报答。遂忍不住趁间询问他俩。他俩信口回答说、在某年某月，因为某事，多蒙您老的帮助，此事在您老固然不算得什么，但是在俺们得蒙成全，哪得不永记腑肺刻骨难忘呢？

不知魏朝能否想起果曾施何恩给两人否，请待下回续写。

评曰：

小魏两传伪命，不知者以为浪费笔墨，殊未晓此正小魏之妙计耳。盖恐客氏仍有香火情不欲坚其死，则苟留得朝生，则忠贤且必死也，良以势有所不两立，不得不如此狠险耳。书曰情敌，曰设地网天罗，诚精心体会之书法也已。

前文名魏朝为可怜虫，本回则又名之曰伧，非前怜之而后詈之也，良以朝之为人颇有类夫世之所谓无用黑心人者，昏聩庸懦，善善不能用，恶恶不能去，亦颇类汉末之刘表，欲不名之伧，乌可得哉？

吾人观于魏朝食报之惨，回忆其生平作为，则固死不足惜也，然则世之好以阴毒残贼人者，诚大可醒矣。

第十五回

杀魏朝逆阉窃权
除王安奸党矫旨

话说两名净军道："俺俩得蒙救援，却如再造重生一般，哪得不永记心版、没齿不忘呢？您老是大仁大义、施恩不望报，况且贵人多忘事，自然记忆不起了。"

魏朝闻答，恍恍惚惚，记忆不清曾否有过这么两件事，但因他俩说得有声有色，况且肯远行劳顿，当然是实曾受过好处，否则哪有这般好人呢？遂即亦随声应对，谦谢了一番。

如此同行了两日，魏朝因感激他俩，又深信他俩是来报自己恩德的，所以竟将他俩视同至亲骨肉，认真推心置腹起来。双方由浅入深，竟至无所不谈，二人要求魏朝日后回京务必提拔培植，魏朝亦满口应允。

那两人将魏朝的秘密完全探得后，田尔耕陡然又转变了面目，拿出一副差官押解犯人的狰狞狠恶手段来，将一路和善优待的状态立刻迅疾剧变化为乌有。

魏朝见田尔耕忽又变动，心内不禁着惊，暗问那两名净军可曾听得风声，两人都道："没听得什么不祥消息，大约是田将军觊觎您老的财帛。"

魏朝闻言，以为这话颇有几分理由，便亲口对田尔耕面许愿心。哪知却被田尔耕一顿抢白教训，说："你在大内充当老公时节，私受别人贿赂惯了，所以才敢以己之心度人之腹，真正好不顾廉耻。休说你已被抄了家，就使你尚另有私蓄，俺绝非如你一样，也会见利眼红。哼！老实对你讲，你所有的那一份臭家私，俺姓田的是绝对看不入眼的。你想花轻几文臭钱，运动俺在半路上放走了你，好免往凤阳去受清凄冷寂吗？你不这般想入非非地侮辱俺的人格，俺还可以恕你。现在你既瞧不起俺，以为俺是金钱可能打得倒的？得罪俺的人格，俺知道你的存心险恶，意欲借此为凭，将来举发俺受贿的事状告俺敲诈索贿，推翻了俺的官位，陷害俺吃一场破坏名誉的官司，或竟因之充军斩首，抄没家产，你这些狗才的恶毒心思，即此可见一斑了。俺姓田的如不警诫你一回，往后还不知要陷害几位官员呢。"说罢，即喝令校尉等众人立刻上了魏朝的枷锁铐镣等各种刑具，并重责五十大棍。

魏朝辩称："咱家无罪，何故受刑？咱家此去本系司皇陵香火，非比什么罪犯。"

田尔耕冷笑道："老王八，你亲口对俺言讲，许送贿赂给俺，你非乡野愚民、不知得国法者可比，乃是知法犯法，何得自称无罪？况且你因在京窃权僭越、索诈贿赂、卖官鬻爵，所作所为，罪恶滔天，万岁令籍没你的逆产，仅革职降谪为祖陵司洒扫、上香事务，并不治究家属人口之罪，可谓皇恩浩荡，宽待已极了。真正亏你有这副老脸，还敢大言不惭地自称无罪。你不说还好，你越说无罪，俺越要严重究办。"说罢，便吩咐下手，给魏朝改用重镣重枷，五十棍打了不算，另再重责五十棍。本来押乘骡车的至此却改令步行，派两名净军，手执藤条，在后押着，倘他行走迟缓，便用藤条抽打，并不准多给饮食。

魏朝忽然遭逢此种待遇，心中好不痛苦怨愤，思忖身受棍伤，再戴着重枷镣铐，焉能行走长途呢？因此长叹一声，对那两名赶来服侍的净军泪下如雨，并诉述了些怨恨言语。却被田尔耕在马上看见，亲自提鞭下马，走到面前，喝令左右，将那两名净军驱逐回去，不许他俩随行服侍。

两人被逐走后，田尔耕执挥鞭没头没脑地抽打魏朝，喝令他快走。打得魏朝遍身现肿青赤紫的鞭痕伤迹，皮破血流，护痛不迭，焉能行走？

魏朝到此境地，知已水尽山穷，便索兴破口大骂，拼死不肯前行。

田尔耕举鞭又打时，却闪出两名校尉来，给魏朝求情讨饶，请准他仍坐骡车，待棍伤痊好，再令他步行。

田尔耕依了校尉之劝，喝令左右，将魏朝锁入骡车的车厢内押载前行。

当晚住在馆驿内，魏朝思前想后，觉得那两名净军亦系受小魏使令而来，完全系骗诱自己的真实口供，所以在他俩得到自己的一切秘密事项作为后，田尔耕便翻了脸，并逐他俩走了。

魏朝心中正自猜想，忽见田尔耕显露铁青面容和两名押送的校尉先后走将进来，顺手先将房门关上。田尔耕探怀取出一大张文字来，给魏朝看了道："这乃是你亲口对两名净军说的肺腑言语，生平所为一切罪状，均皆录记在这张纸上。两名净军已都画了花押，打过手印，证明这是你亲口的供词。现在拿出来也给你照样儿画字打手印，俺们好带回京城去复旨，并报魏总管的命。你放漂亮些，明白人休干糊涂事，执迷不省，自讨皮肉吃苦。"

说罢，便由一个校尉在桌上取过支毛笔，蘸得墨饱，另一个校尉取过一只印色缸来，递到魏朝面前道："老魏，放值价些吧，画上个字，盖过个手印，便没事了，岂不很干净吗？"

魏朝看那纸上的字句果然全是自己连日和两名净军所问答的话，这正和刚才所猜测的意思相符，料定总是个死，便忍痛冷笑道："承列位官员的情，看顾咱家，咱家当然理会得，但不知要咱家盖手印画字做甚？小魏假传昏君的圣旨陷害咱家，咱家与他有争宠客氏及别个女子的仇怨，所以他要使用机巧来谋害咱家。列位都与咱家无怨,却何以要做帮凶,给小魏干此狠毒勾当?"

田尔耕不待他话毕,便喝止道:"你既理会得,总算你一生不糊涂了。俺们大家奉令行事,只知有使令,不知道俺们和你两下个人的恩怨,休多饶舌,快接笔画押盖手印吧!老实告诉你,现在钦使又已赍奉圣旨,快马来到此地了,这道上谕,想情定必凶多吉少,故此俺们暂且按住,着人接待钦使先进来和你办毕理清了这个手续,再同你出去开读上谕。"

魏朝闻言,唬得魂飞天外,便亦不再回答,也不再问长讯短,伸出右手来,接过毛笔,便说:"田尔耕,你将这张纸交给俺,铺平了才好签字盖印呢。"

田尔耕笑道:"你真把俺当作孩子看待吗?俺交给你,被你扯得粉碎,俺们岂不白费心思?来,俺给你画字盖印。"边说边已将纸折好,只留着供词末尾天启元年七月一句下面空白的地位,倒持在手内,移过张凳子,放在魏朝面前,即将纸倒持着放在凳上,随命旁立的另一个校尉握住魏朝的左手,在那纸上空白处写了"罪犯奴婢魏朝亲笔画名盖手印,所供是实"两句,便拿下他手中毛笔,又令再握着他的左右两手大拇指,在印泥内各按了一下,紧接着又在纸上所写的字句之下各按了一个指纹罗印。田尔耕这才仍将供单收好在怀中,便说:"钦使已在外面等候久了,俺们且同老魏出去迎接钦使吧!"说罢,便唤令预立在房门外面的手下人进来,给魏朝将枷锁镣铐开了。校尉代他整齐了衣冠,分左右挟持着,扶掖他出房,走到外面去接见钦使。

魏朝这时满怀惊惶愤恨,只能腹中明白,开口说话,竟至不能成声。只见正中已排设香案,供奉着上谕,当被校尉们挟持着扶到香案面前,令他跪下行过礼,由钦使双手捧过上谕,朗声宣读,乃是谕令田尔耕督率校尉,将魏朝在馆驿中缢死,即日回朝复奏的诏书。

魏朝听罢,早已气得发昏,哪里还理会得谢恩?却被田尔耕和校尉等众人挟着他一同叩头谢过恩，扶他立起身来，至一旁椅上坐下。田尔耕却代他陈情，请求稍缓执行钦赐缢死的刑罚，吩咐驿丞，将备就的酒席排列在馆内，让请魏朝上座，钦使次座。田尔耕等各依官阶入席相陪，算是和魏朝诀别，以示相交一场的意思。席间，并问魏朝有无什么遗言，好给他回去转述。可怜魏朝被他们这一番播弄，早已唬得面无人色，气得遍身抖战，哪还能说什么遗言？吃什么酒菜？却被那钦使在旁敲边鼓，譬解慰劝，说了好些言辞，魏朝方才能辨识同席的众人是谁，认得那个来做自己催命鬼的钦使乃是新任大理寺丞的许显纯，亦系小魏的私人，放眼观看，馆驿内只有这个光杆的钦使，并不见有随从的人众，亦不见当地的官员，料定这道上谕又是假旨，无奈天高皇帝远，便要证明，亦万不到，只得长叹一声，把心一横，狂饮大嚼，边吃喝着，边直言教训在座的众人，说得众人含着带愧、愤怒交加。

许、田两人按捺不住，便不待终席即喝令左右，将魏朝从席上拖离了座位，往后面去用白绫胡乱缢死，不及待到气绝，便令用预备的棺木收殓了。次日清晨，即从这地方折回京师，据情禀报小魏。

在这当儿，朝中文武大臣方震孺、左光斗、魏大中、杨涟、杨维垣、惠世扬、汪文言、缪昌期、周朝瑞、顾大章、袁化中、赵南星等一班忠良目见熹宗即位后，内则宠幸魏忠贤、客氏，外则信任客、魏私党霍维华、崔呈秀、许显纯、田尔耕、田吉、崔应元、吴淳夫、倪文焕等一班文武奸佞。边关军情紧急，经略辽东总理军务熊廷弼等一班统兵大员，无日不奏报紧急军情，天子却深居内宫，不临朝议事，只听凭一班奸佞，随意捣鬼，倘再延长下去，必至有亡国之忧，于是大家在朝堂聚议，决计联合赤胆忠心的老总管太监王安，内外同时并举，竭力苦谏天子，罢免魏忠贤的职务，驱逐客氏、魏忠贤出宫，排除朝中奸党，请天子临朝议事。大家既定了主见，遂联名拟具奏折，由方震孺领衔，各官依次署名，即刻拜送进宫，一面使人通知王安，令他在宫中同时动作。王安接到众大臣的通知，便取了各大臣的联名奏表，往乾清宫去面陈熹宗御览，并叩头苦谏，力陈魏忠贤、客氏两人的罪恶，请天子大振乾纲。

熹宗接阅了各大臣的表章并听罢王安的忠言，果觉客氏、魏忠贤两人朋比为奸，互相援助，胆敢擅自处分魏朝，目无君上，遂即立传圣旨，着令奉圣夫人客氏即时出宫休养。又将魏忠贤的职务罢免，亦限即时出宫。

客、魏两人正在兴高彩烈之时，猛不防会有这个晴天霹雳，奉旨后，不禁大惊失色。无奈只得谢恩出宫，另作打算。王安及文武众臣以为客、魏既已出宫，往后当可国泰民安，永绝祸根了。哪知熹宗天子自从客、魏出宫后，因无别个知心识趣儿的内侍，顿时陡觉冷淡清寂，颇形枯涩之味，遂又动了复召客、魏进宫的思想。

凑巧客、魏两人暗中指使心腹大臣，如霍维华、崔呈秀、崔应元等众人，亦联名会衔，上表力奏，请天子收回成命，仍召客、魏进宫。客、魏两人除嗾使心腹大臣上本保奏外，又恐王安从中掣肘，特又亲往王安的私邸，叩头求情，自陈悔过，发誓以后不敢再导天子游宴，更不敢妄议朝政，僭窃政权。王安见他俩悔过，要求原恕，不由心意稍软。熹宗接阅各奸党的奏章，保举客、魏，正中己意，遂借此准奏，复召客、魏进宫。王安虽然知道，却因先已受过他俩的哀求，故亦未曾奏谏阻止，以为不给小魏的官职，他虽在大内当差，却毫无权柄，料想总可无妨。哪知客、魏两人既复回进宫，遂又嗾使霍维华、崔呈秀、倪文焕等一班心腹大臣纷纷上表，参劾王安，使天子疑忌，不再信任王安。一面便设法报复王安的仇怨。

凑巧内监王体乾觊觎司礼监总管的职位已久，满望魏朝排去后，遗缺由自己补充。却不料被王安自兼司礼监总管，并未委任他递补升充，因此颇怀怨望。知道小魏、客氏两人怀恨王安，图谋报复，遂去会晤小魏，用危词激引他下手，并自告奋勇，愿受命摆布王安，给客、魏两人报仇。客、魏两人被他危词所动，便问他该如何才可以除却王安。王体乾见问微笑，遂代他俩划策定谋，叫二人如此行事。两人便依计在熹宗驾前谗谮王安勾结外臣、包庇李进忠、刘逊、魏朝等内侍的罪状。熹宗听信了他俩的片面言辞，立传上谕，革去了王安的职位。

王安既被免职，客、魏两人便保举刘朝充任净军提督，并保王体乾为司礼监副总管，正总管却由小魏自兼。这第二步计划既已成功，小魏遂进行第三步计划，黾夜照办。

欲知第三步计划如何，王安性命无妨否，请待下回续写。

评曰：

客、魏之敢于窃权专政，盖由于熹宗袒乳母、顺其意而助成其奸，女子小人，亲则不逊，于是遂有伪传谕旨杀害魏朝之事，于是又有再矫圣旨降谪王安而勒令自裁之事接踵而生。由此以降，终天启年月，客、魏所演之罪恶愈演愈甚，而穷凶荒淫，亦愈过愈残忍，愈过愈秽乱，使无怀宗奋袂而兴者，则客氏即不为吕武之续，而魏珰定必为莽操之篡，君子谓熹宗之得不丧于客、魏之手，亦云幸矣，诚确论而非苛论也。噫！

第十六回

城狐社鼠俱为廊庙宰
拳师镖客同作穿窬盗

　　话说魏忠贤见除王安的计策已完成了两步，遂又进行第三步计策。当夜假传圣旨，贬谪王安充当净军，隶属在刘朝的辖下，密令刘朝将王安私刑拷打、勒令自裁。王安是年迈之人，怎受得起夹棍板子？不消得自尽寻死，早已被刑毙在杖下了。

　　刘朝处死了王安，遂以王安病死在南海净军营内，奏闻天子。

　　熹宗本记念王安往年严督秘书上学攻书的仇怨，并恨他平时常在耳内絮聒，所以闻奏后，并未追究系得何病身死。

　　王安既被除却，客、魏两口子遂格外无所忌惮了。当由小魏自己掌理东厂，总管内庭一切事务，并兼司礼监的总管职位，当因自己目不识丁，掌管司礼监职务怕弄出笑话来，因为司礼监须得代皇上秉笔批阅大臣们的奏折，并代拟上谕诏旨，不通文墨的人焉能担负这个重任呢？小魏所以要勉强肩此重任的，乃系诚恐文武臣工上本参劾，自己既担任了司礼监，便可以拆阅本章，随意批驳，更可擅作主张，矫旨任免官吏，故此不肯放弃这个职位。但因不通文墨，诸多不便，遂将从前曾任司礼秉笔太监的李永贞复又汲引进宫，专代自己捉刀，担任文墨事务。又恐李永贞不甚心腹，遂又不时召崔呈秀、倪文焕、田吉、李夔龙等一班心腹文臣，逐日轮流到自己私邸内来会晤，由小魏亲将各项奏议的卷宗袖回私邸，交各文臣阅读，遇有不解的词句，便令各人详细解说，并讲解李永贞代笔所批的字句意义，由小魏腹中计较，是否批答得符合己意，如不合己意，立令各文臣照己意重行批复，并于次日进宫，严词切责李永贞欺罔自己。故此李永贞代小魏捉刀，丝毫不敢稍参己意。

同时小魏仍恐自己在内庭的势力不能算得尽善尽美，便又将自己的各心腹太监，如李实、李明道、崔文升等一班羽党全都调任要职，分司监局，联合起来，大家侦探熹宗的意旨，迎合着狼狈为奸。又恐在外各统兵的将帅联合起来反抗自己，甚或举兵进京入清君侧，故又调派手下心腹太监分任各处的监军，带领戚驸所荐引的各路英雄，同赴军中就任，联络各处统兵将帅，并监视各将帅的行动。倘遇有将谋不利于己的事项，便令先发制人，施行紧急处置，先解决了那个将帅，再设词诬陷，拜本进京奏报。一面又令手下心腹文臣武将互相奏荐保举，入朝供职，分据要津，即将各位不附己的忠良逐一陆续降职罢官，或外调，或诬陷，务令排而去之。

因之满朝文武，差不多大半均属客、魏的私人，仅有少数忠良贤能之士守正不阿，但都处境岌岌。因之各忠良遂亦暗中私相结合，筹谋救国卫民、锄奸诛佞的计划，大家都认定锄奸任重，绝非空言徒手所能成事，总须推戴一位智勇足备、文武堪资、掌握兵符的人为领袖，方才可立声威，寒得奸佞之胆。大家遂决议推选辽东经略使、总督天津、登莱等处军务的熊廷弼为首领，联络总理四川、云、贵军务，并任四川巡抚的朱燮元，并巡抚山陕的洪承畴为声援。但又因这几位统兵大员都系在外省供职的忠良，远水不能救近火，遂公举在朝供职的兵部左侍郎袁崇焕为领袖，大家歃血为盟，准备俟机行事。一面更由袁崇焕着令部下心腹忠义将校分往各省去，召聚天下英雄，不论是何职业，只要能忠义为国、同心锄奸诛佞，便都尽量收罗，即使这班在野的英豪专一任侠仗义剪除奸党在各处所收罗的草莽英雄，破坏奸党在各处设立的机关，并一切计划，朝野双方协同动作，互为援应。

各忠良结盟定谋之后不久，便被奸党得着了风声，立时飞报客、魏，二人不由各吃大惊，遂在私邸内召集心腹文武，会议对付之策。大家都以为蛇无头而不行，他们既推袁崇焕为首，俺们不如就先行合力推倒了袁崇焕，罢免了他的官职，只要他一去任，朝中别无文武俱全的人可做他们的领袖，仅有一个杨涟算得文武俱能，但却非可作领袖的人物，料想他们必可解体了。待到袁崇焕免职后，更可密遣一位武勇的心腹，伺隙而动，前往行刺，袁崇焕倘被刺死，余人定必胆寒，可以不攻自乱。

　　会议定后，次日便由崔应元、田吉等奏参袁崇焕，勾结熊廷弼，致使熊经略恃仗朝中有人维护，疏于攻守战备，遂为满清兵所乘，丧师失地。又查得袁崇焕自恃才能，傲视一切，往往故意掣戎政尚书霍维华、兵部尚书崔呈秀之肘，致令军政处置失宜，应请罢免。

　　这道本章上后，各奸党相继纷纷上疏，参奏攻击。熹宗本因练兵御满的策略与袁崇焕的意见相违，熹宗因信任客、魏，遂听信他俩的话，欲将御敌大任专委巡抚王化贞。那王化贞乃是新拜在魏忠贤门下的一员统兵将官，年少轻躁，主张出关击敌，并狂发大言，自称率六万人出关，准可讨平满洲，永息干戈。熊廷弼主张慎重，不从其计，王化贞便使人进京告知魏忠贤。忠贤代他面奏熹宗，熹宗大喜，因信客、魏，遂亦信王化贞，以为王化贞必可全胜，与朝臣计议，袁崇焕坚持不可，斥驳王化贞为贪功轻敌，绝不可信任，因此熹宗与袁崇焕的主见相反，颇不满意。

　　当时熹宗竟依了魏忠贞的浅见，下谕令王化贞出兵，果然被清太宗率八旗精兵杀来，这一阵便全军覆没，王化贞仅能逃脱得性命，奔赴熊廷弼军前哭诉求救，结果，害得熊廷弼亦只得退兵，收集残余败亡之众，坚守待援。

　　王化贞败逃回京，求魏忠贤袒护，却将败兵失地的大过完全推在熊廷弼身上，说是熊廷弼坐观成败，按兵不动，以致被敌所败。熹宗大怒，着将王化贞免职查办，并召熊廷弼进京听参。

袁崇焕又上本力斥王化贞轻敌致败，嫁祸熊经略，为脱罪之计，应请严究王化贞，免责熊廷弼。这几句话虽系秉公之言，却正犯熹宗信任王化贞及魏忠贤偏袒门下之忌，故与袁崇焕意见相左。这时见各官参劾袁崇焕，颇多深文周内之词。熹宗明知道是大家借题目做的文章，袁崇焕和熊廷弼所持的见解乃是老谋深算，谅敌后会之意，原无什么大过，只因往日袁崇焕参奏王化贞的本章内很有几句兼说王化贞仗魏忠贤的势，所以轻举妄动，全军覆没，应治魏忠贤纵容门下、偏袒王化贞之罪，盖无魏为王撑腰，王绝无此胆量。

当时这道本章呈献进宫后，大触魏忠贤之怒，特将该奏折留中不答。

袁崇焕遂又上第二道本章，当殿面呈御案，恭请熹宗圣鉴。

熹宗看那本章上参王化贞的话少，参魏忠贤的话多，除去包庇门下、纵容丧师辱国外，又增加了一条擅将本章搁置、留中不发的罪款，要求天子严究。

熹宗看罢，将本章搁住，批交朝臣议核处置，这乃是前事。此刻见大众参劾袁崇焕，想了一想，便亦将各臣奏本批交朝臣议决处置。

看官须知，朝中文武臣工大半多奸党，所以上次袁崇焕参奏王化贞、魏忠贤时，朝臣议决下来，将魏忠贤包庇纵容的事丢开不论，仅将王化贞、熊廷弼两人相提并论，请天子核夺。

此次袁崇焕被参，朝臣早已暗受魏忠贤的使令，当即议决将他罢免官职，复奏上去。熹宗立即准奏，袁崇焕遂被免去官职。奸党固然很为欣慰，忠良团体中人却深为不服，退朝回去后，便都不约而同地齐集袁府，慰问袁崇焕，劝他须要奋斗到底，不可因此灰心，又请他休离京都他往，免得大家失去领袖。

袁崇焕谢过各官的劝慰勉励后，便说："逆阉党羽林立，此刻极难推翻，朝臣多半是客、魏心腹，关系虽重，却还在其次。俺认为最重要的却是奸党遣派爪牙，专在各处收罗土棍地痞、恶霸豪绅，延聘山林盗贼、江湖俊杰，严密地组织成党，这却是最关紧要的勾当。因为朝中文武人数虽多，能武艺精通者亦只不过有数的几名，究竟俺们同志中精擅武艺的人亦有好几位，倘和田尔耕等一班奸佞对敌，料亦不难占胜，唯有这在野收罗的各路豪杰，本领既极精强，人数又很众多，奸党有的是钱财，到处有花钱结交，常言：'重赏之下，必有勇夫。'难保无武艺精擅的人投身在奸党部下。再则目今各地饥荒连年，民不聊生，人心思乱，以致盗贼蜂起，其中虽不乏忠义之士，然亦未尝无穷凶极恶、借奸党包庇为护符的。俺每思虑，最怕的即是此层，诚恐万一奸党在京城内有所举动，忽然霹雳一声，图谋篡位起来，外省的文臣武将现在投身在逆阉门下的人很多，和俺们联络，表示忠义的，却属较少。倘都响应起来，岂不很为危险吗？再加上各省府州县厅地方的奸党羽翼，得信一齐起事，那时大明天下可就有难逆料的情况了。俺既有见及此，所以对于这回罢免官职，并不懊丧，反而自以为很可庆幸。因俺的意思，本拟告退职务，往各省去浪迹云游，借此结识各地有心胞肝胆的人物，不论贤士豪杰，一齐罗致到俺们团体内来，在朝中未有剧变之先，专在各地反对并剪除奸佞的党羽，警诫各处地方官。一旦朝中发生巨大变化，便可借这班在野的忠义之士，压制各地的奸党势力，共同集中力量来消灭朝中的奸党。俺思量得此计已久，只恨一时无从摆脱，现在既已罢免官职，这正是俺为国宣劳、暗诛奸佞的良好机会。目今朝中奸党当权，万岁偏信客、魏之言，即使各位大人联名或单独纷纷上本保奏，请求收回成命，万岁亦不肯听。即使皇上肯听，有客、魏早夕在圣上面前谗潜，又唆使党羽上本弹劾，亦绝不能成事实，反而累各位大人遭受万岁的申斥，应了《诗经》上两句成语，叫作：'薄言往愬，逢彼之怒。'与其烦各位大人都成为空言徒劳，何如免此一举呢？"

众官见他辞意坚决，计划周详，不再挽留，都说："袁大人所定的计策，在朝在野都是一般为国为民、可钦可佩。不过奸党所以排除袁大人的，其意甚明，乃是欲使俺们成作无头之蛇，失却指挥的中心，更借此试验俺们团结的精神如何。假如俺们见袁大人去位，大家都不上本谏阻，他们定必以为俺们的团结力量薄弱，随后定必得寸进尺，使用对付袁大人的手段，逐一对付俺们众人。为此两事可虑，故俺们主张竭力奏谏，留袁大人在朝供职，好寒奸阉一党之胆。"

袁崇焕道："列位大人的主见虽佳，但是依俺愚见，却正和列位相左，奸党排去袁某，乃是试验俺们的团结力量。列位如上本谏阻，奸党必亦从中尽力阻挠对抗。俺如罢职丢官，悄然远引，列位并不上本，此事出于奸党意外，必然大吃一惊，胡猜乱想，疑神见鬼，成为庸人自扰，这是一。二则奸党见列位都不进谏，以为俺们的团结力不坚，即不防备俺们在暗中布置，筹划剪灭奸党的策略，反而于俺们大有裨益。他们假使得步进步，又使出诡计来排除列位，那时列位大人很可以明哲保身，看机行事。并非俺劝列位大人做保身家全妻子之臣，实系我辈不幸遭逢乱世，徒尽愚忠，死而无济于国家安危，不如且留得此有用之身，等待时机，图谋将来长治久安，一劳永逸之大计。目今君子道衰，小人道长，以君子与小人对抗，照现势绝难得占胜利。依俺主张，不如趁机引退，让奸党皆握重权，包围天子，时日稍久，天子必然觉得被奸佞包围束缚，不能自由之苦。彼时必很望忠良贤能之士出而旋乾转坤、廓清宇宙，我辈便可趁机而起，一举消灭群奸。讲到各位所虑的领袖指挥问题，俺早亦想到，在座无论哪位被推为临时首领，皆必被奸党瞩目，群起而攻，纵能维持一时，绝难保守永久。俺以为宜就现今宗室中各位亲王，择一才能出众、忠正贤明者，做俺们的首领，庶几发号施令，名正言顺。并非俺作不祥之言，实情照目下时势推测，日后难免无此类不幸事件发生。"

大家听袁崇焕说不幸事件，齐接口询问："袁大人所说不祥不幸，莫非系说客、魏党羽将来定有谋朝篡位的逆谋吗?"

袁崇焕点头叹道："目下情况，客、魏在宫内的势力已不弱于汉末的十常侍（按：汉灵帝时，中官十常侍曹节、王甫等专权干政，遂致造成三国鼎峙局势，故《三国演义》托始于桓、灵两帝，而诸葛武侯《出师表》中，亦云先帝每与臣论及，未尝不太息痛恨于桓灵也），更比本朝的刘瑾为强盛（按：刘瑾为明武宗时内侍，专权秉政，终酿大乱）。朝臣现多出其门下，疆吏亦多依附其势力，趋承恭维，无不争先恐后，几乎不知有当今天子，只知有奉圣夫人客氏及掌理东厂的内务总管魏忠贤，女子小人既得势披猖，还怕不演出篡逆故事来吗？所以俺才说朝中难免无剧变及发生巨大变化，皆是指的此事。"

众官闻言点首，齐称："袁大人所见不差。"

袁崇焕接着又道："本来袁某无德无能，才智均不合领袖的资格，只不过因蒙列位大人的推重，义不容辞，方才勉为其难罢了。现在袁某去位，远往他方，这领袖的中心人物，袁某早已深思熟计，应就天潢贵胄各亲王中推举一人，方才可免将来临时慌迫，成为急来抱佛脚。更兼宗室亲王物望素孚，奸党素所畏服，自可避免被奸党攻击的目标。此位宗室，愚见以为信王由检最为合格，因信王乃是当今万岁的同胞御弟，才能学识均在我辈之上，远非当今天子可及，幼年在东宫居住，与当今皇上同为皇孙及皇子时即已为客、魏等所敬服，每在大内遇见，客、魏等从来不敢越礼，无不诚惶诚恐地畏怯恭谨，均皆行礼如仪。自从当今天子即位，御弟被册封为信王，在京城另赐王邸，移居出宫，客、魏等方敢欺王安年老，无所忌惮，日形猖獗起来。俺们现在如拥戴信王为首领，正是切合时要，因信王才识俱优，物望素孚，客、魏本所敬畏。且知当今天子与信王手足间素来友爱，奸党绝不敢轻易进言谗谮，被离间骨肉挑拨皇上手足的罪名。再则当今正宫皇后张娘娘以及内宫各位妃嫔现在都未生皇子，虽然万岁春秋鼎盛不忧无有嗣续，但恐客、魏专权，纵生皇子，亦难长成，万一皇子年幼而客、魏已有逆谋，群臣拥立幼君，定于国祚前途，多生窒碍，欲求其力能勘危定乱，才可安邦治国，反不如拥戴御弟，继承大统。因为幼主御极，势必另立摄政王代行君权，与其周章转折，何如径拥御弟，比较为直捷痛快，便利国计民生呢？这一层愚见，俺在前几时已与兵科都给事中杨涟及左都御史左光斗、中书省汪文言三位大人曾在朝堂会见时先后秘密议过，杨、左、汪三位大人都曾表示赞成，事后俺又曾往信邸去拜谒过王爷，谈论国事。王爷亦深以客、魏当权，毁乱国纪政纲，将来不知如何为忧，希望内外文武臣工能够群策群力，排除国家危难，灭此大憝，所见正与我辈相同，故此当时下官曾已面述过愿听王爷谕旨，共谋国是之意。蒙王爷奖励允可，谕令随时随地尽量物色英雄，收罗奇才异能之士。如今杨、左、汪三位大人均在此地，列位很可当面证明其事，袁某去位他适，列位即可推崇信王为首，客、魏等虽奸伪百出，断无法可以使皇上与信王失其友爱。列位大人在信王的领导指挥之下，当可收指臂之效。袁某此去外省，收罗得俊杰，必给予凭证，荐其至信邸当差，保护王驾，并陆续邀请武艺精通的忠义壮士，同到信邸听调，派遣至各位大人的府第内充当保护忠良责任。愚见如此，不知列位大人的高见以为何如？"

众官听罢这番言论，遂都目视杨、左、汪三位。三位齐说："袁大人确曾在朝堂与某等议过拥尊信王为首，部署各事，较可使奸佞难于攻讦，某等亦以为然，故袁大人曾往信邸征询信王的意见。王爷亦允担任统率群臣共谋消灭奸党，但不知列位大人以为宗室亲贵中尚有比信王更贤能英明、足胜任图谋大事的吗？"

众大臣齐说："目今各亲王最亲最贤、足使奸邪敬畏不敢违侮谮谮的，除去信王，更无别位。既四位大人的高见均皆相同，某等岂有独持异议之理？自当唯四位大人的马首是瞻了。"

袁崇焕见各官都已同意，心中大喜，前与众官酌议此后各人秉承信任、图谋国家大计的办法。于是众官议定，袁崇焕出京后，大家文事推汪文言为班首，武事推杨涟为领袖，一切均秉承信王的谕旨办理。议决之后，众官陆续散去，袁崇焕送别众官，便打轿前诣信邸拜谒信王。

　　原来信王名由检，是光宗常洛的第二子，与熹宗由校为同胞兄弟。光宗为太子时，正妃诞生由校、由检兄弟俩后，不几年便染病身亡。兄弟俩均由李选侍抚育长成，同在御书房内读书。熹宗性耽嬉戏，最怕念书识字，太师、少师、太傅、少傅等各位师傅，以及各位值日的侍读学士和国子监的诸生差不多每月难得有几次会见熹宗的面，只有信王却不论冬夏风雨，无日不到书房攻读讲解，各师傅等轮流至书房值日教读讲学，从未有一次不会见信王，故此大家都推崇称许，颇希望信王将来得被册立为皇子。无奈有长幼之别，光宗不能违背祖宗成例，废长立幼，群臣亦不敢奏请，所以光宗在病榻弥留时，只得临终托孤，遗命群臣，尽忠辅事长子由校。并令由校嗣位后晋封由检为信王，在京都赐第，授给特权，得能共理朝政，封号信王，颇含信孚中外之意。

　　光宗崩后，熹宗即位，遵先帝遗命，封御弟由检为信王，却因客氏、魏忠贤等一班阉妇群小怕信王当权共理政事，于彼等朋比为奸须有许多不便，故均竭力从中阻挠，说什么天无二日，民无二王。假使授给信王特权，必致成为一柄两操，定启群臣二心。将来信王必将密谋争夺帝位，古人谓履霜则坚冰将至，不可不防之于渐，往往大风起于萍末，燎原始于星火，先帝临危遗诏等于古代君主的乱命。陛下不可以妇人之仁守小节小谅，而蒙其实祸，将来造成郑庄公与共叔段的故事，必至后悔不及。

　　熹宗被群小的一番言辞所动，觉得果然有理，遂将授给信王特权、共同主持国政的上谕留中不发，无形消灭了。各顾命大臣虽都因此怀疑诧异，但都因此乃皇上的家事，文武臣工不便多言，致遭天子疑忌有二心于信王，弄得一方吃力不讨好，一方又被疑获罪，故均未曾提起。客、魏等初因信王未曾赐第，住居在东宫之内，不时得与熹宗见面，大家都有所忌惮，不敢过于放肆，所以都很希望信王早日出宫，拔去了这根肉中刺、目内钉，故此大家对于信邸的建筑修葺都很动力迅速，表面上系遵从圣旨，巴结信王，实系努力去此障碍。迨至信邸落成，信王由东宫迁入信邸居住后，客、魏等便都欺王安老迈势孤，遂敢大胆胡行。因为凡亲贵封王赐第别居后，无要紧事故或奉宣召，不能入宫见驾。

信王既迁入王邸，与熹宗隔绝，除朔望入觐请安外，简直兄弟间无有把晤叙谈的机会，所以群小才敢无复顾忌。及至魏忠贤矫诏降谪魏朝，在半路上将魏朝缢死，又用王体乾的计策，将王安亦矫诏降谪贬充南海净军，密令刘朝将王安勒令自裁，刑毙之后，客、魏在宫内的势力遂成做了清一色，更无复忌惮了。

这种太阿倒持、尾大不掉的现状，以及经过的一切情形，信王本甚关怀国事，故已早经知悉，所以默察朝中文臣武将，以及各省的封疆大吏，谁系奸佞党羽，谁系忠良廉明贤能正直之臣，亦早已暗记在心。

袁崇焕等一班文武组织团体，与客、魏的奸党对抗，信王心中非常快慰，曾经便衣微行，亲驾袁府，与袁崇焕会晤，奖励袁崇焕为国宣劳，嘱令会合群臣，坚持到底，切勿中道而废，并指授袁崇焕网罗在野的英豪，共图安邦定国，锄奸诛佞的大计，直谈至夜深方散。所以袁崇焕才有亲往各处访求英雄、剪灭奸党，并推尊信王为盟主的主张，故在朝堂内先后与杨、左、汪三位密谈，均皆同意后，便亲诣信邸答拜，并述群臣愿听受王驾指挥之意。

信王便亦当仁不让，慨然允诺，并赐给袁崇焕镌有体国公忠四字的小金牌一方，付与空白札符委任状多纸，上刊信邸的朱印及信王的名氏，嘱令袁崇焕遇有在野的奇才异能之士便可量才给予相当官职，准许随后诛奸灭佞时实授官爵，现在权且先领虚衔。

袁崇焕拜受金牌，收好委状，回府即邀杨、汪等酌议，申述本人意旨，意欲上本告退，亲往各省去访求英贤。杨、汪等都劝他暂且缓行，因为目下豺狼当道，差不多城狐社鼠俱已弹冠相庆，共作廊庙宰了。袁大人一旦去位，势必又立添一个奸佞小人来补缺。

袁崇焕因听了杨、汪等之劝，才将辞职的意思暂搁。哪知未曾隔得几时，便被群奸参奏，谕旨下来，将袁崇焕免了官职，这正是袁崇焕意计中事，所以在当天退朝回府，各大臣来府慰问，主张上本谏请收回成命时，袁崇焕便对众宣布主张，劝大家打消了来意，并决定了此后进行方针。

众官去后，袁崇焕便诣信邸，面谒信王，奏述其事，并向信王辞行。信王当在邸内赐宴慰勉他的志节，并给他饯行，当命信邸内侍去召杨、左、汪等众臣到来作陪，席终各散，信王又亲取黄金百镒，内帑千两，信邸的空白委状多张，率领信邸仪仗侍从，于晚间前往袁府。将金银赐与袁崇焕，作为路上盘缠，又解下腰间佩剑，赐与袁崇焕，以示优异，赐给委状，以为网罗人才之用。

袁崇焕拜谢领受，送信王回邸后，次日便谕令家将收拾行装，预备动身。一面亲往各亲友家中去告别辞行，拜托些私人事务，各亲友纷纷设宴送礼，给袁崇焕饯行。袁崇焕连日受各亲友的厚礼隆仪，势不能不回敬，因又在家设宴，邀请各亲友到家，表示回席。席终送客散归后，第二天又亲往各家去踵谢，这才布置各事完毕，决定休息一日，后日动身。

第二日晚间，袁崇焕因已决定明早启行，家中尚有许多事务未了，不得不稍为料理，故此聚集家中男女，逐一支配吩咐。吩咐完毕，已过二更，袁崇焕便命随行的家将先去安睡，独自在书房里检阅案镇，修写书信，拟于明早交付家人，分别送出。刚才检阅完毕，提笔才写一封留别杨涟、汪文言两位的信，信上劝两位危行言逊，以免或有意外，信才写得一半，忽听得屋上咔嚓渐沥一声响。夜深人静、万籁俱寂，袁崇焕独坐书斋，修写信函，本系心念沉寂之际，这一声响动，早已惊觉。袁崇焕虽系朝中大臣，究竟久历戎行，屡经战阵，部下将校出身行伍的固多，招抚绿林的却亦不少，闲来无事，每尝谈论亦江湖上闻见之事和一班鸡鸣狗盗、夜行人的举动行为，故此袁崇焕亦颇能懂得江湖上的规律，绿林中的勾当。这时一听得屋上咔嚓淅沥的响声，便已料知咔嚓是被人偶然失足踏破了一片瓦片，淅沥是碎瓦散落滚跌在瓦楞子及天沟里的声音。

袁崇焕因这一疑，便急将手中墨笔放下，呼的一口气，将点在书案上的豆油灯盏吹熄灭了，轻轻将衣服披好，按定腰间佩剑，嗖一声掣将出来，亮在手内，寻思这口宝剑乃系信王赐赠给俺作路上防护身体的利器，据云剑名含光，乃是当初欧冶子所铸，善能分金切玉、削铁吹毛，不论何种兵器，逢之必无幸免。此时果系有贼来窃盗，或行刺俺，正可借此发一回利市，试一试此剑的快钝呢。

欲知屋上来者是谁，请待下回续写。

评曰：

城狐社鼠之足以为祟，盖因其有所凭借，而始敢祸人耳。今作者书奸党之弹冠相庆，亦曰狐鼠俱为廊庙宰，盖不仅为深恶痛绝之辞，实兼寓一言以蔽之之意云尔。

锄奸诛佞之主人翁，本在信王与袁崇焕耳，作者以千呼万唤始出来之笔法，至本回始特别珍重出之。既出主人，遂急转直下，遥应首回，是大章法，然斯诚非俗子所能望其项背也。

第十七回

为国消隐忧正言规盗
代主谋福利倾怀交贤

话说袁崇焕亮出含光宝剑，边摩挲抚弄，边寻思，此剑乃信王随身佩带的宝物，为欧冶子所铸，初归俺有，今日如有贼人到来偷盗，或是行刺，俺却正可以借此一试此剑的锋利，究竟如何呢。边想边亮剑在手，掩身在窗眼里，从窗隙向外观看。先看天井里有无人影，再看屋上有无人形，只见对面屋檐上立有一条黑影子，仿佛手一动，丢下一宗物件来，正落在天井里石头上，啪的一声，骨碌碌滚向角上阴沟口去了。

袁崇焕曾屡听部将言讲，夜行人往往从百宝囊内摸出一块石子来，从屋上掷往地下，试考那地下是否实在，其名唤作问路石。袁崇焕当时目睹这个情形，认定来人亦是掷石问路，本来他在前亦曾听得人言，夜行人规律，叫作遇灯必熄，所以他才一听声响，便先张口将灯亮吹熄了。此刻见来人立在对面屋上，投石问路，便索兴屏息掩立窗眼里，但看他如何结果，且不出去应战。正在忖度，只见那黑影子又将右手一扬，啪的一声，一块石子正掷击在书斋的窗槅上，扑地暴了回去，亦滚落在天井里。

两块石子掷下后，那黑影子见下面无人接口，并无一点儿反应，便托地从屋檐口跳将下来，亮出把晶莹雪亮的大刀（大刀即单刀，又名倭刀，因北方人名之为大，盖即所以示与小刀之别，名之为倭，则因其原出于东邻，历史上固号东邻为倭国也，名之为单，即因使之者只有一口，所以示与左右两手使双刀者有别也）。那刀光被天上的星光照耀着，映射出几缕光芒来，颇觉寒光冽冽，殊足可惊。

袁崇焕目睹此状，知道来人系将杀进窗来了，便将手中宝剑一紧，正拟闪出身躯向前迎敌，忽又听得屋上咔嚓一声大响，淅淅沥沥由瓦槽里滚落上好些碎瓦砾屑来。那人跳下天井，亮刀正拟举步闯进书斋，陡听屋上声响，便将足步缩回，潜行到对面壁角里，掩立着身体，纹风不动。

袁崇焕一听屋上声响，知道另有人来，并料定来人和站立在墙角边的那个影子并非一起的，所以他要掩身退步，露出静待观变的神情来。

袁崇焕正在猜想，果然听得屋上亦有一条黑影子，嗖一声由这边屋上飞跃过天井，蹿到对面屋上去，伏身在屋檐上，往下观瞧。却见他从身边亦取出一块石子来，觑准了掩立在天井里的那人，唰的便是一下。那人见屋上飞掷下一块石子，正向脑门上掷来，屋角里不便展闪，不敢怠慢，以免受亏，便急将右手内单刀扁着朝那来石一挡，当啷一声响，正遮个着，那石子便被暴着蹦跳了回来，正滚落在窗外阶沿石下边。

屋上那人见屋下已经有人，不由一惊，便又探囊取出几块石子，连珠价朝着那立在墙角里的那人抛掷下来。墙角里那人并不防他有这一招，这时见石子如射连珠箭般掷将过来，急忙又使刀遮隔，饶他遮隔得快，已有一块石子是掷击他的下三路，可巧正击中在左足的孤拐骨上，击得麻辣辣地非常疼，不由大怒起来，托地从墙角里阴沟盖口头上飞身直纵上屋去，口喝一声："呔！来者是谁，无端地瞎了双眼，混使石子乱掷干什么？须知你四太爷不是轻易可惹得的啊！"

那人见他自称为四太爷，便冷笑道："失敬失敬，原来尊驾就是德州的戚驷吗？果然名不虚传，真足令人敬佩。但是您既到此，为何又掩身植立在角落里呢？"

戚驷道："既知您戚四儿太爷的大名，为何还敢这般无礼呢？您究竟是哪个，胆敢当着前辈恁般放肆？"

那人笑道："好个大言不惭、徒爱自夸的老前辈，真个莫非只有您门口栽着李树，别人家便不许讲得个有理字样吗？您来行事，躲在天井下面墙角落里，既未送暗号上来，俺又焉能认识您呢？常言：'不知者不罪。'您又何能倚老卖老地开言就得罪人呢？俺非别个，乃是淮安府的镇山太岁白孝先，亦非无名少姓之人。今日在此和您会见，真乃是巧遇，您和俺有话随后好讲，此刻且先办公事要紧。"

戚驷闻言，正拟答话，冷不防从那旁屋脊背后嗖地飞来了两支钢镖，直向戚驷背后射到。一支正中在右腿弯里，一支却正中在右手腕上，同时连中两镖，那手中的一把快口早因手腕伤痛撒手脱落飞下天井里去。戚驷右腿弯被镖打伤，右拐骨被石子打伤，因刀脱手时护痛擒刀，身向前栽，遂致扑通往下跌落。倘在平时，戚驷的腿足未曾受伤，由屋檐口失足跌落下地，偶然遇有这类失错时，必能在半空中使出鹞子翻身，或飞鹰扑兔的解数，化险为夷地往下一沉，或使金鸡独立式，稳妥立定在平地上，绝不致于真个跌倒受伤。此时因左踝骨右腿弯先后都已受了伤，身向前栽，遂致跌落下去。真也亏他的身子快捷，自知腿足不便，难能立定身体，遂趁势急伸两手向前，使出蜻蜓点水式来，两手一按地，翻筋斗过去，意图好生立起，哪知腿足受伤，疼痛不能由自己做主，才翻身两足着地，拟立起身来，便因护疼之故，劲使不出，竟致仰面朝天地躺卧在地。说时迟，那时疾，袁崇焕掩身在窗隙里早已看得清切，寻思机不可失，遂将右手内宝剑移执在左手内，探手入怀，摸出支钢镖来，闪半身出窗外，觑准了戚驷，唰地便是一镖。

戚驷躺卧在天井中间青皮石上，正拟忍痛爬身立起，仍飞身上屋，从原路回去，待伤愈后再来。猛不防被袁崇焕一镖打来，闪让不及，又打中在右膝盖上，这才知道屋上、下面都已有人，自己来得不巧，心中不禁着急，只得咬牙熬着疼，爬身立起来。刚才立好身体，拟纵身上屋，袁崇焕早又探怀取出第二支钢镖打来，当又中在戚驷的右肩胛上。戚驷四处受伤，忍耐不住，哎呀一声，扑通向前栽倒，复跌在地。

袁崇焕仰视屋上，那个自称为镇山太岁白孝先的黑影子业已不知去向，便大声吆唤："有刺客，快拿贼人！"边喝边已跃出书斋，扑奔到戚驷面前，使左足踏定戚驷的背心，右手从左手移过含光宝剑，亮着朝戚驷头内一刺，喝道："倔强，俺便先戳你几个透明的窟窿！"喝罢，又吆唤："家将们，快掌灯来捉拿刺客！"

家中上下人等虽已多半安息，但都因袁崇焕明早就要动身，各人心中都不知不觉地有几分不安，故睡在床上，都很醒觉。有的已听见屋上有人说话的声音，正自留神忙着，披衣起身趿鞋点灯，一经听见袁崇焕呼唤的声音，便都像应声虫一般同声叫应，各自掌灯、拿绳索、取兵器，垄息奔到书斋里来。大家见贼人已被踏在脚底下，便拥到面前来，七手八脚地帮助捆绑戚驷。戚驷因身中四伤，功力均无从使用，无奈只得瞑目受缚，任凭他们摆布。家将们将戚驷随身携带的兵器百宝囊等项解下，背绉了两臂，又使细麻绳用水浸湿了，捆好戚驷双足，复将两臂加捆了数道水浸的细麻索。

袁崇焕令家将们将地上钢镖、单刀等兵器一齐收拾了，拿进书房内去，放在书案上，自己插剑入鞘，走进书房，坐下身体，便命将贼人推到面前来讯问。家将们领命，分抬着戚驷的手足，抬进书房，径到书案前面。袁崇焕将戚驷一看，亦见他须发都已花白，面容、身段颇觉威武，全身穿着黑色短衣裤，正是夜行人的打扮，随口问道："呔！您就是威镇鲁北独霸黄河渡口，由德州十里铺庄上出身，在江湖上闯荡多年的戚老四吗？"

戚驷闻问，只装作不曾听得，全不理会。

袁崇焕又道："俺看您偌大年纪，一世英名，很非容易才能挣得，而今竟断送在一旦，岂不可惜吗？俺有话问您，为何不睁开眼睛来呢？哦！俺知道了，莫非您嗔怪俺不客气吗？好，俺这里有的是椅子，您且张目请坐，好生回答，免得皮肉吃苦，更免得被外人知道，断送了您的毕生英名。"说罢，命家将移过张椅子，放在对面，扶起戚驷坐好。料想他身已受伤脱逃不了，遂令家将们全退出去，非奉呼唤，不许进来。

戚驷坐下身体，张开眼睛，对袁崇焕望了两眼，回顾袁府的家将人等都已退去，遂大声对袁崇焕道："姓袁的，你别这么吆五喝六、大张小致地寻根究底，你既知道俺戚老四的大名，总算是个有闻见的官儿了。俺戚驷既已被擒，该杀该剐，任凭你自由摆布。"

袁崇焕满面堆笑道："俺看您堂堂一表人才，偌大年纪，已是一位老前辈英雄了，何苦来干此没本营生呢？况且俺闻您开设镖局，往来各省保镖，颇有名望，非比无业之人要金银使用，才出此下策。俺袁某与您往日无冤，近日无仇，平白地您怎么黉夜会来行刺呢？大丈夫光明磊落，何事不可对人言？有道是真人面前不说假，俺姓袁的为官一生，清风两袖，现又蒙皇上恩诏，罢免官职，解甲归田，乃是清闲在野之身。既与人无名位权力之争，您忽然下降，当然是有所图谋，不问可知，您是受人之托，忠人之事，所以才来行刺的。不过您此来未能得手，俺代您设想，空手焉能回去复命呢？俺久闻您系魏朝手下的一位壮士，现在魏朝已死，您此来当然不是受魏朝的使命可知了。江湖上好汉讲的是义气为重，魏朝在日，用重金聘您到他家中充当护院，并以伪命给您校尉职名，通信给德州及各处地方官代您将积案罪名，一齐消除，可谓待您不薄了，所以您才肯尽忠竭力的代他做事，网罗山岳英雄、江湖豪杰，不论是绿林或是镖行，您都给他设法招致，保荐到京城里来，有的在魏朝的私宅内充当教师，有的充任保镖护院，皆由魏朝保举，挂名充任校尉，吃粮支俸，徒费公家财帛，都暗给他办事。更有好几位本领较为出众、略通文墨的，也都由他保举，充当了朝中及外省各地的现任武职官员。

"俺往日得知其事，总以为魏朝这般用情施惠，优礼待遇这班草泽英雄，想情必有相当的报答。哪知大谬不然，众人虽受魏朝的好处，却都暗为魏忠贤效劳，一切都很听他的话，反将魏朝抛撒在一边，不报魏朝的恩，也就罢了。偏又都帮着魏忠贤杀害魏朝，代魏忠贤争占客氏，攘夺产业。魏忠贤假传圣旨，降谪魏朝，押解上路，半路又传伪命将魏朝缢死，这件事满朝文武、内庭和太监，差不多全皆知道。那被魏朝一手提拔的许多英雄豪杰不仅都已知道小魏谋杀大魏，并且很有几位在场目睹，听了小魏的令，帮着抄大魏的家、押大魏上路、逐大魏的家属人口出京，甚至当场送大魏的命，似这等以仇报恩，真是令人闻之寒心。俺想这班人只图自己的功名富贵，全不理会恩德两字的行为，定必被天下的真英雄所訾议耻笑无疑。

"别人不谈，就讲到您戚老英雄，乃是位素著声望、恩怨分明的大丈夫，俺久仰您是条有血性、有肝胆的真正好汉，定能代已死的魏朝出泄这口怨气，报被杀之仇了。哪知您今夜不去行刺杀害别人，却反来行刺袁某。俺仔细忖度，莫非您系听信了什么人的片面谗言，当俺是杀害魏朝的凶手，或是指使的主人，所以才来刺俺，给魏朝报仇的吗？

"再有一层，俺袁某虽未涸迹江湖，但生性却最爱和江湖上的侠客义士结交，最尊敬、最钦仰那些江湖侠义的作为勾当，不仅他们能够恩仇分明，从不妄杀一个无辜，足令俺佩服，尤其是他们讲求执行的主张，敬爱的是忠臣孝子、节妇烈女、仁人善士，憎恶的是佞臣奸党、土豪劣绅、奸夫淫妇，生平一世，非威武所能屈，名利所能饵，真正足令袁某钦佩到五体投地。每尝听人传说，某侠客保护忠孝节义的男女，诛戮土劣奸邪的豪举，任侠仗义，盗不义之财，济困厄之众，各项故事或时事，俺无一次不大呼痛快，满心钦敬，恨不得插翅飞到那侠客的面前去，朝他叩头礼拜，更深恨古代侠义之士不生于今日。俺久闻您戚驷亦是一位侠义，今夜此来，如非误信了奸人的蛊惑，来刺俺代魏朝报仇，定系在何处误听人言，以为

149

袁某是个奸臣贪官，或是个逆子，在原籍家乡曾做过土豪劣绅，生平曾做过霸占人家产业、强夺人家妻女、敲索人家金钱、奸污人家妇女、杀过什么无辜的人民，所以您才代抱不平，到此行刺袁某，给那些曾受过俺的陷害之人报仇雪恨吗？果真您是探听实在，俺袁某是个奸佞贪狠的官员，只要您能指说出俺的不是和犯法的罪状来，不消您动得尊手，污得尊刀，俺袁某敢学一句江湖上好汉们流行的训话，叫作：'光棍犯法，自绑自杀。'俺绝不含糊一点儿、文过饰非，自护其短。好在此时俺这里除去您我而外别无第三个人，俺已说过，大丈夫做事光明磊落，绝无不可对人言，您不妨斩钉截铁地实对俺讲，倘系受人指使，俺袁某绝不怪您，因您和俺素无仇怨，绝不会无故来行刺。您说明来因后，俺和您便可以成为打出来的交情。出君之口，入俺之耳，请您痛痛快快地对俺说了吧！"

欲知戚驷究竟如何回答，请待下回分解。

评曰：

　　镇山太岁之名，由前文至此，只叙其姓氏，迄未言其名何，乃忽于本回，倏然一见时，自通其名，文固跳脱内跃，人亦恍如游龙。读者试掩目猜之，白孝先果何为而来乎？

　　戚刺袁，受伤被执，遇一白孝先，用明写，而另一英雄，则用暗写，文情变幻，足令读者生五光十色之观，伊人为谁，读者其亦能掩卷而猜得之欤？

　　袁崇焕擒得戚驷，始则缚之束之，继则礼遇甚优，盖机谋动于俄顷，欲散奸佞之党羽而少树敌尔，用笔甚明，读者当能知之。

150

第十八回

一席话打动侠盗心
两条计窥破奸佞意

话说袁崇焕侃侃而谈，说君子无事不可对人言，请你将实情痛痛快快地对俺说了吧。

戚驷被袁崇焕这一顿言辞说得好不难受，禁不住面皮上一阵红一阵白，表现出羞愧来，望着袁崇焕，一言不发。

袁崇焕见他面带惭色，知道已打动了他的心，便又开言道："您怎么老不回言呢？哦！明白了，俺姓袁的好好坐着，却使您缚手缚脚地身体不能自由，本非待客之道，俺礼应给您解去束缚，方可对坐畅叙。"

边说边起身亲给戚驷解去了两臂的绳索，放两手到前面来。一面又顺手将放在书案上的兵器移过一边去，在茶壶内倾了一碗茶，送到戚驷面前道："戚四爷，请喝口茶润润喉咙，俺们好促膝畅谈。"

说罢，方才回坐在原位椅上，低声又问戚驷："此来究是为何故，系受谁的指使，不妨直言实告。俺袁某绝不追究，虽然俺不能以德报怨，但是以直报怨，俺幼读诗书，却颇能理会得的，尽请明言。"

戚驷见他和颜悦色、温言讯问、解缚奉茶、毫无恶意，不由心中惭感，望了袁崇焕两眼，只觉得威仪整肃、正气凛然，颇有不怒而威的神态，真足令人不寒而栗，遂回言道："既口口声声地说不追究，何必又讯问呢？"

袁崇焕笑道："俺因生平做事，自知无愧于心，从未有因私见结怨于人的事。现在您来行刺，俺和您既无仇怨，当然您是受人命令而来了。幸亏俺不曾被您所伤，假使被您杀却，岂不做了个糊涂鬼吗？常言'冤家宜解不宜结'，您系受谁指使，说明白了，俺好知道。此后便很留意地不再开罪那人，从此即可将仇怨解除，岂不很好吗？"

戚驷闻言，明知他是诱供，但因被他适才一番言辞所激动，觉得自己由大魏而识小魏，现在大魏被小魏所谋害，自己反给小魏出力办事，难怪要被他当面所讪笑了。故此见问便亦不再隐瞒，说："你别寻根问底，假作不知，俺此来乃系奉掌理东厂太监魏总管的命令。因你领袖一班文武臣工，专事和魏总管反对，致使魏总管的主张往往被你所掣肘。换句话说，你和魏总管乃是政敌，并非有什么私仇。"

袁崇焕笑道："原来如此，戚壮士，俺有句话请问您，魏忠贤和袁某比较，在您看起来，究竟谁是忠臣，谁是奸臣呢？

"再讲到历朝以来的成法定规，太监本来不可以过问朝政的，只消一经太监越权干政，从无一朝不被太监们把持播弄成做一团糟的。俺和小魏作对，并非是袁某个人的私见，乃系为国为民。戚壮士，您乃久闯江湖的前辈英雄，当能晓得世情，明白事理。凭良心而论，究竟俺和小魏的主张，谁是谁非呢？比如他擅自做主，假传圣旨，逼死了老总管太监王安，王安乃是中外皆知的一位赤胆忠心老太监，他竟将王安逼死了。又如内庭各太监皆须净身，唯有他胆敢于净身后，服药将下部复生，添乱宫禁，秽声四播，居然恃宠胡为，和魏朝争夺客氏直闹到万岁御前，包庇群小，颠倒是非，卖官鬻爵，索贿贪赃，收罗土豪劣绅、山寇水贼，以致奸党到处横行，人民大受其害，又复巧立名目，遣使四出勒索各处地方官的孝敬。诸如此类的暴虐恶行，为历代以来的中官所未有。

"就讲到您戚四爷自己，亦是位平民百姓，俺们不讲做官做府的人遭受小魏的苛虐要心中不很甘愿。但讲百姓们受小魏的苛暴，应感觉到何等痛苦，心中怎么肯就此情愿呢？更进一步说各地的官吏，所孝敬小魏的绝不是从他们各人的自己家中拿出来的金钱，无非都是搜刮的民脂民膏，那些奉小魏使令出京索取各地官吏们供应的使者，还不是狐假虎威、张牙舞爪地敲骨吸髓吗？有道是阎王好见，小鬼难当。宰相好见，门官难当。皇帝好见，太监难当。俺们照这几句俗语上推想，就可知那班使者的极端可恶了。

"戚四爷，请您平心细想，像小魏这样的一个权奸，真可称作大大的国蠹，该不该杀，还是该不该拥护呢？俺知您所以肯听受他的使令，原因乃系完全出于私人的情感作用，别无其他意思。不过有一层，大丈夫立身处世，第一，须要正大光明地为国家效力，为人民设想，为地方宣劳，方才不愧为顶天立地的男儿汉；第二，绝对不能以私情害公义，古人往往大义灭亲，就是这个道理。

"今夜尊驾惠临寒舍，代小魏效力，袁某绝不敢错怪好人，埋怨您四爷不好。只不过因为您四爷乃是目今江湖上驰名的一条好汉，不能为国家建功立业做一个任侠尚义的伟人，博得百世留芳，反而误走门路，错投身在奸佞门下，当世即遭人唾骂，后世更难免遗臭，岂非可惜吗？

"俺袁某久仰您的英名，颇闻传说，您误被两魏所罗致。那时俺并不深信，以为这是和您有甚难过的人故意造谣，诽谤您的名誉。俺虽和您无半面之识，但总以为您是位响当当的汉子，绝不致不自惜名誉。俺想您既是现代闻名的英雄，不出来多事，为民除害，剪除奸佞，已经算是因为私人交情才这么默然不作理会，当然绝不会反去助纣为虐的。不料今夜尊驾光临，果然系奉行的奸党乱命，俺这才相信，以前的耳闻并不虚诬。但是袁某尚有一层意思，面劝戚壮士，并非俺叫您四爷做背弃信义、不顾私交的事，实因大丈夫立身处世，总须干一番惊天动地的非常事业。比如您老现已投身在奸党门下，被奸阉认作了心腹，何不就趁此机会做一回拨乱反正的勾当呢？只要您能将小魏刺死，怕不立刻将大名远震全世界，使全国官民上下同声赞叹、称作大侠吗？这一件，四爷如不肯冒险，或是不忍将私交情谊抛弃，那么退一步讲，俺就拜求四爷从今日此时起，绝不再为奸党奔走，供奸党的驱使，以免被人讪议，说您四爷助纣为虐。换句话说，比如小魏是一个监刑官，您四爷却是位行刑的刽子手，更比如他是个大王爷，您就是个小头目，杀人放火，打家劫舍的勾当，虽系他的命令，直接去干的却是您四爷。

"说到这一层，俺又想着一个比方了，比如他是个大王，官厅拿他不着，无奈只得设法招安，反任他为捕盗巡检，或是办案的都头，您四爷是个喽啰，却因他受了招安之故，也跟着做了官兵捕快。待到后来，他已高升为什么带兵的大员，那时您四爷的位置却还不知究竟如何，也不知是因捕盗办案受了伤，也不知是因办案不成被比限受累。即使能得到一官半职，却仍旧是在他属下，给他拼命干事，他却稳稳地坐在家里，加官晋爵。您想，谁值得谁不值得呢？

"就讲您此刻来行刺，假使得刺杀俺，回去见他，他亦不过奖励几句称赞您四爷是好汉，不愧号称壮士，实系有种，最多赐酒席贺功，暂记您的功劳，容待日后他的大事成功，再赏授您的官秩。现在所得到的，除去几句好话，一席贺功酒和若干金银珍宝外，别无其他好处了。但是您四爷的名誉反因此大受其累，江湖上英雄必说您是见利忘义，帮着奸佞杀害忠良。虽说天下兴灭无常，成则为王，败则为寇。但是历古至今，从未不曾有过太监可以做皇帝，坐在金銮殿上南面受贺的事。即使小魏果真能做着皇帝，您能受着上赏，官居极品，究竟自古来帝王打得天下，功臣能得保全身家的，能有几人呢？有道是：'飞鸟尽，良弓藏。狡兔死，走狗烹。'这几句成语典故，您四爷谅来也曾听得人说吧！假使俺被刺死，料想那日后的史书上必定大书特书地记着一笔道：'盗杀某某官袁某'，这是可以想象而得的。同时文武百官必定来给俺治丧举殡，还得被人叹息，

154

说袁某是个好官,死得很可惜。

"更如尊驾此来,未能得手,不幸竟于适才被俺先手伤害了性命,俺于事后报官,照格杀强盗例立案,反而追究起来,连宝眷都不敢来公然收尸,即使俺含糊了事,亦不报官,却将尸首抬送出城去掩埋了,竟致使您的家属无从寻觅尸首,回去好生安葬。比如您未能得手,徒劳而返回去,必被小魏的手下奸佞讪笑,说戚某徒有虚名,连一个袁崇焕也刺杀不成,将来还能靠他冲锋陷阵、争城夺地、攻打天下吗?俺想小魏亦必不肯再用好言语来安慰您,仍旧像往日一般地优礼待遇您了呢。这且抛却不谈。

"俺料定此次小魏差遣您来行刺,乃是用的一条以毒攻毒、借刀杀人的恶计,这并非俺多疑瞎说,乃是有凭有据的事,说明白了,您就可以知道了。俺在前即已打听得小魏谋杀魏朝很用了一番心机,先设法收买了魏朝家下的一班校尉教师护院打手,又设法用调虎离山计将魏朝手下所得用的亲信人员,凡武艺精通、素重义气的人都一齐借着别事差往外省去公干,待魏朝的手下没用人员支开完毕了,他才使出辣手来,将魏朝谋害。所以不在京城里下手的,一则怕魏朝的手下在京里任职者得知,奋勇仗义,援救魏朝;二则怕客氏记念情义,不忍送魏朝性命,必至阻止反对,所以他才打发田尔耕等,行到半路,方才下手。俺闻小魏因恐您在京,帮助魏朝或是援救他的性命,故此特地先派您往江南去。

"此次您由江南回京,他又怕您得知魏朝系被他谋杀的,心中不服,仗义代魏朝报仇。即不代魏朝报仇,亦必从此后不肯尽心竭力地再帮他小魏的忙,更必须吩咐手下,大家散伙,拆他的台。所以他才使用这条以毒攻毒、借刀杀人的恶计来,打发您来刺俺。俺被刺死,您给他除去了一家劲敌,他却又必设法将您在回去报功请赏的时节开庆功筵宴,于酒内下药,毒死了您灭口。或是即以其人之道还治其人之身,趁您不备,将您灌得铭酊大醉,再于酒后动您的手。

"他料知您四爷是位铁铮铮的硬汉子，如不得手，绝无颜面回去复命，即使回去复命，他亦必假意殷勤，赐酒压惊，即便于赐酒时在酒菜内下毒，或者仍用激将法，激怒了您，使您必欲做倒了俺，方始甘心，仍俟得手后庆功时下手。他料定您此来行刺，与俺乃是两虎相争，必有一死·伤，不论您死俺死，都是给他除去一害。假使您被俺杀却，无异俺代他除去一个为魏朝报仇之人，如您被俺捉住，他知道您的性格，是向抱'好汉做事，一身做事一身当'主义的，绝不肯轻易吐实，攀扯他魏忠贤在内。他又料定，俺如将您捉住，送官究办，现在任大理寺和北镇抚司等官的都是他的私人，您如当堂咬出他来，那班官吏皂役必定装聋作哑，绝不肯认真办理，反而要责罚您无端冤赖好人，更必一口咬定，说您是受了俺袁某的贿，特意串通一气，到官诬报魏总管的，借此递话给您说，好乘此反将俺抓下监牢内去，或者他们又说您本是魏朝的心腹，定系受了魏朝的家属使命，不料错到袁府行刺，以致被捉。所以改变方法，借此给魏朝报仇，或竟说俺亦系魏朝的党羽，伙同了您用此计代魏朝报仇。

"假使您到堂不理会那班官吏所递给您说的话，改口照着供诉，他们必定临时退堂停审，将您收禁天牢，暗命狱官，知照狱卒们设法将您置死在牢内，却以病死，或畏罪自尽，报官销案。

"您四爷久闯江湖，富于闻见，经验宏多，听了俺的说话，平心静气地仔细忖度一番，究竟俺所说的话错是不错？"

毕竟戚驷听罢此言，作何思想，请待下回续写。

评曰：

袁崇焕慷慨进言，语语中肯，不啻将魏忠贤鬼蜮伎俩，揭穿如见肺叶，写袁崇焕之智勇足备，盖可于此卷概括得之矣。

戚驷网罗党羽，为客、魏效忠，助纣为虐，可谓甚至。

156

袁崇焕连称助虐，虽为反复训解之词，实无异指桑骂槐，当着和尚骂贼秃，戚驷闻之难受，宜也。

戚老四一盗魁耳，固非侠客也，奚为书之曰侠盗，是亦犹前卷书倾怀交贤之意相同也。夫戚为助纣为虐之鹰犬，魏之有戚，亦犹虎狼之有爪牙，安得为侠为贤哉？所以云然者，盖反言之，且具深意也。良以戚于未见袁前，则为一鹰犬爪子，见袁之后，改过迁善，则固为盗中之侠，众人中之贤者矣。昔仲尼见互乡之童子与进不与退，盖君子与人为善，不与人为恶，书之如此，盖即作者本是用心，而寓劝善之深意于其间也。

第十九回

作伪言设辞文过
逞意气奋勇请缨

话说戚驷见袁崇焕问自己所言错否，不禁连连点头。皆因袁崇焕这一番言辞，正所谓句句恳切，语语动人，不由将戚驷的心肠打动了，觉得所言不差。

原来上文戚驷到京，奉命往江南去会见江浙织造太监李实，领运钦命织造的各种绸缎，迎护押运进京。回到京都，戚驷照例先到聚英镖局内歇息，更衣进食，安顿下随从人员，这才携带车夫脚夫，推车挑担，将由江南带来的物件一齐随本人送往魏邸。好在魏忠贤谋杀了魏朝后，便实行鹊巢鸠占主义，将魏朝的产业查抄，家属驱逐出京，他便和客氏移居到魏朝的原寓宅第内来，承受了魏朝的产业，将魏邸原有的一干男女奴仆除去少数认为系魏朝的亲信者之外，大半均不更动，照旧都充当原有任务，仍在邸内当差听唤。所以魏邸虽仍系魏邸，只不过主人已易，今昔不同罢了。

戚驷当日到得魏邸，邸内充当护院教习以及打手头目和一班挂有校尉虚衔，实仅在魏邸充当鹰犬爪牙的人，本有大半都是魏朝所用的原人，这班人差不多全系戚驷在各地水陆两路收罗物色着的人物，保举到京当差的，有的系戚驷旧部，有的系戚驷朋友，彼此皆是相识。当时见戚驷来到，便都纷纷迎接。

戚驷在路上行程时，本已闻说魏朝犯罪被贬，半路上悬梁自尽了的消息，到京抵镖局时，已问过局内伙计，回称所闻不差，心中本有几分怀疑，所以一见众人，便问魏朝的犯罪被贬和自尽的原因。大众虽都有些风声，得知魏朝系被小魏谋害的话，但都因此事关系甚大，休说非经目所睹，不能以传闻为实在，便有几个曾同押魏朝上路的，虽曾亲见魏朝的死况，但亦不敢说那道圣旨乃是矫诏，心中虽有几分疑惑，却亦不敢出口。目睹者尚如此，未见者哪敢多言呢？所以当时众人见戚驷询问其事，大家都知他和两魏的私交很厚，和小魏的交情似又比和大魏为深，既都诚恐他系小魏暗差他来探众人口气，试验大家服不服小魏的，探明口气，回报小魏，马上就有祸事临头。又恐怕他得知真情，面责小魏不该，或竟仗义代大魏报仇，凭着他的能为胆量，什么事做不出来呢？有此两层怀疑，一时不能识透他的闷葫芦中是藏的何种药草，大家都怕多言惹祸，所以见问便都讳莫如深，齐称："不知魏朝究因何事犯罪被圣旨贬往凤阳去司皇陵香火，行到半路，又被圣旨赐死。大家因平时受过他的好处，不忍明言他系被圣旨赐死，所以都说他是自尽。究竟因何缘故，四爷只要询问小魏总管，便可以明白了。"

戚驷闻言，信以为真，便不再问，和众人敷衍过一会儿，径自进去拜谒魏忠贤。

魏忠贤正在里面和客氏两人调笑取乐，闻报戚驷到来，以为他乃自己的心腹，和客氏早已见过，本可无须回避，遂传命唤他进内宅相见。

戚驷进内，向客、魏两人请过安。魏忠贤慰问过他程途劳顿，一面让他坐下，命丫头献过香茗，并命丫鬟取过自己吸的旱烟管来，装烟敬他抽吸（按：明末时代，待客早已风行敬烟矣）。慰劳毕后，又问过他些江南的风土人情，和李实并地方官等曾有何言语否。戚驷便从身边取出李实及当地官员拜托捎寄呈给魏忠贤的信札。

魏忠贤接信拆阅，自己虽不认识，却故意略阅过一遍。因见各函都附有大红单帖，素未见惯，知道都是礼单，遂问戚驷："他们托你捎来的东西呢？"

戚骊回称："都已带来，现都暂放在门房里呢。"

魏忠贤点点头，吩咐传谕出去，将放在门房内的东西一齐搬运进内，先交账房逐件查收，登记簿册，停会儿待咱家过目。一面又传命整治酒菜，亲自把盏，并请奉圣夫人作陪，同给戚骊接风。

席间闲谈，戚骊遂向忠贤启问，说："闻得魏朝总管现在已死，不知此言确否？究竟因为何事，总管可知其详吗？"

戚骊此问，本属无心。忠贤听得，陡生误会，认作他是有意，况且当着客氏的面，自己哪能对戚骊实言呢？因此眉头一皱，计上心来，遂执杯叹息长吁，对戚骊道："四爷不必提起，提起来真正令人可恼呢。"

戚骊忙问何故。

小魏道："朝臣中有个侍郎袁崇焕，自恃才能，傲视一切，从不把老魏和俺们一班内官放在眼内。最近他因兵科都给事中杨涟的事，无端地出来打抱不平，面见万岁，密参了老魏一本。因此万岁大怒，立刻降旨，革去老魏差使，贬往凤阳去司皇陵香火，查抄了老魏的家产。此事系在黉夜发动的，所以咱家毫不知道，等到事后咱家晓得时，魏朝早已被押解上路。他的家属人口亦在同时被押着动身了。咱家欲待设法救援，业已来不及了。因为万岁正在龙心大怒之时，无论何人都不敢保奏，何况咱家呢？

"彼时咱家总以为魏朝被贬职调往凤阳去，大概定保可无什么性命之忧，只要等到万岁怒气已解之后，遇有机会，不难从容设法解救。哪知偏又不然，事竟出于意料之外，万岁爷在贬魏朝往凤阳后，紧接着便又降下密旨，追上魏朝，在半路馆驿或旅店里就地宣谕赐死，倘或违抗，准予就地正法。皆因袁崇焕曾在天子驾前启奏，说魏朝所收罗的水陆盗寇甚多，差不多各地皆有，难免在半路上不干出什么迎截拦劫的事来，所以万岁爷才降这道赐死的密旨，以免发生意外。

160

"内庭历朝的老伴儿掌管东厂并领司礼监职务的老内侍王安，不知何故与袁崇焕、杨涟、左光斗、汪文言、惠世扬、熊廷弼等一班文武臣工结下嫌隙，遂被袁崇焕趁此一网打尽，说魏朝乃是王安的私人，所以胆敢结交外臣、收纳贿赂的，全仗王安为他包庇。因被他奏了这一本，万岁爷盛怒之下，遂又下旨贬王安为南海净军。王安临老遭此没趣，心中一怨恨，遂在南海自尽了。

"那魏朝行至半路，被钦差追上，在馆驿内宣读上谕，随即执行了死刑。咱家直待到钦差回京复旨，方得知道详情，但是木已成舟，无可如何了。

"袁崇焕既将王、魏两人参倒了，便又来算计咱家，因为咱家承蒙万岁隆恩，特命咱家补任了王安的遗缺，并将魏朝的产业全赐给咱家，又令奉圣夫人和咱家对了食。他知咱家和魏朝系结义兄弟，怕咱家日后修怨，代魏朝报复他的仇恨，更见咱家不劳而获，得享受了偌大一份家私，看得有些眼红，为此两层缘故，便又密奏万岁，弹劾咱家，说咱家亦系王安的私人，和魏朝是兄弟，两魏向来狼狈为奸。幸亏万岁是位有道明君，闻奏并未照准，亦未下谕查办，反因此疑心袁崇焕起来。

"这消息咱家本被蒙在鼓里，全不晓得，不过咱家因袁某居心太狠，为朋友交情义气起见，不能不设法代魏朝报仇，遂密请霍维华、崔呈秀等几位大臣上本参奏，弹劾袁某。好容易费去九牛二虎之力，才得将他参倒，免去职务。只恨未能办到，也照着魏朝的例，限令他即日离京，不准再管问朝政。更可恨未能办得到，也照样将他处死。"

魏忠贤这番说辞，虽一半系瞒哄戚姒，并希图激怒了他，好使他去行刺袁崇焕，正应了袁崇焕的所料，实确果系借刀杀人、以毒攻毒之计。更兼当着客氏的面不能自认是由他自己谋杀魏朝、占妻夺产的事，怕客氏因之寒心，反目无情，忽然代魏朝报恨，并也想借此挑动客氏怀恨袁崇焕一党的心，随后或许她也在皇上面前谗谮袁某等一党，实乃魏忠贤使的妙计。果然他的这番话才说完，已激引得戚、客两人大怒，不过客氏咬牙暗恨在心。

戚骊却怒形于色地举杯骂道："好袁贼，你既这般狠毒，难道就只许你害人，不许人杀你吗？须放着俺戚老四不死，总在早晚看俺不取你的狗命，砍下脑袋来代魏朝报仇。"

客、魏二人听罢，虽然客氏是记念前情，要代魏朝报仇，小魏是要收渔人之利，主见各有不同，但是要戚骊出手的心却是一般无二的，故此同声赞叹，颂称戚骊侠义可风，的确是位好汉，真可称够得起朋友交情。说罢，又同立起身来，各向戚骊行礼，敬奉酒菜，表示钦仰拜服。又复同激他一激道："袁崇焕非比常人，恐怕非四爷一人所能得手吧！"

戚骊本因逞一时血气愤怒，不假思索，把话冲口而出。不防二人同时都如此做作，行礼称赞，又说恐非独力所可成功，分明藐视自己，因此竟弄得欲罢不能，只得索兴纵酒意豪兴，在二人面前自告奋勇，说："准在最近日期内，刺杀袁崇焕，代魏朝报仇。"

小魏却恐他延缓日期，袁崇焕出离京城，行刺无形作罢。兼恐夜长梦多，反将真情漏在他的耳内，败了大事，故此接口便道："打人不如先下手，四爷要行刺，就得愈速愈妙，迟了恐怕来不及事小，反将信息泄露，遗祸自己，那可就事大了。"

戚骊笑道："此地并无外人，怕谁会将实话吐出呢？"

小魏也笑道："四爷只知其一，不知其二，袁崇焕免职后，连日向各处辞行，只在早晚就须动身，据闻后日准定出京。他如走了，四爷追他行刺，一时哪能得知他的行踪方向，岂非费事？即使知道，他是个武将，非比寻常文官，难免他不再调取京营中将校，或是他本有心腹武士，行路自然随带保护。四爷的本领虽极高强，究竟终恐有些寡不敌众吧！况且袁某的爪牙亦不少，四爷押解江浙官织局绸缎到京，他岂得毫无闻知？他本知你是老魏和咱家方面的体己人，一闻你到京都，做贼者心虚，他必然谨慎提防，定将使用诡计，诈

162

病不走，实已动身出京，或是诈言往东南，他却实往西北，使你空跑，白忙一场，他却安妥无碍。四爷请想，岂非以愈速为愈妙吗？"

戚驷被他这一催促，深恐他俩暗笑只能说大话，不敢真干，才希图延缓日期，故此没口子地应称："省得，他既定期后日出京，俺就准在明夜去行刺。"

客、魏两人同称："着啊，这才是快人快事呢。"又说："四爷可知袁崇焕的住宅在何处吗？"

戚驷应称不知。

小魏道："袁家住在铁狮子胡同，明日白天，咱家派人引领四爷前去走遭。"

客氏接口道："何必等到明儿呢？此时天色尚早，酒席终后，尽可以来得及呢。"

戚驷见他俩极其急迫，心中颇有三分不满意，但因话已出口，无可缩回，遂信口回说："很好。"

客、魏又说："俺们明夜安排庆功筵席，在此等候四爷的虎驾得胜回来，同庆大功告成，并摆列香案，供献老魏的灵牌，功成仇报，告祭他的灵魂。"

三人边说边饮，须臾酒阑席终。客氏传知，命唤一名精细家奴进来，瓴导戚四爷同往铁狮子胡同袁公馆去走遭。

那家奴领命，等候戚驷和客、魏两人告别后，才引导戚驷同出外面，径往铁狮子胡同袁公馆而行。边行边问："戚四爷，此去袁府，四爷径自入内，还是由俺先往袁府门房里通报，守袁老爷出外来迎接？"

戚老四笑回不定，且待到袁府再谈。

不一会儿，二人已到袁公馆门外，可巧袁崇焕正于这天在家回席谢客。席终人散，他正亲送内阁大臣叶向高及杨涟两位出来，在门首躬身作别。

那引导前往的家奴见袁府门外轿马喧闹，便说："闻得袁老爷就

163

要动身，门前这许多轿马定是文武官员到他府上拜会送行的，所以才有这么热闹。"

正说着，已到面前，早被袁府司阍率领奴仆迎上前来阻止道："府中宴客，文武大臣的随从全停在门外，堵塞住了道路，你们要走，请劳驾多走几步，绕一绕路吧！如看热闹，并无什么热闹可看，立在此地，恐有未便呢，休讨得没趣儿，回去吧！"

那家奴便问："四爷，可要进去吗？"

戚骊摇摇头道："府内既宴会百官，哪还有空闲工夫呢？俺改日再来见他吧！"

正说话间，袁崇焕凑巧送叶、杨两人出来，在门首叙别。司阍、奴仆们见主人送客出来了，便赶紧回到门首伺应。

那家奴便遥指袁崇焕对戚骊道："嗒嗒，这位送客上马上轿的官儿就是袁老爷，四爷既已到此，看见了他，何不上前和他相见呢？"

戚骊暗笑，这奴才全不知自己的来意，真足令人可笑。遂说："俺和他并不相识，门首禁卫森严，俺上去见他，必被门首的人驱逐，何苦自讨这个没趣儿？俺们回去吧！"说罢，很瞅了袁崇焕两眼，这才扯了那家奴，回身同走。

司阍等见二人鬼头鬼脑地指指戳戳地谈话，便又赶过来喝问，拟当着主人卖力。及见二人走了，他们便亦无言，退走回去。

那家奴见戚骊白跑了一回，不知其意何居，忍不住向戚骊启问。戚骊信口回答，说是京外有人托俺代他面见袁某说一件事。今儿来得不巧，只得明日再来。边说边已行到三岔路口。戚骊便令那家奴独自回去复命，就说俺已回镖局内去了，明晚准时到府就是。说罢，和家奴分手，径回镖局，和众伙计们闲话。

一会儿，因已用过酒饭，便亦不再用晚膳，老早就安眠了。次日早起，又独往袁府外面，前后左右绕了一周，探明进出道路，才往别处去走动，访会朋友，谈问些别后情事。那些朋友亦都不敢多言，故所谈亦不得要领，只留戚骊酒饭洗尘。

傍晚时分，戚驷回局收拾好应用兵器，夜行衣裤，穿好在长衣之内，这才前往魏邸。

魏忠贤早日吩咐备好两席酒菜，一席是晚酒，给戚驷吃喝了壮胆的，一席是夜酒，备给戚驷贺功的。

毕竟戚驷行刺结果如何，请待下回分解。

评曰：

魏忠贤讳言文过，其心目中所最忌者，则为奉圣夫人，而戚驷尚居其次也。故作者写其心事，明白言之，乃复因戚之一问，遂动其杀戚之念。谚云："伴君如伴虎。"吾谓交小人之友，其为祸，盖尤比伴专制之君更烈也。噫嘻！世之交友者，可不慎诸。

戚驷明为魏朝罗致人才，实即为小魏效忠，则小魏视戚，当可推心置腹矣。乃竟疑猜特甚，既先遣而后始杀朝，又后遣之刺袁以遗祸，从可知奸人居心之险，欺诈阴狠残忍，皆较任何人为甚矣。世固不乏受奸人小惠、而供其驱使者，读此，其能憬然钦？

第二十回

蓄意险恶奸阉遣刺客
立志义勇侠士保忠良

话说小魏是夜备酒两席，果然存心险恶，早已备就了一把特制的双心酒壶，壶内盛贮两种酒，一种是用闹阳花浸的蒙汗药酒，或是别种鸩毒药酒，一种是真的陈年绍兴酒。这双心酒壶是小魏自出心裁，画样儿令银匠定打的，本来他是预备使用此壶在宫内毒害魏朝，及一班和客氏有染或颇有权势的太监们的，哪知有心栽花花不发，酒壶打好未尝使用，刘逊、李进忠、魏朝、王安等人已都先后死了。小魏大权独揽，宫内无人敢和他违拗，他遂将此壶收藏在私邸内，姑且备而不用。不料戚驷到京，被他激恼了，自愿去袁府行刺。他陡触灵机，想起这把双心酒壶，遂于此夜取将出来，亲自贮放好了蒙汗药酒和绍兴花雕，密令心腹小监，此壶须待戚驷得手回来，饮庆功酒饮到有七八分醉意时，方可烫热了取来，交他自己筛酒。因为那壶的用法，非常简便，仔细将那壶心一转，马上就可以换倾出一种药酒来。

小魏的用意，果正应了袁崇焕的话，是恐怕戚驷日后得知魏朝是他所害，心中不服，也和被他用几句话激怒一样，仗义奋勇来行刺他，变生肘腋，措手不及。并因想到戚驷是所召集的各种行业阶级的英雄首领，诚恐他野性难驯，陡然因别事翻起脸来，凭他一出面号召，各英雄定必都听他的指挥，那时便为祸甚大，所以才趁此使用辣手，将戚驵谋杀了。就说他是酒醉后忽然暴病而亡，料想那班召集的英雄大众必然都抱着"人在人情在，人死一笔勾"的思想，不肯因为死者得罪活人，此乃小魏眉头一皱，即已想定的险毒计划。

当日傍晚，戚驵如约到魏邸与忠贤会见后，小魏便命将预备好的一席晚酒在内宅开设了，亲陪戚驵对酌。客氏却因在宫内有事耽延，直到起更后才赶回来，妖妖娆娆，袅袅婷婷地亲给戚驵陪宴斟酒。

戚驵酒醋饭饱，方才告别客、魏，当筵脱去长衣，露出全身黑色衣裤来，背上插好单片子，缚好背低头弩，腰佩刀剑，并挂箭袋百宝囊，臂挽弹弓。客、魏两人见他将一切应用兵器完全带着，不由齐喝一声采，便各斟满了三杯酒，轮流敬奉给他，口称："此是预贺四爷成功的得胜酒，视四爷如大战虎牢关时的关公温酒斩华雄一样迅疾。"

戚驵谢过二人，一口气喝尽一杯，咕嘟咕嘟连着将六杯酒喝完，吃了几筷菜，略拭一拭嘴，便说一声："失陪，俺去去就来。"走出到天井里。

二人送到檐口，只见他一扭身形，已经飞上屋面，倏忽不见了踪影。两人不禁咂舌惊唬，小魏杀戚驵的心由此遂更决了，尚和客氏回进里面，令人收拾了残酒剩肴，一面又将那席夜酒亦令即时仍照前排列好了，两人坐在房内，专等戚驵回来报功畅饮。哪知左等不来，右等也不到。两人等待得非常心焦，命人到天井内去仰面张望，回禀并无影形。两人心中更为盼切，遂发呆想，着令两名近身侍候的小监，用竹梯爬上屋去瞭望。那两名小监奉命，怕在屋上看见什么小偷毛贼，或是叫春的猫，被贼或猫所唬，故此都各虚张声势，拿了口单刀，立在屋脊上，朝着那铁狮子胡同去的方向瞭望着。

直望到东方发白，下面酒已烫了又烫，菜已热过又热，客、魏两人已等得疲倦，在房内打盹，一张眼看见天光已亮，人尚未回，料知大事不成，遂都大大失望，谕令那上屋瞭望的两人下来。两人

167

在屋上各受了半夜风寒，吹得周身冷战，下屋来兀自抖个不住。客魏两人看见，又气又好笑，喝止住了，令两人去喝酒睡觉，不许对人谈说夜间之事。

两人领谕退去，客、魏两人便无精打采地吩咐将酒席开了，胡乱吃喝了一顿，便手挽手进房去同圆好梦。一觉睡到下午时分，方才起来，因时已不早，只得赶紧梳洗更衣，先后进宫去伺候皇上。到夜散值退回，客先魏后，客氏不比小魏，是早已胸有成竹，本预备牺牲戚驷的，所以很为着急，到家就问戚四爷来过不呢。左右回答未来，她心中颇不自在，自悔不该白天里未曾派人到袁府及镖局内去探听信息，更忧戚驷被袁崇焕捉住，问出口供来，须有许多不妙。

小魏到来，她便和小魏商议善后之计，小魏只叫她休得忧烦，说戚老四绝不会吐实，果然说出实话，凭着一个已丢官的袁崇焕，想和咱家作对，那是拿鸡子儿来碰石头呢。客氏被他这一宽解，方才心神安定了些。当因时晏了，不及查问。

次日清晨，客、魏两人起身，便命两名家奴分往聚英镖局内及袁府去调查，回报袁府并无何种动静，聚英镖局门虽照常开着。但是里面管事的各位镖师、伙计等人都已出了京城，据说系由戚驷指派各镖师、伙计大众分担责任，承保路镖，启行各处去了。戚驷自己前夜曾受数伤，回局敷药服酒后，并未安眠歇息，便将各人的任务支配完善，天光大亮，他即独乘牲口，出京往外路去了。究竟行往何处，并无一人得知。

客、魏两人闻说戚驷受伤回局，匆促出京，以为他是怕难为情，不好意思来了，遂问那家奴，可曾问明白，戚四爷出京前，说过甚话不曾。家奴回称，他曾吩咐过，如魏总管府内派人来问，就说事未办妥，戚某无颜回话，且得日后再见。

客、魏两人闻禀，以为与所料相去不远，心中遂更定了。只小魏暗怀鬼胎，怕戚驷一路南下，打听出魏朝被缢的情况或将于己不利，更恐他暗中拆自己的台，将所有保荐来的各英雄一齐指使着告辞回去，故此即时派人去邀请崔呈秀、霍维华，及新被任为大学士入阁办事的大臣顾秉谦、魏广微四人到来商议。这四人都是一鼻孔出气、遵依客魏意旨行事的佞臣，当时先后应邀而至，请安坐下后，魏忠贤将忧虑戚骊此番不辞而行、日后恐有反复、拟设策预防的意思说出，令四人策划策划。四人遂在小魏面前相继发言，表示主张，结果大家议定，将戚骊所保荐到京的各等英雄一律实授现任官职，即日到差视事，选择其中有可疑之人，便由崔、霍两人以兵戎两部部令，调派他们出京，从山海关外，隶属在熊廷弼等各统帅部下去听令。明为赏拔他们，为国立功，暗系借此杀却他们。因为料定戚骊如或拆台，这班人都已得到实授的现官，小魏再三日一宴，五日一邀，不时赏赐金帛地结以私恩，使大家死心塌地拥护小魏。纵使戚骊要叫他们不干，他们亦决定不肯舍己从人，放弃到手权利。那其中的几辈不驯可疑之人调到边关，他们恃仗系魏党，必不肯十分服从。熊廷弼的军令素严，焉能容得他们？定必斩首号令，此乃散嫡树党之计。

当时议定后，四人告辞回去，即刻照计行事，凡戚荐之人，在京已任官者，各加级升调，无官者均皆实授官职，均限当日到差视事。在外省无官者，亦给以相当名义，或授任官职，丰厚赏赐，按月给俸，深结他们的欢心，于是更默察其中可疑者一律擢升职衔，陆续下令调往边关军前去供职。如此一网打尽，使戚骊便欲拆台反动，亦势有所不能，或者反使戚骊错认为好意，幡然来归，那时再趁机下他的手。

此计用后，魏忠贤的势力日益稳固膨胀，皆因忠良一党，自从袁崇焕罢职出京，虽然精神团结，究觉指挥不如从前灵敏，大家虽都拥护信王，但只能暗戴为首领，不好明尊为主脑。因恐过于明了，反遭爱之适以害之的嫌疑，致弄成再蹈郑庄公和共叔段的覆辙。信王为避争位嫌疑，免碍兄弟友谊起见，故亦不肯彰明较著地亲自出马，只管尽量地在暗中调遣布置，专务锄奸诛佞的预防工作。

看官们，你道袁崇焕的行踪何往？那夜捉获戚老四后的结果如何？

原来当夜袁崇焕慷慨陈词，反复比喻，详细解说，真个头头是道，句句中肯，听得戚驷如顽石在莲座下问老僧讲经一般，不禁连连点头，暗自忖度道，这官儿的言论颇有见地，果然觉得不差。心内虽这般想，口中却并不回言，低下头去，只不作声。袁崇焕口内问他错是不错时，早已张目窥见他的面容，见他面带惭愧，连连点头，兀自低头不语，知他业已心服，便又催促着道："戚四爷，您以为袁某的话究竟如何呢？"

戚驷被他逼问着，只得又点点头应了个是字，边应边已涨得满面通红。

袁崇焕见他应是，便又接续说道："戚四爷，您既以俺的话为然，又知您亦是位正人君子了，为何自甘暴弃，代一个阴险残忍、狠毒无情的太监效力尽忠呢？供他役使，还得受他的暗算，这又何苦来呢？戚四爷，俺代您设想，真有些犯不着了。"

戚驷闻语，不禁又太息一声，低着脑袋，竟直不起脖子来。

袁崇焕又道："戚壮士，您别自觉无趣儿，常言行年五十，安知四十九年之非？为人在世，哪得平生无过呢？不过君子过少，又最善于改过，小人却最会文过饰非。古人说得好，君子之过，如日月之食，所以为人只求能改过罢了，便偶有过处，又有何妨呢？现在俺代您想，有两个方法，一种最好马上毅然决然地反戈相向，即以其人之道，反治其人之身，冒险对客、魏行刺，到官自首，此一举真如晴空霹雳，足令天下震惊，您戚四爷的大名，不仅当代驰誉，便是后世之人，亦都千秋万古，称道不衰了。比古代专诸刺王僚、要离刺庆忌还要格外不朽呢。这一层，您如不能办到，只有从此以后，绝不再为奸佞效忠，凡是由您保荐的人，仍由您设法劝导，使他们都一齐辞职归田，大家都安分守己地做一个良善百姓，永不为

170

奸佞奔走。这种办法，轻而易举，所谓解铃还是系铃人，究应该取何法，任凭您四爷自己决定吧。假使您不信俺的话，定要在奸佞门下求取功名富贵，不顾将来骂名千载，那亦无法，只得任凭您的自由。"

说罢，又走到戚驷面前，弯腰俯首，伸手给戚驷将脚上缚着的绳索一齐都解脱了道："戚壮士，俺因爱您是一条好汉，敬您是当代的大英雄，不忍目睹您身列奸党，所以才这么剀切陈词。倘然您能纳受俺的善言，从此改为奸党效劳的代国家人民服务，锄奸诛佞，大快人心，那是最好。万一您不肯废弃私交，以为魏忠贤待遇恩惠难忘，那么，俺敢恳求您从此袖手旁观，坐视奸党兴亡，不再为其奔走。如讲到您要报小魏的恩德，您今夜到此行刺受伤，事虽未成，但已可算报过恩了。况且魏朝亦待您甚厚，魏朝死在小魏之手，两魏均系您的朋友，您既一方要报恩，当然一方也要报恩了。照此而论，您就非得代魏朝报仇不可了。既欲代魏朝报仇，岂非就要手刃小魏吗？依俺讲，小魏往日待您的好处完全出于谲诈，毫无有心诚意。此次他令您来行刺，原本不怀好意，您不信，不妨回去试验，就可明白了。"

戚驷被他这么反复解说，心中早已感觉系上了小魏的当。又见袁崇焕以礼相待，反而弄得不好意思，局促不安起来，遂说："袁大人，您老所说的话真乃金石良言，使俺茅塞顿开。只恨俺一时愚昧，误听奸佞指挥，到此冒犯虎威。身既被执，已是有罪之人，该当如何办法，任凭大人处置就是。"

袁崇焕哈哈笑道："戚壮士，俺现已罢职丢官，亦和您一般，同是一个老百姓了，岂有百姓能办百姓的罪名之理？果如俺要依法办您的罪，还肯释放您吗？只要您以后能依从俺的劝解，立时改过，永不助恶，俺又何所深求呢？您适才系由屋上来的，此刻已经受伤，再从屋上出去，当然已难勉强。俺亲开大门，送您安全出去就是。"

边说边高噪人来，家将在窗外伺候，闻唤应声入内。袁崇焕令他往上房内去取五十两纹银，并一包伤药来，家将应命退去，转瞬便已如命取到。袁崇焕将伤药打开，命家将给戚驷将四处伤口都各敷上了末药，重将衣服穿好，并将五十两银子递送在戚驷手内道："戚壮士，这些须菲薄，不成个意思，算是俺送给您将养，并作路费的。"

戚驷遭受这种礼遇，完全出于意外，情不自禁地推金山、倒玉柱，跪伏在袁崇焕面前，口尊："袁大人，俺戚驷受伤被执，蒙恩不杀，释放回去，从此俺戚驷知过必改，绝不再为奸佞效力。日后大人如有差遣，即赴汤蹈火，戚某虽冒万死，亦所不辞。"说罢，叩下头去。

袁崇焕忙回礼相扶，口称："壮士请起，何必行此重礼？只要壮士真能为国为民任侠尚义，肯捐弃私交，帮助俺袁某协力锄奸诛佞，那乃国家人民之幸，袁某求之不得的。"说罢，已将戚驷扶起，重新叙坐。

袁崇焕又用好言安慰了戚驷几句，便问他此刻将欲何往，是否仍回魏邸。

戚驷摇头道："俺的衣服虽说在魏邸，但是既未能得手，此后已与他断绝交谊，何必再往魏邸去呢？俺此刻只有径回镖局，率领手下回转故乡去。"

袁崇焕点首道："好，您颇有决断，果然不愧称作壮士。您既说如俺有所差遣，万死不辞，那么俺适才所说的话，您可能照办吗？"

戚驷道："俺不敢虚言欺罔大人，实因小魏平时待俺颇有恩礼，俺如反戈相向，定必被人讥议。俺现在只能遵依大人所说的以直报怨四字，以后不再给他效力就是。除此而外，大人如有所命，戚某无不谨遵。"

袁崇焕微笑点首，随问他在屋上答话的那个白孝先是否相识，他系奉谁使令而来。又问他受伤跌下屋檐，系受何人算计，可曾知道吗。

172

戚驷见问，不由一呆尚未回言，忽听屋上有人接口道："袁大人，是俺在暗中保护忠良，那个姓白的已被俺打败逃走了。俺怕大人心忧，所以又特地回来报告。俺去也，随后再见吧！"

毕竟屋上说话者是谁，请待下回续写。

评曰：

戚驷虽已悔悟，而终以妇人之仁，不忍反戈，此其终身之所以不过如斯而已也。

袁崇焕以两个方法使戚驷自择，实则注重第一种方法，欲促令反戈，收事半功倍之效耳。故前既言之，后复问之，盖意有所属，故不自觉其言之较切尔。

古之侠客，往往暗保忠孝节义之人，如神佛之呵护信善，绝不轻易露面，如本卷之河北大侠，暗解袁崇焕之围，其情景颇相近似也。

河北大侠为戚之受业弟子，乃竟以镖伤戚，使之受缚，奇幻出人意表，可谓突兀之至。

第二十一回

天诱其衷巨猾不打自招
攻乎异端大憨如虎附翼

话说袁崇焕正问戚驷的话，忽闻屋上有人接口回言，不由惊奇。听他说俺去也，便起身大声道："屋上壮士慢走，请下来相见，好畅叙畅叙……"

话犹未毕，已听得屋上那人从瓦面立起身体和移动脚步的声音，并回话道："时已晚了，大人亦好好安息吧，小民不便叩见，且待日后再行晋谒虎驾，面聆教益吧！大人这般处置姓戚的，真可谓恩深情重，姓戚的倘有人心，应当知道感激，从此洗心革面，诸恶莫做，众善奉行，助大人建功立业，铲除奸党，消灭国贼，方才不愧称作英雄好汉。倘若假惺惺地口是心非，固然不配称作丈夫行径，对不起大人今日的一番良言劝导。便是对于俺们托迹江湖、栖身山海的道中朋友，亦要无颜面见人了。姓戚的，你的本领虽然高强，武艺虽称精通，究竟天下能人甚多，更比你本领高强的人目今也不知有多少呢，况且你生平所为，结下的冤家已不知有了多少，谅情你亦必自知。倘再怙恶不悛，依旧暗助奸党，俺料你不久必当遭受显报了。俺今日只用镖打伤你的下部，原系手下留情，不怀丝毫恶意。你能从今改过，日后俺自当登门负荆，否则俺们后会有期，各秉师传，再行较量一回高低吧！"

戚驷闻言，气得面容由红变紫，由紫变青，顿时又由青紫转变，改现出灰白色来。忍不住高嚷一声："好小子，你把四太爷当做什么样人？偷冷伤了俺的腿足，便尔大言不惭。四太爷此刻身体虽已受伤，却并不惧怯你这一个无名小辈，有种的马上就跳下来，俺们较量较量，俺如敌你不过，便誓不为人。"

那人在屋上哈哈狂笑道："四太爷且请息怒，俺是后生小子，怎敢冒犯前辈呢？况在袁大人府上，皇帝脚下的京城之内，岂是俺们小民的校武地方？您老既已当着袁大人立过誓愿，永不再为奸佞奔走，和俺已是志同道合了，还有何相争的余地呢？"

戚骊见他嬉皮笑脸地戏要自己，更加无明火冒，大喝一声："小辈，你叫什么名字？何处人氏，是跟何人学的技艺，胆敢这么放肆，毫无一点儿礼貌？有种的留下姓名里居来。"

那人笑道："戚老前辈，俺已说过了，请您老人家息怒，俺们已是同志了，还要自相残害做什么呢？俺的贱名卑姓您老往后自知。现在你我并无什么恩怨可言，您老何必追问呢？时已不早，俺可不能再在此奉陪多谈，骚扰得此间主人不安，就此告辞。您老还请自己珍重些吧！"

说毕，又道："袁大人，小民告别，请大人安息吧！"

袁、戚各拟再和他说话时，已听得他在屋上起步，自近而远，窸窣淅沥的声响渐已听不清楚了。

那人去后，戚骊忽然想起，这人说话的声音很熟，似曾在何处会过，且觉入耳极熟，颇像曾经相处在一起过，只可恨在仓促间，记忆不起是谁来。凝神静思，默然许久。

袁崇焕见他不作声，沉吟着似想何心事，便说："戚四爷，您身上敷好伤药后，此刻觉得如何？又能安然步履吗？"

戚骊忙称谢道："蒙大人赐的良药，敷上后果已止血定痛。刚才被那厮镖伤后，颇觉有些发麻，俺正疑惑他是用的毒药暗器，敷药后，麻木业已转变舒和，行走当可不成问题了。"

边回答边忖，已知袁崇焕此问含有几分催促动身之意，遂立起身来，向袁崇焕道谢告辞。请命家将领导，送出门外。

袁崇焕笑道："四爷请坐，俺还有话说呢。俺问您敷药后情况如何，并非欲下逐客令，催您动身。实因见您默然无语，若有所思，疑猜您是因伤处痛楚所致，故尔动问。"

边说边引手扯他仍在原椅上坐下，唤家将进来，领命重去泡壶好茶，并往厨房内取些现成的酒菜点心来，让请戚驷饮食，解闷压惊，充饥闲话。饮食间，询问戚驷究竟已代小魏召集了几许英豪，这许多人的武艺文才程度如何，现在共有若干在京，多少在外，这许多人物是否都不知魏朝系被小魏所谋杀。

"您听了俺适才的言语，是否全信，或尚有何狐疑，现今各地都闹荒年，又被匪患，贪官污吏、苛捐杂税，闹得民不聊生，竟至人心思乱。本来上无道揆，则下无法守，铤而走险，原亦怪不得愚民化为盗匪，俺闻您四爷在山东境内颇具威名，且曾独霸过德州境内黄河渡口的往来水道，可知您不仅在陆上的武勇惊人，便是在水内的本领亦很可钦慕的了。目今您自己的直辖部下究竟尚有多少，万一将来国家有难，您四爷能不能率领这班水陆英雄为国家效力？再有一件，俺闻多人传言，小魏所以胆敢放肆，横行宫禁，欺侮君臣的，据说皆系由于您四爷对他曾有感恩图报、虽冒万死不辞的表示。他仗有您这么一位强硬的帮后，才敢公然无忌，便是他敢奸淫客氏，并和魏朝争风的，亦系仗着您的势。又闻人说，您在德州故乡，以及各处地方，亦仗着有两魏代您撑腰，故敢横行州县，无人敢对您道半个不字。您和两魏乃是互相利用，表里狼狈，据闻彼此面上虽系合作，实情同床异梦，双方各有企图。您乃借他俩的金钱接济，和现有的权位势力做您自己招兵买马、积草屯粮的准备，谋划在日后一鸣惊人，占据州县、独霸一方，也南面为王，称孤道寡，志并不小。

"小魏却系先借重大魏的提拔，捐大魏的招牌，明为大魏办事，暗为他自己树立基础，实以大魏为傀儡，等到他自己的势力养成，他便脱颖而出，崭然露出头角来，火并了大魏，独揽大权。这话现在果已完全应验了，的确他的手段厉害。据闻他是个市井无赖，从家乡逃到京城，本不姓魏，也不叫作忠贤，他因为要苟全性命，侥幸得能造就他事业，竟肯改姓易名。先前他入宫时，拜魏朝为寄父，等到他在宫内混熟了，便慢慢地逐步地爬将上去，倏然一变，便改口相称呼魏朝为兄，又将当初知道大小两魏联络关系的太监王霸等人设法陆续陷害排除，或使用金钱贿买，堵塞了他们的嘴，使他们畏威不敢说、受利不能说。俺闻他的前因后果，您四爷腹中正如一本账簿记得非常清楚。据说您和小魏也曾拜过把子，他还花钱在乐户人家代您四爷买了两名美丽校书，送给您做押寨的如夫人呢。

"照此而论，故亦很难怪您要感恩图报，肯给他出死力帮助了。但是您四爷历年以来，为他特地开厂，亲自并聘人教授门徒，训练许多亲信的子弟兵，又代他奔东走西，往南来北，所押运迎提各地官员孝敬的银两金珠真个是记数不清，所报答他的恩惠，原已不可谓为不厚了。到得目下，他反而猜疑您将要为了大魏，谋不利于他。试想此人的心肝何在呢？

"讲到他与大魏的事，乃因争权夺利、恨大魏把持客氏，掣他的肘，便借争夺奉圣夫人客氏的吃醋风潮，恃仗客氏归心于己，又仰赖皇上偏袒，竟敢半夜三更在深宫内苑和魏朝大闹，直闹到皇上起居的乾清宫暖阁里去。两人相骂相打，揪扭在一处，惊动了万岁，从龙床上梦中惊醒，传旨唤进两人，问他俩何故争闹。魏朝回奏万岁，说是：'被小魏所欺，侮辱太甚，忍无可忍，才亲自捉奸，当被奴婢在尚衣监复壁之内，小魏擅自做主所造的密室里捉住他和客氏两人，他居然依恃蛮力，反将奴婢毒打。故此奴婢将他扭来，叩见万岁。'

"万岁张龙目略视两人，大魏的衣帽都被撕毁，头发散乱，打得满面青紫红肿，皮破血流，实已受伤。那小魏却仅外面裹着件衣服遮蔽身体，果系精赤条条。正欲发话，客氏亦已穿衣赶来，恳求万

177

岁做主。万岁遂将客氏改赐与小魏对食。

"大魏赔了夫人又折兵，可怜气得几乎要死，又负重伤，回去遂害了场大病。病好出宫当差，遂被小魏矫旨，将他贬了，并赐了死。据闻大魏之意，颇想望能在路上会见您从南边回都，好当面诉苦，请您代他申冤理屈，所以才勉强忍受，坦然上路，不料您未到京，他已身死。您到京后，未曾调查明白，代大魏报仇，反而代小魏办事。俺适才已经说过，您定系误信小魏所言，大魏是死在俺手，激您来刺俺，这话对不对呢？"

袁崇焕如说大书的评话家一般，颠之倒之地带问带说，又比喻又告诉地对戚驷讲了一遍，执壶劝酒，举箸敬菜，目视戚驷，等待他的答复。

戚驷顾盼书斋内，只席间宾主两人，并无闲人在侧，况且袁崇焕说话的声音很低，颇见他很关切心细，便逐节回答并告诉道："袁大人容禀，罪民因一时无知，遂受奸佞笼络。据大人所说，小魏敢作敢为，颇似大半皆系暗仗有罪民帮助，所以他才天不怕地不怕起来，这话恐亦似是而非，未必尽然。不过大人既这么说，罪民却亦不能推说，说是完全无罪，只能承诺罢了。"

袁崇焕笑道："认与不认，本无什么关系。"

戚驷微笑道："罪民并非巧辩，亦不过因大人提说到此，不得不顺便声明一句罢了。"

说罢，又继续说道："大人听禀，两魏当初收罗俺时，本是由于朋友推毂，彼时俺因事到大名，会见该地镖师东方德，适巧中官刘义暗奉小魏使令，明受大魏委托，聘请东方德到魏邸内充任教师，兼当护院，面许进京后，大魏准定保荐，博取一个前程。东方德因在家闲散惯了，不肯接受这份贵重聘他，恰巧会见了俺，便将俺推荐给刘义。刘义因怕空跑一个来回，难见两魏复命，遂将机就计地邀俺同进京师，引荐两魏，交卸责任。彼时本有东宫太监徐吉人先已推荐了两位镖师给魏朝，乃是嫡亲手足，名周仁、周义，至今尚在河间府原籍开设仁义镖局，京城里有家群贤镖局乃是他俩进京的栖息之所，在江湖路上，亦颇有名望。

"当日刘义领俺到魏邸时，魏朝设宴为刘义道劳，代俺接风，顺给二周和俺引荐。席间魏朝带着酒意，陡发豪兴，坚欲俺和二周各显武艺，结果，二周都因武艺比俺不及，他俩心中愤恨，不待终席，便已拂袖而起，潜行溜去。由此俺遂大得魏朝的赏识，深为结纳，成为心腹。同时小魏亦与俺结为兄弟，格外莫逆。适才大人所言，小魏利用大魏造就他的地位，养成他的势力，俺又借重两魏的力量成就俺的事业，彼此互相利用，这话果是实情呢。

"当时两魏定计，着俺回家，设厂授徒，召集旧部，重开镖局。因其时俺已洗手，并不做何生涯，奉命遂回家照办。果然小魏曾送俺两名美妾，不过好花开不久长，那两妾到家不久，便做出好些丑事来。"

戚驷说到此，已说顺了口，一时忘却忌讳，便滔滔不断地将两妾与天齐庙心善、清心等僧的私奔丑事并追妾与曾有义结怨的始末情形，从彼时授徒集众起，直到目下止，共教得若干弟子，招得多少英豪保荐进京，又举荐到各省去的，两共已有多少，现在授有官职的共若干名，未得官职、仅挂虚衔的计有几多人数，以及本人代两魏奔走、历年来所建立的事业，统皆和盘托出。又说："俺初时本来志不在小，很想仗着两魏的内力和金钱官威，为自己创立一种非常基础，颇与大人所闻的传说相符。后来终因俺受着别种牵制，只得将其事打消。"

袁崇焕的询问本含有几分冒问的性质，不期戚驷竟天诱其衷地完全不打自招，尽皆直言无隐，不由喜得袁崇焕暗中满怀大乐，连连亲给戚驷筛酒，称赞他的确不愧为壮士行径。及至听戚驷说到受牵制打消雄心的话，心中一动，便连忙接口追问："四爷系受谁的牵制？"

戚驷逞着酒意，便亦不顾自献出狐狸尾巴来，将往日由十里铺成名，奉母命不敢自满，前赴凤翔，拜吉天相拳师学艺，与周寡妇姊妹偷情，被师察觉，逃师回乡，沿途行为不检，做下奸盗命案，以致在石家庄误奸马老太君，惹下祸根，即因受于二小姐、吉师兄和马家的孙女三方面的牵制，于、吉两方皆说戚某如不蹈覆辙，改过迁善便罢，否则准定报私仇兼雪公愤。"俺因他们都是劲敌，又兼新增了曾有义等这一班人物，与自己为难作对。那个神出鬼没的宋人杰老头儿亦是个极难对付之人，故此俺才息下雄心，不敢有何作为。只得在家当拳师，出外充镖客，以此为生。

"说到这层，俺又得申明一回了，俺所以直到如今仍不时出入奸佞之门的，即系因俺往日做的案件甚多，欲消弥官司忧患，不得不与奸佞联络，借他们的声威消患于无形。再则俺往年作盗，吃喝使用惯了，平时周济贫穷，以及招待江湖上朋友，使金钱如使水一般，毫无吝惜。目今俺仅凭教授拳棒，承保货镖，收几个束脩和一点儿镖银，够得什么事呢？暂依奸佞门下，但可将不劳而获的馈赠金银转手施济于人，不致露出拮据的窘状来，这都是俺以往的罪案，历年作为的情形，无半句虚伪。"

袁崇焕听罢，暗自谨记，所有与戚驷作对的那些人名、地址，一面口赞戚驷直言无隐，真不愧称为大丈夫。

二人边谈边食，不觉间天色业已微明，鸡声喔喔啼晓了。

戚驷因身穿夜行衣靠，怕白天行路不便，遂停杯告辞，从一旁拾起兵器。袁崇焕因已完全得知奸党所召的爪牙情况，便亦不再坚留，当即亲自起身相送，直送到大门前方才分别。

戚驷负伤忍痛，急忙跑回镖局，吩咐手下，不论何人来寻，就说在魏邸未曾回来，一面却在自己卧房内安息了。

休息将养了一天，次日清早，遂领着手下出京回乡，临行吩咐局内伙计："从今日起，逐渐收束，不再承保各省的镖。各伙计即速自寻生路，本局的房屋月底退租，伙食亦以月底为止。"说罢，即带手下随从动身。回家后，亦吩咐将德州镖局结束，并将教武的厂子也立时解散了。

刚才各事收束完毕，立意不再过问外事，谢绝交游，闭门家居。不料为时未久，忽然接得从石家庄来的人报告，说那个马家的姑娘现已学成剑术，回抵家门，已打听明白，知道当年凶手的姓名，并已查得自己与官场交情疏淡，她声言不久便要来德州报往年之仇了。

戚驷得讯大惊。那人去后，戚驷遂与家中男女，并留住未走的几名心腹人等计议办法。结果大家都以为已与小魏绝交，不能出乎反乎地再去投他，况且即使再去投他，亦必凶多吉少，好在现在河北、山东、长江南北、黄河两岸的各省州县白莲教大盛，教主王森虽已死在苏州狱中，但他的儿子王好贤、门人徐鸿儒等仍旧遵行遗志，到处传教招收教友，现今各地的白莲教徒足有百十万人，教中不论何人都不得以私仇报复。倘有前人来寻教友的事，凡属教友，不论阶级高下，均须协力帮助，共御外侮。别处不谈，但讲德州一带，信奉白莲教的人已经不知其数，凭着您的本领声望，入教定必欢迎，且可得为传头会首尊有职事的教友，仗着教中的势，便不怕那马家姑娘来寻是非了。不仅不怕马姑娘，便是魏忠贤不满意，想要来寻是生非，入教以后，势大人众，亦不怕他了。

一番话提醒了戚驷，戚驷不禁忖想道，俺所以怕于、吉、马三方面来寻仇，并忧宋人杰那个老匹夫帮曾有义的忙来找俺的错处，皆是因为他们是学过剑术和高深武艺的，现在加入了白莲，教中本有许多法术能够刀枪不入、移山倒海、撒豆成兵。俺入教之后，学成法术，还怕谁来伤害俺呢？想念到此，遂决计入教，命人去请本地先已入教的人来，托他引荐。那教友本已老早接受过山东总会首代理教主的徐鸿儒之命，设法招致戚老四入教，正恨无法劝诱，见他肯自愿入教，不由大喜，遂即满口应诺，立时报告本地传头，转告会首。当即来请戚驷，同往巨野县去，谒见徐鸿儒。

徐鸿儒本知戚驷名望，见他来皈依白莲，大喜过望，先重赏了那引进戚驷的传头、会首、教友等人，然后留下戚驷，令他在神前立重誓，饮血酒，照例行过一切入教的手续，便委任戚驷为德州府属各县的总会首，统辖一干水陆大小传头，并大众头目、全体教友，立时传授他许多法术、符咒，遂奉徐鸿儒委任，带同两名道友回家，传道布教。

毕竟戚驷入教后，能免马家姑娘报复否？请待下回续写。

评曰：

国家将亡，必有妖孽，客、魏固明之妖征，而徐鸿儒、王好贤辈则更妖之显著者也。明有妖孽如许多，欲国不亡，不其难乎？

自古妖由人兴，木朽虫生，其理甚明。白莲教之所以能聚众滋事者，盖皆苛政繁兴，有以致之也。设使君明臣良，政治清明，人民安乐，则虽有邪教，又何伤乎？

比之今人谈国耻者，愤然于外患相迫，而不反求诸己，其事正与妖异之说，不同而类似。盖我之国耻，即人之国庆，明亡妖孽，即清兴之祥瑞也。呜呼！明此理者，能有几人哉？

第二十二回

有司颟顸苟安遗巨祸
小丑跳梁恃势萌逆谋

话说戚驷因防被仇家报复，欲借邪教势力保护自己，遂往巨野去见徐鸿儒入教。入教后，经徐鸿儒亲自传给许多法术、符咒，经过试验成功之后，徐鸿儒这才打发他回家去传教布道，并令其照着往日代两魏收集英雄好汉的方法，仍旧在德州开武馆授徒，设镖局保镖。又派两名心腹徒弟跟随戚驷回去，名为送给戚驷做道童，实系监视戚驷，督促戚驷代教中办事，奉行徐鸿儒的命令。

戚驷奉令回家，首先就去拜会当地的文武官员，劝令他们入教。那班官员虽知攻乎异端，信奉邪教，不是什么好事，却因知他是当地的唯一土豪，水陆两路盗贼统奉他的令行事，得罪他不得的。况又未晓戚驷已与魏总管方面脱离，深恐他在魏忠贤方面捣鬼，更因白莲教现在各地盛行，各地人民信奉白莲教的，差不多已十有九家，本地教友虽尚因官场的禁止，不敢公然传教，以致人民尚未完全入教，但已暗中信奉白莲教者甚多。现在戚驷来劝，如不入教，他恼怒极了，指挥手下盗贼教友捣乱，地方治安马上秩序不能保全。他如在魏忠贤面前谗谮，立刻就得丢官罢职，因有这两层顾虑，遂即依从了戚驷之劝，即时信奉了白莲教。戚驷遂进而要求官厅给示保护传教，官员们既已入了教，为势所迫，只得依言给予一张告示，算是保护传教的凭证。戚驷既将这一步办到了，便回家张挂告示，

183

召集本地的教友到家公开传教。民众见官员都已信教，且又给示保护，自然大家都生了信仰心，因此遂相继纷纷入教。

戚驷在家布道，率众奉诵教中经卷，讲解教义经文。戚驷本不识字的，却因在徐鸿儒面前，被徐鸿儒画符念咒，使他喝下符水，忽然心窍豁然开朗，由此便能聪明智慧，念书识字。虽然为时未久，识字不多，但已比前目不识丁时大相径庭了。

这时戚驷在家传教，大张晓谕地公然招收教友，家家户户一律都排设香案，供礼神位。戚驷因自己识字无多，特将传道讲经的职务先委派那两名道童，后来教友日益众多，大小会首传头道友等各项阶级的头目逐渐增加了，这才由戚驷命两道童选择其中文才出众、思想敏捷的人担任讲经说法的职务，挑选教友中口才便佞的人，派往各乡镇村堡去挨户劝化，促令人民入教，依遵徐鸿儒的命令和发下来的编练队伍办法，考验教友中精通武艺的人，委任为护法会首，或是护法传头，分担职务，训练各教友的武艺，挨家逐户地抽男女人口，编为护教队，分为大、中、小等队名，每一大队辖治五个中队，每一中队辖治十个小队，每一小队管领五个分队，每一分队统率两个支队，每支队编列十名教友，大小各队都委派正、副队长一名，正队长名为护法会首，副队长名为护法传头，各依队名，称作大、中、小分支等会首、传头，统属在戚驷的辖下，每月分日轮流操练检阅，呈报官府立案，名称叫作保安会，编成的保安队，算是当地人民保护治安的一种自治团体。

戚驷自从入教以后，大张旗鼓地公然做起德州府属各地的总会首来。地方官虽因保全地位，不得已而入教，究非出自本愿，况且默察现势，白莲教友在各处张牙舞爪、横行无忌，深恐随后发生出意外的不测变乱来，为祸非常。各文武官员遂诈称进省有事，却互相联合起来，会衔拟具公文，呈递给巡抚大人，及省城各位上宪，报告当地邪教盛行，诚恐往后养成势力，教徒滋事，难于制服，并申述不得已而被迫入教的苦衷，请示该取何种方法，根本取缔邪教、

184

肃清教友。各上司早已接据各地官员的呈报，日夜耽着心思。因查闻教徒们品类良莠不齐，甚至强迫良民入教、不肯信教者，便以放火烧杀抢掳为对付，倘或到官报案，得信息早，则在往衙门去的路上拦截，搜出身边状纸撕烧，并将那报案去的人拳打足踢，打得遍体受伤，抬送他回家，迫令立据悔过，往后永不敢与教中为难。得信迟，便在那报案回家时，在路上拦截动手，或是径赶到那报官的人家内去，冲打得落花流水，毁物伤人、劫夺财帛，故此省城列宪，不待德州各官呈报，已经深悉其事，早由巡抚发出通知，邀请省城内各位文武长官，在本署会议过数次，皆因教友人多势盛，不仅本省的教友众多，即邻省境内亦多到处蔓延，故此各上宪深恐牵一发而动全身，怕取缔一处，各处便都聚众起事，简直无法可施。虽然大家都主张用捉贼擒王之计，决定治其首领之罪，教友都准予免治。但因徐鸿儒、王好贤等一班人都深居简出，手下聚集的能人甚多，日夜保护周密，每次出来，又都警卫森严、前呼后拥，简直如同帝王出巡一般，家家户户都点烛焚香，在门首跪接跪送，更又探悉教中会首、传头等大小头目都会得法术，职位较尊的首领会得的法术亦愈多，据闻徐鸿儒、王好贤等人都能撒豆成兵、呼风唤雨，极难制压，岂能轻易捉拿得住？故此各上宪虽在巡抚衙门会议多次，都没有相当的良策，因之对于德州府县各官员的呈报，亦都见如不见，姑且置之不问，只得听其自然兴灭。

德州府县各官见省里对于联名呈报请示的公文并无何种表示，仅批了几句道："呈文已悉，着该府县等随时注意防闲，毋令滋蔓难图。现在应如何处置，望该员等酌量权宜，妥慎办理。具体办法，容俟会合各宪，议定妥善取缔消灭方案后，再令行祗遵可也，此批。"那代表进省晋谒上司，呈报请示的官员接到批示，已知各上司现在亦都无适当计划，当面请教，谅情定亦不过如此，遂即启程回任，会集各官，交阅列宪的批示。各官所以呈报的，本系为的自全，防日后或有意外举动，发生事变，各官好脱卸各人自己的关系，免

185

被追究法办。这时见批示如此，大家便亦各抱得过且过的主意，含糊其事，只求当地的教友在各人自己任内得能安分守己地不聚众造反，便算各人自己的天大本事。

当日各官员散后，各自腹中忖度，官厅现在既无力量取缔邪教，希望眼前太平，只得改换方法，与戚骊总会首礼仪往来，表示亲善优遇，使他顾念彼此交情，不好意思翻脸，庶几可以在本人任内，不至发生叛逆勾当。各官员既都存下这条苟安目前的心，便都对戚骊和一班教中大小头目一齐表示亲善破格优遇。这一来，顿使全体教友格外长了志气，强横者便都威风抖擞地欺压良善，择肥而食起来。即是那平素安分的教友，亦大都司空见惯，将凌虐平民的恶举竟不知不觉地视为应该的行为，随着强横者效起尤来，弄得良民都叫苦连天，无处可以告诉。没奈何只得也都信奉了邪教，仗着教友两字做护身符，因彼此都是同教的关系，方才可得到保全。下级的教友们尚且作恶多端，那上级的头目行为如何，当可不问而知了。

戚骊这时身为德州府属的总会首，仗着自己武艺超群、道法精通和官厅来往的交情，及本来在江湖上的名望，并手下会众的势力，真个是如虎生翅，唯我独尊，在德州地方，出警入跸，一呼百诺，左辅右弼，前导后拥，俨然一个当地的土皇帝了，心目中除去徐鸿儒外，连王好贤、于宏志等数位总会首亦都不放在心上目中，何况别个呢？真个趾高气扬，还怕谁来？竟将他平时心中最忌最恨而又最怯的于二道姑、吉小拳师、宋人杰老英雄、马家姑娘等男女数辈均已置于度外，不再恐惧他们了。

那日，他正在家中所设置的祀神传布教道坛内和部下两名护法道童（即上文徐鸿儒之心腹弟子，奉师命随戚骊回家，名为帮助，暗实监视督察之两名道童是也）并五名大队长，及几名心腹的会首、传领等教中领袖，聚议一件教中的紧要事情，乃系因为一个小正队长率领所属的分支各护教队，拦路截劫一起客商的货物银钱。又抢劫本地官厅公共特派员押送进京，敬孝奉圣夫人和魏忠贤两人做双寿的寿礼，大家得彩后，私下在一座山神庙内表分赃银，客商和押送寿礼的专员先后赶到戚驷家中来，哀恳放还客货银两、寿礼珍福，此事本已极端违犯教规，因为那起客商和本地官厅派遣的送礼专员都是同教的教友，教友劫夺教友的财物，更属罪大恶极，为教规所不容。

戚驷先后接到控告，因见那控告的诉状上都说如总会首不能秉公处断，必定前赴巨野，面叩徐总教主，报告其事，不由大惊。深恐那客商和本地官所委派的专员真个去见徐鸿儒上控，必定于自己大不利。因为照教规办罪，教友犯教规，该管的头目倘有包庇纵容情事，亦须同科，或竟加等治罪。

戚驷心目中所最畏怯、最尊敬的，只有教主徐鸿儒一人，故此接收诉状之后，深为不安，所以才召集部下，在坛内神前会议。会议尚未决定，忽见该值在门首守卫的一名教友引导一名教外的大汉，走将进来。守门教友令那人立在坛外檐下石阶沿上候回音，他却毕恭毕敬地缓步走进坛内，遵教规先向正中坐着的戚驷行过最敬礼，又向两名道童及各队长与头目依次亦行过礼，这才放轻脚步，趋行到戚驷面前，附耳说了几句话。

戚驷目光锐利，在那人进来时，早已看见，只见来人生得形体伟岸，年逾半百，颇觉英风凛凛，相貌堂堂，穿着镖师打扮，肩负包袱，佩带武器，行色匆匆，风尘仆仆，不待通报，已看清来者乃是菏泽县孝义集的著名镖师，姓米名元章，表字允文，外号人称赛方弼，又号镔铁塔的一位老辈英雄，和自己原系镖行好友，故此守门的教友尚未词毕，便已起立离位，口中连声说请，并吩咐导来人前赴客厅上去。

那守门的教友奉令退步，走出坛外，对米元章说了遵奉总会首的法旨，请米爷往后进客厅上相见。

话声才毕，戚驷已抢步走出坛外，抱拳笑迎来人道："米爷别来无恙？请到厅上去坐吧！"边说边将米爷往内宅客所上让。

毕竟米元章来拜访戚驷所为何事，请待下回分解。

187

评曰：

袁之以恩待戚，目的固在收复其心，欲使之不打自招，借以了然于奸党实力何为耳，至说令反戈，不过为万一之想，以为苟能若斯，则事半倍，大憝既诛，已连都门且可不出矣，此望太奢，袁固知戚不能首肯也，所以作如此云云者，盖冀其能在一怒之下，入我彀中而已耳。

戚为奸党最心腹之悍将，使果忠心魏阉到底者，则后来之事，固未许乐观也，何则？盖有戚之助，为之收罗武勇将校，遍布朝野，锄而去之，岂得易易哉？乃因刺袁一役，弄巧成拙，为袁一席话所间，遂致解体。虽袁去而客、魏之势益张，识者固已审其为回光返照矣。若夫魏阉因戚之不告而去，急用树党散敌之谋，厚利禄以结戚所荐者众人之心，谋非不良，特众人心中，何能即因利禄而肯为之效死乎？故后来客、魏伏诛，戚党无一人为之能够报复者，非众皆无良，不知报恩义，盖皆有所遗憾，且都已深知奸人之阴险贼残，为之效死，徒然妄举而已。传曰："多行不义必自毙。"如魏者，是矣。

白莲教之肇始，远在宋代之前，读史者不过以有韩林儿之事，遂以为兴自宋代耳，实在非也。本书记及邪教，不过为夹叙之穿插文字，然所以叙之者，盖为戚驯势力渲染烘托，而明当时侠义仁人之合力扑灭者，用心良苦，更所以明魏、戚之离，袁氏之厥功甚伟，苟魏、戚始终无间，其势奚可轻侮耶？

智者做事，必极守秘密者，惧谋泄反先为人所算，或人已备而我无可乘耳。观夫戚驯防闲于、吉、马辈，前后皆因得报，作未雨之绸缪，而最后信奉邪教，亦仍由于马家孙女渲泄其消息于外，虽前后数数言之，均只见楼梯响，不见人下楼。读者固已知此皆有所作用者，洞悉戚之隐，故为此言，以胁诱之入彀。然读者断章取义，大可引以为鉴，做事最贵机密，必守慎言行果之训，毋宣隐事于外，以受人胁，毋泄谋划于人，以受敌害，说者谓读小说所以长智，其斯之谓欤。

第二十三回

镖客失镖乞援旧雨
花贼采花羞见新朋

话说戚驷信奉邪教，被任为德州辖境的总会首后，回家大张旗鼓地公然传教布道。本来他在早先即已用所有的不义之财，在德州城内、黄河渡口，及十里铺三处地方大兴土木，建造了许多房屋、高堂大厦，美轮美奂，这系以前之事。

迨至入教受委回家，便将德州城内的住宅房屋，前两进改为讲道堂及神坛，作为聚众讲道传教并供神焚香，使信善来坛求签问卜、求灵符圣水治病之所，后数进仍为家属人口的寓所，却将前后贯通的一道腰门关闭了，另辟大门，使家中男女人等皆由新辟大门出入，非经许可，不准擅自开启腰门，由前面两进教友会集的房屋内经过出入，在前面两进屋宇内的人更不准擅自走进后面住宅里去，换句话说，这当中的一道腰门，平时除却戚驷本人随时自由开闭、进出经过以外，余人皆不许由腰门出入。

当时他见米元章来访，因为故人相见，且因他是教外之人，所以不欲在前进接待，开言便说请到里面客厅上坐。那守门的教友虽照着法旨扬声回答米元章，却不敢就指引来宾擅由腰门进内宅客厅上去。戚驷亦知其意，深恐他引导米元章绕出前面从另一大门进内宅去，遭米元章的疑怪，且非待客之道，怕被米元章动了怒气，当着大众头目揭起旧日的冻疮瘢来，反而难为情，所以赶紧起身，抢步走出坛外，迎接米元章，亲自伴引，邀请米元章经由腰门往内宅客厅上去。边走边回头先向那守门教友一摆手，守门教友便说声领法旨，径回门首去了。

戚驷又回顾坛内众头目，令大众休散在坛内候自己出来，不可擅走。如有谁闯进来，凡是预闻其事的，皆不可放他走出去，俺有话说呢。众人一齐起立听毕，同行了个敬礼，才口称领法旨，相将坐下身体。

米元章由戚驷让请到内宅客厅上去坐下，早有家奴上来献茶。米元章由外面进来时，即已暗自留意，因在门外即已觉得戚驷现今往昔大不同，心忖士别三日，便当刮目相见，古人之言，当应在戚老四的身上了。因为往年米元章和戚驷初交朋友时，正当戚驷初次往外面去保镖，名声尚未大响。第二次相会时，戚驷已颇有名，即在这年，戚驷因从外省保镖空载回来，行至中途一处集镇上，由一家门首经过，恰巧看见那家门外息着一副京货担子，那挑担贩卖京货的货郎，手摇波浪鼓，嘣咚当啷地响着。那家大门呀的一声开了，走出两名女子，一老一少，老者年近古稀，一手扶拐杖，一手扶在那少女肩上。少女年约二九，素妆淡抹，打扮后极其雅致，衬着她天生成的俏丽，真个是娇娆妩媚、袅袅娉婷。

戚驷本是个色鬼，由陕西回家，沿途做采花飞贼惯了，虽然彼时改业镖行，不作偷窃生涯，但是贪色好淫的习惯已成，狎邪举动本未完全革除，这时一见这位淡雅的丽姝，不由神魂飞越，立刻把持不定起来，遂很盯了那佳人几眼。因碍着同行的伙伴，只得随众前行，但仍依依不舍地时刻回头睇视。走出镇集街头，戚驷兀自心神贯注在那少女身上，便假作腹痛，托词要大解，招呼伙伴们回到镇集上茶馆内去等待，自己却假作屙屎，蹲在路旁田间去装样。众人不知其诈，依言都折回镇上去。

戚驷守大众走进街头，便从田亩间立起身来，绕路飞奔往那家人家门前去饱看。恰巧那老少两女从息在门外的京货担子上挑选了

191

几样货物，与贩卖京货的货郎讲论价钱未妥，故此尚未回进门内去。戚驷满心大喜，便诈作寻访人家的模样在那门前踅过去又踅过来，前进后退了一回，尚嫌看不清晰，又假意凑热闹，索兴走到京货担子边去，半装出挑买针线零料绒花等件，半装出寻访人家，借此向那货郎及老媪问答。那一双色眼却一时半刻也不肯错过光阴，眨也不眨地注射在少女身上，自顶至踵，饱看了一顿，看得那少女难为情起来，不再挑买京货了，将已回好价钱的东西拿在手内，掏腰匆匆算还了货价，便扶着那老媪同走进大门内去。回身砰一声将两扇大门关上了。

戚驷见美人已不在，哪还要买东西？便连价也不还，迈开大步，一溜烟走了。货郎大怒，高声恶骂："好个野杂种，婊子生的狗奴才，青天白日，活见了什么鬼，假装寻什么魂？出门保镖就好好儿赶你的黄泉路罢了，陡然看见了一个娘儿们，便发了色痨瘟症，站下脚来死也不肯走。拿你老子晦气，假意问长问短，选精选肥，面上很孝敬，要买针线代你的祖宗做老衣，实情要偷看人家妇女，真正是个不要脸的王八羔子。下回再这样时，碰在老子手里，定必挖出你这个猴儿崽子的两只眼来。狗娘养的，你有种气，不要走，待老子教训你几句，别以为你是个保镖的达官，会得几手江湖混饭吃，欺外行的拳棒本领，就想买人便宜，可知老子不是好惹的呢！"货郎边收拾货物，边口中高声恶骂。

戚驷虽然听得，因怕和他争闹起来耽延了时辰，伙伴们等得必焦，寻不见自己，戳破了机密，须有不便，故假作不曾听见，大踏步急往前行。走不多远，已来到一家茶坊门前。因为性急，便一径走进门去，伙伴们正在这家茶坊内坐着等候，见他进来，便问："四爷怎么会走那面来呢？"

戚驷做贼心虚，竟致被问得面红耳热地呆了，怔了一怔，才说："俺走过了头，又寻了回来，所以才会由那面来。"边说边坐下身喝茶，大家遂不再问。但问："四爷腹痛可扁得好了？"

192

戚驷回说不曾，又说："恐怕在路上一刻又痛了要屙，时候已晚，不如就在此住店，过了一宿吧！"

大家本听他的令，当然都首肯，于是即在这镇上寻店住了。

当夜戚驷守众人睡熟，轻轻提刀走出房外，由天井内上屋出店，飞奔到那家门首，纵上墙头越过天井，直寻到后进上房，在屋上寻觅，不知那姑娘宿在哪间房内，遂先投问路石问路，并不见有说话声音。心中一想，便跳下天井，假装狗使脚爪扒门的状态，伏身用手抓那窗门，口中学着犬吠的汪汪声。果然经他这一闹，将睡在床上的男女人等都惊醒了，各房同现出声音来，互相问答："是谁关门，不曾照看关了一条野狗在家，吠不清楚，快起来开门把狗打出去。"

戚驷侧耳凝神，已听出声音，那姑娘系睡左边厢房里，和那个老妪是同住一房的，不由暗自叫苦。因恐进去行事，被那老妪晓得了，嚷起来，这家人口多，焉能安然到手呢？况又未带得闷香。边想边已听见有人开房门，走到窗口来，哪敢怠慢？慌忙缩身到天井里，飞上屋去，伏身躲了。

那人边骂："孽畜，叫什么？"边已开启窗户，张望并无什么狗在窗外，不由奇诧道："咦！怎么没有狗呢？难道大家都在耳响不成？"边说边举步出窗，在天井内四下望了一会儿，见无狗在天井内，不由又道："呀！不是狗叫，是什么东西作怪不成吗？"各房男女闻言，齐接口问："怎么了？明明俺们都听见犬吠声，爪爬窗户的声响，哪会没有呢？再留神看看清楚，别睡眼蒙眬地未看明白，才睡下身体，那畜生又吠。"

那人道："俺又未眼花，怎么会看不真？连狗的影子也没有一个，哪有什么狗呢？莫非俺们家那头黑狗新死了，也和人一样，会作祟闹怪不成吗？"

房内有人道："呸！半夜三更，说什么梦话？狗死了会作怪，人死了还了得吗？"

193

那人走进窗内关窗，走进房关门道："不信，大家出去看看，便信俺言了。"

这话说过后，只听得众人称奇地回答声。此外别无他言。

戚驷伏在瓦上，满心只望下面肃静，人都睡熟时，他好下去动手。哪知心神只在下面，不防从后面飞来了一支钢镖，左手里同时又飞来了一支袖箭，伏身在瓦上的人无法闪避，欲往天井内穿落下去时，早已左手和臀部都被袖箭、钢镖射中，受了伤了。拟挣扎时，接着早由屋脊后面和左首人家屋上各飞跑了一个人来。戚驷措手不及，竟被那由屋脊后面跑来的人一足踏定身体，又被那由左边跑来的人狠命地夺去手中刀，连砍打了三刀背，边砍打边骂："狗王八，俺在白天里即已看出你的用意来了，果然不出俺所料，你竟是真想天鹅肉吃的婊子生、娼妇养的奴才，你可还认得俺吗？"

戚驷被砍打了三刀背，忍痛只不作声，听那声音颇熟，侧面一望，星光下照着，认得他正是白天的那个货郎。

货郎对那由屋脊后面跑来的那人道："米爷休轻放了这厮，这厮做着保镖的达官，即又兼为采花大盗。白天由此地门首经过，他看见了府上的大小姐便像丢失了魂魄相似，在这里门首去了几个来回，假意装样，寻张问李，又假装买俺的针线，说是给他的祖宗父母本身及老婆儿女等全家大小人口做老衣，借此窥视大小姐，想和老太太、大小姐以话答话地嚼舌根。米爷请想，这厮可杀不可杀？俺骂了他一阵，亏他有此老脸，听见只作不听见，跑步溜了。俺料定他不怀好意，必定到此地来，故此俺赶奔到此地探望。果然正巧见他伏在屋上，俺遂赏赐了他一袖箭。依俺说，米爷捉住了他，官办不如私办，比较地来得痛快，有俺帮着你做事，极其容易办毕。"

戚驷闻说米爷两字，不由一呆，回过面来，向那个足踏背心的汉子一瞅，并不认识，心中略定。只听那米爷回答货郎道："俺只知道他是来作贼，却不料他还另怀野心。好，俺们先将他绑了掷下地去，待俺请问过家母，该当私办官办，方才可以决定得了。货郎哥，请你帮助帮助。"

　　说罢，二人各抡起醋钵大小的拳头，在戚驷背心肩头屁股腿足各处乱打了一顿，这才各解下束腰的功夫带子，将戚驷反缚了两手，并使双足弯屈拢来，捆绑在一起，喝声下去，便提起来望下一丢，噗的一声响亮，跌得戚驷腹部受伤。幸亏他在凤翔从师练过功，几下刀背，一顿拳头，并这摔丢下地一跌，还能经受得住，就是那箭、镖两处伤都不在致命处，也还吃得起这个苦，话虽如此，究竟血肉之躯，哪能不因伤疼得难熬？忍不住连声哎哟呢。同时两人亦追随跳下天井。

　　屋内男女人等都已被闹得披衣起身，点好灯火，先后走出房来张望："看这个装狗吠的贼人是从何处来的，敢有恁般大胆！"

　　大家纷纷发言，狠狠下手，喝问一句，痛打一下，问戚驷的姓名、年籍，住在哪家店内，在何处哪家镖局内当镖师。"如此无能，哪配出外保镖，到此扮狗，存着什么歹意，你没生眼睛，也该有两个耳朵，这里是什么人家，你敢到来找死，强龙还不敢压地头蛇，你这没用的王八羔子，居然敢到太岁头上来动土，想是活得不耐烦了。"

　　众人骂的骂，问的问，打的打，正在乌乱之际，又从房内走出一条大汉来，掌灯走到面前，照看了戚驷的面容，忍不住哈哈笑道："大水冲倒龙王庙，自家人害自家人，列位住手。"

　　众人闻言，一齐诧异起来，恨恨地道："俺们和这无能小子怎么会是自家人？大爷别弄错了。"

　　那人道："俺怎么会看错人呢？大家且都看俺的薄脸，手下留情住打，待俺问过明白。"

　　戚驷咬紧牙关，任凭打骂喝问，除去哎呀几声而外，一言不发。见那人掌灯来照，张目一看，不由暗叫一句惭愧，急忙闭紧双目，埋面对地，不敢抬头。

　　原来那人非别，正是孝义集镖师米元章。这家人家主人就是那个镖打戚驷货郎唤作米爷的汉子，和米元章乃是从兄弟，排行第二，故此人又称他作二爷，名唤汉章，自幼即跟随父母练武，父亲曾中过武举，任过总兵，母亲本是将门之女，故亦精娴武技，所生子女各一，女即白天扶老妪在门首买京货的那俏丽少女，老妪乃是米汉章兄妹的祖母，年迈龙钟，所以行走时需人搀扶。兄妹俩因父母相继亡故，其时将近脱孝，所以米小姐尚穿素服，因已许字人家，喜期择定就在她兄妹服阕之后，为期已近，故亲在门首挑买京货物件，备绣刺妆奁。老太太痛爱孙女，特拿出体己来给她多治嫁妆，每日听见波浪鼓声响，便亲扶女子至门外挑选绒线鞋料等项，故于这天，得被戚驷看见。

米汉章在这凤凰山镇集上颇有名望，因他曾考中过武秀才，又进文场，考中过优贡，俗习最重功名，所以他为地方人士所敬服。加上他的家资富饶，爱交朋友，所以格外得到人的推崇。他从兄元章不时来请叔祖母的安，探问弟妹的好，每来总得住一两日或数日不等。

米元章是山东省内有名的侠义英雄，江湖上人都因元章之故，遂又推尊汉章。那货郎本和米家兄弟都是相识，亦是凤凰山镇市上的一条好汉，因守己廉洁，秉性纯孝，自幼家贫，三岁丧父，他母亲茹苦抚育成人。因无人荐保习商，遂奉母命负贩为生，绝不许向人称贷，结交朋友。尝说交友不慎，易受其累，与其多交而得损友，何如谢交绝游、耿介自守呢？所以米氏兄弟和他虽相识，都很敬重他是孝子，想提拔他做一番事业，他都因未得母命，婉言谢绝。

这日米元章带领伙伴，亦从外省保镖回乡，带得许多食品，特意绕道亲到汉章家来献送叔祖母。从人都住在客店内，元章却被老太太留居在家内，元章兄弟俩抵足而眠，畅谈江湖上勾当。谈到半夜，才拟蒙眬入睡，陡闻天井内水缸盖上当的一声响，暴跳到石地上托落托落滚动声音。

米元章是在江湖上混饭的，闻见丰富，一听声音，即已知有夜行人在屋上，此乃投的问路石，便伸足一踢汉章，低声问："贤弟听得吗？"

汉章回了句："听见了。"

元章坐起在床上，留神再听。略不一会儿，便闻得狗扒窗户和狗吠声，知道这是贼人的诡计，意在寻人，并非偷盗，遂悄悄爬到汉章这头，附耳告知他这个意思。同时各房男女都已醒觉说话。

汉章遂依元章之言，先取一切兵器，收拾停当，才去开房门，出房径到窗口，故意口中说话，脚下放慢，又在窗内张望清楚无人，方才开窗。虚张声势地闹了一会儿，进屋关窗，假作进房内关房门，却并未关好，便已溜往后面，轻轻开了腰门，张看院落内无人，才走出去，飞身先上院墙，张望清楚，才掩身到屋脊后面，亦伏下身体，亮镖照准戚驷打去。

那货郎因白天被戚驷胡乱了一回，怀着一肚皮气回家，晚间睡在床上，想起戚驷在白天的行为来，料想他必在半夜里去强奸，今日俺在街坊上曾会见米元章兄弟俩携手同行，想必今日不走，此贼如去采花，正遇着两位好汉在家，必有一场恶斗。俺何不去看回热闹，暗助两米一臂呢？既任了侠，又出了气，何乐不为呢？想定遂悄悄离床，收拾了单刀袖箭，开窗上屋，径到米家，跟着伏在米家隔壁人家的屋脊旁边等待动静。

不一会儿，听得米家天井内有人掷石问路，又听得犬吠，知道那厮已到，遂移身到所立之屋的山尖后面掩立着，观看隔壁情形，正见一条黑影上来，伏在瓦上，认得正是白日见过的那人，正拟奔过去偷冷捉拿，又见米汉章从后院内上屋，便暂时止住。见他掩在屋脊之后，扬手试着，知道他是打镖，便乘此暗助他一下，瞄准戚驷，发射出一支袖箭，因此戚驷被伤受缚。

当时米元章在房内听见汉章得手，便仍坐在床上，不走出去凑热闹，及闻得哎呀呼声，觉得很熟，因此心动，才起身下床，出房掌灯到天井地上照看。一见是戚驷被捉，彼此相识，又是同业，虽知他此来系想采花，但因他并未成功，总算还可以狡赖，照办必定一命断送，故此米元章略一沉吟，便决计代戚驷求饶，做一日人情。遂一面劝住汉章、货郎和本宅内的男女上下人等，一面去见叔祖母。

这时老太太业已坐身起来，斜靠在铺上，问她孙女儿："捉住的贼，大家主张把他该怎么办呢？"

她孙女儿回称："不知道。"

话刚说完，元章已走进房来向叔祖母请了个安，才拟代戚驷求情，汉章同他媳妇亦随后跟了进来，都到床前，向老太太请了个安，并道了惊恐。

老太太便问："谁上屋去捉的？怎么得能将他捉住，难道他不曾还手吗？"

汉章遂将在屋上捉贼的情形说了。老太太听说有货郎帮忙捉住的，偶然想起，白天回进门时，曾闻货郎恶声泼骂，遂说："俺还不知道你们平时常说的那个货郎就是俺们每日在门口向他的京货担上买东西的吗，多亏他见义勇为，今晚来帮这回忙，要不然，或许还捉他不住呢。待俺起来，向他道谢。"

汉章媳妇道："俺们已都谢他过了，您老人家可以不必起来了。"

汉章道："老太太定要谢他时，明日在门首买他的东西时，再道谢也不为晚啊！"

老太太道："也好，你们出去时，代俺先说一句吧！"又问道："孩子们将贼人捉住了，该当怎么办呢？"

汉章道："原为此事很难，所以特地进来向老太太请示的。依货郎哥意见，官办不如私办，从俺们这里凤凰山镇进城很有几里地，货郎哥说解进城送官究办，俺们不能在城守他判决，当日必须赶回家来。那官儿倘如得到贼的好处，竟许不办贼的罪，就放贼去了，俺们岂非白忙一阵吗？所以他主张私办，回禀老太太得知，这贼是个镖客，不料他和俺们大哥竟是认识的，大哥已和他见了面，俺们如办了他，可怕大哥面上说不过去，所以来请问老太太该如何

198

办法。"

欲知老太太主张何如，请待下回续写。

评曰：

戚驷贪色采花，前文写之后，迄未再叙，本回忽补写其事者，盖承上启下，追叙其与米元章之交情渊源，且不忍湮没一贤母与孝子，更兼为其遭受至惨之果报，留遗迹以警后世人也，此为本书一大关合处。

写货郎母子者，乃为戚驷母子作一映射也，戚母贤而戚则至不肖，此戚母之所以不胜其痛心疾首，死而抱遗憾于九泉者也，故后文写戚将死，乃先有见母之梦焉，作者之警世也深矣。

孟轲谓羞恶之心人皆有之，羞恶之心者，良心也，苟能推此心而大之，则为贤为圣人君子矣。戚驷见米元章而急埋其首面地，盖即羞恶心之表现也。惜乎其不能本此心而大之，怙恶而不悛耳。噫！

第二十四回

念江湖义气姑宽彼过
看朋友情面聊延其生

话说老太太闻说贼人和元章系相识，不禁心中讶异，边腹内寻思，不即回言，边移转目光射注到元章面上去。她孙女儿年少耳聪，早已听得货郎告诉汉章，贼人来意，想来采花的，此刻恐怕元章、汉章两兄据实回禀老太太，女孩儿家最是怕羞，故此早已溜往后房去，暂回避了。同时汉章媳妇已顺手取过老太太吸的旱烟管来，在烟管上系的烟荷包内取烟装好，就灯盏上吸燃了，递给老太太吸。

元章见叔祖母目视自己，不由双颊绯红，但因机会不能错过，只得老了脸皮，开言对老太太道："这厮和俺同行，所以和俺是相识，叔祖母，并非俺做侄孙的好多话，要代贼人求情，因俺念在江湖义气，和同业交谊上，才斗胆冒昧向老太太和汉章贤弟们众位求情，好在此贼并未偷到什么东西去，且已很被货郎、汉章等重重地责打过了，如非俺已和他露了面，俺绝不过问这件事。现在俺已和他见过了，倘被这里将他私办断送了性命或是送往衙门里去，贼无死罪，官办不过枷号几时，打若干屁股，再监禁几时已经算是办得重了。假使他同行的人在客店里得到信息，大家设法往衙门里去送人情，轻轻地责打若干就将他放了，常言：'打蛇不杀必有害，捉虎容易放虎难。'他如得放，必然纠合同党到此寻仇报复，岂非缠扰不清吗？假如俺们将他私做了，必定被他的伙伴到官告发，岂非无故地打场人命官司吗？故此俺想，多一事不如省一事，老太太和汉章贤弟等全家长幼现在总算看在俺的分上，饶放了他一条狗命。他得活回去，必然感愧，往后不敢再来寻事。俺的主见如此，不知老太太和汉章贤弟及弟妇、妹妹等列位可能允许俺求的这回情吗？"

老太太听罢，很望了元章几眼，才点了点头道："照讲，这贼身为镖师，非比无职业的游民为饥窃所迫，不得已而作奸犯科。他此来非为偷窃金银衣物，可想而知了，他白天打从门首经过，贼头贼脑地向你妹妹张望，夜间到此装狗探路，其情实属可恶已极，作贼虽无死罪，可是作采花大盗的却亦无活罪可言吧。不过俺们家乃是积善之家，常言：'救人一命，胜造七级浮屠。'何况由俺们家将贼捉住私做，或送官斩杀，丧却一命呢。况又有你代他求情，俺们便打狗也得看主面，也罢，俺们此次不看金身看佛面，总算看在你的面上，饶恕此贼一死，将他交付给你。往后他如再来招惹是非，俺们家唯你是问，你敢代他担保吗？"

米元章求情言已出了口，怎好说不敢担保的话呢？只得说："侄孙既以恩义待他，想情他总不致恩将仇报，反来害俺，果真如此，那乃是他自己找死，不待汉章贤弟去找他，俺必首先去寻他评理。老太太放心，侄孙敢保他不敢再来。"

老太太道："好，汉章，你就将贼人交给元章释放吧！"

汉章闻命，心中颇不愿意。但因老太太的慈命，不敢违拗，元章的人情不好推却，只得叫应一声，对元章道："俺们冒险辛苦将贼捉住，却因您大哥的情面，俺们才将他交给您释放了的。您适才自己说过'打蛇不杀必有害，捉虎容易放虎难。'您做了这回好人，可是您所挑的这副担子分量非常之重呢。乘此刻贼尚未放，您仔细忖度一会儿看，别往后反受其累，悔之无及了。"

元章笑道："贤弟放心，愚兄既有放他的胆量，自有收他的本领。他果敢忘恩负义，反来害俺时，江湖上英雄甚多，恐怕无须俺费事，早已有人代俺抱不平，将他做倒了啊！"

汉章见他这么说，便道："大哥跟俺来。"说罢，在前引导，先走出房。

元章向老太太道过谢，又请过晚安，才随后出房。货郎在房外早已听见，不由叹了口气，说："大爷、二爷，贼既捉住放走，俺白帮一回忙，尽的义务已完，没有俺的事了，就此告辞。"

元章兄弟俩知道他心中不乐意，但亦无法，只得连声道谢道劳。汉章更留他稍坐一会儿，待用一点儿酒菜宵夜，天明再行回去。货郎婉言谢却，告别径走。走到天井里，看见戚驷趴伏在地上，陡又想起白天在自己的京货担上假充顾客，选精拣肥，白忙了一阵，结果半丝半缕也不曾买，不禁又勃然震怒，忍不住指着他泼骂了几句，并说："此次看在米元章大爷的分上，姑且饶恕了你一条狗命，让你苟延残喘。往后你如怙恶不悛，再从俺们凤凰山镇市上经过时，被俺撞见，马上截夺了你的镖，断送了你的命。哼哼！此刻死罪已免，活罪难饶，俺得再踢打你一顿，方才出得俺白天里所受的乌气。"

说罢，握起双拳，如播鼓般往戚驷两肩和背心上打去。打了十来拳，便又用连环步法，使两脚向他两腿、两脚、两手臂恶狠狠地踢去，边踢边骂。打踢得戚驷连声哎呀，诚恐被他打踢着致命之处，白送却一条性命，不是要处。因此只得老了面皮，高嚷："米大爷，您老救人须救彻，送佛送上天。既已行好救俺，何苦又着这位货郎打骂俺做什么呢？"

米元章兄弟俩见货郎告别而行，本系在后相送的，走至窗口，已见货郎戟指而詈。元章被汉章阻住，低声道："货郎哥白天受了一肚皮气，所以他才夜间来帮忙捉贼，此刻俺们将贼放走，使他白辛苦了一回，他本心中不乐意，让他打两下，骂一番，出出他的气吧。"

元章被阻，遂立定了脚，兄弟俩掩立在窗后，看货郎拿戚驷怎样。及见货郎骂不绝口，双拳如雨点儿般打下去。

元章看不过了，正拟往外走，又被汉章阻住道："这贼是练过功的，多打几下碍得什么呢？让货郎出气，也好使此贼知道点儿苦楚，受一回教训，下次不敢再犯。"

元章被阻，遂又站住。只见货郎打过一顿，又使锁子步、连环脚向戚驷踢去，踢得戚驷嚷唤米大爷救命。

米元章不能再延挨着不出去了，才移身举步，又被汉章阻住道："这贼犯到俺们家来，一笔写不出两个米字，大哥不帮着杀贼已是说不过去了，况又代他求情免死，死罪免了，踢两脚、打两拳，绝不会就死。大哥何必这么太帮他呢？"

元章见说，只得又止住了足步。

货郎见贼人嚷叫米大爷救命，不由笑骂道："恁般脓包，没有种气，何不安分守己些吃太平粮呢？米大爷今儿虽做了你的再生父母，你犯在俺的手里，亦不能就此轻轻易过，何况这里乃是米大爷的兄弟米二爷的府上呢？米大爷看在同行和江湖义气分上，才代你求情免死，你以为俺打你踢你，求米大爷援救，俺肯就此不打不踢吗？是汉子放值价些，别半夜三更地惊动邻舍人家，被保甲团练等机关里派出来巡查的人听见了，反而使你到官肩扛铁枷、手铐足镣，游街示众，定罪收监，格外出乖露丑，那时你就更做不来人了。实对你讲，俺如不看在米大爷的情面上，早就三拳两脚送你的残生了。只因许了米大爷的人情，所以才轻轻地教训你一番。你再嚷叫，俺可就要手足放重了。"

边说边又抡拳捶打，打得戚驷不能随受，遂又高呼："米大爷，快来救命！"

汉章心中暗喜，知道再打下去，贼命定必难保，这才放乃兄走出窗外。

元章边走边嚷："货郎哥住手，请看俺的薄面，饶放了他吧！"

货郎住手道："米大爷，今番看您的金面，饶放这厮一次。往后在俺们这凤凰山镇上如再遇见这厮，定必将他提住了送官究办，绝不留情。"

说毕，使足尖儿狠命地又在戚驷左腿弯上踢了一下道："这是俺杀你留的一点儿小记认，使你往后不敢再作犯罪的勾当。"

这一下，踢得戚驷哎呀连声，就地滚了两滚，方才停住。

货郎笑道："看了米大爷的面情，便宜了你这王八，你敢当着米大爷装佯吗？"

边说边作势，又要上前去踢。被米元章扯住劝道："求您高抬贵手，饶了他吧！"

货郎遂说："好，俺们再见。"

边说边往前进走去。元章、汉章随后相送，顺又代老太太向他道劳道谢。直送到大门外面，方才作别回进内来，同到戚驷面前。

汉章道："大哥，俺将此贼交付给您了，您是他的保人。往后他如再到俺们凤凰山镇上来作案或是在江湖路上遇见了俺并不回避，反向俺寻仇报复时，那时皆唯大哥是问。"

元章道："那是自然，俺今日千恳万求地才留得他的性命，他怎会将来反连累俺呢？贤弟放心，你就将他交付给俺吧！"

说罢，便向戚驷道："俺们说的话，你听得了吗？"

戚驷忍痛含羞，伏在地上点了点头，应了句："知道了。"

米元章又道："你寓在哪里，俺看你已受了伤了，想情定已行走不动了。俺请二爷着家人套车，或是预备板门、推车或抬担，送你回下处去吧。你自愿哪样，趁早快说，天快要亮了。"

戚驷含羞称谢，说："住在街头上马回子客栈里，烦劳大爷派人抬送俺回店去吧！"

米元章遂对汉章说了："打发两名家丁，用板门铺好被窝，将他盖好，免他受伤后吹了风，难于医治。"边说边亲自给他解去了捆缚，命家丁倾了杯热茶来，亲递给戚驷喝了。又问他带有伤药不曾。戚驷点点头。

家丁已奉命将板门、被窝、扁担、绳索预备齐全，元章亲扶戚驷睡好在被内，给他头足上下盖好，密不透风，说："朋友，往后改吧，恕俺不送你回店了，明日俺再到马回子店里瞧你吧！"

戚驷在被内连声称谢，当由两名家丁抬起。元章给他俩开了大门，送出门外，和戚驷说了句再见，才回进里面来。

戚驷被家丁抬送到马回子客店门首，敲门进内，店家内闻他是住在上房里的镖师，受伤送了回来，不由吃惊。便是戚驷的同伴，也都很诧异，不知他在何时出去，在何处受的伤，慌忙起来开房门迎扶戚驷进内，询问究竟。

戚驷且不回答，先命伙伴打开包袱，取两块散碎银子赏给抬送来的两名家丁，家丁称谢收了，抬了空板门和被回去。

店家本和他俩相识，追到店外，问他俩缘由，家丁本已受过米元章的暗嘱，叫如此这般地回答人，免得主家和戚驷双方面上都不好看。况此时又都受了戚驷的银子，得人钱财，与人消灾，故即照着回答店家道："这镖师不自量力，闻得俺们二爷的名，特意白天先来拜访，约定晚间比武。俺主人推却不过，只得应允，果然他在夜间到俺们家来和俺主人对打了半夜，结果，他被俺主人打伤了。俺们系奉主命，抬送他来的。"

店家又问："这镖师系从屋上出去到你们家的，还是敲门拜访？"

家丁回说："此人系由屋上下来的，大约他亦系由此地屋上出去的了。"说罢，径自回去。

店家回进店内，假作送茶水，进房偷看戚驷的伤势。却见戚驷的伙伴正给他用好酒调敷伤药，从头至足，浑身上下，都用伤药敷着，又用酒给他吞服伤药。几个伙伴扶的扶，调药的调药，敷的敷，大家都忙得不可开交。店家看见戚驷遍体受伤，不由暗自咂舌，退步出房，告诉同店的人道："怪不得常听人说，米二爷英雄了得呢，果然名不虚传。这镖师竟被他打得寸骨寸伤了。"

戚驷命伙伴们给自己将遍体上下敷药裹扎停当了，扶自己睡好在被内，蒙头盖被取汗。伙伴们询问究竟，戚驷作贼心虚，不敢吐实，只得扯谎道："俺半夜在天井里小解，抬头见一条黑影子在屋上

205

伏着，怪俺自己不好，不该多事，便回房取刀，佩挂百宝囊，上屋追赶。那厮见俺追他，他便回身逃跑。俺追到一家屋上，忽然不见了他，俺正在四下观望，陡然来了两人，不由分说，硬咬定俺是贼，狠命夹攻，俺遂被他俩捉住，拳足交加，一顿恶打，几乎使俺有口难分。幸亏遇见米元章，得他代俺分清皂白，方才前倨后恭地派家丁抬送俺回来。但是俺已吃了大亏了。"

伙伴们听罢，都知他是扯谎。因见他穿的是夜行衣靠，分明是往哪里去做买卖，不过此番是偷鸡不成蚀把米，还几乎送却性命罢了。不过大家又因他是由人抬送回店，又颇不像是做买卖不成模样，只得大家半信半疑，听他姑妄言之，各自姑妄听之罢了。

第二天，戚骊的伤完全被药力排泄了出来，遍身青紫浮肿，竟至动弹不得。料想非数日可能痊好，睡在床上，自怨自艾，盼望米元章到来探望。哪知盼望到下午，米元章并不见来，心中诧异，因为夜间米元章在房内代自己说项求情，和老太太问答的话自己完全听得，便是和货郎问答的话也都曾听见，所以心中很感激他。此刻满望他来，拟向他求教治伤的方法，并道谢他的情谊。

正在诧异间，忽见店家领导米元章走进房来，忙从被内勉强忍痛拗起头来招呼。伙伴们原和米爷相识者居多，故亦上前接见让座。戚骊先启口谢过他夜来的恩惠，米元章见他面容紫青浮肿，在被内直不起头来，更休说坐起身体，知道他已发伤，便走到他床前，让他休客气，好生睡下身体。边又和众人客套过了，这才坐在戚骊卧的床沿上。

戚骊复又向他道谢，并请问他："昨夜那两人是谁，俺侥幸得救住那家，如非遇见您老，俺不知死活如何了。"

欲知米元章如何回答，请待下回续写。

评曰：

    米元章以江湖义气为重，代乞戚死，吾窃憾之，谓为妇人之仁。读者想亦韪吾言也，惟其进言详尽，固不仅为戚求情，实亦兼代米汉章一家设想也。何则？盖汉章家为素丰，一旦有此不幸之事，有司正得借题发挥之机矣。语云："充家知县。"元章殆畅晓世情者耳。

货郎，孝子也，亦义士也，乃不以姓名传者，非轻之，实以其为宾中之宾，乃借以形戚之恶者，固不必传其姓氏名字也。此犹五柳先生之不以名传，以五柳为号之意相同。善读书者，当知夫传货郎而不书其姓名之故实乃重之，目之为轻，则非善体书旨者也。

米、戚之一段因缘，至此方为叙出者，盖取乎首尾相应，而为本书一大关合也。文有逆叙法及补叙法者，此类是也。

戚受重伤而得不死，幸也，然此实造物者欲其遭受极惨酷之果报，而惜米之求情，以免其一死耳。苟其此时即死，则作者造意不足奇，而果报之如向斯应，且不足以警世人矣。作者命意深远，于此可见一斑也。

第二十五回

教子义方贤母毕命
憾郎怙恶侠女行刺

话说戚驷道谢米爷救命之恩，顺口又问他交手的那两人是谁，并说："俺真不幸之幸，堪称天大造化，幸亏您恰巧住在那家。如非您老，怕不俺已死了。"

米元章见有多人在面前，不便高声劝戒，只得先回答他的所问，将汉章、货郎两人名姓告知了他，并说："他俩都是武功绝顶的能人，四爷在外走道，为何竟丝毫不知？"说到此，忍不住凄然长叹道："四爷不必问了，真是天有不测风云，人有暂时祸福。从此人世间又少了一位贤母了。"

戚驷忙问："此话怎讲？"

米元章叹道："那货郎乃是本地著名的一位孝子，他的令堂老太太亦是人人皆知的一位贤母，她老人家少年守节，抚孤成人。货郎事母至孝，昨夜他出手多事，他的老母并不知道，半夜里要喝茶，呼唤货郎不应，老人家亲自起床取茶，掌灯一看，那边床上不见了货郎，不由诧怪，留神四下一看，只见墙上挂的箭袋，单刀都已不见。她老人家以为货郎半夜带兵器出去，定系作奸犯科、为不仁不义的横行不法之事，因此一气，遂留下封绝命书来，告诫她儿子，可怜她竟在床栏杆上自缢身亡了。待到货郎回家时，老太太已归天多时了。可怜货郎看罢了桌上的绝命书，直哭得死去活来。他家中贫寒，一时无力措办丧事，无奈只得哭到俺兄弟家来告贷银钱。俺兄弟俩得信，遂即一齐赶到他家中去奔丧，由俺汉章二弟取出三百两纹银来，送给货郎治丧，并回家分派家中男女仆人，往货郎家去听候差遣，帮助一切内外各事。俺因在彼帮忙照应，遂致不能抽身，直到此时，才能分身到此探望。古人说得好，叫作：'我虽不杀伯仁，伯仁却由我而死。'四爷您今番在无意中却断送了一位老太太的性命了。那货郎是位孝子，定必在事后哀毁悔恨，说不定竟在殡葬过他老母之后，亦自尽。果真如此，四爷您这个孽可就造得更大了。俺们大家都料到此层，所以俺二弟才特地支配家下男女仆人去帮助料理，暗令他们轮流监视，防他自尽。俺二弟自己又决定每晚亲自去帮助守灵，一则报他昨夜见义勇为之恩；二则兼因老太太系为此而死；三则防他哀毁过度，即不自尽，亦必伤损身体，或致丧命，故此俺二弟拟乘帮助守灵之便，劝慰货郎节哀顺变，并无后为大之义，更劝他兴家之业，光前裕后，方才是孝子的勾当。倘如只尽得一时愚孝，以身殉母，绝灭香烟，反使世人讥评，老母在天之灵，亦不得安慰。往后坟墓无人祭扫，门户无人撑持，岂非大大地不孝吗？俺二弟决定的这个办法，乃是众见皆同的主张。四爷您想，这位老太太死得可惨不可惨呢？"

戚驷听罢，又惨又喜，惨的是一条老命忽然断送，喜的是货郎毒打自己，不待俺去报复，他娘已先吊死了。边腹中寻思，边信口应答，说："这位老太太死得可惨。"

米元章边和他叙话边留意伙伴等人，这时见众人离面前较远，有的且在房外，遂趁机向戚驷劝诫，警告他以后改悔，不可再犯，又说："假使昨夜您将一命送却，伙伴们且不知，更休说家属人口。如您家中追究，定必害伙伴们无辜打场人命官司，还得遭受谋财害命的嫌疑。即使事后证明冤屈，他们已都白受了大苦，况且您死后还得被人唾骂，说您是采花大盗，死有余辜呢。或者事主抢先到官报案，说是捉贼反抗，将贼格毙，并追究余党，您的伙伴岂能太平回去？您的家属又何能不被连累呢？恐怕不仅伙伴和您的家属，就是传艺给您的师父也得都受累吧！您自己身败名裂，还得害人。四爷不多心俺直言，俗说：'忠言逆耳利于行。'请您三复俺的话，究竟如何？"

米元章一番说得详细尽理，不由戚驷不敬谨佩服、惭愧感激。

元章又慰问他的伤势如何，从身边摸出包伤药来，送他吞服调敷，并说："货郎临行，踢了您一足尖，您的定三里穴道恐将因此受了伤损，日后成为跛足，亦未可知。俺特地带来一张伤膏送给您贴，如腿弯不觉伤重，便可留着不用，如觉重伤，贴上一贴，便可平复痊好。"说罢，又在身边取出一张用红绸涂上的膏药来，送给戚驷收了，便起身作别道："俺们后会有期，此时恕俺不和您多叙了。明日俺要动身回去，临行亦不再来了。"

戚驷连声称谢，留他在店晚饭。

米元章道："俺还有事，留待日后叨扰吧！"说罢，举步欲走，又回身询问戚驷："身边所带的盘缠够不够使用，料想此次伤病，非十天半月可以复原。"

戚驷回答："尽有。"随又谢为爷盛意关怀。

米爷这才点头作别。

戚驷伸两手出被，合抱送客。米爷遂与众伴当告辞，慰问辛苦，说句再见，这才出店回去。伙伴们送到店外，方回进房内。戚驷遂令他们代自己将膏药烘暖，贴在腿弯里，又将伤药调敷在浑身各穴道骨节处，并吞服了些，遂又盖被安息取汗。

如此经过了三天，方才身体能转动自由。又过了两日，才能挣扎着起身下床，但因左腿弯伤痛特甚，行走极其不便，只得运指掌揉擦按摩。

如此又经过了十来日，方才平复如前，但已黄瘦得不堪了。伙伴们在凤凰山镇上住了半月有余，早已得知戚驷被伤送回的因果，不过大家都不向戚驷道破罢了。守戚驷伤势痊好，大家一齐动身

210

回去。

米、戚二人因为有这一番交情，所以那日戚驷在家聚集部下，会议处置犯规的队长时，尚未决定办法。一见米爷到来，赶速起身迎接，亲让到后进内宅客厅上去招待，请问来意。

米爷说："愚下在外保镖，向来未得罪过人，江湖路上敢夸一句有恩义而无怨恨，不料新近在沧州大王庄石家洼地方，忽然出现了一个后辈，叫作什么赛杨戬石超然，无端地自恃其能，要和俺师徒五人比试武艺，将俺米家镖完全抢劫一空。俺得信后，本拟就去教训这小子一顿，因闻说他和河北大侠周虎文是同门的师兄弟，皆是您四爷的高足，俺不能打狗不看主面，所以特地先打发小徒们前往大王庄等候。俺亲自登门拜谒，请求四爷劳驾同俺往大王庄去走遭。"

戚驷闻言，勃然变色，忍不住骂声："无知的小子，居然大胆敢于以下犯上。米爷请息怒放心，待俺同您去走遭，管叫他将原物奉还，当面叩头请罪。"说罢，又叹了口气道："米爷有所不知，这小子目无尊长，也不自今日始了。当日他和周虎文那小子同在俺这里学武成功时，便联合起来倒俺的戈了。周小子是河间周仁之子、周义之侄，来拜师本系偷艺，不怀好意，俺一时失察，误收了这一个门人，几乎将大事败坏在他的手里。幸亏发觉得早，立刻打发他动身。周小子走后，俺知石小子亦靠不住，遂亦打发他走路。果然现在他竟敢得罪前辈，阻截起米爷的镖来了。俺此番前去，他如知过尽弟子礼便罢，否则请求米爷助俺一臂之力，除却了他，俺再去收拾周小子。凭着米爷和俺的能为，定叫他俩准死不活。米爷放心，今日请在此休息，休息住宿一宵，待俺将一点儿事务办完，明早便和您动身。"

米爷拱手称谢，反劝他不可因为自己伤了师生情谊。

戚驷发恨道："虽然他不知米爷和俺的以前交情，但是就事论事，他存心大胆得罪前辈，目无尊长，本就有死之道了。"

211

米爷见他发恨，反又劝他道："或许令高足是受了谁的唆使，中了人家的挑拨反间之计，被人利用，亦未可知。四爷此时且慢动怒，待见了他的面，问明其故，再作道理亦未为晚呢。"

戚骊接着便又慰问过米爷的劳顿，请过米爷阖府和师徒们的安，劝米爷休气恼，说过些闲文，这才命家奴往前面去呼唤一名大传头进来，代表自己，陪伴招待米爷，并令家奴酒席齐备，即便开宴，不必等候俺回进来。吩咐毕，遂向米爷告罪："权且失陪，待俺出去办妥一件事，就来陪侍米爷。席如开了，米爷请自便先饮。"

说罢，躬身拱手，由中间腰门走往前进坛内去，与众人会议，处置那违犯教规作恶的队长。大家都知道教规纪律谨严，违犯教规，比犯国法者遭受制裁还狠数倍，故此都不敢代那小队长求情。结果，反是两名道童代言陈请，要求总会首宽恕他一遭，叫他将劫得的金帛追还原物。如已用去，即限令完全照数倍还原主，并罚他所辖的全队教友，全体跪在各人自家的门首，顶香礼拜，唪经忏悔，逢同教经过门首，即叩头自陈受罚罪状，警诫同教之人。如此示众三日，再将那队长的职务革去，另调别人补充，令该队全体教友互相自责，各打五十屁股，须于打过后，到总会首座前检验，并于神前再宣重誓。这话出口后，各头目均皆赞成。

戚骊主张将那队长本人照此办法究办，教友们只令各将所得财帛交还，免去跪诵经卷三日，将他们互相各自责打五十屁股，改为到坛受刑，免去打后来验的手续。当即议决照办，戚骊遂传下法旨，限即日执行，交两道童全权处置，并传命邀请各事主到坛领取失赃，目睹行刑。说罢，又吩咐道童，说自己因朋友有事，须往沧州去走遭，今日招待朋友，明日动身，大约有几天耽延，事毕即回，所有此间事务，小事可全权代理，大事可与众高级头目会议办理，紧要机密可待俺回来再办。吩咐毕，遂往后进去会米爷。

其时米元章已和那传头在客厅上施筵设席，对坐饮食了。见戚骊进内，齐起身让座。戚骊令家奴添设座位杯筷，亲陪米爷饮食。

酒饭毕后散坐，传头奉谕退出，遂向主客各请过安，由边门绕往前进坛内去。米爷见戚驷服式打扮完全与平昔不同，回忆往日，曾几何时，已如此迥异了，不由腹中慨叹，遂请问他在何时入教，入教后权利义务如何，并问周、石两令徒因何竟敢背叛师长，出师门后曾否来请过安，或明目张胆地对抗过吗。

戚驷见问，遂将教中情形含糊回答了些，又将当初周虎文偷听窥探的各种动作，暗和石超然联合叛师的行为拣足以挑逗人怒、有利于己的事略说了些，并捏造一两件行动，作为他俩叛师的罪证。将自己暗地派人埋伏邀截狙击周虎文，遇见曾有义、金万能等东伙援救周虎文解围的事实隐秘不言。

米元章听罢他的这番片面言辞，心中颇为不悦，默念周虎文号称河北大侠，在河北一带极有疏财仗义、济困扶危、去暴安良、任侠援众的美名，尤其对于镖行中人更有好感，即是他的父、叔两人，在江湖上的声望亦颇得人敬仰。和东方德及新出道的凤际云、凌云兄弟俩同样有名。仁义镖局的旗号在十八行省，到处都受人欢迎，比戚驷自己所创的聚英镖旗还要高出一头，岂有号称侠客的人对于师父会背叛不尊敬呢？也许其中尚有别情吧。

讲到戚老四的生平为人，前后历史颇不冠冕得很，本来大丈夫无事不可对人言，何况是自己的亲信门徒，做事要瞒他们做什么呢？又何必怕徒弟偷窥窃听呢？米爷怀想到此，遂觉戚驷所言很有几分护短，便随口答应地顺着他嗔怪周、石两人不该以下犯上，倘若个个徒弟皆如此，天下后世还有人敢再做教师传艺吗？说罢，便又和他谈了些闲文，这才忽然动念，俺即到此，机会难得再有，何不乘此时他正在盛夸教中兴旺的当儿，借欣羡向慕为词，要求他指示引导，考察教中的内容呢。想念及此，便向戚驷进言，先称颂教中的兴盛，又说："俺从家乡到此，沿途都见家家户户的供奉神像唪诵经卷，一切规模宏远，行为光明正大，势力扩张进步，非常迅速可惊。记得前几年，俺保镖出门时，尚没有这般盛况呢。彼时闻香教主王森，被官厅捉住，下在苏州狱中归了天，各地教友、道友等闻信虽都感伤，但尚不敢明目张胆的念经追悼。近几年被徐鸿儒继任教主，布置一切，竟至百万分兴隆，真正出人意外。四爷现任总会首，当然深知内幕究竟。米某下愚，不揣冒昧，意欲趁此刻闲暇，仰求四爷开诚赐教，不知四爷肯示知详细吗？"

戚驷见问，很高兴地移身到客厅正中靠屏风前的香几边，在香几上检取了两本刻印的小册子来，递与米爷道："大爷请看这两本书，便知道俺们教中所以兴盛的原因了。"

米元章接过看时，只见册上书签写明"征信录上下"字样，知是连接的上下两册，略一翻阅，只见上面都是用浅近易解的白话文字记叙着教中的历史，历代教主传教的情况，及成神证果的事实。又详记教友信教后所得的福禄寿利益，信教而又背叛教主，不奉行法旨背谕命令，所遭受的各种奇惨报应。大约说信教者求财得财，求子得子，求寿延寿，求官做官，神符治病，念咒捉妖，驱鬼镇宅，会经超度先人，全家福寿富贵，不信教者遭受刀兵水火之灾，几自愿义务入伍，充任护教神兵，念咒即能练神拳，武艺可无师自通，画符吞服临敌可保刀枪不入，水火不伤，背教者即蒙教主仁慈不咎，亦必遭受显戮。每一句题目，后面即记载着许多笔记小说般的事实。大概说某地某家某人，信教后如何如何；或某人赞助本教，修得福利如何如何；或某女信教，嫁婿大富，生子大贵；某妇侮辱本教祖师，烧毁本教经卷，当即受显报的惨况；某人允任护教队长，带本队神兵，空手御大帮土匪大获全胜，无一受伤；某人充神兵后反悔，被贼偷时因捉贼受刀刺伤将死，复又立誓信教吞符水立刻创口平复；某人信教，已由教友升至道友，忽受贪官及土豪的贿，谋害同级教友道友，当夜即被雷殛，死时朝天叩首，自供其谋；某人犯死罪，在牢虔诵本教经卷，遭逢大赦；某官专喜取缔本教，希图立功，忽然被窃仓粮库银，情急自尽。诸如此类，不一而足。

米元章略一观看，已知这是教中首领，请一班无聊文人，重金贿托，强迫要求，才编撰出来的事实，印成小书，散布民间，诱哄愚夫愚妇入教，供其役使的。不由腹中好笑，却故意口中赞颂。戚驷不知其诈，却很得意地将自己辖下的各队人数和编练护教队伍的情况详细告知米爷，又引导米爷，出中间腰门，同往前进坛内去，给他引荐那两名道童和该值未走的传头会首队长等各大小头目，并道友教友等众人。

其时适有许多教外的人和新入教的教友等男女，纷集坛内，求符医病，求签问卜，以及许愿还愿，焚香上供的，极其忙碌热闹。米爷看在眼内，心中虽疑这是左道旁门，异端邪教，他因目见许多呻吟的病人，吞服些香灰浸的水，和烧化的黄纸朱书符灰，立能不药而愈，许多病人睡着抬了来的，尽皆好好地健步走了回去，亦不禁纳罕称奇，因此竟不由半疑半信、将信将疑起来。

看了一会儿，复由戚驷招待着，伴同进去，对米爷大言道："米爷请想，在此片刻之间，大爷所目见的神奇灵应，已有如此之多，可知本教的兴盛确系并非偶然呢。"又说："米爷该已在大门外面看见过了，门首张挂着本地各衙门的告示，那还比俺才给您看的两本书格外来得不容易呢。并非俺帮着徐教主鼓吹，当初在王老教主手里，男女信徒只不过共有数千人，已被官府拿去办罪，说他老人家是妖言惑众了。现在徐教主继续布道，天下十八行省，教徒共计何止百万人呢？官府非但不罪，反而肯出示保护，这岂不是徐教主的洪福齐天，该当他克成大事，掌理天下，永享太平的兆头吗？米爷，您听着，徐教主登位做皇帝，于宏志、王好贤两位副教主对世袭的一字并肩王分任元帅、军师，俺戚老四乃是开国元勋，那时节少不得也要裂土分茅，南面称孤，封一位王爷了。哈哈，想不到俺做替天行道自称大王的人居然也有那么一日，这才真正叫作'人不可以貌相，海水不可用斗量'了。"

戚驷说到得意忘形之处，禁不住手舞足蹈，傲形于色起来。

米爷见他狂言悖谬，有如梦呓，不由又气又好笑，只因此来的目的是要他代自己解围，只得装佯称羡。

戚驷又笑道："俺那时果如得封王位，定保米爷做一位值殿大将军，至少亦必力保米爷做一任总兵，方算得俺报答大恩之道呢，只可惜那位汉章二爷和那位贩卖京货的货郎，现在已都不知去向了。假如得能被俺撞见，俺定必要学一回古人以恩报怨，方才见得俺姓戚的非量小之人呢。"

元章听他忽提前事，心中更觉腻烦，听不入耳起来，思忖这厮已经年华老大，仍自贼心不改，真个有死之道了。因此很想直言痛斥其妄，转目四顾，只见有家奴立在窗口檐下伺候，未便启齿，只得隐忍在咽喉之内。

戚驷大言不惭地信口说了一番，见米爷的面色不似先前那么温和了，这才陡然自觉失言。幸喜那两名护法道童不在面前，否则对教外人泄露教中秘密，应该受教主讯办罪名的呢，因此遂将狂言收住，转口和米爷闲谈江湖上的勾当。

谈说间，天色已暮，戚驷又命家奴传谕，仍在客厅上排设筵席，款待米爷晚宴，毕后坐谈多时。戚驷亲伴米爷到本宅预备的客舍内去，传唤一名精细家奴到来服侍米爷安息。戚驷告过失陪，才自回内宅去睡。

次日，米爷清晨刚才起身，戚驷已经先起来收拾好了，待米元章洗漱罢，陪用早点，即便相偕动身。戚驷为夸耀法术，希图取信米爷，使米爷入教归自己节制，扩充本人势力，兼代教中办事起见，遂于路上作起法来，在米爷两腿足上指画符咒，口念咒语，画念毕后，手挽米爷臂膀，喝声道疾，说也奇怪，米元章经他这番做作之后，便忽然身不由己地举步如飞，跟着戚驷足不停踵地往前奔去。

米爷心中虽知这是邪术，但却亦不由得不信，渐从轻视的忽略心理转变到庄重虔诚的尊敬态度，忍不住问询戚驷："据说教友们吞下符水能够临敌勇往直前，不论敌人的武艺如何精通，兵器怎样快利新奇，皆所不惧，且能以一敌众，刀枪不入，水火不侵，这话究

216

竟确不确，还是故神其说、耸人听闻呢？"

戚驷笑道："俺昨日给您看的两本书上不是记载着好几件信而有征的实在情事吗？那都系有名姓地方，可以稽考的实情，怎么疑惑他是故意造作的谣传呢？"

又道："这也难怪，米爷是教外人，当然有些不信。往时俺未入教前，本亦不很相信，后来进了教，亲身经验的闻见多了，方才深信不疑。比如米爷昨日目睹在坛内用符法治好的那许多病人，岂不比现在各地宣传的祝由科还要灵应迅速吗？假如此刻俺们俩行走如飞，丝毫不觉吃力，岂不比《水浒传》上的神行太保戴宗还要来得迅疾吗？这都是您亲目所见的事。假使别人经验告知您老时，恐怕您老亦仍不大相信吧！这真叫作天下之大，无奇不有，为人总不可抱定耳闻是虚的成见，以为一切怪诞不经的事，都系虚无缥缈。"

米爷见他说得恁般神奇，心中兀自半信半疑，因即沉吟不语，并未嘎声答应赞许。

戚驷已知他腹内仍不相信，因素仰他师徒们的武艺在南北各省的镖行里确实可称作第一流的英雄好汉，便是元章自己，在各省的著名拳教师中亦可称作出类拔萃，本来存心想劝诱他师徒入教，共图大事，所以才隔夜引导他参观教内教友们治病，并故意对他说了许多海话。此时上路，又作法神行，希冀打动他的信仰心，故此遂又接续着往下说道："米大爷，您莫非仍有些疑惑俺的说话吗？其实这很容易可以当面试验的，照讲，教友们临敌交锋，不畏刀枪水火，均须吞服符水，方才可以有效，这不过是指普通的教友而言。假如道行深的教友已经得到教主当面亲口的传授，并已加委充任总队长，统辖护教队神兵几队时，其人便不画成神符烧灰，用水吞服。只消口念保卫本身或全家全队教友的咒语，亦能立见功效。别人不说，就讲俺自己，亦蒙教主恩典，赐传过这个神咒。现在俺们在路上行走，寻黄表朱笔不便，不妨马上念咒试验，好使您老深信教主的神通广大，道法高妙。"

说罢，即便口中念念有词，隐言在嗓子里念了一遍，遂说："米爷，就请您用随身带着的兵器试试看吧！"

米元章见他说得恁般稳定，不由好奇心生，遂拔出腰刀，要当面亲手试验。

究竟戚老四能否认真给米元章试刀，及其性命如何，请待下回续写。

评曰：

  邪教为明末妖孽之一，与客、魏可等量齐观。当时侠客义士、忠臣仁人，所合谋以锄奸安邦者，在朝则去群奸，在宫则诛客、魏，而在野则固以灭教为务也。良以客、魏指使群奸，紊乱朝纲，谋危邦国，与邪教之凭仗法术，欺罔愚民，图作反叛厥罪惟均，而为害且皆殊途同归。况按诸史册，当时奸党逆谋，本以勾结邪教，仗其势力普通在野，为奸党助威，欲收为己用，将谋于大事成后，另策再为消灭邪教，邪教亦贿赂奸党，仰其官阶、政权得保护而广事宣传，佯为拥戴奸党，愿效死力，实则欲使奸党为教之傀儡，其两方行为皆存互相利用之心，其为祸害，固非常之烈也。假使客、魏受诛时，邪教尚未先灭，吾知其必不能若是其易之矣。故书中侧重戚骊借以渲叙邪教影事非闲文，实均为锄奸各侠义，努力捍国作切实之不写之写耳。明乎此，然后可许以论小说，或问此类笔法为何，曰：即不传而已传之法是也。

第二十六回

店小二演说石员外
赛杨戬溯论戚四儿

话说米元章好奇心生，遂亮出腰刀来，紧握在手，四顾前后并无行人，近处田亩间亦无农民工作，说声："四爷留意。"便抡刀对戚驷挥去。可煞作怪，那刀竟从戚驷身上反震了弹射回来，连挥数刀，皆是如此。

戚驷又口念咒语，喝声道疾，这一来，米爷的刀还未曾着他的身，便已暴了回来。

戚驷问声如何。米爷不由称奇赞许，连说："可惊可敬，真正令人佩服，果然信实不虚。"说着，将刀插入鞘内。

戚驷不禁得意扬扬地笑道："倘非刀未近身，便已反震了回去，您老还恐有几分疑心是俺运用功夫呢。"

一句话说着米爷的心思，不由面色一红，笑说："这也未见得俺定有此想，不过四爷是练过功夫的人，刀从身上反震着暴了回来，原不能算作稀罕，刀未近身即已震回，那确系神助的功效了，还有什么话说呢？"

二人边说边箭驶价往前疾走，初时米爷只觉得身不由己，足不停踵地往前而行。至此忽觉比前更快，竟至足不点地起来，不由得心中不十二分地诧奇敬佩，忖念不料这个善于作恶的戚老四居然能精通这许多法术。他先前学得一身武艺，已造就了他平生的不少罪

219

孽，现今又学会了这许多法术，更壮了他怙过作孽犯罪的贼胆，岂不可要晦气不少人家、牺牲很多性命吗？兴念及此，忍不住暗暗嗟吁长喟。

戚驷听得他太息，转面目视他的容颜，忽见了有不豫之色，遂问："米大爷何故长叹？"

米元章遮饰道："俺想今日四爷被俺邀往沧州，向令高足去要镖，虽然据四爷自言，师弟间暗中本有些底气，究竟双方并未破过脸，却不料此番因为俺的事，既劳动大驾，又累害贤师徒反目，岂非完全由俺而起吗？故此俺想着，很为过意不去。"

戚驷哈哈笑道："米爷之言差矣，大人为公忘私，很多大义灭亲，何况石小子是俺的一个不肖之徒呢？小辈冒犯尊长，无理取闹，本就有应得之罪，正该由俺做师父的去教训他一回初次，倘不服从，自当着实地收拾他一顿，此乃俺的分内之事，您又何必不过意呢？"

两人在路上说说谈谈，颇不觉得寂寞，仗着法术行走神速，当日即已赶到沧州。戚驷因防石超然恃仗本领，及他自己在家乡地方的势力，手下啸聚的人多，或竟认真地反抗师长起来，弄得自己在米爷面前不好看相。且因师徒们别后，已有好多年不见，江湖上有两句口号，叫作"一层后浪催前浪，几辈新人换旧人"，恐怕石超然在这别后的好多年月之内，已养成了羽翼，创立了根基，但就他的外号赛杨戬三字推想，已可知他的本领声威今非昔比了。万一他果真违犯师尊，自己依老卖老，一时大意，被徒弟偷了冷不防去，岂非弄成三十岁老娘倒绷孩儿的笑话，给米家师徒们好笑吗？为把稳起见，特意先在沧州城内落店住宿，不径到大王庄石家洼去。

米元章心中虽然焦急，恨不得马上就将此事解决。但因当天已赶到沧州，总算毫未延宕耽搁，迟早只争得一夜烦劳人的事，当然应听人的主张，焉能坚持己见呢？故此只得熬着，权且急在腹内，和戚驷住店后，便向戚驷请问："明儿往大王庄去，该如何着手进行解决石超然到处截夺镖车、捎信夸胜的事？"

戚驷已知其意，便实告道："米爷弗忧，俺因和这小子多年未见，一时未知他的虚实，所以才权先在此住宿一宵，好向当地人哨探他的内情。您放心，好歹总在明天，完全了却此事，绝不耽延时日就是了。"

米爷大喜称谢，说话间，恰巧小二进来冲茶水："请问二位爷晚间用什么酒菜饭食，请早吩咐了，好令厨房内早做。"

米爷遂说了些酒菜名色，征得戚驷同意，吩咐他传唤下去。

小二应声理会得，回身待走，被戚驷唤住，请问他："由此往石家洼尚有几里的路程，可曾听人说过石家洼地方有个赛杨戬石超然，其人名誉如何？"

小二听罢，便笑说："爷问石家洼，又巧问着俺，正是问到俺的根本家乡来了。那地方离此尚有二十来里，全系大路，因为俺亦是石家洼人氏，所以能够知道详细。倘然爷下次再问别人时，最好先说出一个大王庄地名来，方才可以问得着石家洼呢。"

戚驷带笑说句："承教，原来小二哥亦是石家洼人，真正再巧再好也没有了。"

米爷在旁羼言问道："小二哥，听你的话音，单问石家洼难着，莫非那地方不很大，所以不甚出名，以致不大有人得知，所以难问吗？"

小二道："不，敝处石家洼乃是个天然形胜的所在，地方颇为广阔，住户人口亦很众，田亩亦颇多，比较别处，却应算作个大庄院了。只因敝处地居在水洼子内，只有一座桥通陆路，外人无事难得前往，以致地名颇少人知。大王庄乃是个镇集，街道上商铺颇多，各行各业皆有，人烟稠密，买卖繁盛，本地外路人皆知道有这所市镇，每逢集场日期，极其兴旺热闹。出了大王庄的市梢头，便能望见敝处庄院了，所以打听敝处，最好先说大王庄，方才容易访问得着，即是这个缘故啊。不过现今已比往昔大不相同了。"

二人忙问怎么不同。

小二道："这真所谓人杰地灵，皆因敝地近年颇出了几位人才，最杰出的便是现被公推为敝处庄主的石超凡、超然兄弟俩，休说走到大王庄镇上询问石家洼大员外、二员外，或是大二两位庄主，人人皆知，便是在本城差不多的地方打听他兄弟俩时，亦颇有人晓得呢，何况俺舍间和他家相去不过丨来家房屋呢？这位爷所问的赛杨戬石超然就是俺才说的二庄主和二员外，俺们当地人在背后谈论起来，往往称他作小圣，又呼他为小二神郎，他们兄弟俩兄文弟武，一般都有很好的名誉，据俺所知，似乎在当地大庄主的声望比他兄弟大，在外路却是二庄主的威望比他哥哥强了。近年地方上兴起了一种闻香教，又称白莲教，大员外被人拉拢，也入了教，被公推的沧州一带的总会首，本地人但凡是入教的，都得受他管辖，因之到敝地谒见大员外的人也有从外路来拜会他的，也有从本地来求见的，无日没有许多起。加上二员外在江湖上结交下的朋友和各地慕他大名的拳师镖客，以及练武出门访友的人亦难隔几天没有不到他家拜会的，故此本来很冷落僻静的敝地，近来竟陡然变作了热闹区域了，这岂非现今比从前大不同吗？"

二人听罢，信口顺着他说道："果然人杰地也灵，应了古语了。"

随又接着问道："小二哥，这位小圣的名气何以得能怎般啊，你可知道吗？府上既和石家相隔不远，俺们向您打听一件事，不知你可肯说吗？"

小二笑道："二位爷，这位二员外的名气响，乃是因他能博施济众，扶困救危，很有古代侠士的遗风，况又曾亲身在各省闯过好几年，访师会友，练得一身好武艺，既有银钱结交人，又有真实本领，足令人拜服，那名声怎得不响呢？"说罢，又问："二位爷要听件什么事呢？"

戚骝笑道："俺们据闻石二员外因为好练武，又曾在外路打抱不平，在他的拳足之下，很伤了不少有能为的人，故此他回到家乡，怕被人家来寻他报仇，特地在家招聚不少亡命之徒，平时作为家奴，有事即充当打手，闻得那些打手内亦很有许多能人，并且有不少善能高来高去的飞贼和水陆两路的大盗，他仍怕不足防患，又特意以手足之情恳求他兄长，暗中传授他许多符咒法术，故此他虽未曾入教，亦有不避刀枪等各种兵器、不怕水淹火烧的能为，这话不知可是确实的吗？"

小二见问，未即回答，却目视米爷问："爷所欲打听的可也是为此吗？"

米爷道："不，俺在路上闻人传说，新近他亲自出马，并打发手下专门劫夺一家著名镖局所承保的各种银货重镖，那家镖局有名唤作米家镖，和他并无仇怨，不知他因何要和米家镖为难？俺和米家镖局的主人虽不认识，但因也吃着这碗镖行饭，彼此都是同行，不免要关怀，所以顺路到此地来暗中调查调查。小二哥，您和他家是很近的邻居，可曾在回府时闻人谈及此事吗？"

小二听了，摇头回称："不知，俺们本地人只知石二员外是位侠客义士，所以才有很好的名誉，如照爷所言，竟是个聚众拦路打抢的强盗头目了。果真这样，怎么会时常有人仰慕他的英名，特地从外路来登门拜谒他呢？爷这话恐怕不是误听人的谣言，定系上了人的当了。"

说罢，微微一笑，又对戚驷道："爷所听得的话也和这位爷所听得的有些相仿佛，一般也是误听了人家谣言了。大庄主信教，他却不肯信奉，并且教规极其谨严，对教外人不论是谁，都不能将符咒法术私相传授，何况他俩都是正人君子，岂肯背弃信义呢？讲到他家中招集许多家丁打手，全是亡命之徒和各地大盗，这谣言尤其说得太不像。他家本系一乡首富，庄田既多，垦地亦不少，近年内地荒年人民因被饥寒所逼，成为盗匪，往往集合在一起，到各地村庄借粮，奸淫抢掳，杀人放火，差不多无恶不作。这风声传播到本地来后，地方上人遂公推石超然为首，办理乡勇及联庄会，以作万一不幸，如遇大帮盗匪犯境，便可有备无患。他因既办乡勇团防，非

223

得大家都略知武艺不可，故将他自己家内庄汉、长工、家丁、奴仆等人众首先各教练会了些拳棒武艺，即分使他们往各村庄集镇去教练各该处的乡勇团丁。他当时因恐仅靠自己一人教练武艺，一时难得速成，故曾派人持请帖聘书往外路去邀请过几位朋友到来担任教习，忙了好多时，外省的饥民盗贼闻风，并未敢来犯。他因组织已经完备，往后临时有警，尽可以随时鸣锣放炮为号，集队御寇，故将常备的乡勇团丁一齐解散了。就是请来充任教习的各朋友亦皆陆续告辞散去。因为曾有过此番举动，遂增加了他家中壮士、长工、仆人、庄汉们的练武兴味，都要求他继续着往下教，故此他每遇闲暇，便集合家奴、庄汉等在庄院内草地上教练武艺。如此习以为常，日期既久，遂教出了好些武艺精纯的人来。这班人越学越高兴，仍继续着要求二员外再往下教，并各自愿充当庄主家内的护院。二庄主出外，他们原分班轮值的随行护卫，并日夜分班巡查庄院内外。二员外因见大众皆出自愿，皆是尽义务，不好拂人美意，遂又将这班人的武艺分别各人的情形，令各人专习练精一两件兵器，和一两种拳术。教练这班人成功之后，索兴令他们每人各管带几名庄汉、长工、家奴等壮丁，分任教习，转教那些人的武艺。因之分立名目，遂有护院教师、保镖、打手等各种名称，全石家洼的壮丁统称作乡勇，皆听二庄主的命令调遣，及轮班值日的，由二庄主酌给伙食、工资，作为津贴，以示鼓励。那被二庄主校阅考试武艺及格的人便长期充任护院教师等职务，每月均由二庄主令庄房内账席，按职务发给工资，这乃是实在情形。如说这许多人之内混有亡命之徒、水陆大盗，以及高来高去的飞贼等各种歹人，俺敢代他发誓，绝对无有一个。二位爷所讲的这番话，幸亏在此地对俺说的，如到大王庄附近地方，无意说了出来，被人听见，定必不肯放二位脱身，要追究这话是从何处听谁说来。如回答不出个娘家，哼，那时二位爷可就要受哎哕麻烦了。奉劝二位，以后说话最好谨慎些才好呢。"说罢，对二人笑了笑，径往别处去了。

戚驷低声笑对米元章道："米爷，小二被俺这么一探问，竟都实说了出来，真正是'踏破铁鞋无觅处，得来全不费工夫'啊！"

米爷道："四爷明日预备怎么办呢？"

戚驷笑道："照小二所言，石小子家下壮丁虽然都有本领，究竟全是从他学得的能为，谅还没有什么扎手货。他既未进教，不会得法术，哪怕他青出于蓝，武艺比俺高强，俺只要略施法力，便能立刻制服了他呢。"

米爷道："万一他的兄长出来帮助，却又当如何呢？"

戚驷笑道："不妨，俺们既在同教，只要一使教中的隐语，他就得马上停止。教规不许帮外帮欺内教，和江湖上切口'不许帮洋吃相'，是同一用意的啊。"

米爷见他说得十拿九稳，已有成竹在胸，心中更比前安定了些，又因听了小二的一番话，将石超然的身价高抬到极顶，初听时心中颇觉不悦，此刻一想，反而欣悦起来，更觉得他此番夺镖必定系受人之愚无疑。正在犯想，小二已掌灯送酒与菜食进来，伺候二人饮食过了，收拾了残肴碗筷等自去。二人坐谈了一会儿，便上床安息。

次日起来，梳洗早点毕，戚驷问："米爷，您和几位令徒约在何处相会的呢？"

米爷回说："俺和他们半路分程，令他们先往大王庄住店等候，乡下市镇纵大，亦必不过如此。俺们到得大王庄，寻着客店一问，还怕不会见吗？"

戚驷点点头。米爷遂即结算店账，和戚老四动身离店。两人都是老江湖，各地路径方向本多熟悉，隔日问小二路程里数，乃是随口而出的言语，并非真不晓得。当因行程不远，戚驷故未念咒画符作法，两人并肩而行，看看野景，谈谈时事，不觉间已经到达大王庄镇市街衢道上，向人一打听，街上共只有两家大客店、三家小客店。两人沿街道前行，来到一家大客店门首，悬挂市招，乃是悦来客栈四字。米爷便当先走进店门，接客小二看见，忙上前代卸他肩

225

头上的包袱，边带笑说："爷们要住上房，本地只有俺们店里有清洁宽敞的上房，别家没有，就请爷在俺们这里住下吧！"

米爷忙说："且慢卸包袱，俺们是有伙伴们先到此地来的，倘他们住在这里，俺们便也住在此地。否则俺们还得往别家寻问去。"

小二忙问："爷的伙伴共是几位，哪里人，姓名唤作什么？来有几天了？"

米爷说出陶乐山等师兄弟的口音年貌，问可有这样形容的几个人来住店没有。

小二笑回答："真巧极了，共是四位，正住在俺们这里上房内，他们本亦吩咐过，说还有伙伴在后面走着，来住店问信时，可即引他们进来。"

米爷闻言大喜，便往店外招招手。

戚驷见已寻着，便跨步走进来，同时掌柜的亦走出柜外来招呼旅客，闻说是和陶乐山等四人是一起的，不禁欢喜念佛道："阿弥陀佛，二位来得正巧，贵同伴他们住在小店，不知如何一齐都会害病，病得很险恶。他们无日不问，可曾有人来住店探问过他们呢。现在二位到来，可知是他们的救星来了，俺们可以脱得干系了。"边说边和小二同引二人齐走进后面四位住的上房内去。

米爷闻说四人同时一齐害病，心中不由吃惊，进房未坐下身，便先问四人的病。前文叙过，陶、邹、邹、程四人系因探道石家洼，各在庄上显过了本领。回店后，当晚被石超凡使用符咒、法术所致。当由米爷恳求戚老四，设法代四徒解救，果然戚驷的法术神奇，立刻将四人的病医治痊好，当劝诱他师徒入了教，宣誓行礼，同受过戒。当日并由戚驷拿出师父的身份来，令人去传唤石超然来店，遂即当面给双方拉场，由石超然向米元章师徒申述误会，请米氏师徒既往不咎，恕冒犯米家镖之罪。米、石双方一场风波遂尔和平解决。

石超然回庄，当晚特又在家设宴，欢迎米氏师徒，答谢戚师，兼代大众接风，并为石超然、戚老四双方引荐，代陶、程、两邹起病，石氏昆仲席间轮流给米氏师徒把盏劝酒，表示歉意，代戚驷献爵，表示敬谢，宾主尽欢而散。

戚、米、陶、邹、邹、程等回到悦来店内住宿，陶、邹等仍住原房，戚、米两人却另住别间上房，不料即在当夜，忽然来了名女刺客行刺戚驷，在屋上莺声呖呖，痛骂戚驷，数责他往时的奸淫抢劫种种罪状。虽未将戚驷刺着，但已唬得他丧魂破胆，睡在铺上，如被芒刺在背，翻来覆去，一夜都未能合眼。天光才东方发鱼肚白，他便起身下床，悄悄收拾了自己的物件，不辞而别地留言回转德州去了。

米元章起来，在那边铺上不见了戚驷，心中诧异，先还当作他又听得什么响动，亲自出外追捉刺客，直到此刻，尚未回来，不知他吉凶如何，心中颇代他担忧，后因见房内所有他的东西都已完全不见，揆情他去追刺客，绝无带了一切东西才去追的理，便料定他已走了，遂向小二打听，果然他已动身回去。米爷因不知他往日有和于二小姐的事，所以一时猜想不出，他因何见了一个女刺客便尔陡失常态，一夜睡不安席，天明即已就道。那女刺客是谁，竟能使一个横行黄河两岸、独霸渡口，既做寨主大王，又当镖局主人，列身在奸佞门下，投效在邪教伍里，简直像一个混世魔王般的渠魁，不怕天地君亲师，杀人放火视同寻常儿戏的戚老四唬得慌张失致、仓皇忙乱、逃遁回家，不敢逗留片刻，料想这位女刺客定必非比等闲。因此米元章心中竟自恨不该夜间失之交臂，当面错过机缘，未曾瞻仰瞻仰这位女刺客的芳姿，观看她的本领，或者大胆请问她的姓名、籍贯，往后也好和她结为朋友，遂闷恹恹地走往陶、邹等房内去，询问他们夜间曾否看见那来行刺戚驷儿的人是何形状，并问他们可曾在外面听得人家传说过威镇鲁北、独霸黄河渡口的戚驷儿生平最忌最怕的是何处何人，可知他清晨悄悄回去？

师弟们正在房内叙谈其事，忽报石二庄主来了，米爷慌忙迎入，将夜间女子行刺戚驷，戚驷天未大亮即已不辞而别的话告知这位赛

227

杨戬，顺问他可知令师生平所为，为何不怕天地君亲师，反怕起一名女刺客来，其故安在。

石超然见问，不由惊诧太息，因恨乃师生平怙恶不悛，竟致一时忘却忌讳，冲口而出道："唉！冤家巧遇对头人，今番戚师父的一条老命，大约定必难保要断送在这位女刺客的手内了啊！俺代他老人家设想，真叫作早知今日，何必当初。米爷，并非俺晚辈侈言直谈师长的过处，家师今日的遭遇，真所谓'善恶到头终有报，只争来早与来迟'啊，换句话说，此乃他老人家早先行出的春风，现在应该收的夏雨。种瓜得瓜，种豆得豆，本是一定的道理，只不过可惜他老人家和春风夏雨相反，乃是罡风暴雨，造下孽因，收获恶果罢了。"

米爷听他话中有因，忙紧接着催问："此言怎讲，请示其详。"

石超然已说溜了口，焉能收缩得住？便滔滔不断地将戚驷从小经贤母鞠育长成，由十里铺庄上牧牛出身，如何偷学武艺杀贼成名，如何因两镖师急流勇退，隐姓埋名地悄然他适，他亦奉母命出外访师求学，更求深造，以冀将来保卫桑梓人民，为国立功绝域，博得衣紫腰玉，光前裕后、封妻荫子。彼时他的志向极高超纯洁，颇得人称赞，他是"有志不在年高，无志空长百岁"两句格言的信徒，很有人敬重他的孝行义勇。当时他出门访师游学，在陕西凤翔府拜神拳太保吉天相为师，不料即在吉师祖府上已将要练成武艺之际，忽然动了邪念，因之遂造下今日遭受报应的祸根。

石超然说到此处，略停一停，便将戚驷当日在凤翔如何见色思淫，违背师训，调戏周寡妇姊妹，被师责罚，不改过而反遂过，竟索兴抱定"牡丹花下死，做鬼也风流"的混账恶劣思想。当夜跳墙往周家去强奸周于氏，得陇望蜀，一箭双雕，如何泄露春光，惧受责罚，私自逃师，如何临行和于氏姊妹俩约期后会，如何绕路逃跑，沿途浪费滥用，如何金尽当光，仗艺行窃，如何因嫌沿途花钱买笑觉得不痛快，如何因行窃看见事主夫妇同房，及睹见美色女子酣眠的媚态，陡又引起兽欲，以至心猿脱羁，意马驰缰，遂大胆放纵禽兽行为，玷污贞操清白，如何先窃后奸，因惧事泄，遂所欲者奸而后杀，不遂所欲者立时砍毙，如何沿途由行窃而奸污，而杀人放火，胆子愈过愈壮，作恶越久越多，所犯盗杀奸污的血案，不可胜数。如何路过石家庄，误认马老太君为其孙女，遂致于犯下一件离奇风流血案，种就祸根。"

说至此，便又详细解说道："那马老太君的大孙女因痛念她祖母年迈苍苍，被采花贼奸杀毙命，明知贼系为己，而致误奸杀人，遂决计牺牲她自己的生命，学武代祖母报仇。不料结果却因其时她的腹中已有了孕，又兼被她的丈夫用恩爱羁绊着，使她欲行不能。后来她因足月诞生一女，为此两层关系，没奈何只得将此仇忍在心内，背人偷弹眼泪罢了。不料因此却激出别一位女英雄来。"

欲知该女为谁，请待下回分解。

评曰：

马秀英欲报仇而为夫子所阻，自是夫妻间爱情作用。但刘子成未免只顾私情，而不知其妻孝思矣，岂真正读书人所应有哉？故下文其女代母学武，刘不阻而赞成，其情盖可想见矣。

借米、石问答，补写一切经过，是复叙法，亦即杂写法也。

自前文米、石受反间而起争端，戚驷惊刺客而急返德州，至此间隔数十回，方始斗笋接入，是大章法。盖作者下笔之初，已早定收束全文方针矣，设非名家，曷克能此哉？

前文有店小二惊马，本回有店小二演述，事虽各异，然前后遥遥相对，足令读者增兴味不少。

店小二演说石员外，推崇备至，则石超然之生平概可想见矣，是为不写之写。

第二十七回

姨母侄同仇齐练武
师兄弟合意共反戈

话说马秀英因不能如愿，只得忍痛隐恨在心内，时常背了公婆丈夫，偷弹眼泪罢了。这一来，却激恼了她的妹妹，这位马二小姐比她姐姐更有烈性，见祖母死得太惨苦，官厅无法破案，且又因官宦人家报告老太太是被奸杀毙命，怕遗羞门第，使后代子孙难以为情，只得改报了个飞贼行劫刀杀事主，请求免验收尸，将实情隐瞒住了。

二小姐知道此冤无人可报，此恨绵绵，永无尽期了，因之遂回禀父母，决定访求名师，聘请到家教武，并决定终身不嫁，无奈已由父母做主，许字人家，焉能退婚悔约呢。二小姐难违父母之命，只得如期出阁，嫁后告知丈夫，立志代祖母报仇。她丈夫怜其志坚行孝心苦，便毅然答应了她的要求，她因此遂得在夫家如同在娘家一样，也能聘师学武，只因请得来的一班女拳师只能教些花拳绣腿，架式好看，并无实用，练了数年，仍是这样。她知照此练下去，即练到老死，亦不能报仇雪恨，遂和她丈夫商议，欲出门去游历，访求明师。她丈夫初颇犹豫，后见她意志坚决，又被她的孝思所打动，这才决计不阻止她远行求师的意向，她便辞去了家中聘来的教师，告别娘婆两家的亲属，收拾起行。她姐姐闻知信息，特地在家设宴邀她饯别，预祝她此行成功。

其时，她姐姐所生的女儿业已八九岁，并已又生了两个孩儿了。那姑娘年虽幼小，志气却非常高超，平日常见她母亲流泪，问知是为当年老太君被贼奸杀，大仇未报的事，她亦不禁陪落了许多眼泪，悲愤填膺，咬牙痛恨。这时见她姨母将要动身，便亦打动了她出门求师的心，即于席间向她母亲提及回答。马二小姐已经大喜赞许，情愿领带她同行，并说："此女和俺姊妹俩正是志同道合，她愿练武报仇，正是给姊姊代劳，这也是姊姊的苦心孤诣，孝思不匮，方才能生得这么一个好女儿呢。"

那小姑娘见姨母肯带她去，喜得忙叩头称谢。恰巧是时她父亲刘子成回来了，因为钦敬小姨有此志行，兼佩仰连襟能割私爱，助成孝道，所以也来给小姨祝别。他夫人马秀英遂趁机将女儿要代替自己，跟姨母同往外路去求师学武报仇的话对他说了，满谓丈夫定必不肯放女儿走的，哪知刘子成听罢这几句话后，竟连连点头，称赞女儿虽小，却颇有丈夫气，其欲使须眉男子愧死呢。并说："连襟肯割枕席之爱，不以私情害孝思，助成小姨的侠行义举，俺从前阻止你出门，此时已觉惭愧，不如襟弟了。现在女儿要跟了同去，此乃难得的事，俺岂能一错再错，不肯成人之美呢？女儿要去，俺极赞成，只不过年纪太小，怕有许多不便，须得多烦劳阿姨了，未免有些过意不去罢了。"

马二小姐忙说："姐夫何须客气，侄女儿能有此志气，乃是先祖母在天之灵保佑她发此宏愿，跟俺同行，俺自应尽此义务的啊。"

刘子成夫妻忙拱手敛衽道谢，在马秀英的初意，本想借重她丈夫一言阻止女儿出外的，却不道反因此促成了女儿的远行，当时只得隐忍疼在肚内。双方约好了出行日期，席终尽欢而散。

马二小姐回去，将姨侄女儿志愿同行的话告知丈夫，她丈夫闻言，喜得连声赞叹。过了几天，双方收拾的行装都已齐备，会合在一处，即便动身就道。

马二小姐和刘姑娘姨母侄女儿俩先由石家庄往北京，更由北京转往南边去，游遍了南北好几省，连在各省拜过了数位女师父，本领都未能练得高深精强。末后访悉在西岳华山上有两位女道士，乃是当代的女侠客，她俩便寻往华山去，叩拜那两位女道士为师。这两位道姑年少的一位就是于二小姐。

石超然说到此，便又同讲凤翔于二小姐出家做女道士的前因后果，原原本本地叙述出来，说周寡妇如何打胎身死，于二小姐如何因有孕怕羞，闻姊死惧祸出奔，如何卷带衣饰逃投佃户韦二、王氏夫妻，主仆三人同往德州；如何在半路客店分娩，产生一女；如何到德州不遇戚驷，访悉戚之行为灰心；如何差韦二夫妻送信留下女孩儿；如何主仆三人回了陕，中途遇一道姑，劝令出家；如何同往华山，练成剑侠；如何戚母忧愤气恨身死；如何戚之本家黑心占夺家产，送女留善堂抚养；如何戚女被欧阳逵领去；如何戚驷回家得悉，怒杀本家，逃至黄河渡口，遇贼劫路；如何收渡山贼，立寨做大王，露占黄河渡口威镇鲁北；如何在山得信，知于二小姐已为道姑，声言戚不改过，并善视生女，即当报仇，并得信马家姑娘学武，因之戚特在山寨庄上筑造各种机关消息，又在山上建造天齐庙，延招心善等一班恶僧，并广聚英雄，作为头目保护山寨；如何因事往京津，得遇镖行旧友劝诲改过，因之回山散伙，娶妻洗手为良民，并亲往善堂领女，得知女孩儿已被欧阳逵领去；如何往大名访女，知欧阳逵赴任被杀，女已不知下落；如何在大名遇东方德，由太监刘义引进，进京投身魏邸；如何在魏邸与周仁、周义比艺，周氏兄弟愤而回家；如何与小魏结拜，得赠两妾；如何受两魏使命，回家招聚旧部，代两魏培植党羽，收纳好汉；如何两妾与和尚私通，僧俗火并；如何两妾被劫至野渡津，遇曾有义得救，即嫁曾为妾；如何戚驷到平原索妾，遇见宋人杰、达朝宗等和解；如何在曾有义家屋上及客店内前后两见海月老道；如何回家收徒授艺，因之有周仁打发其子虎文往德州拜师学武；如何周虎文卧底，被看出破绽，斥革回家，戚驷暗派心腹至路侧埋伏，幸遇曾有义、金万能东伙，得救解围。

米爷听到周虎文遵父、叔之命拜师卧底一事，颇与戚驷告诉自己的话有些出入，遂截住话头，问石二员外："当务之急时令师兄叛师，据闻你亦曾参加，即是现在师兄弟间仍旧信使往还，颇有联络，对于令师，却都很淡薄，不知这事究竟如何？"

石超然见问，便将周仁老兄弟俩令周虎文卧底的用意，及自己和周师兄联合的原因据实告诉，并说："俺因得知师父对付周师兄的事，怕他照样也来对付俺，故此俺明哲保身，早日告辞，回家后与周师兄确系信使往来不绝，对师父实很冷淡。皆因他老人家的所行不正，所谓人必自侮，而后人侮，己身不正，谁令不从啊，否则俺们又何敢这般不敬尊长呢？讲到他老人家的生平，不说别的，就讲他往年在凤凰山镇上采花被捉，幸遇米爷说情释放的一件事，乃米爷亲目所睹的。试想他自己行为如此，又焉能责怪弟子们不敬重他呢？"

米爷听罢这番话，不由感叹不已，随又问道："令师既已有两魏为之撑腰，怎么至今仍是个布衣，并未得任官职呢？况且他仗此后台力量，也应该势力很雄厚扩大了，怎么他还有嫌未足，要去投奔拜徐鸿儒入教？"

石超然道："米爷是老前辈了，难道戚师的事在江湖上和镖行内竟未听人说过吗？当初他拥护两魏，本亦不全安着好心，原有几分是借他俩的钱财和威权，代自己树立根基的。所以首先利用他俩，将自己的海捕文书取消，又用招安形式将各处的人命盗案都一笔勾销。不料两魏的手段更比他高，时刻差人来检查催促，遇有好本领的人，便设法汲引了去，以致他竟弄假成真，始终总是代两魏办事，未能代自己创立大业。后来两魏因争权夺宠两件事闹起意见来，大魏被小魏谋毙了，小魏怕他代大魏打抱不平，遂用调虎离山计先期令他往江南去，迎解官局织造的绸缎进京。"

说着，便又将两魏如何吃醋、大魏捉奸大闹内苑，半夜直闹到乾清宫；如何小魏占夺客氏、谋杀大魏；如何戚驷回京受令行刺；如何受伤被捉，被袁崇焕点明小魏诡计；如何戚驷不辞而别，回家得信，马家姑娘的本领已练完成；如何戚驷因防患自保，才去投徐入教，前后一切经过，告知米爷。

并说："他老人家因为被两魏给予虚衔，支取实俸的一块蜜糖哄住，待到日后大事成功，再封他的世袭官职，所以才未曾做现任官吏，又被两魏严密监视着，所以他竟无法可以自私，不能尽量扩展他自己的势力。况且他已与小魏脱离关系，深恐被女剑客所算计，故此才投身入教，希图学成法术，借重教中势力，抵敌女侠。"

米爷听罢，恍然大悟道："原来如此，怪不得他往年和俺会见，每盛称两魏的权势，此次绝未提起，仅夸张教中的道法通玄，人才济济，招致俺们入教呢。"说罢，不胜慨叹。

又问："石二爷何以得知戚驷的前尘往事，如是清晰呢？"

石超然笑道："天下无难事，但怕有心人。俺与周师兄当年同学时，戚师见俺俩本领最好，聪明勤学，非常欢喜，存心将俺俩行荐进京，博得一个武职官位，所以很将俺俩常做心腹看待，凡事都不甚隐瞒俺俩。每在酒后，往往对俺俩笑谈他自己先前在江湖上闯荡的事迹，并他所以得能与两魏交纳的缘由，不嫌辞费地说将出来。待到他酒醒了，已完全忘却了。即使隐约有点儿记得，问俺俩时，俺俩亦都回他个未说什么，故此俺俩得能知道他的前事。后来俺俩虽已离去师门，各自回家，但因防他或有不利于俺们的举动，故此各派几名亲信，前往德州去，分头办事。有的是投门拜师，有的是经商买卖，有的是投充镖伙，等等不一，使他们暗中随时注意。凡属戚师的行动言语，不论有关系无关系，每天均须各写信寄来报告，俺即凭着他们众人的信札，查核报告的是否相同。更兼周师兄的父、叔都是在信王邸内兼任锦衣校尉差事的，他俩本受王命，暗中注意魏党的行动，素知戚师方面乃是魏党在野的策源根据地，所以密派手下，特别注意，吩咐随时均须报告。现在虽因戚、魏间已有裂痕，两下脱离关系，但恐戚师为权力虚荣所驱使，仍与这阉来往交纳，代魏党尽忠，故此派人密探戚师的行动，并未因而中止，同时周师兄和俺也恐他老人家在入教以后学成法术，回来就首先寻俺俩的错处，故此俺俩对于派人往德州哨探的事亦更为注意。因为有以上的原因，俺俩对于戚师的事完全都能明白。"

米爷听罢，不由赞许道："人无远虑，必有近忧，石二庄主真可称得善作未雨绸缪了。"

随又问："既然如此，你可曾在令师和俺同来，未到此地以前，得到报告呢？"

石超然笑道："那是自然，俺如不曾得到信息，哪敢就这么坦然地到此处店内来会见您老和戚师呢？此乃所谓有钱可以通神，因为俺派往德州卧底探信的人知悉您邀戚师同到大王庄来的信，怕戚师在路上用法术飞行赶路，信在你们两位之后才到误却大事，故特花钱买通了一位善能神行法术的教友，托他将信息连夜送到俺庄上来，好在你们二位在德州、沧州都曾略有耽搁，所以那信息俺得老早地就接着了。况且即使信息后到，俺亦能料想得着，戚师到此，是因米爷的事，皆因既有陶、邹等四位先到舍间来过的事，后又有那包平安、马铁嘴两人忽然不见的事，前后情形一推测，就知包、马两人是来离间您和俺，使两下火并，又况只见陶、邹等四位，不见您老，忽然来了戚师，可知是您老请了来的无疑了。"

米爷听罢，暗佩石超然善于料事，当又问："可曾查明包、马两人是受谁的指使，特来离间你我？"

石超然回称："俺已着人去查访实信，米爷如能在此小住，盘桓几天，就可以得知确信了。"

米爷师徒因深恨那包、马两人用计反间，害得米家镖陡受打击，当时师徒们闻言一商量，决定留米爷自己在此候信，由四人分往各处去领取承保的原镖，查点清楚，从石超然派了同往知照看守的人、检点交代的人手内接收过后，再交予原先押运的镖伙，即时上路，赶往目的地去，送交失主完事。

当时议定，便由米爷将此意对石超然说了。石超然点头应诺，便请他师徒五位同到庄上去用中饭酒席。

石超凡见戚驷未来，问知其故，不禁笑道："这真是孽由自作，报应不爽了，他虽赶奔回去，俺可料定他虽赶到家，亦无非是去赶死罢了。不过他死了之后，俺们教中正如失去了一条臂膀，恐要受影响不少呢。"

米爷师徒和石超然都是新被劝诱才入教的人，本来对教事不很热心，故皆闻言并不接口，反都说："可惜他一条好汉，只因误入歧途，卒至身败名裂，遗臭后世，未免太不值得罢了。"

席间米爷又问石超然："可知那女刺客究竟是于二小姐，还是马二小姐和刘姑娘呢？戚驷所以信教的，乃系学习法术抵御剑法的，如今贤昆仲都料定他回去凶多吉少，难道法术并不能对敌剑术不成吗？"

石超然见问，便抢指说出一番大道理来。

究竟那女刺客是谁，请待下回续写。

评曰：

借石超然之口，复述戚之前事，非故意犯重，实因书将结束，复述一遍，欲使读者如温旧课，不致遗忘，而得谏果回甘之妙耳。且于、马两方之事，前文虽屡言之，皆属传闻之词，迷离惝恍，故借此补笔，以正之耳。

谚云："龙生龙凤生凤，老鼠之子善打洞。"观于刘女学武报仇事，可云马秀英有女而益信俗语为非谬，且不诬矣。

236

第二十八回

污生女贪淫受显报
见亲娘复仇证孽果

　　话说石超然道："法术号分邪正，又称仙妖，其实皆视用法之人为何如？比如施法者，乃正人君子，其法术用之于正道，有益国计民生，当然可称为仙术；假使施法者是小人，则其心术先已不正，用法当然是妖术，这乃一定之理。戚师奉行不轨于正义，未入于道德，信教又存利用教中势力，植立他自己的根基，又想利用法术抵抗剑侠，完全是一种私心，来者几位女侠客，便抱着大决心，孝义之人，所秉者皆是天地间正气，正气至大至刚，足惊天地、动鬼神，何况区区一点儿法术，焉能抵御得了呢？所以俺们料定，他老人家此去必定凶多吉少，即是根据此理。"

　　米爷点头赞叹道："所论极是，真乃至理名言，不过有一层，二庄主先说的女侠客是一人，此时又说有好几位，这话却令俺不懂了。"

　　石超然笑道："俺才在客店里告知米爷时，不是前后两言戚师种下祸根吗？即是因为昨夜的女刺客而言。本来戚师尚有一件事，俺未曾告诉您，因为其事说出来，实太难堪，所以代为隐讳。现在既米爷不解，俺只得据实告知您吧！俺先不是说过，戚师和于二小姐生下一个女孩儿，取名凤英，被欧阳逵领作养女，后来不知下落吗？"

237

米爷点头道："不错，难道后来已访悉了吗？"

石超然叹道："'见色而起淫心，报在妻女'，这两句格言实确系有至理，并非虚言呢。原来那戚凤英女孩儿，当日欧阳夫妻全家遇难时，来刺杀欧阳全家人口的因见她是个小女孩子，尚睡在乳母怀里，问明乳母，知道并非欧阳生女，偶动恻隐之心，便将她俩性命留着不杀，并取的两锭劫得的银子给乳母作盘费，立刻带小孩儿逃生。乳母得命，慌忙下车，抱了戚凤英，背上自己的包袱，收银称谢逃走。弓鞋足小，背包袱、抱小孩儿，哪能赶路？行不到五七里地，已气喘吁吁地行走不动。因恨这小孩儿累赘，便抱在附近村庄上，卖给一家人家做养媳，她得钱便径自走了。

"戚凤英在这乡民家内，长到十岁时，出落得异样俊丽，不料她的未婚夫害病死了，她公婆因此迁怒到她身上，怪怨她的命不好，所以才致克死丈夫，心中越想越恨。恰巧又遇荒年，夫妻俩商量之下，便决计将她卖去，免得养此小寡妇，于是便将她带到顺务城里卖给一家妓院内，得到身价银子三百两，夫妻俩计算辛苦数年，并不蚀本，便欢欢喜喜地回去了。

"由此戚凤英便堕落在火坑里，由清倌人应客起，做到十六岁时，鸨儿希图在她身上发注财，遂搬到北京去，落在头等班子里，预备好接阔客。果然不到半年，便接得一位由外省晋京的大官，出重金代她梳拢了。她既做了红倌人，仰望她姿色的嫖客便都争来问津，生涯颇称发达，结果被一位进京来赴试的举子代她脱籍，带回原籍去做妾。行到天津，住在客店里。冤枉凑巧，适值戚师亦因事路过天津，亦住在那家客店里，他老人家生平最喜拈花惹草，见了美色，好似苍蝇见血，这时见了她的芳容，不由心旌摇荡，把持不定起来，遂即于当晚闯进房内去，实行采花故智，因恐举子叫唤，先一刀将他结果了性命后，才用刀威吓，强奸了戚凤英。真也是冤枉孽障，巧到极处。

"戚凤英被奸之际，婉转娇啼，泣求饶命。本来戚师采花，不论遂意不遂意，总是有死无生。偏巧对于戚凤英竟留了她一条命，事毕悄悄回房安息，他再也梦想不到，所奸的乃是亲生女儿。

"戚凤英次日到官报案，代举子收了尸，自怨薄命，便在天津出家做了尼僧。

"戚师在事后哨探风声，才晓得她的名字，在报案时自称本名唤做戚凤英，不由陡然触动了灵机。但因访不着她的踪迹在何处，无从问起，只得放下。哪知这戚凤英出家后，遇见两位云游的姑子，法名慧莲、清莲，怜爱其貌，悯惜其苦，因知她被奸污的事，勃然大怒，立愿收她为徒，传授她的武艺，并带她同往外省去游历，增长见识技艺，访求名师益友，顺在各处地方向江湖上人探听那个采花贼是谁。

"两尼和平原镖师曾有义是相识，曾有义和周仁、周义两位是好友，所以两尼收徒传艺访仇的消息，周师兄便得能知悉。彼时俺和他在德州同学，他便将此事对俺说了，都猜定亦系戚师所为，遂趁他吃醉之后，引逗他谈论往事，以话引话，问出他往日在天津先杀其夫，后奸其妾的事来，果然不出所料。

"后来周师兄回去，闲中谈起，将此事告知父母，周仁怪他不早说，早说了，好趁金万能在此之便，托金捎口信与曾，转告两尼师徒，岂非顺便？于是遂修书着人送往平原去，交给曾有义。恰值其时两尼已带领戚凤英出门云游，不住在紫竹庵了，曾爷只得将话搁住，等两尼师徒回来再告诉她们。那时，她师徒三人出门云游，因朝五岳，才在西岳华山，闻悉有两道姑师徒在山自结茅庵苦修，乃是两位女剑侠，三人遂特地前往拜会，因之得遇马二小姐和刘小姐。马小姐系拜的老道姑为师，刘小姐系从的于二小姐，彼时于二小姐见戚凤英的面貌酷肖自己，不由陡然想起自己的女儿来，因之两泪交流。从来母女有天性，那戚凤英见了于二小姐，竟致亦不期然而自然地伤心流泪。

"老道姑是已有道行的人了，当时细看过两人几遍，已经知道她母女的离合根由，不禁连称善哉。于二小姐闻语，忙问师父何故，老道便将她母女见面不能相识的因果说给她母女听了，不由使母女俩泪下如雨，当即跪谢过老道姑的点化，并拜谢过菩萨默佑母女感应，于是即在佛堂内母女相认了。两尼和马、刘四人在场目睹，齐代她母女欢喜感伤。于二小姐便向两尼道过了谢，遂问凤英因何出家，凤英带泣带诉地将出家因果告禀过母亲。马、刘二人听得，不由动了同情心，竟至涕泗交流，经老道姑、两尼三人力劝，方才止住。马、刘、于、戚因大家的遭遇相同，由此遂不觉格外亲近了，当即在庵内结拜了干姊妹，分为长幼两辈，于姊、马妹、戚姊、刘妹，大家共同练武，并留两尼在山同住，互相切磋剑术。两尼代马、刘、戚等忧虑，怕光阴似箭，等不到他们本领成功，仇人已死，况且都在葫芦里摸天，虽然学武练剑，立志报仇，并不知仇人姓名、里居，年月久远了，知道的人更少，日后必至难于查问，所以自告奋勇，主张由她姊妹俩先行下山往各地去详细调查，并托人打听访查实在了，即来报知她们，庶几可分头前去报仇。众人见她俩肯去探信，代自己分劳，不由感激得五体投地，拜谢两尼恩典。两尼遂即收拾收拾，告别下山，老道姑在两尼临行前，特向两尼说偈道：'谁造孽因，生此恶果，福善祸淫，殷鉴既多，报应如响，咎匪由它，孰个罪魁，不难推求，水落石出，亲即是仇。'说罢，又说：'两位道友，此去代她们访查仇人，据贫道推测，容易探察，大约不久便可明白了。至于二位怕她们剑术练成，仇人已死，那乃是杞忧，须知天理昭彰，岂肯轻易饶放恶人过去，不使她们亲手刃仇，了明恩怨之理？不过是迟早的时间问题，结果总难逃出循环的。'

"两尼领受偈语，作别下山，一路回转平原，仍在原庵挂单，并去拜会达、曾等人，曾有义便将周仁寄来的信交与她俩观看。她俩看罢来信，不由惊诧得发呆，半晌说不出话来。曾爷问她俩因何如此惊诧，她俩便将在华山遇见于道姑和戚凤英母女相认，并马、刘两女学武练剑之事告诉曾爷知道，并说：'曾施主请想，这恶贼自己屙屎自己吃，冥冥之中报应是何等的惨刻啊！并且现在于道姑已访问他怙恶不悛的一切行为，决计待到各人的剑术练成，便要偕同下山，先帮她们报了仇，再为自己报恨。如今推想起来，她母女俩的仇人正同是一个人呢，但不知那误奸马太君的贼人是哪个，倘如也是戚某，那才真正奇巧之至呢！'曾爷笑回：'怎么说不是他呢？此事俺早已明白了。'两尼忙问：'何以得知其详？'曾爷道：'俺先时在江湖上听人谈及，石家庄马宅有访求聘请女镖师的事，乃系因为太君被奸杀丧生之故，并闻人言，那采花贼就是戚某。后来俺保镖出门，在路上会见吉天相之子，提及戚某逃师后的事，计算他经过石家庄时日，正与马太君丧命的日期暗合，这是俺在无意中访得的信息。后来两妾归俺，俺曾在闲时问她俩以戚某之事，她俩将在醉后曾听戚某自述生平罪恶，并因闻得于、吉、马三方风声，才在家聚集好汉建造机关准备的事完全告诉了俺，这是一个凭证。又有周仁之子虎文到德州拜师卧底亦说在醉后曾听戚某自述前尘，果有奸杀马太君之事，并且直到目今，他还时常派人往石家庄探听马宅消息呢，这又是一个凭据。试想有此两个证据，还有何疑呢？'

"两尼听罢，默将于道姑所说的前后各情，及戚凤英的生日年岁，和吉小拳师告诉曾有义的话，并曾爷所说戚某过石家庄的日期，马、刘两女所言马太君的忌日互相一考核对照，果然是戚驷所为，并无讹错，何况又有他在醉后不打自招的硬证呢？因此不禁大喜道：'怪不得老道姑送别时，说不久便可知道呢。'又说：'偈语隐约其词，果然水落石出，真正是亲是仇，一点儿不错呢。'因此两尼记在心内，专等于、马、戚、刘等人到来，便可面述其事。后来马、刘剑术练成，戚艺尚未练完，二人心急，先行下山回家，打听仇人姓名。早已由马二小姐之夫及刘女父母等人，托人精密查访，随时留意，访出了戚某姓名。她俩到家得悉后，不由惊诧骇异，因此又往华山，面告于、戚母女。母亲女俩既羞又恨，更加伤心了。于道姑遂约马、刘两女，守戚凤英剑成，大家合力同去，以免或有失错，

241

并因访悉吉小拳师曾在吉天相死前得传一种拳法，又从海观和尚学习剑术，即专为对付戚某而练。现在彼此正立于同一战线，何不去邀了他一同往德州去呢。因此于道姑特地亲自写信，请马二小姐往凤翔去约请吉小拳师，大家到平原曾有义家客店内会齐，并可以邀请两尼帮助。

"马、刘两女送信去后，于道姑母女拜请老道姑下山帮助，老道姑不肯应允，说：'不能因此又开杀戒。'又说：'戚某现在虽已入了邪教，学会了许多法术，但你们人多，且都有飞剑，定可马到成功，不必俺去助阵。讲到法术一层，邪不胜正，自古凭证甚多，别说他只会得剪些纸人纸马，扎得些草蟒草虎，仗着些欺人的符咒伎俩，就是他真个从龙虎山学来请神捉妖的本领，有李道君炉内炼成的仙丹，海上三神山，以及上下八洞神仙的法宝，照他现在用之不正，亦必须失败，何况他又无真正法宝和高深的道行呢？凭着你们数人的武艺和苦练成功的剑术，合力去剪除徐鸿儒、王好贤、于宏志等一班擅能极多妖术的大首领，亦可克期奏功，何况是他呢？你母女放心，本师可保你们此去马到成功，这本是他的恶贯已经满盈，应该遭受的果报时期已到。果真万一你们众人仍不能除得他，不待本师赶到，定必亦有能人到来相助，此所谓数有前定，你母女临行自能知晓的呢。'

"母女俩见她回得如此坚决，已知她是料得定、拿得稳，所以才恁般回答，否则她绝不会不成人之美、完满这个功德的，因此心中颇为安慰，遂即收拾两人各自的道姑、尼僧行囊，择日别师启行下山。老道姑依依不舍，亲送到山脚下，再三劝慰她俩，说：'此乃你俩前生造就的孽缘劫数，所以才有今生的这番身受的遭际痛苦。这回下山，正是你俩了缘了劫了却前因，同登觉岸的机会，切不可执迷，又误于一时的情感作用。望尔等前途珍重，勿忘本师今日的一番谆谆劝诲，至要至要。'母女俩闻言，不胜伤感，流泪敬谨受教，谢别了老道姑，取路径奔平原。

"到得平原城内，便先往紫竹庵去拜会两尼姊妹，即同在庵内下榻，休息了一夜。次日，由两尼引导她俩，同去拜会曾有义及达朝宗等人，由曾有义嘱令妻、妾三人在家整治素斋，款待她们女僧道等四众，曾有义本人并不入席相陪，只告知她母女俩：'马二小姐和她姨侄女刘小姐已曾派人来过，拜托清、慧两位师父，转言邀请俺和达爷及俺们的手下人等帮助她俩，合力同去扑灭戚驷。真是无巧不成话，你们二位师父的仇人适巧亦与她俩相同，她俩因探悉仇人现已入了邪教，学得不少法术，手下又训练成就了许多队伍，势力强盛，人数众多，怕难能一举成功，所以又由家起身，再往西岳去约会你俩，等候你师父的剑术练成，再一同下山，到此地和清、慧两位师父及俺等大众取齐。现在两位师父已来，她俩尚未到此，不知二位可曾和她俩会晤过吗？'于道姑含羞拭泪，敬谢曾檀越关怀，并说：'她俩已经在山上会过，她俩到山时，小女的剑术适巧刚练完成，因尚未曾实施用过，诚恐太弱，故又在山上演练了一些时，并留她俩在山又居住了多日，这才由贫道拜求她俩赉信代表贫道，前往凤翔府去，邀请吉小拳师同到此处来会齐，合力共襄义举。吉小拳师本系受过他尊甫的遗嘱，命令除此不肖徒弟，免害地方人民的，贫道逆料信去后，必能邀得吉小拳师到来的，况又蒙曾檀越和达檀越等各位大信善慨允臂助，料想戚驷纵有通天能为，手下即真有三头六臂的好汉相助，此番亦定必难逃诛戮了。'

"曾有义连忙逊谢，并说：'戚某的素行不义，俺们本早有警诫他的心思了，只因俺和他一则有特殊关系；二则又是同业镖行，诚恐警诫了他，知者说是任侠，不知者竟将发生误会，以为这是借公济私和同行嫉妒了，故此隐忍至今，未曾难为过他。'说到此，胡、黄两氏听得，不由面皮涨红，借事起立避了席，曾有义这才觉得大意失言。两妾既难堪，恐怕再说多话，于道姑、戚尼姑母女俩当然亦格外很难受，遂把话头截住，转身往外面径赴有记镖局内去了。

"当日，清莲、慧莲姊妹及于、戚母女四众，在曾宅素斋罢后，道谢回庵。于道姑背了女儿，询问两尼：'近来可曾探问戚驷方面的消息，以及怎样得知污辱小女的仇家确实亦系戚某呢？'两尼遂将周仁寄给曾有义的信取出来给她看，边又将最近从德州方面探得的信息和在曾有义家中听胡、黄两妾面述的戚驷醉后言辞都告诉她知道。

"于道姑看罢周仁的来信，听完两尼的言语，不由气得柳眉倒竖，杏眼圆睁，两行泪珠儿扑簌簌地直滚下来。可怜她瞪目呆了半晌，方才回过气来，长叹了一声，骂了声'活禽兽，怪不得恩师说俺母女和他系前世的孽缘劫数，今生了缘了劫呢！'说罢，将信仍交给两尼姊妹。清莲接过，念了句阿弥陀佛，说：'道友，这封劳什子贫尼留着，用是给你看了，作为凭信的，现在还要留着它则甚？'边说边在灯盏头上一点，扔在焚化元宝的钵头里烧毁了。

"戚凤英走来见母亲这副形状，忙问所以。于道姑不忍瞒她，又不忍实告，可怜净望着她叹息流泪，末后被她紧紧地追问不过，只得将实情告诉她听了。气得戚凤英咬牙怒恨，泪涕交流，连说：'前次闻得这种消息，还认作不很确切，现在竟千真万确了，还有何话可说呢？俺如不手刃了他，也不再生人世间了。'说罢，母女俩又隐隐啜泣了一会儿。经两尼善言比解，竭力慰劝，好容易才将她俩的眼泪劝住，兀自悲哀怒恨不已。同时她俩杀死戚某报恨的心思亦更加坚决了，遂住在庵内，专盼马、刘两女邀请吉小拳师克期到来取齐，并恳求两尼代她母女俩向曾、达等人进言，务求他们出力帮助扑杀戚驷的党羽，免得在报仇时遭受掣肘，有顾东失西之患。两尼慨然应允，即去拜访曾、达两位，陈述要求。

"事有凑巧，适值其时，周仁、周义兄弟俩带着手下镖师、伙计和周虎文，同由南方保镖回来，沿途拜会当地英贤，联络交谊情感，路过平原，特先到居之安客店歇下行李，安顿好从人，即由兄弟俩和虎文亲自携取由南方带来的礼品到曾宅来拜访曾有义，致送礼物，面谢那年路救虎文之情，并请转达金万能道谢，曾有义乘机将周氏老壮三位邀进后宅与两尼相见，并代两尼诉述相邀之意。周仁兄弟俩本和戚驷怀有宿怨，近几年来在信王邸内兼任着校尉，受命过信王密令，在各地联络英雄侠义，设法剪除魏党在野的势力。此时被邀，正与他俩的意志相合，自然慨允帮助，只虎文因有师徒名义关系，虽已两下恩断义绝，但仍恐被不知者议论，所以只肯在对敌时和戚党手下头目交战，不肯破面与戚驷自己交锋。两尼既已代于道姑母女邀得了这支生力军，总算幸不辱命了，便暂时告别，回转庵内，报知于、戚母女，偕同她母女俩复到曾宅来，与周仁等相会，面谢慨允锄恶之情。

"曾有义遂又在家整治筵席，给周仁等接风，着家丁去邀请达朝宗到来陪席，并与周仁等厮会。席间，大家计议，专等吉小拳师，马、刘两女到此取齐后，便可同到德州去行事。周仁计算吉小拳师等到此，尚须经过时日，便主张自己一行先回河间去，将仁义镖局里家中事务处理交代过了，再到平原来，准可来得及。大家因不知吉小拳师等何日能到，遂依了周仁主张。

"当日席终各散，周仁回店，另外取出一份礼品来，亲送到达宅去，并向达爷道述仰慕尊师宋人杰的敬意，请达爷日后代为转达。说罢，告毕回店。

"次日，达爷在家设宴，款待周仁等众人时，周仁等一行人众已经在清早动身走了，留言道谢说：'俟不日回到平原时再领盛情吧。'达爷只得将酒席请曾爷及双氏两尼、于道姑母女等饮食了。

"周仁等由平原回家，周虎文独自特意绕路到沧州来访问师弟，在石家洼住了三天，方才回去，所以我得知和戚驷作对的人已在暗地里联成一气，报复他的仇怨，只不过是时间的迟早问题了。"

当时石超然将从周虎文方面及自己派往德州去探信人的报告两下集合在一处，详细告诉给米爷听了，并说："照那女刺客在屋上骂的语气推测，来者定系马二小姐，或是刘姑娘。"

米爷恍然道："据此讲来，昨夜到悦来店行刺戚驷的人尚不仅只有那女刺客一个了？"石超然道："这话难说，也许她们众人都曾赶到此地来，也许竟只是一两个人来此，余人都在德州，亦未可知呢。好在米爷在此尚很有几天耽搁，不久总可以明白其内情了。”

于是米爷师徒们即在席间商酌，陶乐山等由谁担任往何处去领取失镖，分作东南西北四方，陶、邹、邹、程四人各任一方，并请石超然将指派同往的手下人唤出来和米氏师徒觌面。米爷因恐各失主人家盼望担忧，故此主张令陶、邹四徒携取各路被劫的失单清册，会同石超然指派偕往的手下人，即日启行，兼程驰往各失事地点，点收失镖，仍交各该押运的伙计，趱程运载前往各该目的地，交纳给各该投保的顾主，了清手续，免致耽延日久，妨碍米家镖名誉，往后营业受其影响。

石超然见他性急焦灼，便亦不好意思耽延，立即亲自去唤了四名武勇伶俐得力的亲信手下人来，介绍他们和陶等厮见了，立令彼等各自去收拾行囊，吃喝饮食毕后，来领取路费盘缠，和给那留在各该地方的人交还原物放行的凭证，并携取各该地方所在的人名、地址、清单，以免无从寻访。四名亲信领了言语，即去依言收拾饮食完毕后，同来领取凭证、清单、路费及言语时，宾主们的酒席亦已终席散坐了。

石超然即当着米氏师徒，关照了四人的言语，并按照路程远近，付给了来回川资，额外又各多给了百两纹银，以备临时的不虞之需，随又在身边取出四份清单，及在各该处所堆存的财货清册，和验对交还放行的凭证，分别交付给四人收了，打在包袱里，令四人即各随从陶等四位同往客店内去取他们各人应带的物件上路。吩咐毕后，笑对米爷师徒道：“小可在昨夜即已预备妥善，放在身边了，不知米爷等可曾早已收拾齐备吗？”

米爷拱手称谢，回说：“账簿清单早已抄好副本，带在客店里了，只要回客店一拿就得了。”说罢，谢谢告别，率同徒弟及石超然手下的四人，一齐回店取清单、川资等物，着令徒弟四众上路。

陶、邹等一行八人领了米爷言语，刚才分别出店就道，石超然已随后赶来，面邀米爷到自己住宅内去下榻，走进店门，即先知照店家："所有米爷等的店账完全归俺算，开账单到俺庄房里支付就是。"

米爷被邀，情不可却，且计算等待四徒等八人回转，为日颇多，又须俟哨探明白那包、马两人是谁的爪牙，亦非在近日所能知悉，独居客店，亦很寂寞无侣，到石家居住，诚恐叨扰了赛杨戬，于心不安，便先以婉言谢却，拟独自回转菏泽去料理别事，再到此地来，与徒弟等取齐，探实唆使反间的人是谁。石超然哪肯轻易就放他走？坚邀到家小住，盘桓几时："俾得畅叙仰慕多聆教益，守探明挑唆俺俩不和的主使者后，那时俺俩好合力同去对付了他，免得又要俺寻您、您寻俺地耽误日期。待事情完毕，俺俩再行分别也未为晚呢！"

米爷闻言，情难固却，便称谢叨扰，应允到他庄上去住，遂即收拾衣包，及四徒等来带去的行李衣服、兵器各项，边唤小二进来，命他往柜上去结账。小二回称："早已由石二员外吩咐过了，爷们各位的账统由他算给呢。"

米爷遂向石超然连声称谢道："俺到您府上去住，已觉万分不安，这里的账何能又要您破费呢？这可使不得。"说罢，回顾小二，令他就去开账，回明柜上，休得收石二员外的银子。

小二望着石超然，并不应声退去。

石超然吩咐他："不许收取米爷的账款，米爷如有存柜的银钱，统去取来交付。此地所有米爷的东西，请去代唤两名伙家来搬运送到俺庄上去，俺同米爷先行。"

小二回称："省得，爷放心，吩咐伙家搬送，准定随后就到。"

说罢，点了点件数，对米爷交代了一句数目，回身退出房外。忙去打面水泡茶进来，绞手巾倒茶奉敬两位，又在一旁取过旱烟管，装烟奉敬米爷，忙又跑到前面柜房里去开好清单，将陶乐山等到此先付过的存柜银钱一齐提取了来，交还给米爷点数收了，一面悄悄将清单交给在石超然手内。米爷看见，抢着要看账付款时，石超然将清单早放在怀内收了，边笑道："米老前辈，不须客气，有道是一客不烦二主，您老驾临敝地，当然应该由俺尽地主之谊，何况此次劳动贤师徒莅临，乃是因俺鲁莽轻率所致呢？米爷不责俺狂妄，已足令俺惭感无似了，焉能在本地还要米爷破费呢，那如何使得？"

说罢，又对小二道："照账付款，停会儿俺就令庄房里交送东西去的伙家，顺便带回就是了。"边说边顺手在怀内掏出块散碎银子赏给那小二，算是给他们的犒赏，吩咐他："随后陶爷、邹爷等到来，可告知他们，代言请他们到俺庄上来和米爷相会，不可忘记。"

小二接收了犒赏，连珠价称谢过二位爷，并说："理会得，陶爷各位到此，俺们准照二员外的示，回禀他们就是了。"又说："店账不必忙着就付，往后听凭二员外随便在哪天再给不妨。"

米爷看见石超然给犒赏，待欲谦时，小二已接过收入怀内去了。只得向石二爷称谢，说："一切蒙情，只好留在日后补报吧。"于是吃完了烟，偕同石超然离去上房，别过店中职员，出店回庄。

值班随行护送石二员外的人本都奉命立在店门前面候着，见二人出来，便上前迎着，向米爷请过安，前后簇拥着回到石家洼。石超然快步走到庄房里，将客店内所开清单交给司账，吩咐："守送米爷师徒的行李物件等各项来时，便照数付给那伙家带去，收下各物，立命庄汉们搬送进内宅客舍里存放，面请米爷过目。"

司账应诺："晓得，东翁放心。"

石超然吩咐过了，即疾行到内宅门首，让请米爷进内，径至客舍内坐下。家奴奉献茶烟，宾主闲话了一会儿，庄房内司账的已领庄汉搬送米爷师徒等各项物件进来，交代过米爷，回明东家，账已付过，送力亦照例付给了。石超然点了点头，司账的仍领庄汉们出去。

米爷谢罢主人用情周到，早由石超然唤家奴进来，代米爷将行李打开，铺好在一张客床上，并将各物堆存在那客床旁边。自此后，米爷便暂住在石家洼，等候那奉派出去哨探包、马俩来历的各人回报，并候各徒弟点收失镖事皆回来和那德州方面的消息，连日由石超然亲自陪伴米爷，酒食款待，谈论古今，叨教武艺，闲话江湖，讲说侠义，叙述朝野，褒贬忠奸，练演拳棒，却也颇不寂寞，闲情逸致，颇觉增益兴味。

米爷自忖，可惜自己不懂得吟诗作赋，论文下棋，否则岂不格外有兴趣吗？因此遂想到隔院居住的石超凡，乃是位文士缙绅，当可深晓文艺，究竟俺自己尚非完全不通文墨，何不趁目下余暇，就便向他叨教请益呢？因问石超然："令兄大员外近日为何不见？莫非他鄙视武夫，以为米某执业微贱、寄身接近江湖、不欲下交，所以才不肯到外边来晤叙赐教吗？"

石超然叹道："不，这真所谓人各有志，难于强同，他自从信奉了邪教以后，极其虔诚，奉行教中事务，非常谨慎。往年轻易不肯出门的，现在却因执行教中事项，竟肯时常出门，这几天不知他因何故，并未对俺说知，竟带了庄上几名武勇精细的亲信教师，一行悄悄出门去了，行踪何往，休说俺不知，就是隔院的家嫂人等亦都不知。俺奉嫂命，已派多人分路往四下里去进赶查问，寻访他们一行人众去了。现在家嫂等连日正因此事心中焦灼呢。他对于您老极其仰慕，这是俺所知晓的，岂有为了您老在此，反而厌恶起来，不愿晤谈交结之理呢？况且您老在最近亦受了戚师劝诱，加入教中，做了教友呢？"

米爷闻言讶异，遂亦不再问，改口却问："德州方面，可曾有信息来过吗？"

石超然道："德州离此地虽不很远，然而究竟非在一两日内所能赶到，除非利用符咒，作起法来不能如愿，所以近日俺这里每天所接得的消息，尚系早几天前的事，大约总在今明日内，即可有戚师安危的确信了。"

又说："像前日米爷和戚师偕同来此，俺在当日便得到信息，乃是派去坐探的人，认作事情紧急，非常不容懈怠延迟，所以才出重金，挽请教友作法递送信件，那系偶然的临时权变，不可拘为定例的呢。"

因此一问，石超然陡又想起，戚驷当年在凤凰山镇上被捉的事来，问："米爷，那个孝子货郎，和令弟汉章，事后消息如何？现今据闻已经作古，不知确否。"

毕竟米爷如何回答，请待下回分解。

评曰：

　　邪不胜正，为千古名言，不仅邪教之法术为然，此作者借语警世处。

　　孽缘劫数四字，虽为虚无缥缈之说，然天地间往往有许多事变化莫测，竟致当局者仅知其然，而不知其所以然，则似此四字，并不全虚矣。尤其男女间恩怨因果、情海波涛，更多不可思议，盖皆此孽缘劫数四字有以致之也。老道姑云为了缘劫，此不仅书中人为然，即天下一切众生蚩蚩氓氓、营营攘攘，所为何事？盖皆了缘了劫耳。

　　戚驷贪色好淫，卒致自污其弱息，其食报之惨，可为天下登徒子作一当头棒喝。

　　戚凤英既为童养媳，又为卖笑妓，更作如夫人，其为乃父代偿之风流债已多矣，卒又为其生父污，宜其深恶而痛恨，欲手刃其父而甘心也。呜呼！见色起淫心，报在妻女，观戚四儿之妾随人奔，女沦为妓，能毋憬然。

第二十九回

报深仇了却冤孽债
警逆阉火毁玉帝观

话说石超然因此一问，遂陡忆起戚驷当年在凤凰山镇上采花被捉的事来，便向米爷询问："彼时的经过详情，以及事后的结果如何？究竟米二爷汉章和那个货郎现在是否尚在人世，此次戚驷被米爷邀约，同到沧州来索讨失镖，是否就为了当年救他的大恩，才不好推却？"

米爷见问，亦陡忆戚驷所说，石超然不知米、戚两下往日交情的话来，觉得石超然既知米、戚当初的友谊，就不应该到处截镖。再一转念，想着石超然本已联合周虎文对乃师倒戈，当然对俺放给乃师的交情亦不买这笔账了。想到此，便又怒气顿消，遂将上文所记载的往年之事告诉给他听了，并说："那货郎在治完丧事之后，仍在凤凰山镇上负贩京货为生，从此绝口不谈武艺，不再理问闲事，省吃俭用，积蓄得整笔款子，还了舍弟的借款。他又蒙当地一位正直绅士作伐，赘与一半耕半读的书香人家为婿，由舍弟及那绅士并他岳家资助，即在当地开了爿京广杂货铺，勤奋发展营业，不数年，便已将各家贷给的资本偿还清楚，并将他先人的坟茔修理整齐，满植了松柏，又在镇上购地造屋，前进开铺子，后进住家，事业兴隆，非常旺盛。

"直到近年，他所生的两子一女都已长成娶嫁，两子都很能克绍

251

箕裘，为人勤俭谦和，长子系学的陆陈行生意，故又在当地另开了一爿粮食行。次子继承父业，即在本铺服务。货郎见两子都能克家，遂慨然留书告别妻子，嘱令勿堕家声，述明本人意志，另留言辞别亲友，动身前往关外去投军，以武艺超群被选拔充当了一名游击，统兵与满清兵交锋，连战连胜，末后一仗误中敌人埋伏，被困在敌人腹地，遂致力战阵亡。等到大营得信，派兵驰援，已来不及了，只夺得一具尸首回来。棺殓才毕，他的两子已奉母命，相偕同由家乡追赶到来，拟劝请乃父回家，不料已为国尽忠而死，只得号哭尽哀，具领了灵柩回籍安葬。

"至于舍弟汉章，已不幸于去年冬季染病身亡了。

"戚驷此次应俺之邀，同到此地来索镖，一半因系了往年的交情，不好意思推脱；另一半却系为了您和周虎文两位呢。"

说到此，便将戚驷所言告诉给他知晓。听得石超然不由敬爱货郎，佩仰他的人格。又道了句："好险，幸亏俺已因包、马两贼忽然不辞而行，明白系受他俩之愚。米爷和戚爷到此，不曾动武，否则结果如何，那倒是件很危险的事呢。"

又叹息道："唉！俺们师徒的感情已经破裂，这是米爷所知道的，师父待徒弟用心恁般险恶狠毒，所以也就难怪徒弟已明知老师有难却坐视不救了。"

正说着，忽报大庄主回来了。

米、石两人忙起身往外迎接，只见石超凡带领从人，风尘满面地匆匆走将进来，双方各问过安好，石超然便吩咐家奴："快去隔院回禀大安人，免她挂念。"边问："大哥这几天往哪里去来，所为何事，走得恁般秘密？"

石超凡微笑点头，回说："此行乃是为了你和米爷的事。"

二人闻言，急问："为了俺俩的什么事，要如此行踪秘密呢？"

石超凡笑道："你们两下不是因误中了人家的反间计，几乎要拼个死活吗？俺就是为了此事啊！"

石超然道："原来兄长为此，征途劳乏了，且坐下来歇息，再详细告知俺们来踪去迹吧！"

石超凡坐下身体，一摆手，从人都退往别室去休息，客内只石、米和他本人三位了，遂说："俺那天听米爷自称，在江湖上颇留得好感情，各地名人多所交往，全无恶感，因此俺遂单从包、马两人身上看想，他俩的逃走乃系在俺劝超然入教之后，作法使陶、邹等人害病，他俩才忽然不见。俺平时听他俩说话口音，都不时流露着些巨野地方的土白和讲论些教中事务，竟推崇徐鸿儒备至，颇像他俩都和徐鸿儒系熟识的一般，由这两条上推测，俺遂陡动灵机，认定他俩必系受了徐鸿儒主使，用此离间恶计，使你们两下伙拼，好趁机劝诱你俩入教。俺虽心中这般猜想，但仍恐或有不确，说出来岂非失言不智？况且教友遍地皆是，俺这话偶然出了口，被人听得，报进徐鸿儒耳内，那可不是耍处，故此俺才不动声色地前赴巨野，谒见教主，面陈近来代教中办事的情形。

"凑巧俺和徐鸿儒谈话时，包、马两人都穿着教中大会首的道袍制服从里面走出来，向徐鸿儒回话，和俺遇个正着。他俩待欲回避时，早已被俺看见，直呼其名地将他俩唤住问好。他俩尚拟诈作不认识，徐鸿儒早已笑盈盈地开言，说：'彼此都是同志，现已克告成功，何必还要隐瞒呢？'便指着两人给俺引荐道：'这位真姓名并不叫作包平安，原名彭德明，系在本地行道的内外科医生。这位真名也不叫作马铁嘴，原名褚玉辉，系在本地处馆教读的塾师。'又说：'俺因欲举大事，极力延聘人才，所以爱才若渴，对于在各地驰名的侠义英雄尤其要广为搜罗，使他们同入本教，干立非常功业，故此分派往各地去传道的教友，特别注意，劝导各地英雄入教。不料米元章、石超然两人都以为本教是邪说异端，不肯皈依本教，因此俺才打发他俩化名前往大王庄去，联络当地教友，散布流言，并投身在石超然幕下充当宾客，激恼了他，使他和米某作对。俺前已闻得戚驷说过，米某和他很有交情，石某系他的徒弟，故此俺料定事情发生后，米某必到德州去找戚驷，再到沧州要镖，所以俺于他俩动身后，又派人密谕戚驷，米某如来央求，务必显扬法术，坚其信仰，劝导他师徒五人和石超然一同入教。他俩奉命到沧州如计行事，目的既已达到，深恐米、石双方对质起是非来，于他俩多有不便，所以才悄悄潜行回来。现在既已成为一家人了，望你回去，得便告诉令弟，此乃因俺爱慕英才，方用此计，既往不咎，不可稍存芥蒂，怨怪他俩。'

"俺听罢这番话，竟果然和俺的所料相符，遂亦不说什么，但顺口恭维了教主几句。徐鸿儒当即奖励了俺一番，留俺在巨野住一二日，于夜深人静时亲自到俺下处里来叫俺回家遵照他已颁布的方法计划，编练护教队伍，并委超然为总队长，一切队伍，皆命归超然指挥，勤加训练，预备日后举义时响应。他又将最近派人进京，和总管太监魏忠贤及一班魏党的朝臣联络情形告诉俺知道，说：'俺们现在面上都呼着拥护魏总管的口号，借此骗他的钱财，作俺们的军饷，利用他的势力，使各地官员都不敢禁止，俺们的大事方好容易成功，将来大事告成，你们兄弟俩都是开国元勋，论功行赏，必当裂土分茅，封授此袭爵位。'

"俺闻言大惊，当时含糊答应，心中一动，陡生一计，遂说：'俺的道行资望都浅，彭、褚二位在俺家居住颇久，各事都很熟悉，道行法术谅来定比俺高强十倍，最好请教主派遣他俩同俺仍到沧州去，帮助俺们兄弟办理各事，庶几可以驾轻就熟，得收速效。'他被俺这几句话说信了，竟认俺系他的心腹了，遂即依允了俺的要求，在次日，面谕彭、褚两人，同俺回沧州办事。两人都很迟疑不决，设辞推诿，怕受超然的责辱，或竟有性命之忧。徐鸿儒遂以好言安慰他俩，并要了俺保他俩安全的字据，又亲自画了两道灵符给彭褚每人一张，吩咐带在身边，准可逢凶化吉。他俩这才安了心，领谕收拾行装，随俺们就道。行至半途，俺遂密令从行的众教师，趁他俩不备，刺死了他俩，毁尸灭去痕迹，俺们才趱程赶回家来。

254

"现在你俩的仇怨总算由俺代你俩报复过了，从此俺已明白徐鸿儒志不在小，什么呼风唤雨、请神捉鬼的符法，完全是些假话欺人，就是那刀枪不入、水火不伤的话也全是欺人之谈，不足深信的。因为彭、褚二人都曾受过他的保身灵符，竟未能将性命保住，一假即是百伪，教中的许多符法还不是都可作如此观吗?"

说罢，听得二人欢欣雀跃，连连拍掌叫好，称道:"大爷有干办，有果断决心，真正不愧丈夫行径。"

二人说罢，陡又疑问:"石大爷，符法既不灵，如何能代人治病，又能咒诅了使人害病呢?"

米爷并说:"亲手用刀砍过戚驷，又曾用符法同他赶路，大约符法有真有假。"

石超凡笑道:"俺从前本极端相信，奉教极其虔诚。直到此次在巨野住了两天，方才被俺看出了破绽。那治病的符法本系从辰州符内变化而来，咒人生病，本系古代流传下来的巫蛊方法，神行法古代亦有流传，刀枪不入，那乃系练就的内外功。俺此次曾亲见一名教友，试验刀枪不入的符咒，结果竟被刀砍伤，回禀了徐鸿儒，他说此人的道根浅，入教未久，满怀私心，希图试验成功，便想横行不法，所以符咒不灵，如将来临阵御敌，不存私心，自能灵验，这是一件。彭、褚二人被俺令众教习做倒，又是一件。俺既明明知道虚伪，又不久将谋反叛，俺何苦不当机立断，即刻反正呢?"

二人听罢恍然大悟，随又问:"石大爷此次何以得能畅晓其中弊病，并知道法术的来源呢?"

石超凡笑道:"俺从小读书，即已在历史书籍上的略见过这些事了，不过未曾放在心上，才致偶尔遗忘罢了。此次巨野暂住，得和一位通儒硕学之士相遇，其人非别，乃是当朝忠良领袖，当今御弟信王千岁的心腹袁公崇焕。他自被奸党攻讦免职离京后，便往各地遨游，联络英豪，图谋拨乱反正。因在各地目见邪教兴盛，诚恐日久滋蔓，定为国家大患，遂密遣部下将校，假意奉教，到巨野来卧底，哨探内情，近而探悉魏党与邪教勾结联合，互相利用，表里为奸，不由大惊，特地亲到巨野，细侦实情，设法倒反邪教，约期使各地英雄同时并举，一举扑灭邪教，绝灭魏党在野的势力。

"当时俺和他在下处内会见，蒙他巨眼识人，称许俺为杰士，并对俺详言比解，直斥教中神话的虚伪，将古代左道旁门的乱事和现今教中的布置两相比较，证明其妄。俺因之陡忆幼年所读书籍上记载的各情，深佩袁公的真知灼见，遂与袁公订盟，立誓尽力倒反邪教。据袁公所言，现在已被他所收纳在部下的各地著名豪杰，如河间周仁、周义及周虎文，大名东方德，凤际云、凌云、平原曾有义、达朝宗、寿州成仁美、宋人杰，亳州呼魁元，淮安山永荣、尚省斋、李志远等一班老少人物都已派人招致完妥了，一旦发动起来，准可一呼百诺，山鸣谷应般地同时并举，嘱俺回来与你们俩代言诉述，请亦以国家地方人民为重，捐除私人感情，合力先灭去邪教，再大举勤王，诛尽奸佞，共御外寇，扫平内患，所以俺才下此决心，先在路上刺杀了彭、褚两人。"

二人闻言，一齐欣悦非常，拱手称赞，都慨然允诺，准唯袁公的马首是瞻。

石超凡既悄悄将佳音告知了二人，便起身回转隔院本宅内去安慰妻子等人，当日即悄悄将辖下的一班教友按着花名清册逐一考核，凡是素行不义、仗着信教的势力欺侮良民的人，一齐用笔圈了，随后逐日令人分头去传唤到来，假托系奉教主法旨，因为有人告发，特命将他们缢死。说罢，即喝令手下，将那些人逐一绑缚缢死了，着令各该家属来收尸，每名按照家属情形发给抚恤银两。

石超凡处置手下恶劣教友才毕，德州方面坐探信息的人已亲自陆续回来报告消息，说："戚驷本人及全家人口都已被杀，城乡各处的房屋同日先后起火被烧，所有他手下的一班头目及大众狠恶教友亦于这天大半都被杀死，小半都被杀伤捉在牢里问罪。"

米、石等人闻报，忙问详情如何。

各坐探回禀道，戚骊当日由大王庄启程，急急赶回家中视察一切，家属人口并无一人伤损，他心中稍定，召集两名道童及一班头目商议应付方法。大家都以为来者不过是几名女子，纵有剑术，究不敌俺们多有符法保佑，定必无妨。戚骊遂当场派两名道童分任日夜指挥，率五队教友按日夜轮流值班，分任保护城内及天齐庙山下巢穴，一面由戚骊亲去拜会当地府县官员，请调派兵将，在城内各处梭巡检查行旅，捉拿道装、僧装、俗装的女刺客。在戚骊住宅附近地区，实施戒严，派驻兵弁捕快协同护教神兵把守放哨。

戚骊以为如此防备，定保无虞了，哪知他的恶贯已满，应受报应的时期已到。

刚巧在这时节，魏忠贤打发心腹太监张诚，代表本人，明系往江南去监织各项御用的衣服，暗系联络徐鸿儒，调查教中的实力，顺便察看沿途各省建造的生祠，并密向沿途地方官索取供应。张诚到得德州，闻说戚某充任本地教中的总会首，颐指气使，差不多地方官都须听他的指挥，不由想着他往日行刺袁崇焕未成，不别而行的事，认为此人不甚可靠。且知地方官员所以巴结他的缘故，即系因尚不知他已与魏总管脱离了关系，故此即将戚、魏现已分裂之事告知了地方官，并令地方官如遇有机会，即当设法捉拿他正法。张诚面谕地方官后，地方官因竭力恭维戚骊许久，竟反被他利用了去，不由越想越气，遂秘密会合在一处，共议报复戚骊之计。

在这当儿，恰巧因地方上戒严搜查行旅之故，在一个教友身上搜出了一道徐鸿儒颁给戚骊的密谕，说目下已与魏党取得联络，正利用魏党的金钱接济军饷，令戚骊不可因前事萦怀，存私见误了大事。并令戚骊火速派人往各地方联络江湖上好汉，并勾结先前所荐与魏总管的一班武勇之士，暗中归心于己，本教决定在年内起义，望将辖下所有各队教友加紧操练，不得违误。这信被官兵搜得，呈与地方官看了，地方官大惊，立刻聚议，决定不动声色，仍借着戒严的名义，暗中先隔绝了戚骊和他部下各大小头目的联络，使他们

257

大家不能通气，一面密调兵将分头办事，同时并举，捉拿本地所有的大众教民，如敢违抗，即就地正法。又怕本地兵力单薄，特又将该信为凭，星夜派人分往省城及天津两处请兵协助。地方官正忙着分头布置，于道姑、戚凤英、马二小姐、刘姑娘、双氏两尼、周仁、周义、吉小拳师、曾有义、达朝宗等一班男女侠义已在平原会齐集合，相约同到德州来分头行事。

原来那夜在悦来店行刺的女侠客乃是马二小姐、刘姑娘和于道姑三人，皆因于道姑母女及两尼等人在平原盼候马、刘姨侄俩及吉小拳师，等得心焦，遂由于道姑独自启行，往石家庄一路迎去。迎到石家庄，果然在马宅与马、刘两人会见，才知她俩到已三日，因为马二小姐的丈夫有病，所以不能就走。且因吉小拳师在凤翔处置家事未毕，不曾同来，约定待他家事完毕，随即动身，先到石家庄会马、刘两人，再同往平原有记镖局，故此马、刘姨侄俩在家小住，边视病，边等人，见于道姑到来，非常欢迎，当由马、刘各家轮治素席招待，留她盘桓了数日。吉小拳师仍尚未到，马二小姐的丈夫病已痊好，三人遂留下言语，嘱转告吉小拳师，他到此，即请他径到平原居之安客店相会吧。

三人留言后，即相偕由石家庄动身，离得石家庄，三人在路上边走边谈论和戚骊作对的人甚多，此番可称作大家和他总结账，可惜还有不少受过他害的人，只因未知姓名、地址，无从邀集，否则倒很可以也使他们当面看见报仇，岂非大快人心。因此遂谈到仁义镖局的两个老主人亦被邀同往的话，更由周仁、周义说到河北大侠周虎文身上。马二小姐说："古人尚且大义灭亲，周虎文还顾念师徒名义，不肯亲自和恶人破面，真可谓妇人之仁，任侠任得不彻底。"

既谈到周虎文，便由周虎文陡又讲到石超然身上。于道姑说："据周虎文谓他师弟的本领极佳，在沧州家乡，人人都知有赛杨戬石二员外，他家中款留着的食客极夥，差不多有战国时代孟尝、春申、信陵各君的豪风阔派，倘非家产豪富，万万办不到这种博施济众、

258

疏财仗义的勾当。"

因之三人都以为由此绕道往沧州大王庄去路途很近，"周虎文虽曾说他师弟亦和师父不对，即因在根本上痛恶师父的多行不义，又暗为奸佞的中官做走狗，利用太监的势力，作他自己为恶的护符，所以帮着师兄倒师父的戈，俺们现在何不去访会他的面，探探他的口气？并非要他来帮俺们去杀他的老师，只要求他严守中立，不助纣为恶，俺们就可以少去一个劲敌。"

故此三人同意，中途亲往大王庄。

那日到得大王庄镇上，先投客店歇足，安放下各人的衣包，梳洗进食更衣后，即向店小二探问往石家洼去的路径。那小二快嘴好多话，将路径指明后却回问："三位问石家洼的路径做甚，莫非欲往那里去拜会庄主吗？要见大庄主入教，还是要见二庄主有事呢？石二庄主适才率领庄上教习多人，由门首经过，俺亲目睹见他走进悦来客店大门里去，你们如系找他，停会儿他回去，必定仍由此走过，很可以就当街拦住他和他厮会，邀他进上房来面谈，岂不省事便利吗？"

三人见问，遂问："二庄主可就是赛杨戬石超然吗？"

小二应说："正是他，三位和他认识吗？如系熟识，依了俺的话，在客门首等他走过时，迎住他相见，比往他庄上去拜会要省事得多呢。"

三人点点头，齐说："你和他认识吗？"

小二笑道："俺是本地人，怎会不认识他呢？不过和他没甚交情罢了。他生平最爱交结的是懂得武艺和文学好的人，像俺这般文不像秀才武不像兵的人，只配到他庄上去做粗活儿，哪能和他交游呢？看三位女客人都带有保身的兵器，大约都是精于武艺的了，这才正是合他交朋友的资格呢。"

三人见他好多说话，一齐腹中暗笑，便拟利用他好事的习性，趁机对他道："俺们都和他闻名未会面，倘阻路相见，彼此陌生，未

259

免显得冒昧。这样吧，俺们此刻反正无事，就请你陪俺们同在门外立一会儿，守他走过，烦你指给俺们看看，好先识其面，看机会或竟阻路会他。事后俺们多赏给你酒钱就是。"

小二听说给酒钱，忙笑应："好，俺此刻正闲着，三位可就同俺偕到门首去。二员外由此过去，已有了时候，别给他已走了回去，三位看他不见。"

三人说声："烦劳你了！"便齐随小二走往店门外去，闲立卖呆，边和小二闲谈，顺向他打听石氏弟兄平日的为人。

立了一会儿，远远见走来了一簇人。小二指着对三人道："呶呶，前面来的这一群人众就是石二员外的随从，在他庄院充当看家护院的教师。在这群教师当中走着、和人谈话的那个长大身材、穿员外服式的人就是石二员外。"

小二谈话间，那伙人已渐走渐近，三人都已看得清晰。于道姑的眼快，早已瞧见那个和石超然谈话者非别，正就是冤家对头戚四儿，此刻看见，恨不得迎上去就给他一剑，戳个对胸穿过，带出他的心肺来，方才出得这口郁结在腹内二三十年的恶气。只因在青天白日大街心里，往来行人众多，他又和石超然主仆及好些镖师打扮的人在一起走着，不便鲁莽，一则白日行凶怕被人看见，难于脱逃；二则对方人众怕反被他所伤，因此只得暂且忍耐，两手却急将马、刘两人的衣服同扯了一下，本人急转身掩在她俩身后，回过脸去，待众人经面前走过约有两家铺面，才侧转过脸来。二人见她如此神情，齐问她何故。她遂遥指着戚驷背影，对两人悄言告诉道："这个年纪最大，和石超然并肩走着谈话的老者就是戚某，看情形他们师徒间相处得感情并不很恶，这老匹夫离去巢穴，跑到这里来和他徒弟厮会在一处，莫非他的耳目众多，俺们合谋对付他的事，他已有了风声，所以才到这里来邀徒弟帮他的忙吗？"

两人闻说戚驷在那一簇的人窝儿里，都不由胸中热血沸腾，杀气直冲霄汉，柳眉倒竖起来，急忙移步回身进店，疾走进房，各拿自己的宝剑。

小二见三人面色都陡变难看，不知就里，便亦跟着走了进来。于道姑怕两人拿兵器被小二看见，泄露消息，忙回头向小二道谢，并在身边摸出几十文铸有天启通宝的制钱来赏给了小二。小二称谢收了，才止步不随着进来。于道姑开发过小二，急走进上房，见二人已都各将宝剑拿在手内，遂忙以自己忍耐的两种原因止住她俩。她俩叹了口气，只得将宝剑放下，三人相视着流了阵眼泪。末后还是于道姑首先忍住，说："徒哭无益，终不然即因为他们人多，俺们就将报仇两字打消了不成？"

一句话又将两人的精神振起，拭泪商议，该如何下手。结果，三人唤小二进来，多赏了些酒钱，托他往石家洼和悦来店两处去哨探，石超然适才到悦来店拜会的客人是谁，内有几位镖师和一个姓戚的是否都住在悦来店。

小二得到赏赐，马上跑出店去打听。不多会儿，回进店来，见了三人，将戚、米等人同来要镖解和的事一五一十地告诉了三人。

三人听说米氏师徒都在此地，戚驷且系因他们之请而来，觉得此时行刺戚驷，米氏师徒义难坐视："俺们和他作对，无意和米氏师徒为仇，到悦来店行刺固然不好，到石家洼动手更属人多。"

三人想来想去，避重就轻，只有到悦来店去较好。于是三人遂先到悦来店门首去探过道，即于当夜从屋上出去，径至悦来店后进上房屋上，俯伏身体往下窥探，戚驷的声音于道姑是熟晓的，当时在屋上听得，已知下面这间屋内就是戚驷居住的所在，遂招呼二人同到这间屋上来伏着。候到下面声音寂静，这才由于道姑下屋行事，托二人在屋上巡风。三人此番作杀人勾当，却系生平第一次，又兼是女流，不免比较的胆小，因此于道姑下屋，鼓着勇气，直扑进房内，径奔到戚驷床前，却不料已被戚驷觉着，早有防备，遂致未能得手。且又知道米元章睡在那旁床上，怕他醒来助战，故此急忙退出屋外，飞身上屋。

戚驷从屋内追出，纵身上屋追赶，见系三个女子，这正中他所忌，不由大吃一惊，急忙不战而退，复又跳下天井，溜进房内。屋上三人因惧下面人多，不敢造次下来，见戚驷不战自退，当他系故意诱敌，故此格外不敢下来，前由马二小姐在屋上恶声泼骂，意在引诱他上屋。骂了几句，终因怕惊动店内人众，便自走了。

三人回到下处里，睡了一夜，次日白天，仍请小二到悦来店探信，回报姓戚的已在清晨动身回转德州去了，并说："俺到悦来店时，石二员外亦正到该店，大家都在议论夜间有人行刺姓戚的，所以他在绝早就动身走了。"

三人得知这个信，思量此番弄巧成拙，成做打草惊蛇，反被他脱逃回去，做了准备。姓米的等并未同走，还可以少结冤家，减少劲敌。于是三人即将店账结清，厚赏过小二酒钱，动身径往平原，直抵紫竹庵内。问两尼及戚凤英，才知周仁、周义已由河间回到本地，在居之安客店住着。三人当去曾有义家内，与二周等众人会过齐，并道过二周的劳，将在沧州行刺的事告知了众人。

众人齐讶，怪她们为甚不用剑术取他的性命。一句话提醒了三人，不由一齐自怨自恨，不该临阵太自慌乱，成做当局者迷。众人见她们怨恨，便又都用好言温慰，说："这是他尚该多活几天，所以你们才会临时忘记，谅情他绝不会远走高飞。果真他就逃走，也不过是往巨野县，那时俺们正不妨以除他之便，顺便剿灭了邪教，做一番惊天动地事业呢。"

三人被劝，遂亦以此自慰，回庵等候吉小拳师，一面请两尼亲往德州去探信。

过了几天，等到两尼由德州回来时，吉小拳师亦已赶到取齐了，于是男女众侠义遂由平原往德州进发。到得德州，大家在城外约定，分作两班，一班由小吉拳师为首，率周仁、周义、曾、达等人往黄河渡口去烧毁戚驷的巢穴，一班由于道姑率领，偕同两尼、马、刘等众女侠直扑进城，攻取戚驷的住宅。大家约定同在往巨野去的大路上会齐，顺便防戚驷漏网由此逃往巨野，便好截住他的去路，并定于德州得手后，即往巨野去会袁崇焕，即相机同时并举，扑灭了邪教。

约定后，男女两班分头办事。于道姑等一行进城直扑奔戚宅，官兵捕快等虽都上前照例阻止检查，怎奈这班女侠客都是善能高来高去之人，见官兵阻挡，便都飞身上屋，风驰电掣般直扑奔戚驷住宅屋上去，分作前、后、左、右、中五路，跳下屋去，逢人便刺，如同生龙活虎般毁物伤人。戚驷部下的大小头目纷纷赶来应敌，都被杀死砍伤。头目既不中用，那些家奴和普通教友能济什么事？早已唬得呐喊往前逃跑。

戚驷正在内宅里练功夫，陡然见屋上飞下一人，认识正是于道姑，唬得慌忙迎敌，急急念咒，想用法术捉拿她。不料那法术乃是徐鸿儒杜造出来欺人的伎俩，哪能当得真？因此竟毫无效用。戚驷见咒语不灵，心中更慌了，只得以真实武艺对敌。正在杀得难解难分，戚凤英亦已闯到面前帮助她母亲双战戚驷，紧接着马、刘两尼四人都已到来，将他四面围定。

两尼喝道："于道友，你们还不用剑术取他，等待何时呢？"

一句话提醒了众人，便各将剑光放出来，恍如数道白虹横亘半空，落下来直取戚驷。戚驷慌忙逃走，早已被于道姑的剑将他两足刖去，倒地不能动弹。

大家见已得手，便都索兴利用剑光将他宅内男女人等一齐斩尽杀绝，并将房屋前后一齐放了把火。于道姑将戚驷捉住，指着凤英对他骂道："俺且问你这个该死的禽兽，她是谁所生养出来的呢？俺当年派韦二夫妻俩将她送到你家中来，原由你老母将她接收抚养，后来你老母去世，你竟忍心将亲生骨血丢诸脑后，不闻不问，直等到后来得着俺的消息，知道俺曾声言，如不好生看待她时，就须寻你报仇，你才前往善堂里去查问，虽曾跟踪追往河北去访寻欧阳逸，但是并未在出事地点仔细向人打听，况且凭着你彼时在江湖上的人

263

情势力，并非调查不出根由细底，你居然忍心就此置之不问。况且你在东方德口中已经得悉欧阳逵全家赴任遭害，是死在奸党之手，你就该因此怀恨奸党，哪知你竟认贼作父，贪享不义的利禄，反而投身在奸党门下，助纣为虐，为虎作伥，做奸佞的走狗。网罗狐群狗党，代奸佞做无量数的丧天害理之事，即此一端，你已有应死之罪，何况你怙恶不悛，胆敢在光天化日之下杀害人命，迫奸生女。看你虽生成一个人形，却不料竟是一个衣冠禽兽。回想你当初在凤翔学艺之时，逾墙越屋，黄夜恃强来污俺姐妹俩的清白，说许多甘言蜜语，便是临动身时节，亦曾说现在不过暂时分别，回家即当谋日后团叙的好话。哪知你竟始乱终弃，沿途便先干了许多兽行，杀死不少性命，累害俺姊姊身死名污，俺亦因你离家背井，更致俺父母因之失和，气愤丧生。你这禽兽，贻害人群，流毒社会，不仅累害俺一家，单讲今天同俺母女俩一齐来的人，就有大半和你是冤家对头，俺此刻所以趁你未枭首级以前对你说这番话的，乃是叫你死去九泉，做个明白鬼，到阴世里好忏悔生前过恶，转世投胎，能变猪变羊，受千刀万剐，在被宰割时，得能明白系因为恶太多，所以才遭受这种痛苦，并且叫你在现今受死时，良心上知道一点儿悔悟。须知俺母女此刻来断送你的性命，就是因你往年所犯的禽兽行为。"

戚驷双足虽被刖去，究竟他系曾久练武功，身体经受得起硬伤痛苦，所以并未因此疼痛得晕厥过去，失却知觉，只不过身卧地上，不能移动直立起来罢了。神志原很清楚的，闻语朝戚凤英一看，果然正系往年在天津客店上房里被自己奸污过的那个女子，原本自己在强奸过她的贞操以后，即已疑心她的面容酷肖于二小姐，曾拟设法打听她的下落，不料竟哨探不着。万想不到她会于此刻陡然出现。当时被于道姑一番数责，呆望着戚凤英的面容，顿觉天良发现，悔恨自己的贪色好淫，竟致自己屙屎自己吃，不由得感觉着受良心责备，竟比狱囚被判处死刑一般还要加倍痛苦难受，忍不住眼泪夺眶而出，长叹了一声，低头埋面，伏在地上呜咽起来。

264

常言道得好，一夜夫妻百日恩，又道是父子有天性，这时给他一哭，竟将于道姑母女的怨恨狠恶心肠顿觉软化了许多，那手中擎着要杀他的兵器竟忽然拿不下这个泼辣毒手来，反而都陪着他一齐落泪。于道姑只咬紧了牙齿，伸手指直戳到他的额上，恨恨地凄声哽咽，叹息骂道："唉！冤家，你自作自受，及早不肯回头悔罪，直待到此刻才呜咽痛哭，还有何作用呢？"

边数说谩骂，边已泪如雨下，便是戚凤英亦凄然叹息，哭不成声，又羞又恨，只觉得胸中难受异常，恍如刀绞。反是戚驷硬着头皮，强声昂然道："俺此刻受良心激刺，已自觉死有余辜，今日死在你们众位女剑客之手，正乃俺应得的报应。你母女俩也不必叹息流泪，还是爽快些，砍上俺的头颅，出你们胸中抑郁多年的恶气，报你们的深仇宿怨吧！"

说毕，忍痛勉力腾起身体，伸直了脖项，凑向前去，往于道姑手内擎着的那口宝剑锋口上一割，将咽喉割断了，一腔热血从嗓子里直喷射出来，溅染得于道姑前面的下半截身体全是血点斑痕，躺卧在地上，依然不曾断气，鲜血兀自汩汩流出，成做了半死不活，那光景非常可惨。却被马二小姐和刘姑娘两人恶狠狠地走近前来，擎手中宝剑，指着他骂道："你这不忠不孝、不仁不义的衣冠禽兽，此时死已嫌迟，还假惺惺地装什么腔？你希图伴死一会儿，还能苟延残喘，那真是做你的清秋梦，睡扁了头，还不曾做醒了吗？"

骂罢，又喝道："呔！你别装死，把两只贼眼张开来对俺俩瞧瞧，可认识俺俩是谁吗？明白告诉你，俺俩就是当年你路过石家庄，被你这个贼王八杀害的那位马老太君之孙女马二小姐和重外孙女刘大小姐两位，为了你这个禽兽，特意投师学武，练成剑术，同来寻你报仇的。"

说话间，戚驷气尚未绝，略微尚有些知觉，闻言当真张开两眼来，勉强朝她俩望了一眼，可怜欲待回言，哽嗓已割断泄气，说不出话来了，只瞪目望着她俩。

双氏姐妹两尼看见这般惨象，不由同念了句无量寿佛，叹道："善哉善哉，冤有头，债有主，真所谓恩怨了了。前世恶因，今生孽果，全在此刻一笔勾销了。于道友、戚贤徒，马、刘两位女檀越，既已报仇泄恨，何必再让他临终多受不生不死的惨痛苦楚呢？"

两尼的话犹未毕，马、刘两位的宝剑已都不约而同地齐向戚驷胸膛和咽喉戳下，口中各骂一句："贼王八，俺们慈悲了你吧！"

戚驷被这两剑刺着，顿时气嗓割断，胸脯戳了个透明窟窿，不能再睁目狞视，死在那血泊子里了。依二人来时的气愤，恨不得给他开膛破肚，凌迟碎剐，剥皮抽筋，熬油浇烛，剜了心肝，带回去祭马老太君的坟墓，方才算作称心了愿。却因戚驷才气厥身死，于道姑母女俩已同声恸哭，哭得悲哀凄楚，非常伤心，便是铁石人闻之，也要堕泪，何况她俩都是富于情感的巾帼英雄呢？竟不禁也陪着她母女俩落下了几点眼泪。二人既得碍着她母女俩不便再下毒手，兼因被她俩一哭，心中一酸楚，那手也软了，便再要下手，亦有所不能了。同时那前后左右各进房屋被她们众位女剑侠所放的火已一齐蓬蓬勃勃地烧将起来，那火势四面八方地由远而近，烟雾迷漫地笼罩了各间房屋，渐渐地逼紧到她们众人的面前来了。

众女侠事前约定在捉得戚驷后，先录取了他的口供，并逼他引导着在各屋抄搜他往时历受逆阉的伪命和委任他的官职，并一切奸党密谋欺主叛国的证据，以及他信奉邪教后所受徐鸿儒、王好贤、于宏志等正副三个教主的伪命，并一切逆谋证据，和他辖下各队护教兵将的花名底册，事后好交给袁公，转呈信王，密奏当今天子，一举推翻了奸党，同时并可以知照各省军民长官，一举扑灭了邪教，得能长治久安、一劳永逸，大家公私两尽，福国利民。不料众人因被兵捕拦阻搜查，遂致临事慌乱，陡然将预先约定办法忘记，从屋上杀进戚宅，各放出剑光来，毁物伤人，到处冲击砍杀，并各放起一把无情火来助壮声威，只图快意顺手，竟都未曾理会得原约。及此这时，戚驷既诛，于、戚、马、刘四人的大仇已复，火已从四面

266

烧到临近，才由双氏姊妹两尼首先觉察想起，说将出来，但已来不及了，只得大众先各图谋脱身，以免葬身火窟要紧，哪还顾得搜抄证据的事呢？于是大众冒烟突火，奋勇络绎上屋，跳出墙外。

幸亏是时官兵将校捕快头目都已早受过文武长官的密令，趁机即破戚驷的巢穴，捕拿他的党羽，先根本肃清当地的祸患，捉拿戚驷正法，既可代国家立功，又可向客、魏讨好，所以当时见忽然来了僧、道、俗装的老少许多女英雄，飞身从屋上杀进戚宅，放火焚烧，兵捕等便趁机一声暗号，同时动身，立刻先各将同立在一起的戚党，不论大小头目或是教友，一齐夺去兵器，逐个地拿下了。众队长、会首、传头等头目及一班教匪陡然遭此待遇，都大吃惊，慌乱了手足，都疑惑来的这几筹女侠客系由官兵聘请了来的，因这么一疑猜，遂格外庸人自扰，不敢抗拒，尽皆束手就缚，仅有少数的几名头目系戚驷的心腹，恃仗武艺和略知道些符咒、法术，率手下人众和兵捕等搏战格斗，被兵捕等扬声使诈语吆喝，说："戚驷已被府县官破了妖法，砍伤手足，捉拿住了，大众不可执迷不悟。须知那些妖术只好欺骗愚民，并不能真有用处，否则他本人怎么会被官兵捉住身受重伤，逃走不得呢？不仅本地一处，今日乃是各府州县市乡地方预先约好捉拿教匪、消灭反叛的日期，你们大众谁无父母妻子，何必盲从反叛、遭受满门抄斩的大罪呢？万岁爷有旨，只究办徐鸿儒等几个首恶，其余被胁从的人民一概赦免，准许自新。只要能反戈剿灭教匪，便算作戴罪立功，不但无罪，还能受赏。"

那些头目虽然不信，仍拟顽强抵抗，怎奈他们各人的手下已都闻言大惊，懦者抛弃兵器，跪求兵捕，恕罪免死，狡者竟果然反戈相向，希图立功受赏，因此那几名头目遂都无法可以挣扎，竟一齐被生擒活捉了。

因为官兵捕快等都注意在趁机剿灭戚党、捉拿匪众的事上，遂致顾此失彼，不及顾到众位女侠，当被众女侠冒烟突火地越屋逾墙从戚宅屋上脱逃到别家屋上，仗着她们各人的身法灵捷、步法迅疾，兵捕等仅眨得两眨眼睛，已都在倏忽间逃到城墙头上，沿城头鱼贯疾行，寻着一处缺陷坍毁的地方，便都由此处络绎跳身下去，趁势鼓勇，越过了护城河，辨认了方向，从田亩间斜刺里穿林越屋，跳涧绕山，径奔赴那条往巨野县去的官塘大道上去，会合吉小拳师、二周、曾、达等各人，预料官兵捕快，此刻搜索城内余党，办理善后，缉捕四乡村庄上的教匪，问录口供，搜查证据，正当纷乱忙碌，绝无暇来追捕她们，众人便是有人想起，亦断无此胆量敢冒险来追缉，故此众人都很定心，遂在这条路上，各将身上血衣脱下换过了，寻了爿小吃馆子，进了些饮食打尖，略歇息了一会儿，边往前赶路，边等待吉、周等人来会齐。

果然走不多时，吉、周等人业已从岔路上赶来相会，果然他们往天齐庙山下的戚驷老巢里去动手时，比她们往城内行事还要轻易简便，兼因戚驷手下头目大半都是江湖上人，和各位原系相识，一见各位来到，迎接请问来意，经各位诈称系密奉圣旨，受皇家聘请，特来剿灭教匪，捉拿戚贼到案正法，劝大众快快反正，切勿助逆谋反，并说："城内官兵、团练、乡勇、保甲、捕快等众都已早有准备，奉令同在今日动手，谅情此时城内已经先行发动，如大众不信，不妨到山头高处瞭望城内是否已经起火。"

大众闻言，因都曾和各位相识，素佩各位的人格，又都畏各位的本领，遂都帖服，不敢抵抗，听从各位主张，将巢穴内所藏的叛逆文卷证据交出，放火烧毁房屋，以及在水内的船只，果然火起之后，埋伏在城外的官兵捕快见火认作了信号，便亦四面呐喊，击鼓鸣金，放炮摇旗，一齐冲杀将来。凡是身穿教友打扮或佩挂教中记号的男女人民完全被捉，除去迎跪兵捕，自陈悔过反正的人外，无一幸免。凡是恃强抵抗的人，皆被众英雄指挥着那些在江湖上相识，此刻被劝反正的大众，将抵抗者逐一砍伤绑缚，交给官兵赎各人的盲从邪教之罪。同时各乡村地方民众得到信息，因素受戚党扰害无可泄恨的，便都趁此机会，三五成群，相约寻仇报复，故此吉、周等各位侠义英雄，竟至不费己力，已将戚贼的根据地剿灭铲平，并将他的党羽收服了，嘱令大众散伙回家，如愿为国立功，便都随后进发，跟从各位，同往巨野去的这条大路上赶来，即可沿途剿除邪教。

大众在纷乱之际，都只求能保自己的太平，仅有少数的人愿意随众各位同平邪教，余众均自愿散伙，各自回转家乡去恢复本来面目，仍操旧日生涯。吉、周各位见愿随从干立功业者少，便索兴劝他们都各散了，不必相随。大众既被解散，吉、周等遂由曾、达两位引路，从间道抄近趱程赶上众位女侠，同路往巨野进发。走不多路，二周忽然想起，此去巨野，人数以愈多愈妙，虎文未到，何不回去招呼他同行，顺便好绕往沧州，邀石超然及米元章师徒，岂不是好。因即对众人说知，即在前途镇上住了店，由二周偕曾、吉、达等人折回平原，先邀了金万能，招呼了周虎文，即时上路，赶到沧州。在路上，恰巧遇见东方德、凤际云、凤凌云三人保镖回来，遂亦邀请同行，径往沧州大王庄行去。

德州城内外各地既经过这番大纷扰，那两个奉命监视戚驷、分班率领各队教匪、防备祸患的护法道童，为人非常狡猾伶俐，他俩即于目见戚宅被众女侠攻杀进内放火，兵捕等忽然一声暗号，反戈相向之际，知道大势已去，情景不妙，便都丢下大队不顾，率领着数名心腹武勇随从，悄悄急急地绕城内僻道，溜之大吉。跑到城门口，守城兵正得信关闭城门，却被他俩率手下奋勇将守城兵驱散，开城逃出，慌如丧家犬，忙如漏网鱼，疾若奔马，去若流星地往巨野县奔逃，沿途着手下随行的人送信给当地教众，急速销声匿迹，并火速转遣间谍往德州城内乡村各处去探察确息，不分日夜，迅疾前赴巨野报信。他俩如此布置调遣，在路不敢停留耽延，径逃回巨野巢穴，叩见徐鸿儒，回禀其事。

徐鸿儒闻报大惊，当因他俩临事无应急之能，初次上阵，便首先脱逃，摇动人心，太无胆识，岂能干得大事？不禁勃然震怒，立传法旨，令左右将他俩推出去砍了。左右因他俩平日功多过少，罪不应死，便都代他俩求情免斩，结果，二人各被重责一百屁股，记下大过，令二人探查实信回报，立功赎罪。二人被责之后，心中不服，满怀绝望，哪还肯认真冒险再去访查实信呢？反而悄悄商量，逃往山东省城，去巡抚衙门去告密，将教中谋逆实况完全和盘托出。巡抚得报大惊，急令将他俩拘在本署后街，隔绝他俩与外面通达消息，一面于深夜召集本省的军民长官，会议应付方法，各官出身大半都系奸党门下，闻说他俩告发逆谋语中牵涉到魏总管身上，不由齐出了一身冷汗，各打了几个寒噤，顿时都惶恐失措，乱了主意，异口同声皆言此事体大，且又连涉魏总管，恐怕所告不实，还得详细侦查、严密鞫讯才好。

巡抚见各官都意在给魏总管洗清身体，便说："凡事瞒上不瞒下，他俩既来告发，俺们且不去管他所告的是否尽实，只要将邪教扑灭，便可水落石出，如与总管无关，即斩二人之首，万一果有其事，俺们便亦不妨实行瞒上不瞒下办法，将其事隐蔽了就是。目今事不宜迟，诚恐消息败露，反被教匪先发。那时即为患不小，收束极难奏效。"

众官因素知巡抚系与朝中各位忠正大臣暗通声气的，仅在表面上和奸党各臣来往，怕他竟口是心非，借此口供，推倒众官的靠山，失却功名利禄，故皆放心不下，都说："难保人人皆能守口如瓶，万一风声传进各御史的耳内，便上本提参，岂非多有不便？不如趁现在风声未泄，即将二人秘密处决，决去了诬告之人。一面密令全省各县同时扑灭邪教，岂不是好？"

巡抚闻言，微笑不语，未表示赞否，当夜遂致议无结果。次日巡抚起身，忽报告密的二人夜间畏罪自尽了。巡抚得报，明知此事系出自众官的主谋，只得含糊不问，令差弁将两人收殓掩埋，一面再召众官计议，只议取缔邪教方法，不提告密两字。

正在计议，德州府县各官快马禀报剿除当地教匪的公文递到，同时忽报巨野知县进省有紧急事求见，巡抚心知不妙，遂一面阅罢德州呈文，一面令传巨野县在别室相见，边暂别众官，临时退席，边到别室，传见巨野县。只见那县官形色仓皇，行礼后便趋近巡抚身前，欠身低声回禀，说："教匪因得悉德州捉拿戚驷，尽捕羽党，搜去证据的消息，又闻悉河北省沧州境内大王庄地方忽然由当地教首倒戈，将教匪机关解散，并知有两个教匪进省告密，匪首徐鸿儒知道事已败露，遂急谋先发制人之计，于卑职动身的前一日，忽然号召党徒占据了巨野城郭，自称为东兴福烈帝，任匪众多名为各种伪官，声势浩大，各地匪众蠢蠢欲动，恐即将相继响应。卑职于变乱之际，不得已弃职空身逃进省城告警，自请处分。现在卑职家眷均皆失陷在巨野城内，仰求大人代卑职做主，不胜感激之至。"

巡抚得报，顿足叹道："贵县只身逃出危城，到省城告警，此事须怪前任的本省文武长官，以及各地方官等太颟顸糊涂，才致养成匪众的势力。今日之变，本宪早已料及，连日筹议，尚无适当办法……"

话犹未完，忽报："袁公崇焕路过省垣，特地来辕门拜访，说有紧急机密，须见大人面谈。"

巡抚闻报大喜，连声说请，吩咐开中门迎接。边说边立起身来，令县官权且退往下面去休息候传，一面亲自出大门迎接袁公。

原来袁公密派部将在巨野县教匪内卧底，一面亲往各地去收罗英贤，并游说各该处误奉邪教的才武之士，使他们弃邪归正，奔走各地，不敢稍息。因为接得信王谕旨，知道教匪与奸党现正内外勾结，通连一气，恐怕一旦爆发，为患无穷，所以袁公为此格外紧急努力，竟被他直接间接地招聚得不少英豪。直至最近，他因连得部将飞报，知悉教匪就将举事，故此才亲自前赴巨野视察，一面令周仁、周义等于德州剪除戚驷之后，立即赶到巨野来听令。

当时周氏兄弟等在德州事毕，折回平原，会了周虎文，邀了金万能，同往沧州路上遇见东方德，风际云、凌云兄弟保镖回来，遂

271

邀请同走。到得大王庄石家洼，会了石超然、米元章及陶、邹、邹、程四人，便相邀着同到巨野县来。在大原上赶及于道姑等一行女侠，互相贺功，于、戚、马、刘等又向众位道劳称谢。

当晚大众在路上住店，于道姑母女俩同居在一间房内，想起在下山时，老道姑曾言此行乃了缘了劫，虽然仇恨已报，究竟觉得狠惨，自忖出家人当以慈悲为本，如今竟首开杀戒，竟成做了个他既不仁，我亦不义，因此母女俩在背下私议，竟都感伤不已，应了两句成语，叫作"未免有情，谁能遗此"起来。尤其是于道姑，格外觉得伤心，思念自己年少时即死未婚夫，被戚骊青绳偶沾，遂成白璧微瑕，弄得身败名裂，养下一女，复遭颠沛流离，为妓为妾不算，还要被生父奸污，居然赧颜厚脸地邀约众人同去手刃仇人，真可谓不知人间尚有羞耻事了。现今复仇事毕，转被他们邀往巨野，同见袁公。袁公岂得不问，他们又哪能不言？俺母女俩尚有何面目同见忠正贤良的袁将军呢？又想到戚某虽非本夫，究竟俺生平未尝亲近过第二个男子，此次母女俩杀死了他，亦可算得弑夫弑父了。既被此恶名，又留彼秽迹，尚有何面目复生于人世呢？因此于道姑愈想愈哀楚，顿生了厌世观念，竟于当夜，潜行由屋上出外，寻了座松林，便解下腰间丝绦，在一株松树上吊死了。

戚凤英初与母亲背人私议，已觉偷生人世毫无趣味，除却污秽二字，简直无别字可代自己譬解，因之睡在铺上，越想越难受，翻来覆去，哪能睡得熟呢？二更以后，听得众人都已睡熟，却单独听见母亲从铺上起来，开房门出外，疑猜她是心烦难受，所以到房外去散一会儿闷，并不疑其有何意外。话虽如此，究竟母女有天性关系，当时见老母出房，约已有了一个更次，尚未见回房安息，不由生了惊疑，遂披衣下床，往房外去张望。见并无人影儿，回房掌起灯亮来照看，见母亲的东西全在，并不像不告而别的模样，因此遂转念到死字上去，不觉心中怦怦然跳跃不已，遂掖着僧衣，再出房张看，见各处门户都关得密不通风，料想她定系从屋上出店去了，遂不禁亦纵身上屋，往店外去寻。在屋脊上先向四面瞭望了一下，见正西方有一片松林，隐约见树枝上悬挂着一个人影子，不由动疑，遂跳下去，径赶到那松林边去探望。不看犹可，一看时，果见老母吊死在一株松树上，不禁悲从中来，凄然哀哭，一时间竟亦动了个死念，遂哭着对她母亲的尸体拜了几拜，上前将尸首解放下地，便仍以原丝绦在原先松枝上扣了个活结，咬牙唤声："母亲慢走，请等待你苦命的女儿同行吧！"说着，将颈项往活扣圈内一套，双足一提离地面，遂追随她母亲同往阴曹地府寻戚老四算冤孽债去了。

她母女俩自尽而后，次日清早，大众起身梳洗，单单不见她俩的动静。马、刘两人因有同门情谊，便首先走过她俩住的这边上房里来，只见房门大开着，进去一看，并不见她俩的形影。问小二时，回称："一早俺起身即见房门大开，灯光未灭。进去一看，不见她俩，以为她俩老早就起来了，所以灯还点着呢，因即吹熄了灯亮，并未查问。各位是和她俩一起的人，反不知道，俺哪得明白呢？"

二人听罢，动了疑，先细看她俩的物件，分厘不少。正在疑讶，猛听外面人言庞杂，说："一个道姑、一个尼姑不知怎么会寻死在西头松林内的，岂非奇闻吗？"

二人闻言大惊，出房观看，说话的仍是本店另一个小二。这小二因往外面去屙野屎，所以得能看见，慌忙回店报信，竟连大解都忘却了。

众男女侠义闻讯，一齐大惊，遂同往店外松林内去观看。当由众人将其尸从树上解下，亦权且放在林内，主张去买了两口棺木，草草将她俩收殓了，寄厝在一所庵内，一面怕被地保呐唬要挟，报官请验，耽延时日，遂由各人花钱买通了地保，但因此一耽延，竟致衍误了一日行程。

马二小姐和刘姑娘原同居在一房，当晚二人商议，此去巨野，虽系为的公事，理所正当，但是男女同行许多不便，刘姑娘又是个未出阁的闺女。遂将两尼姊妹请来，暗请她俩代向众人言明，恕她俩不肯前往。果如定欲偕去，则须分作两起，两尼遂说："不必多言，明日俺们四人同走，让他们另做一起就是了。"

次日早起，大家备了些纸锭祭品，同往庵内祭过于、戚母女，即分先后动身，前往巨野。到得巨野城内，径至和袁公预先约定的一爿客店内相会。两尼、马、刘四人只做和众不相识的，虽然同居一店，彼此并不招呼。袁公见众男女侠义到来，且知已剪除了戚骊，不由大喜，但仍恐人少，不能成事，遂命众人暂居在此，却由袁本人单骑匹马地趱程进省城去拜会本省巡抚，商调大兵，同到巨野县来剿平教匪。

计划才定，袁公正与众侠义话别，尚未动身，忽然即于这日，徐鸿儒已为先发制人之谋，居然大胆僭号称帝，任授官爵，派教兵先夺占巨野城，再分兵往攻附近各地的城堡寨庄。县官被迫潜行逃出城去，城内人民顿时乌乱，家家闭户。袁公听得，事不宜迟，遂于次日早晨，城内人民稍定之际，混出城外，急速赶路，径赴省城巡抚衙门告警请兵。

袁公抵抚衙时，恰巧和巨野县相差仅前后脚，当由巡抚亲出大门迎接进内，招待请安问好罢，遂请问袁公来意。袁公遂将："教匪起事，占据城池，看系癣疥之疾，不足为忧，却实在系心腹大患，不可不及早速除，因其宫内朝中俱有奸党为之蒙蔽，互相勾结，已足为国大害，何况各省教匪甚众，总计人数已不止百数十万。万一各地闻风响应，立能唾手占得数省的土地，恐怕国家危亡，就在此轻轻的一举。为此俺特在事前预设谋划，秉承信王千岁旨意，打发部将多人，投入教中卧底，又亲自托身江湖，结交下许多武勇冠世、智谋出众之人，暗中联盟订约，专以任侠尚义、锄奸诛佞为务。目今首先在德州剿除戚骊一大帮教匪的，便是仰赖这许多义士在暗地里出的力量。俺正把他们调齐到巨野来，图谋扑灭匪首，绝其根本的大计。不料徐贼已情急先发，故此俺将他们留居在巨野城内，候俺进省请调大兵征剿，他们便好乘机内应外合，一举成功。徐贼既

274

除，余匪均不足虑，此所谓捉贼擒王之法也。"

巡抚大喜，遂拱手赞扬："袁大人的妙计，此乃主上洪福齐天，所以才得有这许多奇才异能之士愿归袁大人节制指挥。"

说罢，即将连得德州、巨野两地的捷报及警报和两道童受责告密，忽然畏罪自尽，及昨夜今日连召各官集议，尚无办法的事告知了袁公，请问袁公该取何计策，应付此种仓促事变。

袁公听罢，略一沉吟，已心生一计，两目向厅堂上下四面连望了两次。巡抚已会其意，遂令左右侍立之人一概退往堂下去。袁公这才说出计策，说："贵抚谅已明白省城各官大半俱是奸党门下，他们都各为本人的利禄着想，哪肯稍顾国家利益呢？俺现在主张，省城内兵将一律都不调遣，只传令整备征讨，实施戒严。暗中却不动声色地传紧急军令，调取登莱各属久练的精兵勇将，令其兼程并进，约定日期，赶到巨野会师。全体兵将都各将兵衣旗帜收藏在衣包之内，均穿便衣，每兵各带足半月干粮，扮作难民或各种商贾人等，遮掩耳目，限日赶到巨野，埋伏在山中田间，准定在半夜鸣金鼓号炮为信，即各将兵器亮出，兵衣穿好，盔甲披挂整齐，突然大举攻城。城外由贵抚亲自督率攻打，城内由俺亲率各侠客义士开城响应，故意留下一门不攻，放匪众一条出路，免他们死力拼战，得隙即夺路逃走。大人即在该门城外大小各路预伏重兵截击，内应外合，定可一鼓成擒。俺料匪众既与奸党首要互通声气，省城内定必亦有联络，所以不调省城兵将者，即是防事泄也，大人以为如何？"

巡抚听罢，连连点首称善，即将袁公留居在抚衙。规划调兵遣将的大事完全在暗中进行，丝毫不露声色，一面巡抚却又去与各官计议，虚张声势，派人行文邻省，请调兵助剿，并宣布省城戒严，保护省垣的办法，使各官不疑有他种举动，以免风声外泄。

正当此军情紧急万分之际，忽又霹雳一声，说："钦使太监张诚及总管太监九千岁的世子魏良卿，在泰山玉帝观行魏总管的生祠房屋落成礼，忽然被大帮强盗将玉帝观及生祠焚去，劫去张钦差和魏世子所携带的现金银币及各种珍宝，价值总共二百余万两库银。张、魏两人均身受重伤，手下兵将死伤人数甚众，并被匪劫去世子的如夫人两位，现在张、魏两人连同手下兵将都已由玉帝观逃至泰安城内，集合在一处，正向省城进发，大约就在早晚，要到省城了。"

巡抚闻报大惊，一边吩咐再探，一边禁不住对袁崇焕长叹一声道："唉！俺的官运竟恁般不济，到任未久，便接连着发生这许多不幸事件，贼人胆敢焚毁魏总管的生祠，抢劫张、魏两人的金珠财帛，并掳去两妾，可知这伙强盗均绝对非寻常土匪可比了。休说教匪不易平，就是这件盗案，亦绝对地难破呢。没有别的，俺预备丢官罢职遭受处分罢了。"

袁公闻言，忽然灵机一动，微笑对巡抚道："俺有一计，可以使大人销去此案责任，并使张、魏两人不敢过事逼迫穷追，将来即以不了了之。"巡抚忙问何计。

毕竟泰山玉帝观魏阉生祠如何会被焚，做这起盗案者是谁，请待下回详解。

评曰：

首卷捕捉小吴用赛李逵缉拿尚省斋，即因火焚玉帝观，将谋不利于张、魏两人一案而起也，前文写之如火如荼，非常紧急，几使读者望穿秋水，直至本回。方始交代，此作者故弄狡狯处，俗谚所云："长线放远鸢"者，盖即此之类也。

兵法有长蛇阵，击首则尾应，击尾则首应，击其中则首尾皆应，推而至于文法亦然，盖贵乎首尾相应，一气贯津也。吾于本书之作法，首以捉贼擒渠法写焚劫玉帝观一案，次以草蛇灰线法铺叙其因果，首尾衔接呼应，一气呵成。作小说而具此文笔，诚非毫无商量者所可望其项背也。吾于斯，盖无间然矣。

276

第三十回

风虎云龙信王登大宝
诛奸锄佞全书结子目

话说袁公低语道："现今各地邪教大盛，本省为教匪的策源地，故尤形猖獗横暴。邪教之所以能如此横行无忌的，暗中即系仰赖奸党扶持，不禁止，反提倡，意在借邪教势大人众，拥护奸党，奸党始得为欺君背主，谋朝篡位的勾当。此乃逆阉与邪教互相利用勾结的原因。

"现今邪教因大头目戚驷在德州伏法，被官厅搜得不少谋叛证据，深恐被官厅追究法办，才倒行逆施，作孤注一掷，号召徒党起兵造反。恰巧即于是时，发生盗劫玉帝观的烧杀重案，大人为此担忧，心中急闷。俺以为大人很可以将此事就往教匪身上一推，报告上去，就说本省教匪因事泄谋反，探悉张诚、魏良卿驻节泰山，督造生祠，随身携带的金珠财宝极多，故此合伙前往泰山行劫，即以所劫得财帛二百余万为教匪的军饷。大人须知，教匪和奸党原本系有联络的，朝廷得报，知道张、魏两人带有二百多万银两，必然一震，各位御史言官定必以此为题，上本参奏。魏逆闻悉他的手下有如许之多的财产，必然疑猜手下假借他的名义在外敛钱和中饱的事情，必定要向张诚等查究，张诚等因此必受呵责。他俩为保全自己的地位起见，必定反将此事隐讳，不敢过事追究，这还是下计。

"最好大人即以此为题，上本参奏，说逆阉与邪教通连，密遗张、魏携巨款出京，又强索沿途地方官供应，收集孝敬金银，连同所带巨款，统共二三百万，故意逗留泰山，使人密告教匪，聚众到泰山强抢，并将他俩打伤，借此遮掩耳目，卸脱资助教匪，共谋叛逆之罪，实则赍寇盗粮，道路传言，人人皆知。教匪昌言无忌，而张、魏两人反以此通令地方官赔偿，查教匪起事的饷糈完全系由奸党接济，不过此番为其荦荦大者而已，否则教匪何来偌大的粮饷，而张、魏两人何来此笔巨款？故此紧急奏闻，仰求陛下谕令朝臣，严密查办，并将魏逆等一班奸党首要均下法司鞫讯，先靖内奸，然后教匪方易剿灭。大人如依俺此计，不仅此案无人敢再追究，并可因此一举，将奸党完全推翻，此乃上计。不知大人以为如何？"

巡抚听罢，沉吟不语。

袁公又道："俺此计似乎冤屈无辜，其实并不冤枉，因奸党为国家隐忧大患，人人皆痛心疾首，无法可以将他们推翻。现在趁此参奏，正是学的奸党诬陷好人的故智，所谓即以其人之道，还治其人之身，不过是请君入瓮而已。况且他们本和教匪联络，并未说错他们呢。"

巡抚点头道："且待详细报告到来，再定应付此事的办法吧！"

袁公见他犹豫不决，知道他系不肯冒险，遂亦不便深说。

过得两日，张诚、魏良卿两人已率随从兵将等到省，省城文武官吏都像接驾般远远地出城迎接，请两人到预先设好的行馆里住下，护卫的兵将分驻在行馆左右四周，高级将校及亲信人员都随侍在两人左右，同住在行馆内。各官自巡抚以下，轮流依次晋见过了，便各在本衙门排日设宴，款待二人，询问被匪劫的详情，并安慰他俩，代二人压惊，少不得又各搜刮了银两珍宝，供奉了他俩。众官初时都怀着恐惧，以为他俩失去了这么许多财宝，又丢失了两名美姜，到省城后，定必追比得十分厉害，哪知见面仅照例打了几句官话，嘱令详查严追，并未限期破获，收受过礼后，追得比前又松了些，大家这才把心放下。

巡抚见两人追究得并不十分吃紧，心中奇怪，派吏役等往外面去详细调查，一面又谒晤二人，面询失事详情，才知那起强盗完全穿的教匪服式，本领都极高强，首先将生祠放火后，才杀人劫财，明火执杖地行劫，并无一点儿畏惧。内中有两个为首的人，说话是清江浦淮安府地方口音，明言主张将张、魏两人杀死，警诫朝中一班奸党。被两个山东口音的人阻住，说留得他俩性命，才好使他俩回京报信，故此二人才得不死。

众盗临行时，曾以刀指着张、魏二人威喝道："俺们劫取你们的不义之财，乃是做教中兵将的军饷去的，你们如不怕死，便密追明究，严限破案。如尚知道点儿怕惧，就此罢休，不必追问。假如你们定要追究得紧急，将来俺们教主的大事成功，定将你们各家的九族全诛。"

因为有此层情形，所以二人到省，并不敢过于紧逼地方官破案。

巡抚面询得盗匪行劫的情形，回署再将吏役等前后探访得着的报告和泰安府地方官的详文等，两下比较参考，才知被劫的实数并无如此之巨，乃是二人故意多说数倍，向地方敲诈的。那两妾系在路上强抢来的，尚未和小魏成就好事。二人伤亦不重，因此遂觉得这班人并非系真正盗匪，定与那两妾有关，由外省到此，未必就系教匪，心中虽这般想，却因二人追得不紧，便亦乐得含糊，往教匪身上一推，不必用此心思。同时又因各地教匪纷纷起事，响应巨野方面的教匪，匪情紧急，军报如雪片般飞来，省城各官都忙着应付匪患的事，便都无暇兼顾到这件巨大的劫案上去。

巡抚日夜与袁公规划，调兵遣将既毕，遂亲率五百校刀手，同袁公由省城出发，托词系往各属去检阅驻防军队，视察匪情，实系驰往巨野，督率乔装商民，奉调先往巨野山林乡村市街埋伏着的队伍，扑攻城池，与城内预先埋伏的各位侠义英雄内应外合，夹攻破城。

巡抚在出发前，设宴与张、魏二人暨省城各官话别，并将各事委托属员代理，聘请名医，专责代张、魏二人医伤，留二人在省养息，守本人公毕回省，再行动身。张、魏二人正因探闻各地匪乱，又在泰山遇过了险，故此都不敢就离省动身，托词养伤医病，候京中回音，住着不走，被留自然满口应诺。

巡抚别过二人及各官，遂暗同袁公率兵出发，在营中传令，全军一齐改扮商民，抄近路急速向巨野疾走，限期赶到巨野城外会齐，以金鼓为号，改复戎装，集队攻城，违限后至者斩首，如限赶到者，不论兵将，一律各记大功一次，每人赏现银五两。令颁下后，巡抚同袁公亲领五十骑人马，取道向巨野疾驰。行到将至巨野时，袁公遂与巡抚作别，改换了原来便装，从小路步行，赶进城内去。约定以见城中火起为号，城外即集队攻城。

袁公到得城内，先往别处去绕了一个圈子，防有人暗随，这才回到原住的客店里，与各位英雄相会。此时下处内除去先已来到的各位男女侠义之外，又增加了数筹好汉：两位是淮安到此的，唤作飞天虎山永荣和清淮及时雨尚省斋；两位系从寿州到此的，唤作镇皖北成仁美和铁金刚独眼龙宋人杰；一位系从合肥到此的，名唤呼魁元，这五位都和袁公闻名未谋面，当由二周、曾、达、吉等各位代两下引荐过了。袁公见呼、宋、成三位都已须发尽白，山、尚两位皆是中年，五人都精神抖擞、气概正直，不由心中爱慕，遂对各人说过了些奖勉慰劳的话头，命店家预备酒席款待各位英雄。席间，袁公低询各位，可知泰山顶上玉帝观内魏逆的生祠被焚，死伤多人，打伤太监张诚及魏逆嗣子良卿，又被盗劫去两妾及二百余万财物的巨案一事吗？众人见问，忍不住一齐胡卢微笑。袁公忙问何故，周仁遂指着后到的五位和米氏师徒，告诉给袁公知晓。

原来各侠义自袁公走后，大家无事，便都在店内吃喝练武抹牌消遣，达朝宗因系和乞丐们厮混惯了的，此时便趁空闲往街坊走动，和当地的各级乞丐们会面，顺便谈问些教匪内情，并联络他们，听候自己的命令行事。那日他正在街坊闲走，迎面忽遇见他的老师宋人杰，亦穿着乞丐服装，同两位老英雄并肩走来。这两位前辈，他都曾会过，认得一位系皖北盗魁，匪号镇皖北的成仁美，一位是亳州镖师，家住合肥小坝地方的呼魁元。当时一见，便上前迎住，请安行礼，让到下处里，与大众相见。众人中如东方德、两凤、两周、曾有义等都曾与三位会过，余人都系慕名，当由达朝宗代为引荐过了，便请问师父和二位老前辈同到此地来，有何事故。

宋人杰回说："此来共有两件大事，一件系因徐鸿儒闻得俺们的虚名，特地派人带聘礼请帖，登门面邀俺们加入教中，帮他的忙。俺们都以年老为词，婉言谢绝，怎奈他又连派专员到俺们家来再三聘请，俺们只得各令家人回答，托言出外未回。一面俺便与成老英雄相约，同往合肥去访问呼老英雄，并同由合肥到此地来，察看教中的实况。如系良善的教门，俺们回去，就虚与委蛇，不然，俺们就正言拒绝，或竟量力而行，为民除害。将行到此地时，遇见不少难民，才知他们已经造反，俺们遂更加坚决，不和他们结交了。不过想同来看看，有机会就代国家地方干一回非常事业，这是一件。

"一件系因为在路上遇见了淮安府的山永荣、尚省斋，他俩都已信奉了邪教，乃是存心卧底才加入教中作坐探的。他俩到山东来，亦为了两件事，一件和俺们的用意相同，也是到此地来探看情形；一件系因探闻太监张诚和魏忠贤的儿子良卿先后出京，同往江南，张诚是去监织御用龙袍衣服，并采办花草木石，备魏忠贤建造府第花园之用，并有龙袍系备他将来篡位登基时穿的话头。小魏是代表他老子，往各省察看魏忠贤生祠，并暗中视察各省官民人等是否归心魏姓的。这两贼沿途搜刮金钱，勒索官民供应，随带的金银珍宝极多，故此他俩亲来山东，迎着两贼的来路而行，拟迎上去哨探实况，好回去报告同伙，设法抢劫两贼，发此一笔横财。他俩在路上会见了俺们，恳求俺们帮助一臂，俺们已经答应，此乃第二件。现在俺们先到此地，再同往迎上两贼的来路。"

达朝宗闻言，又问："师父，山、尚二人呢？"

宋人杰回说："俺们昨日到此，先同住了店。今日他俩去见徐鸿儒，察看实在情形，约定俺们在店内等他俩回来相见。俺因久不学做乞丐了，故又趁空客串一回老玩意儿，出来看看本地的几个老乞丐，好访访他们，不料反遇见了你。你和各位好汉同到此地来做什么事的呢？"

达朝宗遂将众人同来此地之意回禀了师父，并说："师父，各位来得再巧再好也没有了，袁大人这里办事，正怕人少，各位如同襄义举，岂非适逢其便吗？"

宋、成、呼三位原已由袁公的部将先去联络过了，此刻见说，便都慨允，约定回去务约山、尚同来，遂与众人暂别，回到店内。山、尚已回，宋人杰等对二人说知其事，遂邀了二人，将店账结了，同到这边客店内访晤众人。

大家相见过了，山、尚二人遂允同在此做事，并将徐鸿儒方面的实情告诉了众人，并对宋、成、呼三人道："俺俩在徐贼处闻得确信，张、魏等先后出京，现在都在泰安府未走，同住在泰山顶上玉帝观庙内，因为本省官吏共给魏忠贤建造两座生祠，一在省城大明湖边，一在泰山顶上，尤其是在泰山顶上的生祠，造得格外华美，他俩都在彼处居住监工，早晚守行过落成礼后，他俩才动身呢。俺俩想请三位老长辈，并再邀同在此地的各位往泰山上去走遭。因为由此往泰山路近，免得俺俩再往淮安去召集伙伴，来往费事延时，不知三位及各位的尊意以为如何？"

大众听得，齐说："张、魏两人出京，每人所带的护卫兵将甚众，现又合在一起，其势亦颇不可侮，如去的人少，恐怕反致刻鹄类鹜，去的人多，又怕袁公已回，误却此间大事。"

二人闻言，沉吟着一时，无适当解决办法。

宋人杰笑道："老夫有一计在此，既不两误，又可两全。"

大众忙问何计。

宋人杰道："戚驷那厮被杀，官兵趁势取缉教匪，捉拿羽党，了

282

清戚驷在日的一切大小人命盗案，并贪功报告上峰请赏，致使教匪和奸党两下的联络发生了障碍。现在不如就彰明较著地诈作教匪模样，前往玉帝观去行事，使奸党方面痛恨教匪，和教匪为仇，这条反间计，可用得适逢其会。就是徐鸿儒得报，亦无从查起，因为教匪众多，品类不齐，能从何查问呢？讲到怕来往误了此地的事，俺以为有俺们三人同山、尚两位，再随便列位中自愿前去几位，凭着俺们的脚下迅疾，来往并不致要耽误日期，况且那两贼的护卫兵将哪里是俺们的对手呢？"

这几句话一说，米元章师徒五人便接口同说："愿去走遭。"

宋人杰道："人尽有了，要走今日就走，免得误了时日。"

于是十人与众作别，同于这日由巨野出发，大家都改换服式，扮作了教匪首领的形状，趱程前往泰山。众人赶到山下时，正见一对儿老夫妻模样的人被众人围在当中，带诉带哭地告知大众，说："真正反了，俺们的两个女儿同于今日被两名锦衣校尉率兵来抢去，说是给魏世子做如夫人。俺们不知谁是魏世子，向人打听，才知就是到处建造生祠的太监魏忠贤之子，现住在泰山玉帝观内。俺老两口子遂赶到此地来，拟求见魏世子，索还女儿。不料竟被兵将们乱棒喝打下山，不许进玉帝观内去。俺俩急得无法，所以在此啼哭。"

众人又问："你女儿怎会被校尉看见，率兵来抢去的呢？"

又有人问："两个姑娘已否与字给人家呢？你有儿子不呢？"

老夫妻俩哭诉道："据那校尉说是因魏世子下山打猎，由俺们门口走过，世子在马上看见俺两个女儿从外婆家吃酒回来，走进门内去的，遂被他看中了，吩咐他们来抢的。列位啊，俺夫妻俩只生得两个女儿，都已许字人家了，并无有儿子啊。"

大家听得，纷纷议论恶骂，怕事的且都走开了。

宋人杰等走过听得，一齐大怒，遂由宋人杰走到两人面前，安慰两人道："魏世子和俺乃是认识的，俺去代你俩说人情，准可以放回来的。你们放心，准可以不致误事的。"

老夫妻俩大喜，不禁齐跪向宋人杰叩谢，邀宋等同到他家中去坐坐。宋人杰等遂跟了他俩回去，说是认明地方，好送他女儿回家。闲人齐声念佛，往旁边散了。

宋人杰等到那老夫妻俩家内坐下歇息，问罢姓名，就说："俺们去说人情准可放回来，不过恐怕俺们走了，他又派人来抢去。所以俺劝你一家人口最好现在就收拾一切，守女儿送回，就立时动身，逃往别处去躲避。"

那老夫妻俩连称晓得。宋人杰等遂由那家往山上进发，到得山下时，天已昏暗了，好在泰山乃名胜之区，玉帝观是有名的古迹所在。宋人杰等十人往年都曾到过，大家都是熟路，所以虽晚，却能仗着星月光亮，不觉难行。

当时行到半山，已遇见山上玉帝观内的巡山道士，在前带路引导，后随一队净军和一队内兵（按：内兵即系内宫之兵，为熹宗时，准魏忠贤提议要求，明颁上谕，在宫内开内操，任魏忠贤为内兵统领，一切均归其节制调遣。魏忠贤遂将往日所收纳之武勇壮士一齐编入内兵队中，任为内兵将校，名为保护皇室及大内之兵，实系客、魏两人之亲信护兵而已。又上文屡言生祠。按：生祠为浙江巡抚与太监李实两人所首先提倡，讨好魏忠贤，以求取功名富贵者拜本进京，称魏忠贤功盖宇宙，德感丕著，应于生前建筑生祠，供奉其长生禄位或雕刻铸像，西湖为天下名胜，臣等拟为魏忠贤建造生祠于西湖边岳王庙旁，庶魏可得与岳并传不朽。这道作俑的奏奉到京，魏忠贤喜得眉花眼笑，心痒难挠，即刻传谕嘉奖，准如所奏办理，并重赏金玉宝玩，记功升爵。这一来，各省官员及朝廷大臣相继效尤，纷纷奏请建造魏忠贤生祠，各立祠名，雕铸偶像，派专员司理香火礼拜之事。当时有"奸象遍天下，生祠满国中"之谣，顺为交代于此，以免为不知当年史实之读者所訾议），由山上巡行放哨下来，迎面遇见，喝令止步，高问来者是谁。

宋人杰笑回："俺们是被山下某姓请来和魏良卿会亲的。"

边说边已跃身到了面前，顺手一刀，便将那个带队的头目砍倒了，同时成、呼等人亦踊跃向前，亮刀砍劈。两队兵竟被完全砍死，只留得一名道士被众人擒住，逼令在前引路，并喝问他张、魏两人住在山上何处，抢来的两位新姨太现在山上何处。道士要命，只得实说，边说边引众人上山。刚走到离玉帝观两箭地远近处，迎面又来了两队巡山兵，乃系和先下山的两队兵会哨的，见面就高喝止步，并询问口令。众人且不回答，却踊身向前，挥刀就砍，连砍死了十来个，余众早已回身逃跑，被众人追上去，又一刀一个砍翻了，仍逼令道士引路。

转眼间已到观门外面，守位瞭望的兵士见下面有多人上来，还以为是自己人，并未留心，却不防被众人一拥而上，全被杀死砍伤。众人遂于山门外面分开，先至生祠后至观中放火，使兵将等都去救火，便趁势杀进观内去。当即照计行事，火光四起，喊声大震，唬得张、魏手下的兵将人等急去生祠内救火，才走到生祠外面，玉帝观内的火光亦起，喊杀声亦大震。兵将们忙着回奔观内救护张、魏两人时，却被宋人杰等分头迎住厮杀，接连砍死戳伤了二三十名，其余兵将及观内道士人等昏夜中不知来的教匪共有多少，谁敢再冒死上前呢？早已一哄而散，往山后树林内逃跑了，走得慢的都被众人戳伤倒地。

众人既将这许多兵将爪牙摆布完了，即转身冲进观内最后进精舍里去，因为张、魏两人的行馆即设在精舍的左右两边房间里，那劫来的两名女子亦被囚禁在房内，正由魏良卿带来的几名妇女在彼好言劝慰，叫他姊妹俩从了世子做小老婆，并说日后世子做了皇帝，你们便是东西宫娘娘，岂不快乐荣华，却被两女子骂声不绝地哭闹呼救。众妇女被骂得大怒，正要回明世子，给苦她俩吃，忽见火光大起，听得喊声大作，慌忙丢下她俩，出外打听。

张、魏二人正对坐在精舍正中轩子里饮酒，猛见火起，喊声大乱，忙令人去查问，查问的人未来回报，众侠义已都冲杀进来了。当将二人各击了两拳，砍了两刀背，由尚、山两人踏在脚底下，迫令他俩将所带的金银财物全数交出，并将两女子释放。

宋人杰对他俩明言系奉徐鸿儒之令特来借军饷，并代德州首领戚骊报仇。山、尚二人故意欲将二人杀死，米元章、邹吉羊师徒假意力劝，双方做好做歹，将两人唬得屁滚尿流，不敢违拗，立将所有财宝及两名女子收藏的所在告知众人。众人依言去搜出财物，打成了二十个大包袱，每人背负了两个，又救出了两名女子，顺手将那些无耻妇女都砍死了，又放火将精舍烧起，这才呼哨一声，大半上屋越墙，跳出火场，小半却劈开边门，保着两女，从火巷内逃出外面。

大家会合在一处，仍取原路下山。两女逃命要紧，便亦不知不觉地跟随众人逃奔，直跑到她俩家中，方才歇足。众人将她俩交代过那老夫妻，顺又丢下一个包袱算是赠送给她俩作嫁资的，便即刻作别上路。那夫妻两女一家亦立时动身逃躲了。

众人奔波到天明，在路上打过尖，遂都雇了牲口代步，迅速往巨野而行。将到巨野，由米爷将十九个包袱寄放在当地朋友家内，才同行进城，到下处内与众人厮会。所喜来回迅速，袁公尚未到来。

事后张、魏两人被手下救起，灌熄了火，余人陆续回来。大家疑心来人是两名女子家中请来的救兵，派人去查访，才知全家已逃避无踪无影，仅知那起强盗果然系约伙成群地逃往巨野县而去。两人因此遂半信半疑来者或竟真系教匪，奉徐头儿之令，劫取金银财帛，做教匪起兵的粮饷。心中虽这么想，但仍于次日扶伤亲往泰安城内去居住，聘请大夫医伤，一面召聚逃散的护卫兵将，查点伤亡人数，责令地方官备具棺木收尸，支给款项，赏与受伤人员医治调理，又开列失单，责令地方官缉犯追赃破案赔偿，故意张大其辞，将失单数目多列许多古玩珍宝名目，增加原失的值价倍数，胡乱开列数目，竟开至二百数十万之巨，用意是向本省的官吏敲诈，希图负有本案责任的各级官吏们如为保全自己的功名利禄起见，情愿自掏腰包赔偿损失，他俩便可因祸得福，骤发一注横财。故此两人移住在泰安城内就医时，一吹一唱地向地方官催逼破案。

地方官因据差役们探报，说此案系因魏良卿着校尉强抢山脚下附近村庄人家的姑娘为妾，才致激引出一群教匪来打抱不平，并顺便烧杀抢劫。教匪们作罢此案，相偕着逃往巨野县而去。本县地府各衙门的捕快绝无此能为破获偌大的人命盗案，情愿被革去差使，领受板子夹棍，不敢去动太岁头上的土。地方官见差捕等恁般回复，思忖被劫金银数目太大，死伤人数太多，传闻京内太监们和各省教匪本来素有联络，此案发生，正可说是他们两下火并，亦可说是太监们平时包庇教匪，纵容教匪，养虎所成的患，与人何尤呢。俺们情愿把这个芝麻般大的劳什子前程丢却，亦绝不担负这个巨数的赔偿责任，况且真个赔偿起来，便各将家产倾荡净尽，亦赔偿不出呢。

各官吏既同具此种心理，遂都对张、魏二人直言顶撞，明说："此案既是教匪所为，本地兵将捕快都无此能为胆力敢去破案拿人，况且那两个女子，据世子爷自己称述，系令人在本地出身价银子买来准备日后带回府去育子的，刚买来尚未成其好事，即已被强盗劫去。据差役报告，系已被教匪杀死的某校尉等人在附近村庄上抢来，所以才惹出教匪代抱不平，竟实情如何，世子爷胸中谅该明白。卑职们不敢担负这个重大责任。"

张、魏二人被地方官这么一顶撞，一齐心中大怒，但因强盗实系穿的教匪服装，女子实系抢来，自己原本情虚，且又惧怕教匪们的武勇，深恐追缉得过于紧急，惹起了教匪们的怒恨，当真实行他们临行时所说的狠话，那可不是玩的。故此两人仔细一想，只得各将怒气忍住，对各官的言语反而温和了许多，并且因此将那两妾被劫的话缩在喉咙管里，不再像先前的吃五喝六了。两人一商量，怕教匪此番得利回去，吃着了甜头，竟又二次光临，抢劫金银之外，或致生出绑架二人为质、勒迫巨款取赎的不平之事来，觉得护卫随从的校尉、净军、内兵和保镖等人数已比前少，本城所有的兵将力量亦很薄弱，久居此地，万一教匪果真竟去而复来，岂不很为危险，不如早走为妙。于是二人即命手下摒挡一切，传谕给当地各官，吩咐支拨库银，将泰山顶上的玉帝观修葺重建，生祠亦同时令工匠赶紧建造，俺们由南边回来时，路过本地，仍须视察生祠的土木工程，又照例打着官话，仍令各官饬属严密查访劫案，不得以教匪所为四字推却，诿卸责任。

吩咐既毕，遂传谕启程，着各官免送，所有护从兵将员役，轻伤者随行晋省，重伤者留此就医。玉帝观内的道士及奉派到生祠内司理香火的小监均令地方官查明，死者从重抚恤，伤者给养，生者还观回祠，所受损失，一律拨库银赔偿，分别办理。

各官见二人传谕动身，无不大喜，遂都托言："恭敬不如从命，请恕卑职等遵谕，概不远送了。"

二人见地方官如此对付自己，心中齐都怀恨，暗说，这班狗头东西，居然胆敢如此放肆，且待俺们抵省，就先叫你们丢去头上的乌纱帽，方显得俺们的权势，往后不敢得罪俺们呢。

等到二人率众抵省时，省城各大小衙门早已先后连接到探报，地方官加紧地呈报公文，二人所颁发的谕示和通知，各高级官员早已在巡抚衙门议过多次，海捕的文书早已令快马紧急递送到邻省，通缉令早已分使差役发到本省所属各府、州、县、厅等大小衙门机关，谕令一体协缉，并在各处都张挂告示，悬下重赏，购买眼线，不论何色人等，凡能通风报信、破此巨案者，官越级特擢，民授任官秩，并以失赃实数提出二成现金作为犒赏。同时又由各官会衔拟具详细奏折公文，派专员快马进京奏陈朝廷，呈报魏忠贤。如此分别办理，官厅手续已可称作完备了，故此二人到省，省城各官员将接奉谕示并地方官呈报公文后办理此案情形告知二人，二人只能唯唯，称各位大人办事不错，竟无可驳斥。

二人因恚恨泰安府县各官不恭，原定于居住在省城设备的行馆内，待各官来拜见请安时，即拟谕令他们，将各府县官一律免职留任听参。不料行到省城时，正值匪情紧急，军务倥偬，省城官民纷纷忙乱，地方已宣布戒严。二人目睹这种情形，知道即使说出意旨，当此乱世，亦绝非更动地方官吏之时，故此只得权且把话缩在喉咙里。紧接着巡抚又亲率兵卒出巡各属，镇定人心。巡抚既走，二人要说的话便因之无形搁浅了。

话分两头，却说袁公当日回到下处里，与各位侠义晤见，治酒款待宋、成、呼、山、尚等各位，席间问及火焚玉帝观魏逆生祠的事，便由周仁将上文情形详细告知袁公。袁公连声赞许，说："列位此举，真正做得痛快，而且借此使逆党与教匪双方格外猜忌，破却双方的联合，真乃绝妙作用，比徐逆使人反间米、石两位壮士的诡谋更觉高明百倍呢。"说罢，连连举觞，并亲给各位敬酒。

酒过数巡，遂对大众报告进省会晤巡抚调兵遣将的情形，并说："官兵大队现已陆续赶到城外各处埋伏，全仗各位英雄帮助袁某，同作内应，与官兵夹攻教匪。本地为教匪的巢穴，徐逆的各种妖术俺已早令部下先期捕捉黑犬，杀血存贮，并暗觅一切污秽物件，诸如妇女们用的月布等项，以备临时之用。他们奉俺密令，在教匪巢穴内卧底已久，原亦和俺约定，以官兵在外攻城时，城内火起为号，他们即立时使用血污各物在匪巢破灭妖术。如今事不宜迟，万乞各位英雄同于今夜二更以后，建立此惊人的奇功。"说罢，便又亲自执壶，起身代各位逐个筛酒，预贺成功，并谢各位的辛劳。

各位饮罢袁公的酒，便亦依次奉酒回敬。大家吃到半醉时便都住杯不饮，传饭饱餐，以免多饮酒误事。

席散，各位便都悄悄忙着更换衣服，佩带应用兵器，并由袁公取出预先备好的污秽物品，分给各位英雄，以防临时或有妖术来伤犯各位身体，便可无忧。各位收拾完毕，外面已打二更，宋、达师徒俩首先起身与各位告别，说同往外面去指挥城内大众乞丐，放火呐喊，烧教匪的粮草辎重，开城接应官兵。

袁公吩咐："今夜大事成功，明日俺们全体便于本城巡抚行辕内聚齐，万一不幸，俺们便在城外官军大寨内会晤。"

宋、达二人应声晓得，便悄悄走出天井，纵身上屋，同往外面去了。

二人走后，大众分配好东、西、南、北、中央五路，正拟相继发脚，忽然听得店外街道上有纷乱的足步声响。周仁走去门首，就门缝里往外探望时，只见大队教匪，都穿着戎衣，头目全穿着盔甲战袍，刀出鞘，弓上弦，打着旗号，点着灯球亮子，纷纷乱乱地快步从门首跑了过去。步队走过，接着又是大队马队，人衔枚，马疾走，风卷残云般走了过去。只可恨大众教匪都不作声，无从听闻他们系往哪去，遂走回房内，对众位报告。

正在此时，忽然屋上瓦片咯的一响，从檐口跳下一人，疾行进房。众人看时，认识他乃袁公的部将，在匪巢卧底，每日常来报告匪类消息的成大公。他本系镖师出身，因保送袁公的家眷，在路上遇匪拦劫，被他杀败。袁公赏识他的武艺，爱他的行为侠义，竭力挽留，将他补了名参将，在自己帐下供职，保着袁公，屡立功绩。袁公本拟奏保他任总兵，他因奸党掌权，不愿听受奸佞指挥调遣，力辞不肯，袁公只得作罢。及至袁公免职出京，他亦连带去职，跟随袁公漫游各地，兼任保卫之人，袁公之所以能和各地侠义结交，虽大半得力于周仁、周义昆仲，但是成大公之吹嘘绍介及引荐的力量却亦极著功绩。

此次袁公受信王谕旨，先平教匪，除去奸党的在野势力后，再设法消灭奸党。袁公遂首先命令成大公率领其余将校，到教匪中来卧底。成大公在教匪中极其恭谨勤慎，故此与匪中各首领感情极佳，一切教匪实况都能了然。袁公等到巨野所住的下处，事前即系由成大公到该店代袁公完全包租，预先交付三百两银子存账，吩咐不许再赁与别人，凡是来寻访袁某的，不论男女，均皆留寓，否则一律拒绝。

当日两尼等各女侠到来投店，店家不肯留寓。她们亦不说和袁公等是一起的，只请店家去和包租的客人商议。袁公出来看见她俩，已经会意，遂托言看在出家人分上，答应让一间上房给她们居住。此乃往事，补叙交代过不提。

且说袁公等住在店内，教匪消息均由成大公每晚偷暇到客店会见众人报告一切，这夜他照例从屋上到来，对大众报告道："连日教中各机关首领纷纷接得报告，说城外连日来了许多形迹可疑之人，不但本县境内，即邻近地方亦到有不少如此形状的人。各教匪头目因此生了猜疑，故于今晚传下紧急命令，派教匪大队出城驻扎巡查，防备或在官兵到此。同时令大队分往四乡搜查，不论民家店铺、庙宇，以及山林田亩、河汉船舶，一律均定于本夜搜查完毕，见有奸细，准许格杀或生擒回报，均有重赏。并令大队在搜查四郊后，即会合四郊及邻境教匪队伍，分往攻取邻近各属城镇，限期会师济南，望大众赶速趁早发动，好牵制本地教匪大队，使他们不敢远出占夺各处城市，并且城内大众一发动，亦可解救在城外埋伏的兵将之危。"

　　袁公听罢，忙问他所率领的各人已否准备完全。

　　成大公回说："俺们众人早已准备停当，只因今晚亦奉调往城外去，随大队同往攻打各处城池。俺们因事机紧迫，故由俺诈称忽闹肚子，在茅厕内拉屎，手下众人诈称等俺大便完毕，好一齐出发。现在他们正在等俺呢。"

　　袁公应声道好，吩咐："你快回去，俺们亦正预备齐全，约好就在此时动手。"

　　成大公应声遵示，即与众人告别，疾跑出房，仍由屋上纵跃回去。

　　成大公既走，袁公即请各位好汉火速分路出发，众位应声晓得，便一齐跑出房外，飞身上屋，分往四面跑去。留下双氏姊妹两尼、凤氏兄弟两云、周虎文、石超然师兄弟俩和马二小姐、刘姑娘等男女八位，在店内保护袁公，待到各处火起，再跟从袁公杀出店外去接应各处，此乃预定方略。

　　当时大众上屋走后，袁公同八人齐到天井内立着，仰面观天，俟看见火光熊熊，便可冲杀出店。正在凝神仰视之际，忽然听得叩门声甚急，其时店内上下人员都已安息。便是两个轮班值夜的小二，亦都睡熟了，他俩因袁公等系长住的客人，并在前早已吩咐过，不须他们服侍，一切事务均由袁公带来的仆从人等操作，所以他俩便乐得偷懒，不来伺候，此乃袁公等怕事机泄露，所以如此吩咐。

这时外面有人叩门，听去来人甚众，声音既杂，且又急迫非常。袁公遂亲走到门眼内窥望，只见一个教匪大头目模样的大汉，率领着四名中等头目模样的人，并一大群兵卒，堵塞满了门外，街道点着灯笼火把，全体武装，高喝开门，并乱嚷："你们店里满住着奸细，居然敢不到俺们巡防守备衙门内来报告，快开门来！"

袁公听得清楚，不由一惊，心中灵机一动，已料定来人是使的诈语，忖知他们定系看见本店的旅客簿上所记的各住客老是这几个人，虽然略有增减，但终系全店由一个客人包租，所以才起了疑的。便接口应道："来了！"又反询："何人打门？半夜三更，客人已睡，会客请明日再来吧！"

外面闻言，高嚷："快开！"并说："你们店中窝留奸细，为何不报？"说罢，使刀柄敲打及用刀砍劈的人都有。

袁公遂先稳住他们道："列位爷请稍待，待俺拿钥匙来开，因为门用铁链锁着。"

外面的人听罢，这才不冲打。袁公跑到天井内，唤了男女八位，各将兵器亮出，分掩在大门两边。袁公遂亲自去拔落大闩，开门迎放大众入内。教匪大头目首先走进，余人拥进门来。大头目已看见袁公身穿战衣软甲，顶着头盔，完全是将官上阵打扮，便喝问："你是谁？店主就是你吗？"边问边回头喝令："给俺绑了！"

袁公开门时，已经手按刀柄，这时不曾回答，刀已拔出，迎面劈去。同时八位侠义已都吆喝一声，从两旁杀将出来。众匪出乎意外，哪里来得及回手？各头目早已被砍死在地，余众往店外倒退逃走时，早又被众侠阻住，如斩瓜切菜般砍杀得纷纷倒地，在外边未曾进门的教匪见已出了岔，便都哄然往街道两头逃跑。

袁公吆喝句："俺们就此先动手吧！"便率领周、石、两凤四人，当先冲杀出外，追赶逃匪。两尼、马、刘四位见他们往右手里追杀，遂转身往左手里追杀，一面又各将剑光放出，如闪电般追上众匪斩杀狼藉，趁势穷追，一路杀向前去，遂和袁公等分散了。袁公等五人亦趁胜追杀向前。

正在此时，忽见前面数处火起，又闻得喊声大震，接着又听得炮声四下并作，四面一望，都有火光烛天，映得天空通红。

袁公等知各处都已动手，一齐大喜，便杀奔城中央去，接应成大公等一路。正走间，一队匪兵迎面奔来，当先的头目乘马，远远看见，即喝止步。袁公等假作依言立定，却各取出暗器，往那马上头目打去。那头目登时仰面跌落下马。众匪忙扶时，已被五人冲杀到面前，一队匪兵立被杀得溃散。

五人往前追杀了半条街道，迎面又遇见贼兵大队，带救火应用物件出来救火。两下相遇，五人奋勇冲杀，贼兵后队亦到，将五人围在垓心厮杀，贼兵各头目才念咒语，拟用法术取胜。不料成大公率众倒戈，将教匪所练成的各种邪术，诸如豆兵豆将、纸人纸马、草蟒草虎，一切预备上阵用的妖法完全用污秽血水泼洒破坏消灭，便放火烧了粮食军器，横冲直撞地一路杀将出来。杀到这条街上，正见袁公等五位被困，遂冲杀进内接应。两下夹攻，贼兵大乱，匪首念咒亦慌得念不出来，夺路逃走，却被成大公迎面一刀劈死。

袁、成等会合在一起，遂同往中央一路杀去。杀到前面，正见米氏师徒五众在屋上放火，和教匪能上高的人交战，下面街道上有宋人杰、达朝宗所领的大队乞丐和大队教匪厮杀。周、石师兄弟俩遂同成大公飞身上屋助战，袁公等便在下面杀向前去，帮助宋、达大众，屋上街中两路同时齐获大胜。宋、达师徒又都使用飞剑追杀败匪。

袁公因看见剑光，陡然想起四位女侠，不见由后面到来，遂问："谁愿往后面去看看她们四位，如何不见？"

两凤便说："俺们去哨探哨探。"

说罢，回身从原路赶奔到下处内。只见店内上下人等已都惊醒起来，正在那里发抖，互望着害怕，并不见她们四位。寻思她们莫非往哪面街道追杀下去了，遂沿路追寻向前。迎面遇见几个伤匪逃来，被二人各杀死两个，捉住一个，喝问："可曾看见四位女侠？"

伤匪回称自己所受的伤就是被两个尼姑所伤的，"现在她俩正被困在前面东首横街上呢。"

两凤遂威逼他俩领路，转弯到得横街，果见前面灯光大亮，杀声震耳，遂砍了两匪，杀往前面去。

原来四位女侠由左首追杀败匪，追杀到横街，匪分向东西两头逃跑，四女侠遂亦分往两面追赶，两尼往东，马、刘往西。两尼正追杀得十分威武，却不防迎面来了一队匪兵，恰巧正是徐鸿儒亲身率领的，乃系教匪的中坚精锐，人数虽不满二百，但都是些武勇绝顶的雄壮之士，冲到面前，救了逃匪，一面使用法术，将两尼的剑光缠住，却又指挥众匪，围住两尼厮杀。两尼的剑术虽高，武艺虽精，究竟寡不敌众，冲杀不出重围，同时教匪愈杀愈多，两尼更难脱险。幸亏二人都精剑术，不曾被妖法所伤，否则几乎难以支持。

战有一会儿，两尼都已身受轻重伤多处，看看渐已不支。正当十分危急之际，恰巧两凤追踪杀到，奋勇杀进重围，救了两尼，竭力抵抗教匪。两尼大喜，精神陡震，正向前冲突，不料又各被伤了两足，立身不住，倒在地下。众匪上前攻杀，幸得两凤死力抵敌。

正在此时，幸喜成仁美、呼魁元、山永荣、尚省斋四人杀到，众匪不得不分头迎敌。两凤遂趁势各将一尼背好，冲突出围，往来时原路逃跑，边走边问两尼，马、刘两位何以不见。两尼身受重伤，见问，遂勉强回话，说她俩系追杀往西。

正说间，众匪由后追来。两凤且战且走，只因背负一人，交战不很伶俐，遂致各背受伤多处。但仍略不畏怯退避，仍向前冲杀逃走。

294

正当危急之时，迎面幸得曾有义、金万能东伙杀来，让过了两凤，阻住了众匪，与呼、成、山、尚四人，两下夹攻，匪势不支，其已死伤人众至数十名之多，人心业已慌乱。同时城外伏兵已看见城内火起，听得炮声，便亦鸣炮响应，脱换戎衣，呐喊摇旗，鸣金击鼓，杀奔到城下来。迎头遇见出城的匪队交战混杀。

巡抚已率校刀手赶到，城内各好汉已将东、南、西门打开，杀出城来迎接官兵。众匪回顾城内，如同一座火山，唬得往四下逃散。官兵趁势攻杀进城。

徐鸿儒一见大势不好，遂招呼部下，往北门冲出。走不多远，遇见伏兵，冲杀了一阵，城内追兵又到。众匪只得又逃，被官兵一路穷追，匪兵连遇过五次埋伏，先后共死伤大半。徐鸿儒本人亦身受多处伤痕，只得领众往旁边落荒而逃，丢下随带物件，空身夺路兔脱，被官兵杀得七零八落。

官兵直追到三十里外，方才会师进城，扑熄了火势，出示安民。官兵直乱到早饭后，方才安静。

袁公和各侠义与巡抚会见，巡抚谢劳过众人，一面调查人数，并未短少，只两凤、两尼四人受伤，余人皆未受损。四人来到行辕内，都躺卧在铺上昏迷不省人事，经袁公亲取伤药，先代四人调敷，另又延聘伤科大夫代四人医治。巡抚因查悉徐贼在逃，遂出示悬赏缉拿，一面调齐兵将，即刻出城追赶，留下马、刘两女，及袁公、两尼、两凤等守城，办理善后。众匪亲见徐鸿儒大败受伤，都已知符咒无灵，遂陆续前赴官兵营中自己出首，经官兵以好言安慰，各给免死恕罪凭证，着令分别回家，各安生业。这一来，匪众闻信，遂都安了心，官兵每到一处，那处的教匪即都望风迎降，不战而定。巡抚率领兵将会同各位侠义英雄追剿教徒，抚绥地方，既已将巨野附近各城镇村寨集堡先后完全收复，捕杀首要，抚缉盲从，探悉徐贼已由巨野逃往东昌，现在东昌招聚徒党，收合余烬，仍旧大张旗鼓地势焰枭张，并因王好贤、于宏志两匪首亦同时于武邑、涿鹿两地举事，响应徐贼，互为犄角声势，黄河两岸各省以及沿运粮河岸各地现均蠢蠢欲动，情势非常不稳。

巡抚据报，遂屯住兵马，亲自赶回巨野城内，探望两凤、两尼的伤病，并面晤袁公，商议平匪策略。幸喜两尼、两凤的伤病业已医治痊瘳，乃系因两尼的师父即前文易水大悲庵住持老尼出外云游，忽于是时从别地来至巨野，到县衙巡抚行辕内来访问双氏姊妹两尼的伤病，自称系在路上闻悉她俩受伤，所以特地亲赶来探望，并从身边取出几粒丹药来，给她俩调敷吞服，立时身体平复。

清莲、慧莲两尼因这回受伤遭困，大亏两凤拼死力相救，方得脱险。两凤得受重伤，乃系因为她俩，才致受此痛苦，所以非常感激两凤，遂请问老尼，身边尚有丹药吗？老尼见她俩请问有无丹药，便问她俩要丹药何用。两尼陈述缘故。

老尼笑道："善哉善哉，本师葫芦内尚余有丹药不多。"边说边从背上解下一个小红色葫芦，揭盖倒出几粒丹药来，命差役引导着，亲自走去，给两凤兄弟治好了伤痛。

回到两尼居住的卧房内，便含笑低声对她俩道："二位贤徒，可还记得当初你姊妹俩到大悲庵出家时，本师对你俩所说的话吗？彼时本师曾言，你姊妹俩非佛家子弟，不应做空门中人，理应安享洪福，与释家只有数年缘分，缘满仍应还俗，这几句话想来你俩尚该记得吧。本师今日到此，即系专为此事而来，你俩不可害羞，姻缘大事，本有前定，非人力所可勉强。有道是：'有缘千里来相见，无缘对面不相逢。'你俩与凤家昆仲本有宿缘，前次他俩到平原和你俩会见时，本就该与你俩缔结良缘了。不过因彼时他俩和你俩尚无情谊恩义可言，本师怕你俩尚不肯见信，哪能立即还俗呢？故在彼时，本师未到紫竹庵来会你们。现今时期已至，你俩又同受过他俩的救命之恩，本师不能再含忍在肚内不说了。你俩如果同意，本师就去对袁公说知，请袁公作伐。"

两尼被师父这番话说得一齐面红过耳，羞怯怯地低头抬不起来。

老尼又说："男女本该授受不亲，何况你二人同受他俩救命之恩，系怀抱背负的呢？岂不比授受又亲了几十倍吗？"

说到此，老尼又说："令先尊双福全无后，虽然现已立嗣，究竟不及女婿为半子，以外孙为嗣孙来得亲切。"

两尼经师父这么深切譬解地力劝，觉得理由亦颇充足。本来姊妹俩出家，原意即系因感觉到自己以后的人生枯寂乏味，此刻被劝后，陡觉得心意活动了许多。

又经老尼劝道："嫡亲姊妹做妯娌，比任何妯娌来得亲切有兴趣，况且两凤武艺精通，笔墨亦很来得，和你们匹偶，正是一双两好呢。"

两尼经师父再三劝说，遂含羞应允，同说了句："既承师父美意，敬遵师命，任凭师父做主就是。"

老尼大喜，遂去拜见袁公，陈述来意。袁公听罢大喜，忙命整治素席款待老师太，一面亲去询问两凤，曾否娶妻生子。才知两凤原本都已文定过妻子，只因他俩专心在练习武功上，将迎娶一事蹉跎了下来。两个女家先后都来催娶，皆被延宕下了日期，后来不幸大名地方流行瘟疫，两位未婚妻都传染了时症身亡。事后他俩因婚事无人代为做主，自己又怕羞，不好意思向人开口请人作伐，更因怕破了身，坏去武功，所以遂又都蹉跎了下来。这时，袁公问知实情，遂先回复了老师太，一面探二人口气。

这时，两凤伤痊复元后，正同备了礼品，道谢老尼，又治素席款待老尼。袁公遂趁势进言，先劝二人娶妻，后即代二人作伐。两凤对于两尼的容貌文才武艺本来都很爱慕敬佩，见说正是喜从天降，遂即大喜称谢，拜烦袁公作冰人，并将主婚责任推到东方德身上去。说："待东方兄到来时，再为正式订定。"

袁公大悦，即请老师太转告两尼蓄发改装，一面派差役往大营去请东方德回来。东方德未到，巡抚已先回来了，闻知喜信，自请做一个现成媒人，于是凤家推东方德主婚改请本地知县做男媒，巡抚做女媒，由袁公认两尼为寄女，代双家姊妹俩主持出阁事务。议定后，专等东方德及巨野知县到来，即举行文定礼。即日两尼遂同马、刘两女偕从老师太居于巨野县署后相近的观音庵内，凤氏昆仲却随袁公巡抚等同居于县署的内外房里，等候县官。

过了两日，东方德被差役邀请了，由大营内赶了回来，知县亦在省城接着巡抚的命令，由省城赶回巨野县原任供职视事。恰巧两人同日先后来到，知县禀见过巡抚，拜谒过袁公，访会过本城的同寅，便传知僚属，回衙复任，边在本署设宴，宴请巡抚、袁公等人。

东方德到后，亦拜谒过巡抚、袁公，即应知县之请，到来赴席。筵间巡抚、袁公遂将凤双婚姻的事，对知县、东方德二人说知，请二人做一回现成事情，担任媒妁和主婚人。二人一齐欢喜应诺。

席散后，凤双两方面因两人已到，遂由老师太、两凤取通书央请袁公代占吉日，假县衙后进客厅，为女家接受男家文定聘礼的处所，并由袁公、巡抚两位于这日代两凤占定了迎娶结婚的吉期。巡抚因凤双两对夫妇，为了助平教匪才致造就美满姻缘，以平民而代国家平乱剿匪，自应借此喜事，代为热闹热闹，以示报答酬谢两对夫妻和提倡人民尚武爱国的精神，故将此意与袁公商量妥洽，决定凤双行结婚大礼的地点，改为济南省城，庶几百官来贺，热闹许多。二公商定，遂分别告知东方德、老师太，征求了凤双四人的同意，请四人务必在吉期前赶到济南，并决定女家假座在济南府知府衙门，由府衙上轿，男家假座在巡抚衙门，在抚衙结婚，结果凤双兄弟姊妹都怕搅扰巡抚、知府两处衙署的上下人员，于心不安，主张另择别处地方，遂决定准于事前，由巡抚委员先在济南分别赁妥房屋，作为男女两家一切事务，均由委员代为妥善筹备。

双方既已决定，遂又通知了县官，亦请其于吉期前进省，与东方德同作冰人职务。

巡抚与袁公二位一面将凤双两方的亲事代办完美，一面商议进兵剿匪的事务。

袁公道："重赏之下，必有勇夫，官兵此次大破教匪，乃是以寡胜众，仗着兵将忠勇效力，各位男女侠义奋勇杀贼，已足令匪徒闻信丧胆，望风披靡。且已皆能明白妖术无用，只能欺人惑世，毫无实益。大人只要发布檄文，张贴告示，准许教匪来归，一概免死。如能活擒大小匪首来降者，分别予以赏赐；杀死大小匪首，提头来降者亦然；如生擒或杀死徐、于、王三大头领来降者，各赏金银若干两，并奏请封任何种官职。如此办理，不怕教匪不破。再则，教匪为乌合之众，不比得官兵曾经训练，此番能以少数兵将，大破徐匪巢穴。如多调大兵，贼兵更易破灭，乃是可以预料得的。徐、王、于三贼首当以徐贼为最狡，所部人亦最众，故他这一股为最难剿灭，俺们只要剿平徐匪，于宏志、王好贤两股，便能容易剿平了。"

巡抚依计，遂商定了赏格，草拟好檄文布告，即日刊印发表，分发全省及邻近各省有教匪之区，张贴布告，一面拟好奏折，即日差快马飞报进京。同时又行文各省报捷。

依袁意见，将教匪勾结奸党、奸党包庇教匪的事实凭据附入奏折，狠狠地参劾魏逆及一班朝臣，巡抚却秉着古人有奸臣在内而大将从无立功于外之训条，怕奏折进京，触犯了魏逆及一班奸臣们之忌，反被他们搁压，皇上不得知晓，对于剿匪大事，反而遭受牵制，转致不克成立功业主张。日后贼平，将徐贼等各首领押解进京，拈出他们与奸佞互相利用的口供来，似乎比在告捷的奏折内附陈其事来得有利无害。袁公见他不敢冒险，暗忖这位山东巡抚在现在各省的大员中已算得是与奸佞不甚相结纳的好官了，尚且如此过虑怕事，何况其余各省的大官呢？因此不禁暗暗叹息，只得依了巡抚之见。巡抚既将檄文告示赏格，同时分遣快马，驰往各处去发表。又将奏折拜发后，遂又与袁公商定，传下紧急军令，用火牌令箭，往各府州县及各省去抽调大队兵将，限期赶赴东昌，与巡抚会师，围剿徐贼部下的大股教匪，违限后至者均以军法从事。

大令发下后，适巧正将凤双的姻事办妥，遂与袁公邀同两凤、东方德督率留守部队之半，即日出发，留两尼、马、刘等在此，帮助知县率余下的一半兵将镇抚地方。

老尼因徒弟已还俗，并都已许字，遂索回了大悲庵度牒，作别径返易水去了。

巡抚、袁公、东方、两凤等率兵前赴大营，会集了大队，遂往东昌进发。一路派遣中军旗牌，持火牌令箭，分往各属去催兵会师，并将沿途地方的教匪剿抚兼施，杀首领、赦胁从，又使用秽物，将当地被捉的教匪传来，令彼等画符念咒，使用妖法，当面破给他们看了，以惊其心，使之不敢恃仗法术，往后再害人惑世。如此一路剿抚，兼程直指东昌。徐贼得报，便分使部下匪徒亦分作数路，迎住各路官军对敌，每路均分为前、中、后三队，前队为先锋，名唤敢死队，专门向官兵冲锋肉搏；中队为接应，名唤奋勇队，专门接应前队，与官兵作拼命的争斗；后队为合后，名为预备队，专门援应前方，每一前队人数共一千名，中队人数倍之，后队人数又倍之，总计每路人数共计七千名，皆系挑选的精壮，以马步各匪混合组成，其势甚锐。徐贼又亲率一队，出境迎战巡抚、袁公等所率领的官兵。

各路官兵在路上接得探报，知晓匪徒人数众多，不敢冒险，遂都在东昌境外数十里之处，依山傍水，地方屯住，安下营寨，等候各路都已到齐，再行进兵。匪兵前队迎到东昌境外，闻悉官兵在前途安营，一时不知官兵忽不前进，是何用意，亦不敢冒险，便扎营飞报徐贼候令再进。

巡抚与袁公率众前进，连接探报，已知上述消息，遂将沿途所收集预备下的各种污秽物件分散给全军战士，传下紧急军令，各路官兵均限于当夜初更造饭，二更移营合兵，直冲敌营，用血污秽物，破教匪妖术，各以全力搏战，有进无退，违令者斩。限在天明时，攻到城下，各路会师，不得违误。袁公并料定各路教匪头目必皆系选手，官兵将领的武艺，恐怕非其敌手，遂分派各位侠义英雄前往各路官兵队内去督战，充任前敌冲锋，并密令各路官兵暗中先行移营会合作一处，统共抵东昌境外安营的官兵，合计原为十二路，遂令每四路合并成为东、西、北三路，南路由巡抚、袁公等所率的大兵负责，当派定东路归米氏师徒五位指挥攻战，西路由二周及周虎文、石超然、曾有义、金万能六位负责，北路由东方德、两凤、宋达师徒五位负责，南路由巡抚、袁公率成大公、成仁美、尚省斋、山永荣、呼魁元等各位侠义英雄，及全体参将、参军、总兵、守备、千百把总五营四哨大小将校等攻杀，着令各路官兵移营合并前进时，均只须合力攻破一路，然后乘胜再攻打别路，循序进攻，庶几我兵力合，敌人力分，否则我寡彼众，势难获胜。

这日，军令系由巡抚于午后颁发，计策系由袁公密授各位侠义偕同传令中军前往各路与各路领兵的将官附耳密言，以免被敌探所悉，泄露消息，故此当夜各路官兵均依密计，于初更饱餐战饭，二更移兵会合，人衔枚马疾走，弓上弦刀出鞘，火速同向敌营进发。并先由各位侠义分路绕往敌营后面去纵火，比如官兵四路合并成为一路，对方原本亦系四路，却被丢下了三路，各位侠义即约齐先往那三路贼营后面去，分头各纵两三处火喊杀，惊扰了贼兵，人心扰乱过一路，再扰乱一路。仗着各位侠义的脚下迅速，武艺高强，手段敏捷，每一路贼兵皆被各位侠义纵了十来处火，杀死了二三十人，唬得贼众慌乱，以为官兵到来劫营，忙着救火迎敌，却又不见官兵，空跑胡乱了半夜。

等到他们慌乱才定，那被官兵会合攻打的一路教匪已经被官兵攻破营寨，杀得落花流水，大败而逃，奔跑到那被惊扰的三路营寨内来相投求救了。那三路因已受过惊扰，反都疑为来的败匪系官兵诡计改扮，故均拒绝不纳，遂致自相残杀起来。却被官兵从后追到，趁势掩杀，收了事半功倍之效，不消尽力攻杀，已将各路匪兵完全杀败，分向别处溃窜，此路败贼相遇彼路溃匪，黑夜里疑系中了官兵埋伏，各以死力夺路逃跑，遂又互相残杀。等到明白是自家人杀自家人时，已经各杀得死伤大半了，再被官兵乘胜追击掩杀，遂致杀得全军覆灭。总计此役，贼人被俘生擒的约十分之二，溃散的亦为十分之二，死伤的却不下十分之六，东、西、北三方面的各路教匪大败，败耗飞报到徐贼所统率的南路匪众耳内，正应了句："牵一发而动全身"的俗语，谁还敢再和官兵死战呢？虽由徐贼亲自督战，拼死苦斗，勉强支持着未溃，怎奈被官兵杀得死伤的人数太多，各路匪兵大败的消息又如雪片般飞报到来，遂致人心大乱，兵不由将地纷纷后退。徐贼喝止不住，只得长叹一声，亦紧随着众匪败退下来。天光大亮，才奔逃进城，闭门死守。

徐贼在巨野本已受过伤，才好了不到几天，经这一夜恶战，伤遂又发了，勉强忍痛熬苦，亲自登城巡察，督匪死守，却被官兵四面围住城池，并力攻打，自晨至午，不曾少息。徐贼俯视城下，官兵精强雄壮、队伍整齐、军威严肃，回视部下匪众，精神颓丧、毫无威武，不由又连叹了几口气。

这时，官兵奉令，将刊印好了的檄文、布告、赏格等卷好了缚在箭上，射进城来。城内百姓及匪众拾得，打开看罢，遂更无心代徐贼效死。大家私相计议，不如捉了徐贼，迎降官兵，既免死，又受赏。众小匪的心意如此，遂互相联合起来，一齐对徐贼倒戈，百姓们又各在暗中帮助，城内顿时大乱。

徐贼正在城头上敌楼内，坐下身体略微休息，取伤药敷搽各处伤口，猛见手下保护自己的亲信人员忽然被许多教徒砍杀了，直冲进来，知道不好，忙起身拔剑与来人相斗，怎奈衣服解开，未曾扎束好，遂致交手不能灵便，早已连被砍伤了数刀，跌倒在地，遂被众匪捉住绑好了。同时众百姓已将四城门打开，分跪在两边，迎接官兵进城，官兵遂鱼贯着冲进城来，将众匪乱砍乱杀，高喝："放下兵器，跪地投降者免死。"众匪遂都依言跪下，有的并擒了首领跪地迎接。于是众匪遂将城池克复，由反正之贼将徐贼缚住，献到巡抚面前。

巡抚会同袁公及部下文武官将在县衙传见当地官员吏役，令先帮着办理善后，一面出示安民，分别委员协同地方官绅处置一切事务，一面将所擒各匪首问录过口供，斩首示众，一面将徐贼提案，审问过详细贼情，录了口供，防他用妖法脱逃，在他头顶上涂了妇人经水，使月布衬在他戴的巾帻里，并穿了他的琵琶骨，挑割断了他的足筋，上了极重镣铐铁枷等刑具，打入囚车，派两名参将、四名千总、四名守备，带五百名校刀手，即刻押解进京，并将告捷献俘的奏折同时交付参将等随带进京，一面发布告捷文书，前往本省各属及各省去。又谕令降匪将家属人口留下为质，携带檄文布告赏格，往各处去劝导教匪自新，生擒首领来降，一面分调大兵，随后往各处进发征剿招抚，限期肃清。一面与袁公等率兵往剿武邑教匪于宏志一股，行至中途，得到武邑知县等告捷呈文，于宏志已被本地官民杀死，众匪已平，巡抚大喜，遂将所有应调来会师的兵将一齐犒赏，令各回防，只令派四名游击分头四路兵往巡本省各属地方镇抚百姓，查拿教匪，随又传令嘉奖武邑官绅百姓，分别赏赐，升官加级。一面派人飞报进京告捷，并派员委前往武邑协同地方官绅处置善后，一面班师回省。

袁公等因教匪已平，遂与众位侠义告别巡抚，及各位官将，各自回去，办理各人的私务，约定在凤双婚姻喜期，再同到济南来吃喜酒，与巡抚等会晤。巡抚遂在行营备酒，与各位饯别。席间袁公遂邀请河北省籍的各位英雄同往涿州，帮助官兵剿平王好贤一股，各位均皆应允，于是次日袁公遂同两凤、两周、周虎文、石超然、东方德等各位，及成大公等旧部，同往涿州，余人均分别又回原籍。

等到袁公等来至河北省境时，王好贤亦已被官兵捉住就地正法了。各位侠义遂与袁公告别，分襟回去。袁公遂同成大公等各旧部一齐进京，径往信邸叩见信王，满望在徐贼被解进京后奸阉一党得因徐贼供词牵及，同受了刑罪，哪知偏偏不然。

原来奸党因闻悉教匪已被剿平，徐贼被捉解京，诚恐供词牵连，大大不利，遂由魏忠贤做主，奏知熹宗，特派北镇抚司许显纯、锦衣指挥使侯国兴领内军千名，出京迎接徐贼，密令许、侯二人将山东派来的兵将一齐谕令由半路回去，并各赏给银两、绸缎，到京城后，便将徐贼下在北镇抚司狱内，由许显纯暗令徐贼将口供改了，销去了奸党的罪名，哄骗徐贼，说准定保你不死，一面代拟了供词，逼徐贼画了供，即以这张供状奏呈天子。

魏忠贤遂代天子传旨，着许显纯、田尔耕、侯国兴三人监斩，押徐贼至十字街口行刑，先剐后斩，寸磔其尸示众。这件公案就此完毕，遂致将教匪奸党勾结的大罪一笔勾销了。朝臣中虽有人闻知其事的，究竟因徐贼已死，人死无对证，各地教匪已平，无从翻案，况且奸党势大，谁敢捋虎须呢？假使在前些时，东林党人贤良臣工尚有在朝，那还可以有人敢冒死直奏天子，无如这时东林党人已被奸党害死大半，仅有少数人得活，但亦全被革职查办，充军到边省，或逐出朝外，加了个永不叙用的处分。

看官，你道东林党是谁？就是本书前文所叙的忠良一党，邹元标、叶向高、汪文言、杨涟、左光斗等一班文武朝臣，因为他们都是从东林学院读书讲学出身，而名登仕籍的，所以当时魏逆一党在熹宗面前指他们为朋比为奸，凡是东林出身，或依附东林的臣工，不论在朝及在外省为官，或是现已免职回乡，及在东林书院讲学的人，都是东林党。东林党就是奸党，完全是些欺君罔上、只图私利、不顾君国的不忠不义之人，凡是东林党人，皆是可杀的奸佞。奸党用这种诬蔑忠良的谗言，每日在熹宗面前攻讦，又故意千方百计地造出许多恶劣事迹来，作诬陷忠良的凭据，奏知熹宗，竭力诋毁东林党。

适值东林党自从袁崇焕离朝出京后，朝内由杨、左、汪等众位权充领袖，京外由熊廷弼等各将为首领，时常抓住奸党的过恶，上本参奏，又时常听谏熹宗的过失，力请熹宗亲贤远佞。熹宗正宠信客、魏，凡事言听计从，哪肯听信东林党贤臣的良言呢？反因为他们奏谏太厉害，嫌他们好多说话，太啰唆讨厌。须知东林党群臣的言行，正是大犯群奸之忌的。客氏、魏珰遂趁着皇上讨嫌东林党之际，借事生风，无中生有，诬陷东林党人。

恰巧其时，魏忠贤的门生王化贞并不知道军机，却率兵出关，任为辽东巡抚，恃仗势力，往往侵越权限，违犯经略大臣熊廷弼的军令，竟私下擅自做主，出兵向满清兵挑战，结果被清兵杀得大败，竟致丧师失地，全军覆灭，把关外广宁州等地方完全失守，被清兵从后追杀，直杀到山海关下，方才安营下寨，弄得熊廷弼亦大受其累，只得退兵入山海关坚守。王化贞怕见熊经略之面，恐防他以军法从事，却逃回京中来哭诉，把罪名全推在熊廷弼身上，说是本人率兵出战，连获大胜，乘胜追战，战事极烈。熊经略忌俺成功，坐观成败，不肯发兵后进应援。又克扣了军饷，不运粮草，以致兵心不服，才被清兵杀败，败后死守地方，熊经略仍不派兵援助，才至被清兵夺去关外的地方。

魏忠贤包庇王化贞，反以王化贞的话为凭据，硬栽熊廷弼有私通清兵之嫌，并说他与朝中东林党人为同党，所以朝中各东林党人都代他包庇，不肯说他有罪，反将罪名完全冤赖王化贞。

熹宗大怒，遂令将熊廷弼拿解进京，与王化贞对质，派许显纯、崔呈秀、沈淮审讯，许、崔、沈都是奸党，遂依了魏忠贤的指使，硬以王化贞所言为实情，复奏天子。这话被汪文言、杨涟、左光斗等晓得了，遂联名上本参奏奸党诬害忠臣。魏忠贤大怒，遂又索兴硬栽汪文言等同受了熊廷弼百万两银子重贿，贪财欺君，所以才冒险代熊廷弼说话反而诬赖王化贞。

熹宗信了奸佞之言，勃然大怒，遂将熊廷弼斩首，又将汪文言拿交北镇抚司审问。许显纯遂趁此用犯刑逼供，打得汪文言寸骨寸伤，死去数次，汪文言均无口供。杨涟不忍，又不服，即日上本参奏魏忠贤，数述魏忠贤共犯二十四项大罪，其余罪恶更仆难数。这本章呈送进宫，被魏忠贤私下搁置了，同时在东林党各忠臣纷纷上本，代熊、汪等申辩，参奏奸佞诬陷的实情。许多本章都被魏忠贤私下搁住，一面反令许显纯代汪文言拟好口供，强迫汪文言画押，将东林党人一网打尽，强说东林党受贿通敌欺君等罪。

奏陈天子，天子大怒，传旨将东林党人一齐下镇抚司狱严讯，于是许显纯遂将众忠臣一齐用极刑拷打，凡被苦打成招，他就以供词复奏，如被刑毙，他就以畏罪自尽回奏。如此一来，东林党人不论在朝在野，大半全被奸党诬陷害死，小半亦全被问成军罪，幸能不诬陷株连的人简直绝无仅有。等到袁公到京，朝臣中已经无有忠良的同党，差不多成为奸党清一色了，所以徐贼服法，供词不连及奸党，并无敢说一句，即是此故。

袁公在信邸得知以上详情，忍不住为忠良流泪，因恐在京日久，被奸党知道，来寻自己的是非，本人一死，无异是使忠臣绝种了，故此别了王驾，留下成大公等在信邸保护信王安全，自己只单人独骑地潜行出京，专去联络各地英雄。

出得京城，便取路前往河间，到仁义镖局居住，偕同二周前往各省去访会各地侠义英贤，共同努力，除奸锄佞。因闻悉张诚、魏良卿两人就将离济南南下，在山东颇收受得各地方官的金银不少，遂拟同往江南去联合当地好汉，截劫这两个奸贼，即以劫得的金银赈济各地灾荒难民。袁公将此意对二周说知，二周应允称善，遂偕同取道运河，趱程南下，沿途又访悉教匪在表面上虽平，暗中余孽仍众，淮河一带地方现正方兴未艾，不过改换了一个名目。

三人听得这话，便仔细向人打听，才知沿淮北各地有两帮变相的教匪，一帮是由淮安著名的土豪镇山太岁白孝先为首领，白孝先是朝中大臣崔呈秀的心腹，往年他曾充任过崔呈秀的保镖，回家后，他即加入了邪教，号召两淮一带的土匪盐枭，以及粮船帮匪徒和各砖头痞棍，自成一派，势力甚大，因官军剿除了邪教，他遂将所属教匪改立了个名目，唤作什么关帝会，改敬关圣帝；一帮是淮安侠士飞天虎山永荣为首领，名为什么十弟兄，系以拜把子为名，每十人为一组，面上虽只有十人，实情十人化百，百人化千，人数亦甚众，竟堪与白孝先并驾齐驱呢。

袁公听得镇山太岁白孝先七字，觉得此名很熟，想了半晌，陡然想起那夜他来行刺与戚驷在屋上交手，戚驷被人镖打受伤跌下被擒，当时他在屋上通名，说系淮安镇山太岁，此刻闲人所谈的定是他无疑了，遂问二周："可认识这白孝先否？"

周仁微笑低声说："大人难道忘记了吗？那夜他到府上来行刺，与戚老四误会交手，不是曾自通姓名吗？"

袁公闻言讶异，暗忖当日之事，俺并未对他兄弟俩谈过，怎么他会知道呢？遂说："俺虽已想着这个名字很熟，却不能断定是否就是他。但不知壮士何以能知俺当夜之事，莫非系在信邸听得吗？"

周仁笑道："那乃俺亲目所见之事，何必到信邸才知呢？况且信邸内并无人对俺说过呢。"

袁公惊讶道："那夜镖打戚驷跌下屋来的，莫非就是壮士不成吗"

周仁笑道："岂敢，正是在下。"

袁公忙拱手称谢，又道："俺至今记念着，正以不知那位暗中救俺的英雄是谁为恨，却不料就是壮士，壮士与俺相识，同行已久，至今并未向俺说过，可见壮士是施恩不望报，实在令人敬佩。"

随又问："壮士那夜何以得知俺有难，到来相救呢？"

周仁道："当日俺兄弟俩适巧保镖到京，往信邸请安，在街上遇见戚驷和一个家奴模样的人同行走来，俺们和他本有宿怨，见了他的面，陡然记起前嫌，遂暗中跟随他走。只见他和那家奴同走到尊府，在府门外张望，正值大人出外送客，那家奴并指着大人对他说话，后来府上门丁来逐，他俩才回身走去。俺俩仍随后而行，只见他俩走进魏邸，俺俩遂猜定他在当夜定必要到尊府行刺，故于当夜亦同到尊府屋上来探望。果然见他与白孝先分道而来，遂由俺打了他一镖，本拟进下屋去，送他狗命，代人民除害的。不料白某却由屋上奔过来，与俺俩交手。结果，他怕被打败，竟是逃跑了。俺俩

307

见戚贼已被大人捉住，想必不能得活了，遂亦回转镖局。事后俺俩在京城极力哨探，才知白某乃系淮安地方的一个恶霸，不知如何，会受了崔呈秀之聘，到崔府充任护院做崔呈秀的保镖。当夜他是受崔呈秀之命到府行刺大人，赏赐他黄金百镒，并许他事成后准定保荐他任淮安游击，回本乡做官，所以他才来行刺，因为未得手，回去曾说改日再往行刺，不料大人已动了身，他只得作罢。俺俩出京时，他还在崔府充任保镖呢。"

袁公叹道："怪不得他现在本乡要格外狗仗人势了，当日崔呈秀是任兵部尚书，现今崔呈秀已任为大学士，入内阁办事了，他主人既官比前大，这走狗自然要格外强横了。"

说罢，又说："山义士既有侠名，如何也在家乡作变相教匪呢？真正令人难解了。"

二周同说："耳传难作实，俺们到了淮安，就可以明白了。"

那日三人到得淮安，上岸径去拜访山永荣，又会过尚省斋，这才知他二人在山东助平教匪后，从巨野县将劫得的十九个大包袱改装成箱笼行李等项，押运回乡，即以这笔财交救济贫乏孤寡，广行了许多善事，他俩一面又将所属的教匪完全给资解散了。不料却被白孝先趁机收罗到他部下去，改换关帝会名目，暗中一切行为，仍照着教匪的举动做事，一面却与京中奸党来往通气，号召徒党，甚为活跃。

山、尚二人见事不妙，才亦改换名目，以结拜十弟兄为名，专收忠义正直之人，养成羽翼，暗中消灭白孝先代奸党在本地所造成的势力。

三人闻悉大喜，遂将来意说知，并访悉了白孝先的实力，托二人设法消灭了这个歹人。山、尚遂留下三人在家，意在待到劫过张、魏两贼事后，三位再走。

三人应允所请，住了两天，山、尚的手下人从山东回来，报告消息，说张、魏等在济南接得京中命令，令他俩回京，面陈被劫情形，故此二人已忽然改由济南回京。

三位得信，遂拟作别他往，经山、尚等设宴饯行，三位遂由淮安动身，绕往寿州去，拜会宋、成两位。在寿州盘桓了多时，因计算凤双喜期不久将届，遂拟邀了宋、成两位同往济南去。

恰巧即在这天，宋、成两位同接合肥送来呼家的讣告，呼魁元病亡，二人遂与三位作别，赶往合肥去吊丧，将贺礼改请三位带到济南代送凤、双两家，双方遂即分手。

三人到济南后，即与巡抚会见，筹备房屋，及一切事务。不久凤、双都已到来，巨野县东方德以及凤、双两家的亲友都赶来送礼贺喜，前文所叙的各侠义英雄，除去宋、成奔呼丧，山、尚因白孝先猖獗，不能分身，马二小姐因刘姑娘回家后，刘姑娘已由她父母许婚，婚期亦与凤、双同月，所以她俩亦未来，成大公等保护信王，不能到来之外，余人均皆赶到。故此吉日这天，非常热闹，又有巡抚亲率各官到两家送礼道喜，更觉锦上添花，接连热闹忙碌了好几天，方才完毕。

即在此时，信王忽差王府心腹侍卫，持密谕来召袁公及二周进京，并嘱令代邀各位侠义同来，密谕中略言：逆阉羽党渐将养成，恐不及将生巨变，望速来京，以备万一。袁公大惊，遂即密邀各位侠义，即日离济北上。

袁公等才走，巡抚等各官同接京报，张、魏二人又带护从军将出京，责任如前，对于被劫案件却须责令地方官破获。因为徐贼解京坚不承认有曾命人抢劫二人、杀人放火之事，所以魏总管将二人才召进京，面问失事情况，经众官推度研究，以为定系贼人扮的教匪，否则徐贼各事都已招承，为何不肯认有此事？魏总管且疑贼系地方官吏派人改装行劫，否则绝不会如此拖延时日，久不破案，所以此次二人出京，对于此案追缉得定必极其紧急，请大人快早作准备。

巡抚等闻报大惊，只得加紧行文各属，悬赏破案，行文各省，

309

亦是一般紧急，果然不多时，张、魏二人已率随从护卫来到省城，一路早已接连发下手谕，着各处官吏火速破案，同时魏忠贤亦由京城来谕，令将泰安府县官吏及全体差役一律革职留任。如不破案，一律各以家产充公赔偿，不足，仍须设法照赔外，更须拿解进京办罪。省城官吏亦各记大过，并先罚俸一年。这道谕旨到来后，各官无不大惊失色，遂对张、魏二人当面求情宽恕，被二人严词教训，谕令速速破案，不允所请。各官吏无奈，只得行文各属严办，一面又各将本署的捕快们比催。

张、魏二人在济南住了几天，遂传谕往南进发。这消息报到淮安，山永荣等遂相聚计议，决定于两贼到时，仍如前劫玉帝观之法烧抢，冒充系关帝会的会匪陷害白孝先，这条恶毒计划议定，遂即散会。

当在会议时，内中有一个小吴用井元德，本是个坏蛋，当上次山、尚二人劫得巨数金银回来，他本想多分润些赃款，不料并未沾润得着，心中很为不乐，遂做了个放龙取水的勾当，暗中作下投过红旗投白旗的事（按：此两语，均系江湖术语，前语系走漏风声，后语系帮甲反助乙）。原来他和白孝先亦系相识，且略有交情。白孝先素知他的才智极好，遂和他联络，并面许他如有机会，准定保荐他到崔呈秀手下去做幕宾，他便痴心妄想，随后准得做大官，故此他与白孝先往来颇密。

山、尚劫款回来，他未能满足欲望，已怀恨在心，又在白孝先家中，及他的干亲，现任悬卫马快头目的段玉家中，先后看见山东省来的缉捕公文告示赏格等项文件，不由心中一动，但他因山、尚二人平日任侠尚义，极得人心，十弟兄内最与他俩交好、情胜嫡亲手足的，要算得赛李逵李志远了，故他俩由山东回来，分给李志远的金银比谁都多几倍，思忖俺如明白放龙吃水，他俩被捉，李志远必然寻俺代他俩报仇，俺绝非李志远的对手，受不住他一拳一足，岂不准死无疑吗？因此投鼠忌器，遂暂缓了下来。

这天，他被山、尚等邀集了商议劫杀大事，他一看李志远未到，心中陡生一计，当时一口赞成，回转家去，先飞步绕道，跑到段捕头家中，告知了段玉，叫他如此这般。

段玉道："俺今日与吴、周、巫三位捕头约好，在茶坊内相会，你如有便，不如就引诱李志远到茶坊内来，岂不很好？况且彼处正是他的必由之路呢。"

井元德应诺，别了段捕头，急又跑到白孝先家内，与白孝先会见，告知其事。白孝先不由大怒，说："井爷，你何必先约段捕头在茶坊候捉，却如何不亲到县署报案领赏呢？"

又道："他们想是找死，所以才拟冒俺会中朋友的招牌行劫，果真他们做了时，俺定必……"

说到此，白孝先忽然疑猜井元德也许是来说假话探俺的口气，俺如不说恶言，他们就去干，说了难过话，他们就不去做案，因此遂顿住了口，反笑问："井爷，为何怕李志远不去出首呢？"

井元德道："俺如此用计，比亲自去告密来得好多，一则避去爱友恶名，不明遭冤家；二则仍可领赏，并且仗你大力，可以使俺得一进身之阶。"

又说："老李的武艺事，俺所以要算计了他，就是斩草去根之意。"

白孝先一口应诺，准许他在事后荐他到崔呈秀那里去供职。井元德大喜，便告别而回，边走边抬头探望，迎面正与李志远在茶坊门前街道上碰见，遂将他邀进茶坊后进轩子里去喝茶谈心，故意说出那几句话来，给在那边座上的吴、巫、周、段四个捕快头目听见，唤了众差役来，将他俩捉住，押解到县署里。

也是事有凑巧，县官出去有事，未曾回衙，段玉又和吴、巫、周等另有案件，须得同往乡下去捉拿人犯，在未奉本官牌票之先，段玉不敢贸然就去捉山、尚等人，所以只得将两人暂押，吩咐看守的公差不准他俩与外人通信。

段玉走后，山、尚两位即已得到报告，他俩乃是本地有面子交情之人，看守的差役哪能果真遵奉段玉的言语呢？遂给他们相见了。山、尚等回去，遂与手下商议，大家暂避风头。

当夜县官、段玉先后回衙，段玉禀知本官，并密将井元德暗中告发，因怕被贼人寻仇，才用此假意泄露之计遮掩贼人耳目。县官遂升堂夜审，假意令段玉取大刑，先夹起井元德。段玉使用手段，将绳子假意收紧，井元德便先假作挺刑不招，后又假作熬刑不住，才实供的模样，将实情详细招出。县官录了供，审问李志远。李志远见井元德已招，便亦只得招了。知县遂令段玉带了二人做眼线，率通班捕快前去拿人，不料却扑了空。

当夜，尚省斋在众人散后逃脱，因抄近跌死了黑犬，致与白孝先相争，白孝先因事前听过井元德的话，所以对尚三爷很不乐意，便借了打死黑犬的事与他为难。如非恰巧遇见米元章在厕所登坑出来解劝，白孝先疑猜山、尚的同党之人已到本地，怕吃现亏，故此才做了人情，把交情卖在米爷身上。

尚省斋同米爷到客店内叙话，说知备细，米爷大惊，诚恐白孝先去漏风，故此招呼了陶乐山等四徒，天才大明，便一齐付清账目，边取衣给尚爷改扮形装，同他们师徒五人一起，溜往城外，与山永荣等在预先约会的地点晤见。李母已被迎接出来居住，经山爷等安慰，所以并不曾受痛苦。山爷请问米爷，何时到此，才知米氏师徒本系保镖由南方回北，因在济南参加过凤、双婚礼，便打发手下伙伴们先行，自己五人却随袁公等进京，半路上又得到魏良卿、张诚二次出京及严追原案的信息。袁公怕山、尚事泄，连累的人极多，因他师徒们亦是共同犯，遂令他师徒赶到淮安送信。他师徒到淮安城内时，天色已晚，便先住了店，拟在次日同去拜会山、尚，却不料当夜即因闹肚子，拉屎得遇尚、白，代两下解和。

白孝先与米爷相识，亦系在江湖路上，由别位朋友介绍才认识，山爷问知了情形，便与米、尚等大众商议营救井、李，劫张、魏之事，都主张先救井、李，后劫张、魏，因为官吏正忙着迎接张、魏，定必出城远迎，城内虚空，便可出其不意，于白天劫牢，救了他俩出外，然后再埋伏在前途，等候张、魏，截住行劫。议定后，即着人去探信，回报张、魏已将到本地，本地各官已全出城去远迎。山、尚等众人大喜，遂一齐改扮了猎夫，混进城内，直奔大监，闯进狱门，遇见禁卒，都用点穴法点住了，使他们不能动弹，另威逼了一名禁卒，同到死囚号房内，将李志远救了，不见井元德，问禁卒，才知他已由捕头段玉和白孝先两人担保释放了出去，随同前往城外迎接张魏，并由李爷将他在夜间招供时情形告知众人。众人遂认定完全是他的诡计，一齐大怒，遂急速出狱，趁势径往白宅。白孝先亦同往迎接，众人扑了空，遂同到城外去暂时隐避。李氏母子相见，老太太心怀大安，李爷又派人分去打听。

次日得到回报，实系井元德放龙吃水，张、魏已迎接到备就的公馆内居住，井、白因知李爷被救，遂为防备起见，都在公馆内住着，以免落草受害。地方上且因此日夜戒严，现在大众弟兄都由井元德抄示地点人名，被官兵前去捉拿，幸亏大半已在事前逃脱，不然，受害的人不知要有多少呢。

众人见一时无隙可乘，只得等待。过了些时，张、魏已走，同往江南，井、白亦随之同往，大众只得又耐性等候机会，却趁此召集了全体众弟兄，合力逐日先削平了本地的关帝会会匪，代被捉的众弟兄报仇。

正在此时，忽然霹雳一声，熹宗天子驾崩，遗命皇弟信王由检即位。信王当兄皇有疾之际，即已预防不测，急召袁公等回京，袁公等到京时，熹宗病并未好，由此病势忽好忽歹，时瘳时病，末后逐渐危险。熹宗自知不佳，遂传下遗诏，召信王入宫。

信王奉诏，用袁公之谋，令成大公、二周、石超然四人随从保护，信王在两袖多藏食物干粮，袍内衬有软甲，入宫不进饮食，以防客、魏令人下毒，令成、周四人寸步不离，以防有变。袁公率王府兵将及众侠义戎装同到宫门外候信。

信王入宫，魏忠贤与崔呈秀正在密议谋刺信王，篡夺帝位。不料信王与熹宗会见，熹宗才说得数语，便已崩驾。信王在宫内，成、周四人保护出外登殿，由袁公等率百官先上朝行礼后，才代熹宗发丧举哀，一切均如礼仪办理。

魏、崔等奸谋才议定，新天子已经即位，发先帝丧，封百官官秩，起复袁崇焕为兵部尚书，改元为崇祯元年了。魏忠贤唬了一跳，只得同了客氏，一齐赶到御前来行朝贺礼，当面叩请辞职。被崇祯皇帝故意用好言安慰，一面却暗令成大公等将客、魏监视在宫内，不准自由行动。这一来，朝臣已知道新天子有诛奸之意了，遂由御史上本，代已未死的东林党人讼冤参劾客、魏，于是众臣由袁公领衔，联名参客、魏大罪二十余款。崇祯帝准奏，立命先将客氏在宫内赐死，又令将魏逆绑出午门斩首，传旨恢复了东林党人未死的众臣官爵，一律恕罪，回朝回任视事；已死的复原官，加级改葬，赦其家族，一齐查明优恤。将客氏母家及夫家，从侯国兴起，一齐斩首问罪；魏逆九族全诛，抄家充公，烧毁各地生祠，查办京内及各省附奸从逆诸臣，捉拿客、魏党羽，禁止太监出京，解散了内军，召回了各地典军的太监，罢免了江浙官织绸缎局，拿解张诚、魏良卿进京，解散他俩的护卫，查拿各省奸党羽翼，封赏各位侠义英雄，以及一班忠良文武臣工，自袁公起，一律封赏有差，拜袁公为总督京津登莱军务，经略辽东使，封一等侯，授太子少保，拜大学士，择日率大兵出关，抵敌清兵。

这圣旨传到两淮，恰巧张、魏二贼由江南回来，当被地方官于迎接之时，宣读圣旨，伏兵齐起，将他俩捉住打入囚车，一面将随从将校人员分别良歹，查明捉拿释放，截下财物充公，即派兵将押送两贼进京正法，并将余人同在本地斩首。白孝先、井元德两人亦在被擒斩首之列，地方官随将两贼被劫及山、尚等谋劫两贼之案一齐奉旨取消，赦去众人之罪。山、尚、李、米、陶、邹、邹、程等

314

众位得信大悦，米氏师徒即日去作别回去，仍操保镖生涯，山、尚、李等却仍在当地各营原先生业，都未往袁公营中去充当武职。

总之，各侠义往袁公营中供职做官的人为数极少。后来，崇祯帝因遭闯乱，遂致亡国杀身，君尚如此，臣自可知了。

编书的写叙至此，已无事可记，就此宣告终篇。正是：

欲知侠义英雄伟事业，请观如此江湖一部书。

评曰：

此终篇末回也，呼应首回，无丝毫遗漏，中间叙事，逆写顺叙，顺写逆叙，颠之倒之，错综变幻，极五色缤纷之妙，使读者诧为繁复，而喜其步步入胜。结果，见其交代前文，事事清楚了结，无一点儿苟且。

全书大开大合，有头有尾，始终如贯，一气呵成，是诚文章妙手，笔法堪与盲左腐迁等量齐观，绝对非时下漫无学问之说部可得望其项背也。

于戏！信矣，名家之所以成名，盖诚非偶然也。允哉！

图书在版编目（CIP）数据

石破天惊录. 第三部 / 张个侬著. —— 北京 :中国
文史出版社，2021.3

（民国武侠小说典藏文库. 张个侬卷）

ISBN 978 - 7 - 5205 - 2307 - 3

Ⅰ. ①石… Ⅱ. ①张… Ⅲ. ①侠义小说 – 中国 – 现代
Ⅳ. ①I246.5

中国版本图书馆 CIP 数据核字（2020）第 183514 号

点校整理：清寒树　旷　野
责任编辑：薛媛媛

出版发行：**中国文史出版社**
社　　址：北京市海淀区西八里庄路 69 号院　　邮编：100142
电　　话：010 - 81136606　81136602　81136603（发行部）
传　　真：010 - 81136655
印　　装：北京新华印刷有限公司
经　　销：全国新华书店
开　　本：720 × 1020　1/16
印　　张：20.5　　　字数：256 千字
版　　次：2021 年 3 月第 1 版
印　　次：2021 年 3 月第 1 次印刷
定　　价：68.00 元